키스를 먹이로
널 길들인다 ♡

키스를 먹이로 널 길들인다

마실가는광뇨니 N세대 연애 소설

초판 1쇄 찍은 날 § 2003년 7월 31일
초판 1쇄 펴낸 날 § 2003년 8월 10일

지은이 § 마실가는광뇨니
펴낸이 § 서경석

편집장 § 문혜영
편집책임 § 이종민
마케팅 § 정필 · 강양원 · 이선구 · 김규진 · 홍현경

펴낸곳 § 도서출판 청어람
등록번호 § 제1081-1-89호
등록일자 § 1999. 5. 31
어람번호 § 제4-0015호

주소 § 경기도 부천시 원미구 심곡1동 350-1 남성B/D 3F (우) 420-011
전화 § 032-656-4452 팩스 § 032-656-4453
http://www.chungeoram.com
E-mail § eoram99@chollian.net

ⓒ 마실가는광뇨니, 2003

값 9,000원

ISBN 89-5505-786-5 04810

마실가는광뇨니 N세대 연애 소설

키스를 먹이로 널 길들인다

도서출판
청어람

CONTENTS

두 번째… 한 번도 오기 힘든 기회를 난 두 번이나 맞았다. 이 소설은 내가 지금까지 소설이란 것을 써오면서 가장 많이 힘들었고, 가장 많이 보람을 느꼈던 소설이다. 작년 8월부터 올해 2월까지… 반년이 넘게 연재하면서 나 자신을 많이 되돌아볼 수 있게 해주었다.

「키스를 먹이로 널 길들인다」 아마도 '유리의 성' 이라는 노래가 없었더라면 빛도 보지 못했을 것이다. 그 노래를 들으며 스토리를 구상했고, 항상 그 노래를 들으며 소설을 썼으니까. 아마 천 번도 더 들었을 거다. 그래서 난 그 노래에 감사한다.

소설 속 주인공인 진혁이와 시아는 상처가 많은 사람들이다. 난 지금까지 살아오면서 죽을 만큼 힘들었던 적이 없었기 때문에 두 사람의 아픔을 표현하는 게 참 힘들었다. '내가 만약 진혁이라면 어땠을까' 하고 아무리 생각을 해봐도 답은 나오지 않았으니까. 답이 나오지 않아서 난 답대로 쓰는 걸 포기했다. 그냥 내 수준에서 느낄 수 있는 만큼으로 썼다. 다른 사람들에겐 정답처럼 보이지 않을지 몰라도 나에겐 그게 정답이었으니까. 친한 사람들한테도 했던 말이지만 다른 소설이라면 몰라도 이 소설만큼은 다시 쓰라고 하면 정말 다시 쓰지 못할 거 같다. 하하하. ^ㅇ^

「키스를 먹이로 널 길들인다」를 쓰면서 잃은 게 참 많다. 하지만 얻게 된 한 가지가 너무 크기에 잃은 것들에 대한 아쉬움이 남지는 않는다. 내 인생에 있어서—아직 18년밖에 살지 않은 내가 인생을 운운하니 왠지 웃기다. —_—; —가장 소중한 건 늘 가족이라고 생각해 왔는데, 소설을 쓰고 그 소설이 책으로 나오고… 그러다 보니 가장 소중한 게 '책'으로 바뀌었다(이 말을 들으면 우리 언니가 가장 섭섭해할 거 같다). 내 분신이 된 이 소설을 책으로 만들어준 청어람 출판사 관계자 분들에게 가장 먼저 감사의 말을 전한다(특히 종민 언니. 정말 많이 고생하셨는데… 감사해요). 그리고 엄마, 아빠! 많이 기뻐해 주셔서 제가 얼마나 뿌듯했는지 몰라요. 이 정도면 저 효녀죠! 중국에 있는 처피 혜림이 언니, 유일한 나의 혈육!! 얼마나 보고 싶은지 몰라. 얼른 돌아오란 말이다!! 강릉에 있는 이모와 이모부, 주혜, 주혁이. 세상에 이런 이모가 또 있을까 싶을 정도로 정말 좋은 이모(이모, 또 이 부분에다가 밑줄 쳐놓을 거지?)~♡ 나에겐 둘도 없을 베스트 유리. 나중에 바이올린 연주회 하면 나 특석으로 표 줘야 된다! 엄마 같은 친구 민선이. 너한텐 정말 많이 고마워서 이제 고맙다는 말도 못하겠어. ^_^백년 친구 멋쟁이 선민이. 끝까지 같이 가자. 비공식 동아리 친구들 6명. 차마 이름은 못쓰겠구나. 우리 이제 공부 동아리로 전환해야 하지 않을까. 언제나 고마운 현주 언니, 윤선이, 정원이. 진짜진짜 사랑하는 거 알지? 예쁜 동생 레시, 체리, 레아, 혜영이. 아, 정말 생각이 나지 않는다!! 우리 구름궁전 가족 여러분!! 앞으로도 평생 함께합시다! 땡투는 이 정도로 마칠게요(혹, 제가 빼먹은 사람 있어도 이해해 주세요. 지금 아파요. ㅜㅜ).

앞으로 내가 어떠한 삶을 살아가게 될지는 아무도 모른다. 하지만 내 삶에 있어서 가장 큰 영광은 지금 이 시점이고, 앞으로도 그것만큼은 변함이 없을 것이다. 눈물날 만큼 벅찬 감동을 느꼈고 손끝이 찌릿할 만큼 환희를 느낀다.

이 책을… 다른 사람이 아닌 나 자신에게 바칩니다……

2003. 07. 31 박혜원 드림

유시아 인생에서 이렇게 크나큰 실수를 저지르다니. 뜨악! 어떻게 첫날부터 지각할 수 있단 말이뇨. T_T 원숭이가 꼬리로 나무에 매달려 있을 때 힘을 내듯이 나도 있는 힘을 다해서 우리 학교를 향해 달렸다. 우리 학교를 가려면 경한공고를 지나쳐야 한다. 난 그게 너무너무 싫다! 모두 아시다시피 실업계 학교에서는 인문계 학교를 그다지 좋게 보지 않기 때문에 여자 혼자―것두 약하디약한 내가. ―_―; ―공고 앞을 지나가면 온갖 구박을 다 받는다. 오오, 이런 제길!

"달려라, 하니~"

"하니는 달릴 때 아무것도 안 흔들리던데 저년은 엄청 흔들린다!"

"우우우~"

쪽팔리다. 나 가슴 안 큰데……. =_= 가슴 크고 저런 말 들으면 덜 억울하기라도 하지! 저 말을 듣고서도 뛰어갈 자신이 없다. 가방 끈 질끈 잡고―흔히 왕따 자세라고 표현된다―고개 푹 숙이고 걸어갔다. 워메, 쪽팔린 것이여. TㅁT 이제부터 지각하면 온갖 쪽을 다 당할 것이다. 경한공고를 지나고 나서 난 다시 뛰었다. 결국 9시 30분이 되어서야 2학년 4반 교실에 도착했다. 옷매무새를 가다듬은 후 교실 뒷문을 박차고 들어갔다. 순간 나에게로 집중되는 시선들.

"죄, 죄송합니다."

"유시아지? 첫날부터 지각을 하다니. 첫날이니까 봐준다, 알았지? 저기 4분단 끝 빈자리에 앉아."

젠장, 내가 제일 싫어하는 자리다. 4분단 끝이면 뒷문 바로 앞자리. 흔히 암흑의 자리라 일컬어지는 어둠의 자리다. 보아하니 옆에 앉아 있는 남자애도 그다지 햇빛 같은 아이는 아니어 보인다.

"아, 안녕! 난 유시아야. 하루뿐인 짝일 테지만 잘 지내자구. 헤헤 ^^;"

"있는 듯 없는 듯 있어라. 누가 옆에 있는 거 짜증나니까."

난 너무 어이가 없어서 재수없는 말에 대꾸도 하지 못한 채 가만히 있었다. 있는 듯 없는 듯 있으라고? 그게 말이 되냐?

"오늘은 첫날이니까 4교시야. 그리고 전부 담임 시간이다. 자리를 바꿔야 될 텐데 어떻게 할까? 키 순서대로 할래?"

"어우, 쌤~ 그냥 이대로 앉아요오~"

이런, 제길!! 다들 첫날이어서 친한 애들끼리 앉았지만 난 아니잖아! 이런 어둠의 자식과 한 달을 더 함께 앉는다는 건 나에게 매우 힘든 일인데.

"그럼 그렇게 할까? ^─^ 대신 떠드는 소리가 나면 당장 바꿀 거야. 이제 청소해야지? 우리 반 특별 구역은 소각장이야. 두 명이 해야 되는데, 음… 소각장 청소하는 사람은 주번 활동 빼줄게. 누가 할래??"

아무도 손 드는 애가 없었다. ㅡ_ㅡ 주번까지 빼준다고 하는 마당에 왜

 키스를 먹이로 널 길들인다

손 드는 애가 없냐하면! 왜냐하면 말이지! 우리 학교 소각장은 꽤 유명한 곳이기 때문이다. 소각장이 학교 뒷산과 이어져 있어서 그곳에서 온갖 싸움이 일어난다. 소각장에 잘못 갔다가 피투성이 돼서 돌아오는 애들도 많이 봤다. -0- 난 절대 하지 않을 테야. 난 차라리 주번을 하겠어!

"아무도 지원자가 없네. 그럼 선생님이 맘대로 정해야겠다. ^—^ …시아라고 했지?? 아까 지각했던 사람."

"예? 저요?"

"응, 그래. 시아, 너. ^—^ 첫날부터 지각한 벌이야. 소각장 청소."

"선생님, 안 하면 안 될까요? -_-;"

"남들이 하기 싫어하는 일일수록 나서서 하는 사람이 되어야지. 시아랑 같이 할 사람 없니?"

난 슬며시 나의 베스트 프랜드 지윤이를 바라보았다. 이럴 때일수록 베스트 프랜드의 위력을 발휘해 줘야지, 지윤아!! 하지만 지윤인… 매몰차게도 나의 시선을 거부해 버렸다.

"제가 하죠."

"진혁이가 할래? 아무래도 남자랑 같이 하는 게 힘쓸 일 있을 땐 편하겠지? 그럼 시아랑 진혁이가 소각장 청소다. 나머지 애들은 교실 청소 분담해서 지금 당장 청소하러 가세요~"

…이런 개 같은 경우가 있나. -_- 진혁이라는, 나와 청소를 같이 하겠다는, 봉사 정신이 매우 투철한 그 남자 아이는… 다름 아닌 내 옆에서 악의 기운을 펄펄 내뿜고 있는 아이였다.

자루와 쓰레받기를 들고 소각장으로 향하는 내 모습. 마치 도살장에 끌려가는 돼지와 같구나. T_T 난 서둘러 소각장 주위를 쓸었다. 괜히 소각장 근처에 오래 있다가는 못 볼 일 보게 될 거 같아서. 다행히 오늘은 첫날이었기에 태운 게 없어 깨끗했다. ^o^

"저기, 진혁이라고 했나?"

"왜?"

"내가 여기 다 쓸었으니까 교실에서 쓰레기 봉지 좀 가져다 주라."

"니가 가져다가 써."

"뭐야? 니가 자진해서 청소한다고 했으면 쉬운 일이라도 해야지."

"씨발, 기다려."

갖다 줄 거면 곱게 갖다 주지. 씨발이 뭐야, 씨발이. 궁시렁궁시렁. 난 괜히 화가 나서 빗자루로 바닥을 마구마구 쳐댔다. 허어어어어어억!! 젠장!! 내가 막 때리고 있던 바닥에 모아놓은 먼지들이 다 날아가 버렸다. 에이씨, 나도 씨발이다!! 온갖 욕을 해대며―그래 봤자 씨발밖에 없음. -_-―다시 쓸고 있는데 갑자기 발소리가 크게 들린다. 뒤를 돌아보았다.

"오오~ 여기에 여자가 오다니, 이게 몇 년 만이야? 큭!"

"오면 무슨 일이 일어나든지 책임 안 지는 거 알지? ㅋㅋ"

"꽤 괜찮은데?? 가슴도 빵빵하고. 하하하!"

오늘따라 가슴 때문에 많이 욕먹는다. 청소 빨리 하고 가려고 했는데……. 저 사람들은 울 학교 3학년 일진이다. 매우 무섭기로 소문나 있다. 대략 8명 정도 되는 거 같다. 얼른 담배나 피우고 꺼지세요. 교장한테 안 꼬지를 테니까. T_T

"수, 수고하세요."

엄청 작은 목소리로 이 말을 남긴 채 청소를 끝마치지도 않고 소각장에서 빠져나가려고 했다. 그러나 저 새끼들이 소각장에서 나가는 문을 통

제하고 있어서 난 멈춰 설 수밖에 없었다. 살려줘.

"저, 저기 쓰레기 봉지 가지러 가야 되는데……."

"누가 가래??"

"청소 안 해놓으면 혼나거든요."

"그거야 니 사정이고, 같이 재미 좀 보자는데 그러면 안 되지. ㅋㅋㅋ"

문을 통제하고 있던 떡대 좋은 한 놈이 손가락으로 내 가슴을 꾹꾹 찌른다. 매우 기분이 드럽다. 힘없는 여자라는 이유로 이렇게 당하고만 있어야 하다니…….

"왜, 왜 이러세요? 저 보내주세요. ㅜ_ㅜ"

"그러게 누가 혼자 여기 오래냐? ㅋㅋ 웬만한 남자애들도 안 오려고 하는 곳인데."

"혼자 온 거 아니에요!!"

내가 소리를 지르자 이놈들도 놀랐는지 움찔한다. 이 기세를 몰아가는 거야. 근데 뭘로 몰아가지?

"이년이 이제 거짓말까지 하네."

"진짜 혼자 안 왔다니깐요!!"

"이년 웃기는 년이네, 엉??"

또 떡대 좋은 새끼가 내 가슴팍을 꾹꾹 찌른다. 이제 무서운 것보다 치욕스러움에 눈물이 흐른다.

그때 갑자기 소각장 문이 열리더니 정진혁이 쓰레기 봉지를 들고 등장했다. 내 눈이 미쳤나 보다. 저 어둠의 자식이 구원자로 보이다니…….

"이 새끼는 또 뭐야?"

"얜 아무것도 아니에요. 쓰레기 버리러 온 거 같은데… 애, 너 빨리 가."

난 정진혁을 모른 체했다. 물론 저놈이 날 도와줄 리는 없지만 혹시라도 저놈이 날 도와주다 이 일진 새끼들한테 맞기라도 한다면 난 죄책감에서 헤어 나오지 못할 거다. 예전처럼…….

"너 지금 여기서 가면 안 건드릴 테니까 좋은 말로 할 때 나가라, 엉??"

"그래, 애. 얼른 나가렴. 쓰레기는 내가 대신 버려줄게. 어디 있니?"

"같이 청소해야지, 유시아."

"뭐야? 혼자 온 거 아니라더니 이 새끼랑 같이 온 거였냐?"

"아니!! 저 사실은 혼자 온 거예요!! 아깐 무서워서 뺑친 거였어요. T_T"

얼른 나가, 정진혁. 네가 여기서 나 도와줘 봤자 너한테 고맙단 말 안 해, 아니, 못해. 오히려 원망만 할 거야. 왜 나한테 이런 시련을 또 가져다주냐고. 그러니까 얼른 나가. 도와주고 싶거든 빨리 나가란 말이야!!

"뭐야, 유시아! 너랑 나랑 여기 청소잖아. 너네들이나 얼른 나가지 그래? 험한 꼴 보기 전에."

"내가 왜 유시아야? 나 유시아 아니야. 글고 나 여기 혼자 청소잖아."

난 정진혁을 쳐다보며 눈을 찡긋찡긋해 가며 말했으나 이놈은 내 사인을 이해하지 못한 거 같다. 제길!

"뭐야, 유시아! 너 눈에 병 걸렸냐? 왜 자꾸 껌뻑거려?"

"너 뭐 믿고 깡 좋게 구냐?? 너 뭐야?"

"좋게 말 할 때 나가시죠, 선.배.님.덜!"

"좋게 말 할 때 안 나가면 어떻게 되는데? 엉? 한번 보기나 하자?"

"보고 싶으면 보여 드려야지, 후.배.로.서! ^^"

정진혁은 살기 어린 미소를 짓더니 엄청 빠른 속도로 내 가슴을 찔러 댄 떡대 놈의 배를 발로 찼다. 덩치에 안 맞게 떡대 놈은 픽— 쓰러졌고

 키스를 먹이로 널 길들인다

그제야 사태의 심각성을 파악했는지 앉아서 담배를 피우고 있던 일진들이 모두 일어났다.

"이 새끼 뭐야?!"

짱으로 추정되는 조금 잘생긴 오빠가 말했다.

"너 뭔데 설치냐, 엉?!"

별 같잖아 보이는 오빠가 말했다. 전혀 안 무서워 보였다.

"이 새끼가 죽도록 맞아야 정신 차리지!"

가장 무서운 오빠인 듯싶었다. 차마 입에 올리지 못할 욕설을 난무하던 일진들은 정진혁 주위를 에워싸기 시작했고 이제 난 눈에 들어오지도 않는 것 같았다. 정진혁은 주머니에서 지포 라이터를 꺼내 손에 꽉 쥐고는 짱으로 추정되는 넘한테 와보라는 듯이 손가락을 까닥까닥했다. 피 튀는 싸움이 시작되었고 믿기지 않게도 정진혁은 울 학교의 일진이라 일컬어지는 8명의 사람들을 빠른 속도로 다운시켜 가고 있었다. 다 쓰러지고 단 한 명만 서 있었고 정진혁은 그 새끼와 또 싸우기 시작했다. 진혁이 쪽으로 승리가 기울어가고 있을 무렵, 처음에 진혁이한테 한 대 차이고 쓰러졌던 떡대 남이 벽돌로 진혁이의 뒤통수를 치려고 한다. 또 같은 상황이야……

"안 돼—!!"

난 쓰러졌다.

웅성웅성— 웅성웅성—

웅성거리는 소리에 눈을 떠보니 학교 양호실이다. 으윽… 머리 아파. 침대에서 일어나 나가보니(양호실에는 침실 문이 따로 있음) 양호 선생님께서 정진혁을 치료해 주고 있었다. 살았구나.

"어? 시아 깼니?"

“어떻게 된 거예요?”

“이 학생이 널 업고 왔던데? 좀 따가울 테니까 참아.”

“아아… 살살 좀 하세요. 따가워 죽겠네.”

양호 선생님은 보기에도 아파 보이는 정진혁의 얼굴에 빨간약을 발라주셨다. 눈가에 밴드까지 붙인 정진혁은 인상이 훨씬 더 재.수.없.어. 보였다.

“선생님, 가볼게요.”

“그래. 몸조리 잘해라, 시아야.”

양호 선생님과 난 매우 절친한 사이다. 양호실 출입을 워낙 많이 해서… 그렇다고 내가 약한 건 결코 아니다.

별관에 있는 양호실에서 교실로 걸어가고 있다. 양호실에서 이렇게나 먼 거리일 줄이야. 뭐라고 이놈한테 말을 해야 할 거 같은데, 무슨 말을 꺼내야 할지 모르겠다.

“괜찮냐??”

“어? 어… 고마워.”

“근데 갑자기 왜 쓰러지냐? 쓰러져야 할 사람은 나였는데.”

“아, 빈혈이… 참! 너 벽돌!”

“안 맞았으니까 살아 있는 거지. 그 새끼가 벽돌로 내 뒤통수 찍으려고 하길래 발로 배 한 대 더 차니까 고대로 가드만.”

…애 정말 무서운 아이인 거 같다. 근데 왜 이런 애가 우리 학교 일진이 아니지?? 그러고 보니 1학년 때도 이름을 들어본 적이 없는 거 같다. 이렇게 쌈을 잘하는 애면 가만 놔둘 리가 없잖아.

“너 누구야??”

“정진혁.”

"나는 너 처음 보는 거 같은데……."

"당연히 첨 보지. 오늘이 첫날이니까."

"그래, 물론 첫날이기야 하지. 근데 1학년 때도 너 본 적 없거든?"

"당연히 본 적이 없어야지. 1학년 땐 이 학교 다니지도 않았으니까."

"오늘 전학 온 거야? 그랬구나!! 그래서 그런 거였구나!!"

"전학이라… 훗! 전학이라고 하면 전학인 거고."

전학이 전학이지, 전학이라고 하면 전학인 거는 뭐야? ―.,― 그나저나 얘도 학교 생활 편하게 하긴 글렀다. 첫날부터 3학년 일진들을 모두 다운시켜 버렸으니. 더불어 나도 학교 생활 좋게 하긴 영 글러먹었다. 이 새끼 때문에 이름을 알려 버렸으니……. 제길! ―_―^

또다시 침묵 상태가 되어버린 채로 정진혁과 난 무사히 본관 2층에 도착했다. 다른 반도 모두 청소를 하고 있다. 2학년 5반을 지나 우리 교실로 들어가려고 하는데 갑자기 현우가 날 불러 세운다.

"유시아!!"

"어, 현우네? 야, 니가 걸레 들고 있는 거 보니까 엄청 우습다. ㅋㅋㅋ"

"나라고 대청소를 땡땡이칠 수 있겠냐? 옆에 누구야?"

"아, 내 짝!!"

현우는 정진혁을 위아래로 훑어보더니 눈만 까딱하고는 다시 나에게 시선을 돌렸다. 역시 현우 놈도 남자 앞에선 개폼 잡는군.

"너 소각장 청소 걸렸다며? 엄청 축하한다. ㅋㅋ"

"축하는 개뿔… 무서워서 청소 못해, 이제. 오늘이 처음 청소였는데 걸려 가지고… 헉!! ―0―"

"뭐가 걸려??"

“나, 나뭇가지에 걸렸다고! 현우야, 청소 열심히 해!! 집에 갈 때 같이 가!! 나 교실 들어간다잉~”

난 정진혁을 붙잡고 얼른 교실로 들어왔다. 만약 3학년 일진들한테 걸렸단 걸 현우가 알게 된다면… 그 사람들은… 레테의 강을 ─_─ 건너야 할 거야, 분명!

“쟤 민현우지??”

“현우 알아? 쟤도 유명한 앤가?”

“넌 민현우랑 어떻게 아는데?”

“부모님들끼리 친하거든. 어릴 때부터 같이 자랐다고 보면 돼.”

“의외네.”

“뭐가?”

정진혁은 내 말을 씹어먹고 엎드려서 자기 시작했다. 이상한 놈. ─_─ 그래도 오늘 고맙긴 했다. 덕택에 살았으니까.

“오올~ 유시아~ 살아 돌아오긴 했구나? ㅋㅋ”

“양지윤, 꺼져!! 넌 내 눈빛을 거부했어.”

“아잉~ 한 번만 봐줘~ 대신 잘생긴 애랑 청소 같이 하게 되었잖아.”

“말을 말자, 내가. ─_─ 맞아!! 현우한테 니가 말했지?”

“어떻게 알았어? 민현우 아주 괴수처럼 난리치던데? 왜 너한테 소각장 같이 위험한 곳 청소시켰냐면서 담임을 아주 죽이려고 했어.”

“괴수처럼 난리치던 놈이 나한테 엄청 축하한다고 그러냐?”

“자~ 다들 자리에 앉으세요.”

담임 선생님의 등장으로 소란스럽던 교실이 조용해졌다. 담임 선생님이 교탁 앞에 서자마자 마구 노려봤다. 담임 선생님은 내 쪽을 향해 씽

굿— 하고 웃더니만 진혁이를 깨우란다. 난 정진혁의 팔을 쿡쿡 찔렀고 정진혁은 또 살기를 내뿜으며 눈을 떴다. 제길. T_T

"첫날부터 청소하느라 수고들 많았고 내일부턴 정상 수업인 거 알지? 그리고 자율 학습도 해야 하니까 공부할 거 챙겨오고 시간표는 게시판에 붙여놨다."

"자율 학습 몇 시까진데요?"

임시 반장인 아이가 질문을 했다.

"수업 7교시까지 끝내고 나면 4시 30분이지? 청소하고 5시부터 10시까지야. 학원 때문에 자율 못하는 애들은 학원 시간을 옮기라는 교장 선생님의 엄명이 있으니까 자율 안 할 생각은 안 하는 게 좋을 거야. 이상!!"

젠장. 10시까지 학교에 들러붙어 있어야 한다는 것인가? 난 투덜대며 가방을 쌌고, 정진혁은 맨몸으로 교실을 나갔다.

현우와 집으로 가는 길이다. 이놈은 나만 만나면 할 말이 많아지나 보다.

"오늘 모임 있는데 가기 싫다~"

"뭔 모임인데??"

"민화상고 일진이랑 연합했거든. 거기 가야 돼."

"휴… 너 일진 탈퇴하면 안 돼??"

"탈퇴하면 널 지켜줄 백그라운드가 없어지잖냐. ^^"

"이제 네가 안 지켜줘두 괜찮아."

"괜찮긴. 넌 누가 니 눈앞에서 싸움하는 것만 봐도 토하고 그러잖아."

"이제 아니라니까."

삐유우유유유유유유유융(현우 벨 소리)~

"시아야, 미안. ^^ 여보세요?"

전화받을 때면 목소리가 무지 낮아지는 현우. 나름대로 2학년 짱이라는 위엄을 내세우고 싶은 거겠지. ─.,─

"뭐?? 어떤 새끼한테 당했다는데!! 알았어, 지금 갈게."

"왜 그래? 무슨 일 생겼어?"

"3학년 선배들이 어떤 새끼한테 당했다는데? 엄청 깨졌나 봐."

사실은 그거 정진혁이 그래 놓은 거야. 그 자리에 나도 있었고… 라고 말하면 현우는 선배들에게 달려들겠지? 날 해코지하려고 했으니까 선배들에게 달려들 거고, 제 선배들을 패놓았으니까 정진혁한테도 달려들 테고. 말 안 하는 게 상책이야.

"그럼 가봐야겠네. 얼른 가봐."

"너 집까지 데려다 줘야지. ^─^"

"이제 코너만 돌면 되는걸 뭐. 얼른 가봐라, 야. 이짱이라는 놈이 제일 늦게 나타나면 뭐가 되겠냐?"

"알았어. ^^ 밤에 전화할게. 얼른 들어가라!!"

난 손을 흔들어 보이고는 집으로 갔다. 현우에겐 너무 미안하다. 죄책감이라는 이유 하나만으로 나에게 이렇게 희생할 필요 없는데……. 너의 잘못도 아니고. 현강 오빠 잘못도 아니니까. 너희 형제 둘 다 나한테 그럴 필요 없어. 벌써 3년이나 지난걸.

"다녀왔습니다. ^o^ 우와~ 맛있는 냄새 난다!"

"시아 왔니? 엄마가 핫케이크 해놨어."

"옷 갈아입고 내려올 테니까 엄마 혼자 다 먹으면 안 돼요!!"

"엄마두 몰라~ 너 늦게 내려오면 혼자 다 먹을 거야!!"

아직도 소녀 같으신 우리 엄마. ─.,─ 스물한 살에 결혼하셔서 날 낳으

 키스를 먹이로 널 길들인다

셨으니 아직도 30대다. 게다가 동안인 외모까지.

"빨리도 내려왔네. 그렇게 먹고 싶었어?"

"엄만 다 먹는다고 하면 먹을 사람이니까 그렇지. -_-"

"지각해서 안 혼났어? 첫날부터 이미지 안 좋게 되어버렸네."

"혼나진 않고, 청소 구역이 좀 이상한 데로 걸렸어."

난 엄마한테 담임 선생님과 학급 분위기에 대해서 이야기를 했다. 낮에 있었던 싸움과 내가 쓰러졌던 것에 대해서는 이야기하지 않았다. 분명 슬퍼하실 테니까.

"엄마는 고등학교 다닐 때 공부만 했는데."

"범생이었지?"

"니 아빠 기다리면서 좋은 대학 가려고 공부한 거야. ^^"

"아빨 왜 기다려??"

"음, 아빠가 엄마 버리고 캐나다로 떠났었거든. 그래서 기다렸지, 엄만. ^_^"

더 이상 듣지 말자. -., — 결국 엄만 아빠 칭찬만 늘어놓게 될 테니. 아빠와 엄만 7살 차이가 나지만 우리 아빤 매우 젊어 보인다. 엄마, 아빠 둘 다 미남, 미녀인데 왜 난 이꼴인지, 참.

밤이 되자 내가 너무 좋아하는 드라마인 '춘추의 시대 (-_-;)'를 보았다. 엄마 역시 코수를 매우 좋아한다. +_+

"어? 안 돼!! 키스하지 마! 안 돼! 안 돼!"

이 말은 결코 내가 한 게 아니다. 우리 주책맞은 어머니의 대사였음을 꼭 밝혀둔다.

"내가 좋냐, 쟤가 좋냐?"

"다, 당연히 오빠가 좋지!"

"아빠, 질투도 하네?"

"시아, 넌 나중에 결혼해서 니 엄마처럼 행동하지 마."

"알았어요. ^o^"

또로로로~ 또로로로(시아 벨 소리)~

"베란다 가서 받아!! 드라마 보는데 방해하지 말구!"

"알았어!"

핸드폰을 들고 베란다로 왔다.

"여보세요?"

[하아…….]

"누구세요? 잘 안 들리거든요?"

[미안해, 미안…….]

"현우니?"

[미안해, 시안 형. 미안해…….]

"오빠 얘기 할 거면 전화 끊을게. 미안하단 말, 네가 안 해도 되는 말이잖아."

[미안해…….]

그냥 전화를 끊어버렸다. 더 이상 듣기 싫었다. 술만 먹으면 나에게 전화해서 미안하다고 하는 현우나 현강 오빠나… 이제 지친다고… 그런 말 듣는 거 이젠 지친다구! 알아?

"다녀오겠습니다~"

"아빠가 태워줄까? 아빠 오늘 출근 늦게 해도 되는데."

 키스를 먹이로 널 길들인다

"아니! 나 부모님 차 타고 등교하는 애들 싫어하는데 내가 그 짓을 할 순 없지!"

"이제 아빠가 싫어진 거구나. -_T"

"아빠도 엄마 닮아가요? 다녀올게요~"

돈 잘 벌어오는 아빠, 다정다감한 엄마, 얌전한 딸. 남들이 볼 적엔 아무 문제 없이 화목하게 지낼 거 같지만 우리 가족에겐 너무 큰 아픔이 있다. 입에 담기조차 힘든 아픔. 엄마, 아빠한테 인사를 하고 밖으로 나오자 현우가 문 앞에 서 있다.

"어?? 웬일이야??"

"학교 같이 가려고 기다리고 있었지. ^—^ 어제 못 데려다 줬잖아."

"다행이다. 나 경한공고 지나는 거 무섭거든."

"왜? 그 새끼들이 해코지하든?"

"아, 아니. 절대 아니야!"

사실 어제 좀 놀림을 당하긴 했지. 그러나 현우에게 알렸다간 그 자식들 레테의 강 건너게 될 테니 말을 말자. -0- 나에게 고마워해야 해, 공고 놈들아.

"나 어제 너한테 전화했었지??"

"응."

"나 무슨 실수 했냐?? 어제 형들이 너무 많이 먹여서 기억이 잘 안 난다."

"실수는 무슨. -_- 막 뭐라고 욕하더니 끊던데?"

"정말? 미안해. 이제 그럴 일 없을 거야."

현우에겐 말 안 하는 게 낫겠지? 어제 나한테 했던 실수에 대해서 네가 알게 된다면 넌 또 죄책감에 시달릴 테니까.

"어? 어제 그년이네?"

"오늘은 안 뛰어가나? 좋은 구경 놓치네. ㅋㅋ"

어제 그 공고 놈들이다. 나한테 말한 거란 거 현우가 눈치 채면 안 되는 데. T_T

"현우야, 우리 늦겠다 빨리 가자."

"늦긴 뭐가 늦어? 아직 30분도 더 남았는데."

내 마음 좀 알아주렴. T_T

"이년아! 너 오늘은 안 뛰어가냐?"

"거기 남색 나이키!! 너 말이야, 이년아!"

"시아야, 너 말하는 거야? 남색 나이키 가방 너밖에 없잖아, 지금."

"하하. 설마 나겠어?"

현우는 돌아가서 그 공고 놈들 앞에 섰다. 젠장! −_− 나도 따라갈 수 밖에 없었다.

"저년 오랬지, 누가 네놈 오랬냐? 넌 절로 꺼져라잉~"

"저년? 너 지금 시아한테 년이라고 했냐?!"

"그럼 년보고 년이라고 하지, 놈이라고 하냐? 이 새끼 또라이네?"

"가슴 큰 년과 또라이라~ 뭔가 안 어울리지 않냐? ㅋㅋ"

퍽─!!

현우의 주먹이 공고 놈의 얼굴을 때렸다. 젠장, 아침부터 뭔 꼴이야, 증말.

"현우야, 얼른 가자. 나 괜찮으니까 빨리 가자, 응??"

"이 새끼! 너 다시 한 번 말해 봐. 가슴 뭐?!"

"쿨럭!"

“현우야, 빨리 가자니까! 나 화낸다!!”

“너 운 좋은 줄 알아. 아참, 니네 학교 새끼들한테 전해. 유시아 건들면 성현고의 민현우가 가만 안 둔다고. 알아들어?!”

난 현우 팔목을 잡고 길을 재촉했고 현우는 그제야 눈에 힘을 풀고 다시 날 보며 웃는다.

“오늘부터 야자 어떻게 한다냐? 현우 넌 할 수 있을 거 같아?”

“당연 못하징~ ^O^ 난 있다가 튈 거니까 너도 눈치 봐서 튀던가해라.”

“들어가~”

현우를 배웅하고 난 우리 교실로 들어왔다. 자리에 앉자마자 갑자기 여자 애들이 몰려든다. -0- 뭐, 뭐야?

“하하. 아, 안녕?”

“너 민현우랑 사귀니?”

“사귀다니? 노우!! 노우!!”

“민현우가 너랑 관련된 일이면 장난 아니라던데? 사귀는 거 아니야?”

“사귀는 거 아니야. ^—^ 친구야, 오래된 친구.”

“친구라고 하기엔 민현우 행동이 너무 심하다던데.”

이제 슬슬 짜증이 나는군. 그래, 현우가 나한테 하는 행동이 심하든 어쨌든 우린 친구야. 현우가 하는 행동들은… 죄책감에서 나오는 거고…….

“저리들 꺼져.”

네!! 어둠의 선수 정진혁 군이 한 방 날렸습니다!! 정진혁의 말이 끝나기 무섭게 아이들은 제자리로 돌아갔다.

“아, 안녕, 진혁아?”

“있는 듯 없는 듯. -_-”

“내가 먼지냐? 있는 듯 없는 듯 지내게?”

“넌 먼지처럼 작진 않지.”

“너 말이지, 그러는 거 아니야. 나도 알고 보면 사연 많고 힘든 사람이라고.”

“하나도 안 웃겨, 멍청아. −_−”

웃기라고 한 말 아닌데. 의외로 정진혁과 티격태격하며 말싸움하는 게 재미있다. 좀만 갈구면 불같이 화내는 게 엄청 단순해 보인다. 녀석. −0−

“자자~ 다들 조용히 하고 1교시 수업 준비해야지! 참~ 누가 서기 할래? 1학년 때 했었던 사람 있니?”

“유시아요~”

양지윤, 저년이 아주 날 고생시키려고 작정했구만!! 1학년 때도 쟤 때문에 서기가 되는 바람에 얼마나 고생을 했는데!

“그래? 그럼 시아가 해라. ^—^ 시아는 교무실로 따라오고 나머지 애들은 수업 준비해. 이상!”

젠장! 난 양지윤을 엄청 쏘아본 후 담임 선생님을 따라 교무실로 갔다. 2학년 부장 선생님 옆 자리군. 헉! 현우 이 자식은 왜 교무실로 끌려온 거지?!

“요 새끼, 염색 빼라고 했지!”

“염색한 거 아니라니까 그러네~ 탈색됐다고요, 탈색!!”

“여기 일지 있어. 오늘 학생증에 이름 다 써놔, 알았지?”

“넌 탈색이 노랗게 됐다, 빨갛게 됐다, 회색으로 됐다, 그러냐!! 내일까지 안 빼면 화단에 잡초 뽑게 될 줄 알아!!”

“시아야, 선생님 말 듣고 있니?? 학생증에 이름 써놓으라구. ^^”

“네? 네. −_−;”

난 일지와 학생증 37장을 들고 교무실에서 나왔다. 언제 다 쓰냐?

"유시아, 축하합니다~ 2년 연속 고생문이 좌악~"

"양지윤! 너랑 같은 반 된 게 가장 재수없어, 진짜!!"

"또 학생증 써야 되지? 도와주고 싶지만 나 글씨 못쓰잖아. ^o^"

"저리 꺼져 주지 않겠니? -_-"

휴… 정말 앞길이 깜깜하군. 난 만만한 과목인 음악 시간에 -_- 학생증에 이름을 써 나가기 시작했다. 정진혁 꺼군. -_- 글씨 구리게 써놨다가 무슨 해코지를 당할지 몰라. 난 엄청 공들여 이름을 썼다. 명필이군!! 정진혁의 생일을 보았다. 1985년 5월 1일. 음, 5월 1일이라… 엥?? 왜 85년 생이지? 우린 모두 86년 생인데?

"야야~"

"왜? 나 글씨 못쓰니까 써달라는 말 하지 마."

"너 왜 85년 생으로 되어 있어? 담임이 잘못 썼나?"

"병신. 나 잘 거니까 깨우면 죽는다. -_-^"

담임이 잘못 쓴 모양이군. 난 음악 시간이 끝나자마자 학생증을 들고—정진혁 껄 맨 위에 올려두고—교무실로 갔다.

"시아야, 벌써 다 썼니?? 너 수업 시간에 썼지!!"

"하하. ^o^ 아참!! 선생님, 진혁이 꺼 생년월일 잘못 쓰셨어요."

"어머, 그래?? 이상하다. 잘못 쓸 리가 없는데."

"85년 생이라고 하셨잖아요. ^—^ 제가 고칠까요?"

"어머~ 시아 몰랐니?? 진혁이 85년 생 맞아. 걔 복학생이거든. 몰랐어?"

"예??"

“아, 첫날 네가 지각해서 몰랐구나. ^—^ 진혁이 소개하면서 자기 입으로 복학생이란 거 말했는데.”

허, 허걱!! 복학생이라니? 전학 온 거라면서. 그럼 난 매우 실수한 것이군. 한 살이나 많은 놈한테 말 놓으면서 개겼으니. 어쩐지 반 애들이 정진혁한테 말을 안 걸더라니. 아씨, 이제 어떻게 한담? -_-;

난 이제부터 정진혁을 어떤 식으로 대해야 할지 고민하며 교실로 걸어갔다. 음, 갑자기 오빠라고 하는 것도 웃기겠고, 그렇다고 지금까지 해왔던 것처럼 야! 정진혁! 이러는 것도 웃기겠고, 아… 어떻게 하지?

“아얏!”

“뭐야? -_-”

“죄송합니다.”

딴생각하며 걸어가다 어떤 남학생이랑 부딪쳤다. 명찰 색을 보니 3학년인 거 같아 무조건 죄송하다고 했다.

“죄송하면 다여?? 여기 니 로션 묻은 건 어쩔 거여?”

“빨아드릴게요. -_-;”

“재킷을 빨아?? 재킷은 드라이해야 되는 거여.”

“세, 세탁비 드릴게요.”

“만 원 내놔.”

“드라이하는데 5,000원도 안 되는데…….”

“내 정신적인 피해 보상액도 물어야지. 만 원 내놔.”

정신적 피해 보상금은 내가 받아야 하는 게 아닌가 싶다. 돈 주긴 아깝고 안 주자니 무섭고 해서 멀뚱멀뚱 서 있었다.

“만 원 내놓으라고. -_-^”

 키스를 먹이로 널 길들인다

“니가 내, 병신아.”

“헉! 정진혁!”

“이 새끼 또 뭐여? -_-^ 네가 대신 내주려고??”

“돌았냐, 내가? 매점 가자.”

정진혁 씨는 내 손목을 잡고 날 매점으로 데려간다. 나에게 돈을 뜯어내려고 했던 놈은 정진혁의 눈빛에 쫄았는지 따라오지 않았다. 또 도움받았네.

“고마워… 요. -_-;”

“요는 뭐냐?”

“한 살 많으신 줄 몰랐네… 요.”

“어설프게 존댓말할 거면 하지 마.”

“하, 하지만……. -_-”

“그냥 원래대로 불러. 나도 그게 더 편하니까.”

그, 그래야겠다, 그럼. 근데 왜 복학을 하게 된 것일까? 복학을 했다는 건 전에 다니던 학교에서 짤렸다든지 몸이 아파서 출석일 수가 모자라 유급을 당했다든지 뭐 이런 경우일 텐데……. 물어본다고 대답해 줄 녀석 같지도 않다.

“신세진 거 있으니까 내가 쏠게. 뭐 먹구 싶은 거 있어??”

“항아리병 우유.”

“또 없니?”

“됐어. 것만 사와라. 빨대도 챙겨 오구. -_-”

전혀 어울리지 않는 걸 먹는군. 저 인상으로 빨대를 쪽쪽 빨며 바나나 우유를 드시려는 게군. 난 바나나 우유 두 개랑 자갈치를 사고 정진혁이 앉아 있는 벤치로 갔다.

“여기. 과자는 그냥 내가 좋아하는 걸루 사 왔어.”

“자갈치 나도 좋아해. 우물우물~ ㅡ.,ㅡ”

먹으란 말도 안 했건만 지가 봉지를 뜯더니 먼저 먹는다. 예상 외의 성격을 나타내시는군요.

“넌 민현우랑 왜 친하게 됐냐?”

“부모님들끼리 친하다니깐 그르네.”

“그 새끼 악랄한 건 아냐?”

“악랄한 건 모르겠는데? 나한텐 잘하니까. 근데 아무래도 이짱까지 된 놈이니까 좀 악랄하긴 하겠지??”

“좀 악랄한 정도가 아닌데. 흠!”

“넌 뭘 좀 아는 거 같은데? 왜, 현우 나쁜 애야?”

“모르는 게 약이다.”

궁금하게 해놓고 끝까지 말 안 해준다. 현우가 그렇게 나쁜 놈인가? 싸울 때 잔인하다는 얘기는 들어봤지만… 내 눈앞에서 싸울 때면 난 늘 쓰러지곤 해서 직접 보지 못했다.

“넌 몸이 원래 약하냐? 왜 픽픽 쓰러지고 지랄이야?”

“안 약해! 꽤 튼튼한 편인데 어젠 빈혈이었어.”

“양호 선생님이 하는 말이 너 거기 자주 간다면서? 너 잘 지켜보래. 우물우물~ ㅡ.,ㅡ”

“그, 그거야 양호실에 자주 가서… 흠! 덥네.”

“수업 시작하겠다. 들어가자.”

교실로 들어가는 중이다. 많은 여학생들의 눈초리를 받는 나. ‘저년은 민현우 놔두고 뭐 하는 거야?’ 이라는 눈치다. 현우가 워낙 유명하다 보니

 키스를 먹이로 널 길들인다

참 나도 민망스럽다. 우린 친구일 뿐인데…….

"넌 친구 없어? 왜 나한테 매점을 가자고 해?"

"뭐 뜯어먹으려고 그랬지."

"정말 친구 없어?"

"다들 색안경을 끼고 보잖아, 복학생이라는 거."

순간 이 녀석의 눈이 슬퍼 보였던 건 내 착각이었으려나?

"난 색안경 끼고 안 보니까 걱정하지 마셔!! 근데 왜 울 학교로 복학한
거야?"

"딴 학교에서 안 받아준대서."

"너… 꽤… 나쁜 짓을 저질렀구나. 무서운 녀석. ㅡ_ㅡ"

"맘대로 생각해. 자갈치 맛있네. ㅡ_ㅡ 원래 과자는 끝이 맛있다니까.
우물우물~"

가루까지 싹싹 털어먹는 이 녀석의 자갈치 사랑에 또 한 번 놀랐다. 자
주 사주던가 해야지, 원.

4교시 수업 시작 직전에 아슬아슬하게 들어왔다. 누가 그랬던가, 먹으
면 잠이 온다고. 이 녀석과 난 누가 먼저랄 것도 없이 뻗어버렸고 점심 시
간 종이 침과 동시에 깼다.

"시아야, 식당 가자. ^ㅇ^"

"아, 맞아. 2학년들이 식당에서 먹지?"

"현우가 자리 맡아놓는다고 얼른 오라고 했어. 빨리 가자."

난 순간 정진혁을 쳐다보았다. 아는 사람도 없을 텐데… 밥 혼자 먹는
게 얼마나 슬픈 일인데… 그걸 누구보다 잘 아는 나로서는 이 녀석을 그
냥 두고 갈 수 없었다.

"지윤아, 먼저 가 있어. ^—^ 금방 따라갈게."

"알았어, 얼른 와야 된다!!"

지윤이가 식당으로 가고 난 정진혁을 깨웠다.

"정진혁!! 일어나 봐~"

"씨발… 왜?"

"밥 안 먹어? 난 자다가도 점심 시간 되면 눈떠지던데 넌 아닌가 부네. -_-"

"돼지. -_- 난 안 먹을 거니까 너나 가서 많이 처묵어라."

"나랑 같이 가서 먹자! 빨리 일어나~"

어이없어하는 녀석의 팔을 붙들고 식당으로 내려갔다. 급식판에 점심을 받아 현우와 지윤이가 있는 곳을 찾아보았다. 세상에나!! 현우 자리 근처에는 어제 진혁이에게 엄청 깨진 3학년 일진들이 있었다. 안 돼, 절대 안 되지.

"저기 진혁아, 우리 나가서 먹지 않으련? -_- 날씨가 매우 좋던데. 하핫!"

"날씨가 좋긴 개뿔이 좋다! -_- 바람 불어서 먼지 날리는데 나가서 먹으리?"

내 마음을 아는지 모르는지. T_T 다행히 하늘이 날 도우셨다. 3학년 일진들은 다 먹고 뒷문으로 나가 버렸다. 나에게도 이런 운이 따라주다니!

"하하! 늦게 와서 미안해, 현우야, 지윤아. ^—^"

"쟨 뭐야?"

"아, 어제 봤지? 내 짝꿍! 같이 먹으려구 데려왔어. 싫지 않지??"

대답없이 국만 떠먹는 현우. 진혁이도 내 옆에 앉아서 소리없이 먹기 시작했다. 지윤이도 진혁이가 약간 걸리는지 말없이 먹었다. 난 이 불편한 분위기 속에서 밥이 넘어가지 않았다.

"통성명이나 하자. 나 민현우다."

손을 내밀어 악수를 청하며 자기소개를 하는 현우의 손을 매몰차게 외면하고 진혁이가 말했다.

"정진혁이다."

"정진혁?"

현우는 민망한 손을 치우며 진혁이 들으라는 식으로 이런 말을 했다.

"내가 아는 어떤 새끼 이름도 정진혁인데. 엄청 재수없는 새끼 있어."

"현우야, 네 친구 중에 정진혁이란 애 없지 않아?"

"친구 아니고, 나보다 한 살 많은 새낀데 상진고 다니고 있을걸?"

"그 재수없는 새끼가 난데 어쩌나~"

진혁인 식판을 들고 일어나면서 현우를 보고 씨익 웃더니 나갔다. 갑자기 현우의 표정이 무지 무섭게 변하더니 탁자를 주먹으로 쾅 내려치며 한마디 한다.

"씨발!"

현우의 욕도, 식판을 들고 나가 버린 진혁이도 전혀 이해할 수 없다. 도대체 둘 사이에 뭐가 있길래 저러는 건지.

"현우야, 왜 그래? 무섭게시리. ^^;;"

"쟤 진짜 네 짝이야? 3학년 아니고?"

"원래 3학년이어야 되는데 우리 학교로 복학한 거래. 너 알아?"

"상진고 다녔냐고 한번 물어봐 줄래?"

"응, 알았어. ^—^ 나 먼저 일어날게."

난 아까운 밥을 버리고 재빨리 교실로 뛰어갔다. 역시 내 예상대로 정진혁은 엎드려 있었다.

"야, 너 왜 그래? 현우랑 너랑 뭔 관계길래 그래?"

"민현우 그 새끼는 뭐라든?"

"너 상진고 다녔냐고 물어봐 달라던데?"

"다녔지."

"왜 우리 학교로 오게 되었는지 말해 줄 수 있어?"

"나중에. 지금 내 입으로 꺼내기는 좀 그렇다."

너의 표정에 묻지 말아달라는 기운이 넘쳐흐른다. =_= 그래, 안 물을
게. 사람에겐 말하기 싫은 과거가 한두 개씩은 있기 마련이니까.

어떻게 시간이 흘렀는지 모르겠지만 벌써 자율 학습 시간이 되었다.
복도로 지나다니는 감시 선생님들. 그 덕에 엄청 조용한 교실. 배운 게 있
어야 공부를 하지. 난 그냥 그림이나 끄적거리고 있었다. 정진혁이 부스
럭거리더니 집에 갈 채비를 한다.

"너 집에 가게?"

"어. 더 이상 앉아 있다간 엉덩이에 종기날 거 같다."

"선생님들이 저렇게 감시하는데 어떻게 나가려구?"

"6시면 꼰대들도 저녁 먹잖아. 그때 나가야지."

"나도 같이 나가자! 할 게 없거든?"

"그러던가."

얼마 있지 않아 6시가 되었고, 아이들은 저녁 급식을 먹으러 식당으로
내려갔다. 나와 정진혁도 그 틈을 타 교문까지 가는데 성공!! 그러나 교문
은 굳게 잠겨 있었다!!

"잘되라는 법은 없나 보네. 이제 어떻게 하지?"

"넘어가야지."

정진혁은 교문 밖으로 가방을 휙 던지더니 매우 민첩하고 날렵하게 교문을 넘어갔다. 난 어찌라는 겨? ㅠ_ㅠ

"잡아줄 테니까 넘어와."

"넘어지면?"

"그럼 거기 있다가 학생 부장한테 걸려서 얻어맞든지. 난 간다~"

"야!! 잡아줘!! T_T".

난 매우 어정쩡한 포즈로 교문을 넘었다. 무릎이 약간 까지긴 했지만 학교에서 탈출했다는 게 더 중요하니까 ―.,― 참았다.

"휴… 이제 뭐 하지? 집엔 10시 넘어서 가야 되는데."

"겜방 가든가."

"담배 냄새 나서 싫어. 돈도 없구."

"그럼 그냥 학교에 들러붙어 있던가."

"넌 어디 갈 거야?"

"친구들 만나러 가야지. 오랜만에 보는 거거든."

"나도 가면 안 되냐?"

"어떤 자린 줄 알고 낄 생각을 하는 거여? ―_―"

"그냥 데려가라~ 있는 듯 없는 듯 있을게, 응??"

나의 간절한 바람이 이놈의 마음에 와 닿았나 보다. 난 정진혁의 뒤를 따라갔다.

도착한 곳은 고급 오피스텔이었다. ―0―

"너 부자다. 이런 데 살아?"

"친구네 집이다. 얼른 오기나 해."

이렇게 생긴 엘리베이터가 있다는 걸 처음 알았다. 바닥이 다 비치는 매우 깨끗한 엘리베이터. 놀랍군!

엘리베이터는 7층에서 멈췄다. 정진혁은 708호라고 써 있는 곳의 벨을 눌렀다.

우르르쾅쾅―!!

요란한 소리가 들리더니만 어떤 남자애가 문을 열어줬다.

"이야~ 정진혁 후배!! 오랜만이네!!"

"새끼. ―_―^ 애들 다 왔냐?"

"당연하지. 옆엔 누구야?"

"아, 내 짝인데 갈 데가 없다길래 데려왔어."

"안녕하세요? 진혁이 친구 놈입니다. 미인을 만나게 돼서 영광이네요. 하하!"

"미인은 무슨… ^^; 유시아예요."

정진혁의 친구답지 않게 ―_― 매우 넉살 좋아 보이는 사람이었다. 신발을 벗고 들어가니 실로 놀라운 광경이 연출되고 있었다. 소파 위에서 키스하며 뒹구는 남녀. 술 먹고 있는 남자들. 아주 깽판 그 자체였다. 이런 곳에서 노는구나, 진혁아. ―_―

"야, 진혁이 왔다~"

"왔냐? 얼굴 좋아졌네, 이 새끼. 2학년 생활 또 하는 건 어떠냐?"

"니가 한번 더 해봐. ―_― 엄청 즐거우니까."

남자들은 지들끼리 얘기를 했다. 난 매우 민망해졌다. 있는 듯 없는 듯 있는다고는 했지만 이건 좀 심하군.

"아, 시아라고 했죠? 야, 인사해라. 진혁이 짝이시란다. 유시아."

"아, 안녕하세요? 유시아예요."

"난 송진한~ 아까 소개했으니까 이름만 말하는 겨."

"진혁이 잘 부탁한다. 박현준이야."

"하하! ^o^ 김상현이다."

상현이란 사람은 -_- 아까 소파에서 키스하던 사람이다. 보아하니 현준이라는 사람은 꽤 말이 없고 터프한 스타일었고, 진한이라는 사람은 낙천적이고 활발, 명랑, 깜찍한 거 같다. 저들 셋과 진혁이는 매우 친한 사이인 것 같다. 그때 갑자기 방에서 여자들 셋이 우르르 나왔다. 모두 엄청 놀아 보인다. -_-

"진혁아~ 얼마나 보구 싶었는데~ ^^"

얼굴이 매우 작고 눈이 동글동글하며 일자 앞머리를 한 매우 이쁜 여자가 진혁이 팔에 앵기며 갖은 애교를 부린다. 여자 친구인가 보네.

"야, 한뉘가 너 얼마나 보고 싶어했는 줄 아냐?"

진한이라는 사람이 말했다. 저 여자 이름이 한뉘인가 보다. 이름도 이쁘네. -_-

"고만 좀 앵겨."

"치~ 진혁이 넌 나 안 보구 싶어써?? 응??"

아주 귀염성있는 성격이시군. 다들 내 존재는 바닥에 묻어버린 거 같다. 괜히 온 기분. -0-

"어머? 쟤는 누구야??"

눈썹 없는 어떤 언니가 말했다. 되게 무섭게 생겼다.

"진혁이 짝이래. 선아야, 일루 와."

눈썹 없는 언니 이름은 선아라고 한다. 상현과 선아는 서로 사귀는 사이인가 보다. 대강 보아하니 저들 남자 넷과 여자 넷이 서로 짝짝꿍하는 사이인 거 같다.

"진혁아, 일루 앉아. ^ㅇ^ 술 먹자, 응?"

"유시아, 너도 아무 데나 앉아 있어."

아무 데나 앉아 있으라니? -_- 정진혁, 이 나쁜 놈!!

술이 놓여져 있는 상 주위로 남자, 여자, 남자, 여자 이렇게 앉아서 지들끼리 퍼먹는다. 적당히 앉을 곳을 못 찾은 난 -_- 1인용 소파에 앉아 핸드폰 게임을 했다. 시간이… 정말 안 흐른다…….

"진혁이도 같은 학교 다니면 좋을 텐데, 그치?"

"이 새끼 없으니까 맨날 심심해. 진혁아, 돌아와~"

"나도 가고야 싶지. -_- 갈 수 있어야 말이지."

"성현고는 어떠냐? 거기 짱이 김호현 아닌가?"

"첫날 그 새끼들이랑 싸웠어. -_- 별것도 아니더만."

"성현고는 3학년 짱보다 2학년 짱이 더 세다던데? 민현우랬나?"

현우 이름이 나오자 귀가 번뜩 뜨인 나. 저들의 얘기에 슬슬 집중하기 시작했다. 게임하는 척하면서. -_- 현우는 이 일대에 있는 학교에서 내가 생각하는 것보다 더 유명한 거 같다.

"민현우, 그 새끼가 이순태 구슬려서 민화상고랑 연합했다던데?"

"대단하네. -_- 민화상고까지 연합하면 엄청 세질 거 아냐."

"이상한 게 민현우 걔만 있어도 성현고 손에 꼽힐 만큼 세잖아. 그런데 민현우 걔는 자꾸 더 센 학교랑 연합하려고 한단 말이지. 무슨 계획이 있는 거 같아."

그 이유 난 알고 있지만… 내 입으로는 말할 수가 없네. 아마 현우는 세상 모든 사람들보다도 강해지려고 할 거야.

 키스를 먹이로 널 길들인다

다들 술이 많이 들어갔는지 자빠져 자는 언니도 있고 상현 오빠랑 선아 언니는 아예 방으로 들어가 버렸다. 괜히 내가 민망하다.

"안 심심해??"

진한 오빠가 내 옆에 앉으며 말을 건다. 구세주처럼 보인다. 오우, 신이시여. T_T

"안 심심할 리가 없죠. ─.,─"

"같이 술 마실래??"

"집에 들어가면 혼나는데."

"마시자. 너도 먹고 싶어하는 표정인데."

결국 난 술의 유혹을 이기지 못한 채 바닥에 앉아서 혼자 홀짝거리며 술을 마셨다. 캬아~ >_< 겨울 방학 이후 첨 먹는구나!! 맥주 세 캔을 비운 난 ─_─ 슬슬 취기가 올라오기 시작했다. 헛소리하면 안 된다, 유시아. ─_─

"우와~ 생각보다 잘 먹네?"

"한때 매우 날렸던 몸이라지요!!"

"진혁아, 애 말하는 것 좀 봐라. 엄청 웃긴다."

난 술 먹으면 취하지도 않고, 혀가 꼬이지도 않는데 말은 너무 술술 나온다. ─_─

"시아는 남자 친구 있어?"

"이 외모에 당연히 있어!! 보이지만 없지요. ^0^"

"그 외모에 없는 게 당연하지. ─_─;"

"현준 오빠, 죽어요!! 내 근처에 이상한 넘들 오면 현우한테 쭈우우우우거요~"

"현우?? 민현우??"

난 진한 오빠의 말을 안주 삼아 술을 더 마셨다. 휴… 현우 니가 술 먹으면 이런 기분인가 보구나. 그래서 나한테 전화해서 미안하다고… 미안하다고… 그러는 거구나.

"이제 벗어날 때도 됐잖아, 민현우……. 그만 하자, 우리… 그만 하자고, 제발… 하아, 힘들어……."

내가 무슨 말을 했는지 잘 모르겠지만 -_- 난 그 말을 마지막으로 잠이 든 거 같다.

두둥실 떠 있는 기분. 허공에 떠 있는 구린 기분. 헉!! -0-

"누, 누구세요??"

"정진혁."

"니가 날 왜 업고 있어?"

"술 취했잖아. -_- 너네 집 어딘지 몰라서 지갑 좀 봤다. 도대체 762-1번지가 어디여?"

"저 코너만 돌면 돼. 나 내려줘."

기다렸다는 듯이 날 내려주는 정진혁. 하긴 무거울 만했지. 미안하구나.

"여기야. 고마워, 오늘. ^—^"

"너 부잣집 딸내미구나."

"부자는 무슨… 내일 학교에서 봐. 정말 고마워."

"간다."

사라져 가는 정진혁을 쳐다보았다. 내 시선을 느꼈는지 뒤돌아서 손을 흔들고는 막 뛰어간다. 현관을 열고 들어가려는데 내 어깨를 잡는 이가 있었으니……. -_-

"이제 오냐?"

"깜짝 놀랐잖아, 민현우! 넌 안 들어가고 여기서 뭐 하는 거야? 쿵쿵…
-_- 아휴~ 술 냄새!!"

"좀 마셨지. 정진혁이랑 사귀어?"

"애 떨어질라. -_- 행여나 그런 말 하지도 마. 웃기지도 않다, 야."

"힘들다, 시아야……."

내 어깨로 기대오는 현우의 얼굴. 힘들면 그만 해도 돼. 3년이나 지났
잖아.

"현우야, 나 정말 괜찮아. 이제……."

"내가 안 괜찮아."

"그때처럼 나약하기만 한 유시아 아니야."

"시아야, 있지… 정진혁은 절대 안 돼. 혹시라도 정진혁한테 사랑이란
감정 느끼게 된다면 말야… 안 되니까, 정말 안 되니까… 애초에 그런 감
정 버려. 나 갈게."

무슨 의미인지 물어보고 싶었다. 정진혁은 안 된다니? 난 비틀거리며
사라져 가는 현우를 바라만 봤다. 휴… 갈수록 머리 복잡해지는 일만 많
아진다.

별 탈 없이 시간이 흘러 야영 가는 날의 아침이 밝았다. 젠장! 1반부터
5반까지는 남이섬으로 야영을 가고 6반부터 10반까지는 가평으로 간단
다. 야영을 이렇게 나눠서 가는 학교는 울 학교밖에 없을 거야. 저 멀리서
날 부르는 지윤이가 보인다.

"시아야, 여기~"

"무거워 죽겠어!! 무슨 야영 갈 때도 교복을 입냐?"

“우리 학교가 그렇지 뭐. 버스 탈 때 나랑 앉기다.”

“효진인 어떻게 하구? 네가 효진이랑 앉아. 난 정진혁 데꼬 앉을게.”

“너 정진혁 오빠 좋아하냐? 왜 그렇게 챙겨?”

“진혁이랑 말하는 사람이 나밖에 없잖아. ^—^ 아, 저기 온다.”

난 커다란 푸마 가방을 메고 오는 정진혁에게 달려갔다. 얘만 보면 왠
지 웃기다. -_-

“멀 그렇게 바리바리 싸가지고 왔어?? 난 먹을 것만 싸왔는데. 히히!”

“나도 먹을 건데. -_-;”

“차 타고 가면서 다 먹자! >_< 너, 같이 앉을 사람 없지??”

“가슴 아프게 왜 또 물어봐? -_- 당연히 없지.”

“나랑 앉자~ 알았지??”

“그래.”

아무리 봐도 난 전생에 천사였음이 분명해.

교장 선생님의 특별 훈화가 끝나고 우린 모두 버스에 올라탔다. 지윤
인 나랑 못 앉는 게 아쉬웠는지—먹을 게 아쉬웠을 거다. -_- —계속 뚱해
있었다. 어쨌거나 버스는 출발하였다.

“엄청 시끄럽네.”

“놔둬. -_- 꼭 저렇게 뒤에 앉아서 설치는 것들이 있잖아.”

우리 반도 다른 반과 마찬가지로 -_- 뒤에 양아치 년, 놈들이 앉아서
매.우. 나대고 있었다. 정진혁 성격에 보고 있기 짜증나겠지.

“칙촉 먹자! 내 껀 이따 먹구, 너 꺼 꺼내봐.”

“니 꺼 먼저 먹어. 난 밤에 먹을 거여.”

“그럼 난 밤에 뭐 먹으라구?”

"나 있는 방으로 와. 나눠 줄 테니까."

"안 주기만 해봐. 그날로 배신인 거여."

정진혁을 닮아간다. 어설프게 사투리 쓰는 거. =_= 거의 얘랑만 얘기하다 보니까 말투 같은 게 닮긴 닮아가는 것 같다.

"야, 근데 중도가 겨울 연가 찍었던 섬 아니냐?"

"그럴걸? 근데 겨울에 가야 이쁘지, 이런 때 가봤자 안 이쁠 것 같아."

"잠깐! −_− 진동이 느껴졌어. 누구야?"

발신자 뜨면서 누구냐고 하는 건 어떤 경우지?

"한뉘냐? 나 야영 가고 있지~ 뭐?? 니들끼리 해~ 알았어. 사주면 될 거 아녀. 그래, 문자 씹을 껴. 보내지 마. 그래, 끊는다."

한뉘라하면⋯ 그때 그 앞머리 일자 언니잖아? 비스크 인형처럼 이뻤던⋯⋯.

"그 언니랑 사귀나 봐??"

"사귀는 건가? 몰라, 난. −_− 지가 좋다고 연락하는 건데 뭐."

"너도 싫어하는 눈치는 아닌데? 하긴 그렇게 이쁜 애가 좋아한다고 하면 나 같아도 좋겠다."

"왜, 질투나냐? ㅋㅋ"

"질투는 무신 놈의 질투!! 내 꺼 칙촉 안 뜰을 거여!!"

내가 무슨 질투를 한다고 그래! 우리가 질투하고 말 사이도 아니잖아. −_− 친구끼리 무슨! 약 3시간에 걸쳐 우린 남이섬 바로 앞까지 왔다. 한 반씩 배를 타고 남이섬으로 건너가야 한다. 이제 3반이 탔고 다음이면 우리 반이 탄다.

두근두근─

난 배를 타보지 못했기 때문에 -_- 엄청 기대가 된다.

"유시아!!"

"깜짝이야. 어쩐 일로 여기까지 왔어?"

"보구 싶어서. ^—^"

"맨날 보면서 뭐가 보고 싶냐? -_- 현우 너네 반이 제일 늦게 타겠다."

"이따가 밤에 문자 보내면 숙소 앞으로 나와. 알았지?"

"왜? 뭐 줄 거야? 어! 우리 반 탄다! 문자 보낼게. 안뇽~"

난 두근거리는 마음으로 배를 탔다. 강바람이 나의 머리를 스치고, 정진혁의 머리도 스치고. -_- 어쨌거나 남이섬 도착이다! 뭔가 재밌는 사건이 일어날 것만 같은 예감이 든다.

숙소는 각 반마다 두 방씩 배정되었다. 결과적으로 여자끼리 한 방, 남자끼리 한 방, 이렇게 쓰게 된 것이다! 젠장! 수학여행도 아니고 야영까지 와서 이 많은 인원이 함께 지내야 한다니.

"방 드럽게 좁네. 씹!"

잘 나가지도 않으면서 온갖 양아치 짓을 다 하고 다니는 어떤 놈 -_- 이 말했다.

"좁더라도 써야지. 이런 게 단체 생활이잖아?"

"주댕이 닥치고 좀 찌그러져 있어라, 넌! 아유우~"

"너나 닥쳐."

지윤이의 한마디에 조용해진 양야치. 지윤인… 매우 무서운 아이이다. 지윤이가 없었다면 우리 반은 균형이 안 맞았으리라 확신하는 바이다. 우린 짐을 풀고, 체육복으로 갈아입고 집합했다. 꼭 이런 곳에 오면 교관들이 첫날에 군기를 잡는다. 구르기, 푸쉬업, 열차, 어깨동무하고 앉았다 일어나기 등등 많은 기합을 받는다.

밤이 되었다. 온몸 구석구석이 다 쑤신다. 흑! T_T 집이 그리워!

띵동~ 문자 왔다.

「지금 숙소 앞으로 나오세효. ^^ ─현우.」

현우의 평소와는 매우 다른 문자 보내는 말투이다. 얘한테 온 문자만 보면 속이 니글거리는 건 어쩔 수 없는 거 같다.

"야, 왜 불렀어? 온몸이 아파 죽겠구만."

"유시아, 넌 운동 부족이라니까."

"나 놀리려고 부른 건 아닐 거 아냐!"

"이거 받아."

"이게 다 뭐야?"

현우가 나에게 내민 건 까만 봉다리였는데 꽤나 무거웠다. 얜 이거 들고 여기까지 어떻게 왔다냐?

"너 먹으라고 사 왔지~ ^─^ 잘했냐?"

"안 그래도 먹을 거 많이 싸왔는데… 어쨌거나 고마워. 잘 먹을게."

"교관들한테 물어보니 내일부턴 기합주는 거 없이 노는 것만 있다더라."

"정말?? 아싸~ 그만 들어갈게. 너두 푹 쉬어라~"

난 현우가 준 검은 봉다리를 들고 숙소로 들어갔다. 반 아이들에게 나눠 주려다가 칙촉이 보이길래 칙촉만 빼서 울 반 남자애들 숙소로 갔다. 아무리 봐도 난 너무 착하단 말이지!

똑똑똑─!!

"어? 유시아, 웬일이냐?"

"정진혁 좀 불러줘."

"잠깐만~ 진혁이 형~ 유시아 왔는데요?"

다들 깍듯이 모시는구나. 하긴 남자들 세계에서 한 살 차이면 매우 큰 숫자지.

"왜?"

"짜잔~"

"웬 칙촉이냐? 너 꺼 아까 다 먹었잖아."

"마법을 부렸지!"

"미친… 할 말 없음 나 들어간다. 피곤해 죽을 지경이여."

"이거 먹으라구~ 그럼 쉬어~"

난 정진혁 손에 칙촉을 쥐어주고 다시 우리 숙소로 왔다. 뭔가 너무 뿌듯한 기분. 헤헤!!

띵동~

「잘 먹을게. 고맙다, 짜슥! ―멋진 남자 진혁.」

내가 애한테 폰 번호를 알려줬던가? 멋진 남자는 또 뭐지?

「너내버노어케아라써?내가알려줬었어?」

「부반장한테물어봐찌. 쉬어라.」

그랬군. 그랬던 거였어. 우리 방 아이들은 현우가 사다준 과자를 다 먹

 키스톨 먹이로 널 길들인다

고 어디서 구해왔는지 술판을 벌이고 있었다. 정말 대단하시군요!

"야, 이렇게 다 같이 모이기도 쉽지 않은데 진실 게임이나 할까?"

"그래, 하자! 대답 안 하면 소주에 과자 가루 섞은 거 먹기!"

언젠가부터 양아치 논과 지윤인 마음이 맞기 시작했다. -_- 결국 시작된 진실 게임. 난 정말 하고 싶지 않다. 만약 대답하기 싫은 걸 물어봤을 경우 저걸 먹는다는 건… 정말 끔찍하기 때문에… 하지만 나라고 벗어날 수 있겠는가? 할 수밖에 없지.

다들 무사히 넘어갔고 내 번호가 다가왔다. 제길!

"나 유시아한테 궁금한 거 있었어. 정말 솔직히 말하기다?"

"그래."

"도대체 민현우랑 무슨 사이냐? 아까도 보니까 둘이 만나고 있던데."

"맞아. 나도 궁금했어."

웅성웅성—

"내 가슴에 양심을 얹고 말하는데 진짜 현우랑은 친구야, 친구!"

"에이~ 민현우한테 물어보니까 친구 아니라고 하던걸?"

현우는 당연히 친구가 아니라고 생각하겠지. 그저 날 지켜주는 사람일 뿐이니까. 휴… 이걸 어떻게 설명한담?

"나만 친구로 생각하는 건가? 하하하!"

"아, 그리고 하나 더! 정진혁 오빠랑은 어떤 관계?"

"맞아! 나도 정진혁 오빠 찍었는데 무서워서 접근을 못하고 있어!"

"정진혁하고는 매우 좋은 짝꿍 관계를 유지하고 있지."

"근데 왜 너만 말을 까는 거야? 남자애들도 다 존댓말 쓰던데?"

"그건 정진혁이 말 놓으래서 그랬지."

“넌 진혁 오빠 안 무서워? 냉기가 철철 넘치지 않니?”

“겉모습만 그래 보이지, 속은 절대 아니야.”

아이들은 약 30분가량 정진혁에 대한 질문을 했다. 이건 진실 게임이라기보다 정진혁 엑스 파일 뭐, 이런 거 같았다. 그러고 보니까 은근히 정진혁을 맘에 둔 여자 애들도 많았다. 의외로 인기가 좋군.

다음날 아침. 휴… 날씨 한번 기똥차게 구!리!네! 내 생전 야영 왔을 때 비 오기는 처음이다. 아무튼 우리 학교는 날짜 못 잡는 걸로 유명하다니까! 1학년 수학여행 때도 비가 철철 오더니만 이번 역시 이 지랄이네.

—아! 아! 방송 나갑니다! 들리면 모두 야~ 라고 소리를 지르십시오.

“야아아아아아아아—!!”

—매우 잘 들리는 거 같군요! 오늘 비가 오는 관계로 저희 수련원에서 준비한 기획을 못하게 되었습니다. 각자 반끼리 숙소에서 놀으십시오. 이상!

와아~ 하며 함성 소리가 들린다. 다들 엄청 좋겠지. 담임 선생님이 들어온다. 뭔 소리를 하시려고?

“애들아~ 남자애들도 불러서 한 방에서 같이 놀아라. 선생님들은 선생님들끼리 놀 거야. 알았지? 사고치지 말구!”

“네엣!”

무슨 남자애들을 불러오고 지랄이래? 그래도 속으로는 은근히 기대된다. 반장이 남자애들을 다 데려왔다. 여자끼리 앉기도 좁은데 남자애들까지 와서 쪼그리고 앉아야 했다. 보니까 정진혁은 내 반대편에 양아치 눈들 사이에 앉았다.

“야! 이렇게 모였는데 그냥 있을 순 없지! 짜잔~”

반장, 능력도 좋지! 어디서 술을 잔뜩 구해왔는지 막 뿌려댔다. 애들은

끼리끼리 그룹을 만들어 마시기 시작했고 지윤이는 효진이랑 신나서 아주 방방곡곡 뛰어다닌다.

"넌 안 마시냐?"

"너는 왜 안 먹으시는데요, 정진혁 오빠~"

"갑자기 웬 오빠여? 하던 대로 혀."

"휴… 야영 와서 이렇게 편하게 지내는 거 처음인 거 같아."

"야영 같지도 않지? 학교가 후져서 그래."

니가 더 후졌어, 개놈아.

"칙촉, 너 혼자 먹었어?"

"어. 애들이 달라는 거 안 줬지."

"좀 나눠 주지 그랬냐?"

"나의 칙촉 사랑이 어느 정돈지 모르는군."

자갈치도 사랑하잖니.

"사랑하는 거 많아서 좋으시겠어요?"

"야, 나갈래?"

"비 오는데 어딜 나가?"

"비 맞는 거 좋잖아~ 나가자, 얼른!"

내가 무슨 힘으로 정진혁을 거역하겠는고?

난 정진혁을 따라나섰다. 비는 장마철처럼 쭉쭉 내리고 있었고 웅덩이도 많이 고여 있었다. 개미들에겐 한강이 새로 생성되었다고 표현할 만하다.

"정진혁, 미쳤냐! 왜 개미들의 한강을 밟고 지랄이여!"

"너도 일로 오라니까 그러네!"

"꺄아!!"

정진혁은 내 손을 잡아끌었고 우린 그야말로 영화에서나 나오는 다정한 연인들마냥 서로 물을 튀기며 놀았다. 이 아이에게 이런 면이 있을 줄은 미처 몰랐다. 웃는 모습이 이렇게 해맑을 줄은 더 더욱 몰랐다.

"기분 좋지 않냐? 난 이렇게 비 맞는 거 좋더라고~"

"뭐라구? 잘 안 들려! 다시 말해 봐."

"비 맞는 거 좋다고!"

비가 너무 세게 와서 목소리도 잘 안 들린다. 어쨌거나 나도 기분 좋다.

"정진혁, 너 말이야!"

"나 뭐!"

"생각보다 괜찮은 애 같아~"

"……."

"첨에 너 봤을 때 엄청 싹퉁머리없는 앤 줄 알았는데! 역시 사람은 지내고 봐야 된다니까."

"지금은 나 어떤데?"

"몰라~"

우린 흠뻑 젖은 채로 계속 이야기를 했다. 그때 누군가 내 이름을 부른다.

"유시아!"

정진혁과 난 일제히 소리가 나는 방향으로 고개를 돌렸다. 날 부른 사람은 현우였다. 현우 근처에는 2학년 일진들이 우르르 몰려 있다. 왠지… 싫다.

"진혁아, 너 먼저 들어가. 알았지?"

"그래, 너도 얼른 들어와라. 감기 걸린다."

난 정진혁에게 방긋 한 번 웃어주고 현우가 있는 쪽으로 달려갔다. 현우에게 다가갈수록 현우의 눈이 누굴 노려보고 있는지 알 수 있었다. 현우의 시선은… 정진혁에게로 꽂혀 있었다.

"현우야, 왜 불렀어?"

"뭐야?"

"뭐긴? 유시아지."

"저거랑 뭐 한 거냐고."

현우는 턱으로 정진혁을 가리키면서 매우 무서운 목소리로 말했다. 뒤를 돌아보니 정진혁은 숙소로 들어가지 않고 계속 그 자리에 있다. 젠장, 들어가라니까 지랄이네.

"뭐긴? 그냥 비 맞고 있던 거야. ^—^"

현우 기분이 너무 안 좋아 보이길래 난 최대로 현우의 비위를 맞춰가며 말을 해야 했다. 비굴하다.

"단지 비만 맞고 있던 거냐? 계속 보니까 사귀는 거 같던데?"

"너 술 먹었냐?"

"돌리지 말고 말해! 사귀냐? 그래?"

"대답할 가치도 못 느낀다, 민현우. 아니, 막말로 또 사귀면 어때? 나라고 쟤랑 사귀지 말란 법 있…….."

찰싹—!!

매우 둔탁한 소리가 공기를 에워쌌다. 비가 오면 소리가 울려서 들리기 때문에 내 뺨에서 난 소리는 매우 컸다. 물에 젖은 곳을 맞으면 더 아프단 건 다들 알고 있겠지? 난 지금 뺨이 매우 아프고 무엇보다도… 가슴이 아프다.

"하아… 민현우, 뭐야?"

"……"

"나 말실수한 거 있니? 그래서 이렇게 나 때리니?"

"……."

"뭐야, 너? 지금 니가 한 행동, 우리 관계 끝내자는 걸로 받아들여야 하는 거지?"

"미안해."

"이제 지긋지긋해! 너한테 미안하단 말 듣는 거 지긋지긋하다고! 내 눈치 보면서 행동하는 것도 지겹고, 너 술 먹으면 나한테 전화해서 미안하다고 하는 것도 지겨워! 알아?"

사람은 울면 마음이 격해진다고 하던가? 하지 말아야 할 말들이 입에서 술술 나온다.

"미안하다."

"제발 그만 해! 네가 나한테 죄인인 양 행동하는 거, 나 너무 힘들어. 아냐구! 하아… 그만 해. 제발 부탁할게. 그만 해줘."

"울지 마, 유시아."

정진혁이다. 이놈은 들어가라니까 안 들어가고…….

"넌 들어가, 정진혁. 네가 관계되면 일만 커져. 들어가."

"들어가시지요, 정진혁 선.배. 있어봤자 서로 좋은 꼴 못 본다는 거 아실 텐데……."

"넌 한마디만 더 주댕이 열면 골로 갈 줄 알아. 들어가자, 유시아."

정진혁이 이렇게 무섭게 말하는 거 처음 본다. 정진혁은 비틀대는 날 부축해 숙소가 아닌 공연장으로 데려갔다. 비 피하기엔 좋은 곳이군.

"볼 엄청 부었다, 야. 아프지 않았냐?"

"(一)(一)(一)(一)"

"안 아프긴. 민현우 손 힘센 거 나도 알아."

"사실은 아파. 지금도 아프단 말야. 엉엉엉~ T_T"

정진혁이 부드럽게 말해서일까? 울음이 물 새듯이 흘러나왔다. 정진혁은 내 머리를 팔로 감싸 안아주고 말없이 내 옆에 앉아 있었다. 휴……

"다 울었냐, 찡찡이?"

"찡찡인 뭐야?"

"찡찡대며 우는 게 아주 가관이드만."

"어쨌든 고마워."

"고맙긴. 다 울었으면 이제 숙소로 돌아가자. 저녁 먹을 시간이다."

나보다 1년을 더 살아서인지 몰라도 진혁인 매우 편안한 분위기를 만들 줄 아는 사람 같다. 지금 진혁이한테 기대어 울지 않았다면 난 며칠 밤을 혼자 울었을 것이다.

저녁 먹는 식당. 정진혁은 반 남자애들과 함께 먹고—고새 친해진 거 같다—난 지윤이와 효진이와 같이 먹었다. 물을 먹으러 정수기 앞에 서 있는데 현우가 괜히 알짱거린다. 모르는 사람처럼 무시하고 식당에서 나왔다. 숙소로 들어가려는데 현우가 내 팔을 붙잡는다.

"우리 먼저 들어가 있을게. ^^;"

"따라와."

현우는 날 방으로 데려갔다(보아하니 현우네 반 숙소인 듯싶다). 이 새끼가 애들을 다 내쫓았는지 방엔 아무도 없었다.

"뭐야? 용건만 말해."

"미안해."

"그 말 할 거면 나 가봐도 되지?"

"어떻게 해야 되냐? 어떻게 하면 용서해 줄래?"

"그냥 나 혼자 풀리게 놔둬. 이러다가 혼자 풀리겠지."

"지금 네 꼴 보면 절대 안 풀릴 거 같은데?"

"오히려 너한텐 잘된 일 아니야? 나 신경 안 쓰면 너도 편하잖아."

내 말투가 너무 싸가지없었나? 현우가 너무 슬퍼 보인다. 말이 심했던 거 같다.

"내가 어떻게 널 신경 안 쓰고 살아? 내 눈, 내 코, 내 귀… 모든 게 다 널 향해 있는데."

"현우야, 이건 내가 정말 진심으로 하는 말이거든? 나 지금 화나서 하는 말 아니니까 잘 들어."

"……."

"네가 죄책감 때문에 나 지켜주는 거, 이제 힘들어. 나 때문에 너의 생활 자체가 변하잖아. 나 그러는 거 싫어. 네 잘못도 아니었고 현강 오빠 잘못도 아니었어. 너도 알잖아, 피할 수 없었다는 거. 이제 우리 그만 하자."

현우는 송장처럼 굳어버린 것 같았다. 난 그냥 방에서 나와 버렸다. 너무… 지친다, 이제…….

발이 닿는 대로 그냥 걸었다. 이 좁은 섬에서 설마 길을 잃기야 하겠어? 라는 생각으로. 아까 정진혁과 같이 비 맞고 놀았을 땐 즐거웠는데 지금은 나 대신 하늘이 울어주고 있는 거 같아서 너무 슬프다.

또로로롱~ 또로로롱~

"여보세요?"

[나 정진혁인데 어디냐? 이제 레크레이션하니까 얼른 와.]

"그런 거 하면 뭐 해?"

[우냐? 너 어디여?]

"겨울 연가 찍은 데. 나무 많은 곳."

[거기? 기다려라. 이 오빠가 가마!]

치, 하나도 안 웃기다. 난 나무 사이에 앉아서 비를 피하고 있었다. 저기… 정진혁이 뛰어오는 게 보인다. 동아 상호 신용 금고 우산을 들고.

"청승맞게 뭐 하고 있냐? 눈은 붕어처럼 부어서."

"나는 내가 모르는 사이에 남에세 상처 주는 짓을 참 많이 하는 거 같아."

"사람이라면 어쩔 수 없는 거야, 그건."

"안 그러는 사람들도 많은데… 난 왜 이러는지 모르겠다, 정말."

"일어나. 들어가자."

"유시아, 정말 밉다… 그치?"

내 말에 정진혁은 대꾸없이 날 일으켜 세웠다. 오늘처럼 내 자신이 미워진 적이 없었는데……. 유시아, 진짜 미워.

"진혁아, 너 쪽으로 우산 들어. 너 어깨 다 젖잖아."

"어차피 젖었는데 뭐."

"야, 너보다 내가 더 많이 젖었으니까 차라리 너 혼자 우산 써. 괜히 너까지 갈아입은 옷 버리지 말구."

"넌 더 많이 젖었으니까 더 이상 젖으면 감기 걸려."

"내가 무슨 수로 니 고집을 꺾냐?"

의외로 매너도 좋으시네. 한뉘란 언니가 좋아할 만도 하다, 야. 나도 지금 심장이 두근두근하는 게… 가누기 힘들거든.

우리가 숙소에 도착했을 땐 레크레이션이 끝나고 다들 숙소로 들어가고 있었다. 정진혁도 지네 방으로 들어가고 나도 내 방으로 들어가고. 혁!

보니까 우산을 내가 들고 왔잖아.

"지윤아, 나 정진혁네 방에 갔다 올게. 우산 갖다 주러~"

"너 야영 와서 계속 진혁 오빠랑만 노는 거 알지? 나 삐침이야!"

"갔다 와서 계속 지윤이랑 놀게. ^—^ 기다리구 있어!"

"기집애! 빨리 다녀와!"

난 잽싸게 위층으로 올라갔다(진혁이네 방은 시아네 방 위층이다). 노크를 했더니 울 반 남자애가 나온다.

"정진혁 좀 불러줘~"

"진혁이 형 나갔는데?"

"걔가 갈 데가 어디 있어서 나가?"

"일진 애들이 불러서 나갔어."

"뭐? 어디로!"

"거기까진 모르는데."

난 우산을 던지듯 놔두고는 현우네 방으로 갔다. 하아… 하아…….

"민현우 좀 불러줘, 얼른!"

"현우 레크레이션 끝나고 안 들어왔는데?"

난 교관 선생님들 숙소로 달려갔다.

"교관 선생님!"

"무슨 일입니까?"

"여기 숙소 근처에 공터 넓은 데 있어요?!"

"공터는 왜 찾는 겁니까?"

"빨리 말해 주세요. 급해서 그래요!"

내 눈에서 다급한 게 읽혀졌는지 교관은 더 이상 꼬투리 잡지 않고 말

 키스를 먹이로 널 길들인다

을 해주었다.

"공연장 뒤에 보면 나무 계단이 있는데, 거기로 올라가면 넓은 곳이 나올 거야."

"감사합니다!"

난 얼른 공연장 뒤에 있는 나무 계단으로 올라갔다. 역시 내 예상대로 현우와 그의 일진 아이들과 정진혁이 있었다. 민현우… 오늘로 너랑 나 정말 안녕이다.

"뭐 하자는 거야, 민현우?"

"시아, 너 어떻게 알고……."

"너 이거밖에 안 되는 애였어? 그래?"

"유시아, 넌 가 있어. 애랑 나랑 해결할 일이니까."

"정진혁, 너나 가 있어. 그리고 미안해."

"둘이 쌍으로 영화를 찍는구만, 씨발!"

"민현우… 그만 하자, 제발."

"뭘 그만 해? 도대체 뭘 그만 하자는 건데, 너!"

"너랑 나! 넌 나 지켜주는 거 그만 하고, 난 너한테 지킴받는 거 그만 하자고. 오늘로 끝이야. 지금 이 순간부터 그만 하자. 정진혁, 가자."

내 말에 정진혁은 내 쪽으로 걸어왔다. 정진혁이 내 쪽으로 걸어오자 일진 아이들이 하나둘씩 정진혁 근처를 에워싸기 시작했다.

"민현우, 쟤들 행동 멈추라고 해. 얼른!"

"……."

"민현우, 너 끝까지 이럴 거야? 어?!"

"새끼들아, 안 비켜? 이것들을 확 싸잡아뿔라!"

정진혁의 엽기적인 발언에 아이들은 물러섰다. 정진혁은 내 옆으로 와서 섰다. 웃기는 녀석.

"민현우… 정말 안녕이야, 이제."

난 정진혁과 나무 계단으로 걸어갔고 현우의 작았던 목소리가 점점 커졌다.

"가지 마, 유시아… 가지 말라고!"

"……."

"너 이대로 가면 나 미친다고!"

"……."

"멈춰. 씨발, 멈추라고!"

"그만 해, 민현우. 너 지금 이러는 거, 추해 보여."

하아… 난 역시 끝까지 남에게 상처만 주는 거 같다. 갑자기 현우가 달려오더니 내 팔을 붙잡아 날 돌려세운다. 이러지 말자, 민현우… 제발…….

"화난 거 있으면 풀어, 시아야. 내가 잘못했으니까 풀어, 어?"

"화난 거 없어. 이제 그만 하고 싶어서 그래."

"너한테 미안하단 말 같은 거 안 하고, 니 눈치 보면서 행동하고 그러지 않을 테니까… 가지 마라."

"너만 보면… 그때 일이 생각나서 나 힘들어져. 너도 나만 보면 생각나잖아. 그래서 너도 못 잊는 거잖아."

"나 그 딴 거 다 잊었어. 다 잊었으니까… 다시 돌아가자, 어?"

"내가 못 잊었어. 미안해. 이제 그만 하고 싶어. 안녕."

내 팔목을 잡고 있던 현우의 손에 힘이 스르륵… 풀렸다.

나무 계단을 터벅터벅 걸어가는 내 모습. 이런 식으로 상처 주고 싶지 않았는데… 그동안 현우는 날 지켜주느라 자기 인생 버렸는데…….

"너 좀 심했다. 민현우 엄청 상처받은 거 같던데."

"휴…….”

"걔가 나 부른 건 상진고랑 성현고 문제 때문이었어. 너랑 관계된 거 아니었는데, 네가 오해한 거지."

"안 궁금해?"

"난 내 아픔만으로도 힘든 사람이여. 남의 아픔까지 안고 있는 짓 못한다~”

"치!”

"민현우한테 사과해라, 야. 너네 부모님끼리도 아는 사이라며. 어차피 좋든 싫든 계속 얼굴 봐야 할 텐데 이왕이면 좋게 보는 게 낫지."

"이 지랄 해놨는데 어떻게 사과해?"

생각해 보니까 내가 좀 오버하긴 한 거 같다. 난 또 현우가 나랑 정진혁이랑 사귄다고 오해해서 정진혁한테 해코지하려는 줄 알고 괜히 열받았다. 하긴… 해코지한다고 해서 당할 정진혁도 아니지만.

"되도록이면 빨리 사과해. 시간이 흐를수록 점점 하기 힘들어지는 게 미안하단 말이잖아."

"경험있는 듯한 말투다?"

"노코멘트. 그럼 난 숙소로 가볼 테니 넌 민현우를 만나던가 하거라."

아무리 봐도 이놈은 비밀주의자 같단 말이지. 그나저나 어떻게 사과를 한담? 몇 분 전에 지랄해 놓고 사과하러 가면 내 꼴이 얼마나 우습겠어? 내가 사과를 하러 가야 할지 말아야 할지 공연장 앞에서 망설이고 있는데 현우가 패거리들을 이끌고 나무 계단 아래로 내려왔다.

"민현우!"

내가 엄청 큰 소리로 부르자 현우가 내 쪽으로 온다. 애 표정 보니까 나 너무 미안해진다.

"미… 안해."

"후우…….."

"현우야, 미안해. 내가 오해했어. 미안해. 잘못했어. 용서해 줄 거지, 응응?"

"한 번만 더 내 가슴 찢어놓는 짓 해봐, 너."

"알았어. ^—^ 근데 나 정말 정진혁이랑 아무 사이도 아니야. 그러니까 괜히 너 혼자 오해해서 정진혁 해코지하고 그러지 마. 알았지?"

내 말에 아무 대답 없는 현우. 뭐야? 해코지하겠다는 거여, 말겠다는 거여?

"들어가기나 하자. ^^"

"유시아."

"응?"

"아니다."

무슨 말을 하려다 마는지 답답하구머잉~ 하지만 현우라면 언젠가는 말해 줄 거라 믿는다.

다음날, 집으로 가는 버스 안. 너무 무리하게 과자를 싸온 탓일까? 집으로 가는 버스 안에서 과자를 먹고 있는 사람은 나와 정진혁뿐이었다. 쉴 새 없이 먹었는데도 이렇게 많이 남다니.

"야, 이것 좀 줄 테니까 먹어라."

"네가 먹어. 내가 양보할게."

"씹… 배불러 뒈지겠네."

우린 꾸역꾸역 남은 과자를 다 먹었고 학교에 도착했을 땐 거의 쓰러질 지경이었다. 제길!

—사고없이 무사히 도착한 학생들에게 박수를… 어쩌고저쩌고……..

피곤한 학생들을 위해 그만 말씀하시면 안 될까요, 교장 선생님? 성현고 2학년 400명 학생의 바람이 들리는지 마는지 교장 선생님은 30분 동안이나 설교를 하셨다.

—내일은 개교 기념일이니 하루 푹 쉬고! 모레 멋진 모습으로 등교합시다. 이상!

오호라~ 내일이 개교 기념일이었구나!

"지윤아! 효진아! 우리 내일 놀자! 개교 기념일은 놀러가기 딱이잖아."

"안.타.깝.게.도. 난 선약이 있으시단다."

"뭔 약속?"

"효진이 남친 친구 소개받기루 했지."

"효진이 미워! 난 소개 안 해주구."

효진이 남자 친구는 평택에 사는데 매우 갑부다. 그의 친구들도 무척이나 갑부라고 한다. 양지윤, 떡 하나 건져 오겠군.

"유시아~"

"진혁 오빠가 부르네. 가봐라, 시아야. ^—^"

"오냐! 내일 잘 놀다와!"

"그래!"

난 교문에서 날 부르는 정진혁에게 달려갔다. 왜 안 가고 지랄이여?

“왜?”

“집으로 곧장 갈 거냐?”

“응. 갈 곳이 어딨어, 내가.”

“할 거 없으면 같이 놀러갈래?”

“이 짐을 들고? 게다가 난 3일이나 샤워도 못했는걸.”

“밤에 문자 보낼게. 들어가라~”

웬일이야, 저 자식이? 같이 놀러가자는 말을 하다니, 설마 나한테 마음 있는 거 아니야?? 꺄아아아~ >_< 매우 어이없는 생각이군.

“다녀왔습니다~”

“시아 왔어? 넌 어떻게 된 애가 전화 한 통 안 하냐! 엄마가 얼마나 걱정한 줄 알아?”

“살아 돌아왔으니 됐잖수. 그러는 엄만 전화했어?”

“얼른 씻고 나와. 아빠 만나러 가게.”

난 재빨리 샤워한 후 옷을 갈아입고 나왔다. 엄만 어딜 가시려는지 평소엔 입지도 않던 정장을 빼입으셨다. 저렇게 입으니 엄마가 나보다 더 이뻐 보인다.

“엄마, 뭐여? 어디 갈 건데 멋을 부리는 거여?”

“오랜만에 아빠가 밥 사준다잖아. 얼른 나가자. >_<”

엄마의 차를 타고 큰집이라고 하는 음식점에 들어갔다. 이름 한번 조직 같다. 조금 기다리고 있으니까 아빠가 왔다. 오오~ 오랜만입니다, 아버지!

“아빠~ 보고 싶었어!”

“아빠도 우리 시아 보고 싶었지.”

"부녀가 잘들 노시는구만."

"그래도 난 여보뿐이야. 하하하!"

이건 우리 엄마, 아빠여서 하는 말이 아니다. 엄마랑 아빠를 보면 정말 이상적인 부부가 어떤 건가 절실히 느낄 수 있다. 나도 나중에 저렇게 살면 매우 좋을 것 같다.

주문한 설렁탕이 나왔다. 오랜만에 칼질할 줄 알았더니만 설렁탕이 뭐여, 설렁탕이.

띵동~ 진혁이의 문자였다. 문자에도 사투리를 구사하다니. -_-

「집 어디여?」

「나큰집이다~ 넌 어디?」

한참 국물을 후르륵 마시고 있는데 답문이 왔다.

「진한이네. 여기어딘줄기억하지?지금일로와라.」

「나길치거든요. -_-」

「씹. -_- 그럼학교앞으로와있어. 마중갈게.」

난 가족보다 정진혁을 소중히 여기는 것일까? 오랜만에 외식하는 자리를 버려두고 정진혁에게 갈 생각을 하고 있다니.

"저기… 엄무이, 아부지."

"왜? 후르르륵~"

"지금 친구가 급한 일이 있다고 해서 말인데요, 가봐야 할 거 같은데……."

"남자야?"

"엄만 무슨! 내가 남자가 어딨어!"

"하긴 다 먹었으니까 가는 길에 데려다 줄게. 어디야?"

"학교 앞에서 만나기로 했는데."

"오빠 회사 들어가 봐야 되지?"

"어. 네가 시아 좀 데려다 줘. 시아야, 아빠 먼저 간다."

아빠는 회사로, 엄마와 난 학교로. 아… 정진혁이 학교 앞에 안 나와 있
길 바래야겠다.

다행히 정진혁은 보이지 않았다. 하늘은 내 편인 것인가?

"엄마, 고마워! 일찍 들어갈게."

"저번처럼 술 먹고 오기만 해봐!"

엄마의 마티즈가 쑝 빠져나갔다. 저기서 정진혁이 걸어오고 있었다.
확실히 이 녀석… 좀 멋있는 거 같긴 하다. 입만 안 열면.

"얼~ 사복 입은 거 보니까 쪼꼼 멋있네?"

"넌 사복이나 교복이나 고게 고거고만."

"길이나 안내하시지!"

내가 띄워줬으면 너도 띄어줘야 분위기가 맞을 거 아녀! 아무튼…….

"야, 근데 니 친구들 노는데 왜 자꾸 날 불러들이는 거야? 어차피 난 혼
자 놀잖아."

"진한이가 데려오라고 해서. 고 새끼가 너 맘에 들어하는 거 같더라고."

…방금 가슴이 아팠다. 왜였을까? 너한테 그런 얘기 들으니까 기분이
그리 좋지는 않다.

“어, 왔냐? 시아도 왔네?”

“안녕하세요? ^^”

“진혁아~ 왜 이렇게 늦게 왔어! 사고난 줄 알았잖아. 시아도 안녕? ^—^”

언제 봐도 이쁜 한뉘 언니(그래 봤자 두 번 봤음). 역시 이 사람들은 술판을 벌이고 있었다. 아, 날 유혹하지 말아다오.

“자자, 다들 앉자고~”

“오늘은 딴 언니들 없네요?”

“응, 걔네 나이트 갔거든. 하하하!”

“선아 내일 죽었어. 서방을 놔두고 나이트에 가?”

어쩐지 상현 오빠 기분이 꽤 안 좋아보이더라. 난 술은 절대 건들지 않고 계속 오징어만 먹었다.

뭉기적뭉기적— —,.—

남들 술먹을 때 가만히 있는 거, 정말 힘든 노릇이다.

“야, 너 왜 안 먹냐?”

“엄마한테 맞아.”

“한 대 맞고 그냥 마시겠다, 나 같으면. 먹어!”

“니나 많이 먹으세요.”

난 술은 아예 쳐다보지도 않았다. 하지만 자꾸 화가 난다. 내 눈앞에서 한뉘 언니가 진혁이한테… 매달려 있는 게… 너무 화가 나서… 술을 안 먹을 수가 없을 것만 같다.

“오오오! 유시아, 너무 빨리 마시는 거 아니야?”

“상관하지 마시지!”

네놈이 상관할 일이 아니란 말이다. 젠장! 휴… 벌써 몇 캔을 비운 건지 모르겠다. 엄마한테 죽겠군, 제길. 난 술을 깨기 위해 베란다에 나가 있었다. 야경이 매우 멋지다.

"뭐 해?"

"엇! 진한 오빠네요~"

"안 추워?"

"이 날씨에 춥긴."

난 진한 오빠와 아주 일상적인 대화를 나누었다. 난 베란다 창문에 기대어 서 있고, 진한 오빤 베란다 문에 기대어 서 있었다.

"시아야, 있지… 사귈래?"

"예?"

"잘해줄게. 사귀자."

"에이~ 오빠, 그런 말 막하는 거 아녜욧!"

"어우, 야! 잘해줄 테니까 고만 튕기고 사귀자. 나 좋다는 애들 줄섰어~ 너 봉 잡은 거라니까."

"안 돼요, 절대 안… 네, 사귀어요."

거실 안을 보고 있던 난 정진혁과 한뉘 언니의 키스 장면에 놀라, 아니, 놀랐다기보다… 왠지 배신감이 들어서 나도 모르게 사귀자고 해버렸다. 아무 사이도 아니라고 했잖아. 아무 사이도 아닌 사람들끼리… 키스하고 그러니?

"아싸! 우리 오늘 1일이다."

"……"

"너네 내일 개교 기념일이지? 만날까?"

"……"

"음… 만나서 뭐 하지? 어디 놀러갈래?"

"……."

"유시아, 야… 유시아!"

"네?"

"내일 놀러가자구. ^—^ 가고 싶은 데 있어?"

"아… 전… 내일 약속있거든요."

"에이~ 우아, 춥다. 들어가자~"

…나 무슨 짓을 한 거지? 유시아, 이렇게 못된 애였어? 어쩌자고 사귀
자는 말을 해버린 걸까? 정진혁한테 보여주고 싶은 거지? 하아… 웃기다,
유시아. 너 이렇게 저질일 줄 몰랐는데…….

"저 가볼게요."

"10시밖에 안 됐는데 간다고?"

"피곤하기두 하구요. 안녕히 계세요."

난 서둘러 나왔다. 더 있다가는 내가 무슨 짓을 할지 모르겠다. 엘리베
이터에 타려고 하는데 정진혁이 같이 탄다. 왠지 싫다.

"데려다 줄게~ 너 너네 집 가는 길 모르잖아."

"택시 타면 나오는데 뭐."

"돈도 없는 게."

"가다 보면 나오겠지 뭐."

"너 말투가 왜 그 모냥이냐, 아그야?"

"한뉘 언니랑 사귀지?"

"야, 누가 누구랑 사귀어? 웃기지도 않네, 아주."

"안 사귀는 사람들끼리 키스도 하고 그러나 봐?"

“너 질투하냐?”

뭐라 대답해야 할지 난감했는데 엘리베이터 문이 열려서 그냥 내려 버렸다. 나 진짜 질투하는 거 같은데…….

“너 질투하지? 그치? 그치?”

“……”

“너 나 좋아하냐? 왜 질투를 하고 그려?”

“……”

“어? 진짠가 봐? 나 좋아해?”

“그래! 나 너 좋아한다, 됐냐? 그동안 자꾸 긴가민가했는데 나 너 좋아해. 사랑해. 됐지? 그러니까 사귈 거면 눈에 띄게 사귀지 마. 사람 염장 지르지 말라고.”

난 말을 마치고 무작정 뛰어가기 시작했다. 한참을 뛰다 보니 이곳이 어딘지 모르겠다. 제길!

“헉헉! 엄청 잘 달리네.”

“네가 여기 왜 있어?!”

“너 따라 달렸잖아. 이걸 확! 팰 수도 없고.”

“……”

“너처럼 화끈하게 고백하는 애는 내 생전 처음이다, 엉?”

“그래서 뭐? 불만있어?”

“얼른 오기나 혀. 데려다 줄 테니까.”

…나도 너 좋아한다라는 대답이 듣고 싶은 건 내 욕심인 거지? 너 아무 말 안 하는 거 보니까 이 상태를 계속 유지하고 싶다는 거지? 미안하게도 난… 이제 너랑 친구로는 못 지낼 거 같아. 내가 내 마음 알았는데 친구로

 키스를 먹이로 널 길들인다

대하는 거… 힘들어.

"가봐. 이제 다 왔으니까."

"집 앞까지 가지 뭐."

"됐어. 한뉘 언니 기다릴 거 아냐. 가봐."

"아, 씹! 걔랑은 진짜 아무 사이도 아니라니까 그러네."

"아무 사이도 아닌 사람들이 키스도 하고 그러지? 그래."

"그건! 걔가 달려드는데 나라고 별수있나?"

갑자기 할 말을 잃은 나.

"그럼, 나 간다!"

"잘 가."

"아참! 나 너한테 안 말한 거 있다."

"뭔데?"

"…나도 너랑 같다는 거. 큭!"

어버버버. 정진혁은 막 뛰어갔다. 나도 너랑 같다라니……. 그 말… 너도 날 좋아한다??

또로로롱~

"여보세요?"

[이해했냐?]

"나 머리 나빠서 이해 못했거던? 제대로 말해 줘."

[또라이 유시아를 엄청 멋진 정진혁이 좋아한댄다, 멍청아!]

"치, 그런 고백이 어딨나?"

[네가 한 거보단 낫지.]

"저기, 근데 말이지. 진한 오빠가 사귀자고 그래서 홧김에 알았다고 했는데 어쩌지?"

[이 바보 같으니! 멋진 내가 해결해 줄 테니 걱정 말고 잠이나 자거라! 끊어!]

멋진 니가 해결 좀 해봐라. 나… 진한 오빠한테 너무 잔인한 짓한 거일 수도 있는 건데. 휴…….

또로로로롱~

"왜 또? 할 말 남았나?"

[시아 폰 아닌가요?]

"헉! 맞는데?"

[나 현우. 누구랑 전화하던 중이었어?]

"아니, 아니. 웬일이야?"

[나 심심해! 우리 집에 와라.]

"알았어! 먹을 거 싸들구 갈게. 기다려."

이 야밤에 남자네 집에 함부로 간다며 날 욕하실 분들이 있을지 몰라 한마디 하겠습니다만, 현우와는 아시다시피 집안끼리 아는 사이여서 내 집처럼 드나드는 곳이기에 의심하지 않고 놀러가곤 한답니다!

"엄마! 빵 좀 싸줘."

"넌 오자마자 웬 먹을 거 타령이야!"

"현우네 놀러갔다 올게. 얼른얼른!"

"집에 올 때 현우더러 데려다 달라고 해. 알았지?"

"O.K!"

난 빵을 싸들고 현우네 집으로 달려갔다.

봐도 봐도 너무 이쁜 현우네 집! 디자이너 엄마에 의사 아빠에 현우네 집은 무지무지 부자다.

"어서 와~"

"어? 소파 또 바꿨냐?"

"엄마가 커버만 바꿨어."

"너네 엄마 정말 센스있다니까!"

우린 내가 싸온 빵을 먹으며 월드컵 재방송을 보았다. 우리 나라 경기 하면 좋을 텐데, 일본과 튀니지 경기가 왜 하는 건지.

"야, 딴 거 볼 거 없어? 니네 집은 부자면서 왜 채널 수는 몇 개 안 되냐?"

"케이블 달면 공부 안 한다고 엄마가 안 달아주네."

"달아주나 안 달아주나 넌 공부 안 하잖아."

"너보단 낫다."

"이걸 확! 어렸을 땐 나보다 작던 놈이 갑자기 커져서 징그럽게시리!"

맨날 내 뒤만 졸졸 따라다니던 귀엽던 현우였다. 어느새 나보다 손이 한 뼘 더 커지더니 키가 쑥쑥 컸다. 다시 귀여운 현우로 되돌리고 싶어. T_T

"형 온대."

"뭐?"

"형 온다고… 내일."

"아, 마중가야겠네."

"우리 학교로 올 거야, 아마."

"현강 오빠 많이 변했겠다. 3년 만인가?"

"형이 너한테 많이 미안해하고 있어."

"다 지난 일 가지고 뭘……."

"아마 형 오면… 네가 정진혁이랑 다니는 거, 싫어할 거다."

도대체 이해할 수가 없다. 현우도 그렇고 왜 다들 정진혁을 싫어하는 거지? 내가 좋아하는 사람인데…….

"형 눈에 정진혁 띄게 하지 마. 그 후의 일은 나도 장담 못해."

"도대체 왜 그렇게 정진혁을 물고 늘어져? 이유나 좀 알자."

"…걔 상진고 다녔잖아."

"단지 그 이유야?"

"응. 쿠키 있는데 꺼내줄까?"

"응!"

현우는 피카츄 모양의 쿠키를 꺼내왔다. 도저히 못 먹겠다. -_-

"야, 나 못 먹겠어. 피카츄가 불쌍해."

"그럼 고라파덕 먹을래?"

"차라리 걜 줘."

"내일 공항 같이 가는 거다. 알았지?"

"응. 몇 시쯤 도착한대?"

"2시 30분쯤. 1시까지 우리 집 앞으로 와."

"오냐~ 나 이제 가봐야겠다. 12시 넘었어."

"데려다 줄게."

현강 오빠가 온다. 후… 3년 만에 돌아온다. 자꾸 불안한 마음이 드는 건 어쩔 수 없는 거 같다.

"내일 봐, 그럼."

"잘자라~"

다음날, 인천 공항. 생각보다 차가 너무 막혀서 공항에 3시가 넘어서

도착해 버렸다! 오우, 제길! 나랑 현우랑 아줌마(현우 母)는 공항 안으로 마구 뛰어들어 갔다. 어디로 가야 할지 망설이고 있는데 뒤에서 누가 엄마! 라고 부른다.

"엄마!"

"현강아!"

아줌마와 현강 오빠 극적인 재회를 한 듯 껴안고 난리가 났다. 닛뽄 삘을 받고 온 현강 오빠… 정말 멋있어졌다.

"시아 이뻐졌네. 이제 숙녀 티가 확난다, 야!"

"오빠도 캡 멋있어!"

"나야 뭐 늘 그랬지. 민현우, 넌 어째 고대로냐?"

"형, 뭐야!"

"배고프지? 뭐 먹으러 갈까?"

"나 엄마가 해주는 밥 먹고 싶어. 집으로 가요, 엄마!"

현강 오빠의 어울리지 않는 애교에 결국 집으로 가게 된 우리들. 차를 타고 돌아가는 동안 현강 오빠 일본에서의 일화를 들려주었다. 그중에서 가장 흥미진진했던 이야기는 야쿠자들과 쌈 붙을 뻔한 이야기였다. 살아 돌아온 게 정말 다행인 듯싶었다.

또로로로로로롱~

"여보세요?"

[어디여?]

"공항."

[니가 공항엔 어쩐 일로 갔다냐?]

"아는 오빠가 귀국했거던. 넌 어디야?"

[집이지. 할 거 없으면 와서 밥이나 좀 해라.]

"니네 집이 어딘데?"

[너네 집에서 26번 버스 타고 두 정거장 후에 내리면 돼. 정류장에 있을게.]

"30분 정도 기다려. 문자 보내면 나와 있어."

[오냐~]

"누구야?"

정진혁이라고 했다간 난 얻어맞을지도 모른다.

"친구!"

"뭐래냐?"

"지금 오라고. 아프다네."

"어머, 그러니? 아줌마가 데려다 줄게. 어디쯤이니?"

"버스 정류장에서 내려주세요."

"같이 밥 못 먹는 거야? 아쉬운걸?"

"나중에 쏠게. 미안, 현강 오빠. ^^"

난 정류장에서 내렸다. 정말 아쉬워하는 현강 오빠를 뒤로하고 내리기가 매우 미안했다.

얼마 안 있어 26번 버스가 왔고, 두 정거장 후에 내리니까 정진혁이 서 있었다. 트레이닝복(=츄리닝) 차림이군. −_−

"너 정장 입은 거 첨 본다. 야, 안 어울려."

"넌 츄리닝이 참 잘 어울린다, 야."

"따라오기나 혀. −_−+"

후후후. 오늘은 내가 한 방 날렸다!

 키스를 먹이로 널 길들인다

"야~ 여기 진짜 니네 집이냐?"

"우리 집이지, 그럼 니네 집이여?"

"뭐야. 너 부자였구나?"

"아버지가 부자지, 내가 부자인 건 아냐. 들어와라."

정진혁네 집은! 현우네 집 뺨 때릴 정도로! 매우 크고! 멋있고! 이뻤다! 근데… 속은 영 부실했다. 넓은 거실에 있는 거라곤 3인용 소파 하나, TV 하나 달랑.

"야, 어째 집이 휑하다?"

"이사 온 지 얼마 안 되어서 그래."

"너네 가족 많은가 봐? 방이 왜 이렇게 많아?"

"나 혼자여."

"근데 왜 이렇게 큰 집에서 살아?"

"아버지가 여기서 살라는데 어쩌냐?"

"가족이랑 따로 사는구나~ 멋지다~"

"멋질 것도 없어."

그래도 멋있는 건 멋있는 거지! 혼자 자취하는 애들, 너무 멋있어 보여.

"야, 밥을 해주려고 해도 쌀이 없는데?"

"뭐 시켜먹자, 그냥. 사실 심심해서 부른 거야."

"그럼 놀아주지."

놀아준다고 하긴 했지만 너무 할 게 없었다. TV 위에 부루마블이 보이길래 우린 그걸 하기로 했다.

"너 블랙홀! 아싸! 세 번 쉬는 거야."

"거기 내 땅인데! 얼마냐? 135만 원 내놔. 호텔 세워두길 잘했군!"

“헉! 나 5원 남는데?”

“파산하는 사람이 밥 쏘기!”

“뭐야? 치사해, 너!”

“주사위나 굴려.”

주사위에서 3이나 6이 나오면 정진혁 땅에 걸린다. 난 주사위를 높이 던졌고… 숫자는… 3이었다.

“아싸, 유시아! 파산!”

“뭐야, 너! 니가 조작한 거지?”

“날 부루마블의 달인이라 불러다오.”

“달인은 무슨 얼어 죽을… 나 밥 안 쏠 거야!”

“기다려~ 옷 갈아입고 나올 테니까. 하하하!”

젠장! T_T 6,000원밖에 없단 말이야! 롯데리아에서 세일하는 햄버거나 사줘야겠군.

“야, 나 멋있냐?”

“웬 정장이냐?”

“니가 정장 입었는데 나 혼자 캐쥬얼 입으면 언밸런스하잖아.”

“롯데리아 가는데 정장 입고 가는 사람 우리밖에 없을 거 같아.”

“설마 너 햄버거 사주려고 그러냐?”

“응! 돈이 없거든. 하하하!”

“일단 나가기나 하자!”

우린 정장 커플. 헉! 그러고 보니까 이거 데이트 아냐? 갑자기 데이트란 걸 인식하고 나니 심장이 쿵쾅거린다. 촌스럽다, 유시아.

“아, 여기 좋다. 들어가자!”

"나 이렇게 비싼 데서 먹을 돈 없다니까 그러네."

"설마 내가 여자한테 얻어먹겠냐? 들어가기나 해."

멋있는 녀석. 난 내가 사는 게 아니라 비싼 걸 골랐다.

"난 스테이크! +_+"

"같은 걸로 주세요."

평소에 먹고 싶었으나 비싸서 못 먹었던 건데… 덕택에 호강합니다, 진혁 씨!

"고마워, 진혁아~ 잘 먹을게!"

"오냐."

난 오랜만에 칼질을 한다는 기쁨에 마구마구 웃음을 날렸다. 정진혁도 날 보며 웃었다.

한참 잘 먹고 있는데 전화가 왔다. 누구여?

"여보세요?"

[너 어디야?]

"현우? 음… 친구네!"

[친구네 어디?]

"음… 네가 모르는 동네야."

[친구네 어디냐고.]

"여기? 음… 한신 아파트!"

[스테이크는 맛있고?]

"어, 맛있지……. 헉!!"

[유시아, 이제 거짓말까지 하냐?]

"너 나 미행하지?"

[내 친구가 거기서 알바하는 거 몰랐냐? 끊자!]

젠장! 잘 먹던 내가 나이프와 포크를 내던지듯 내려놓자 진혁이가 날 바라본다.

"왜 그래?"

"아악! 여기로 들어온 게 잘못이었어!"

난 멀뚱멀뚱 주위를 둘러보았다. 순간 나와 눈이 마주친 써빙맨~ 낯익은 얼굴이군. 2학년 5반 민현우의 꼬봉 녀석이다.

"빨리 먹고 나가자. 나 여기 기분 나빠서 못 있겠어."

"왜 그러냐니까?"

"현우 친구가 여기 있어서 자꾸 감시당하는 기분 들잖아."

"걔랑 너랑은 도대체 뭔 사이여? 친구라고 하기엔 그 새끼 행동이 수상한데?"

"절대로! 친구야."

"나가자."

녀석, 자기만 다 먹고 나가자고 하는군. 진혁이가 카운터에서 계산을 하고 있으니까 현우 꼬봉 놈이 어딘가로 전화를 한다. 분명… 현우에게 하는 것이라고 난 확신할 수 있다.

"이제 뭐 하냐? 어디 가고 싶은 데 있어?"

"글쎄에……."

우린 서로 다른 곳을 보며 시내를 배회하기 시작했다. 그때 우리를 불러 세우는 사람이 있었으니…

"저기요, 두 분!"

"우리요?"

 키스를 먹이로 널 길들인다

"네~ 사진 한 방만 찍어도 될까요?"

"왜요?"

"아, 저희는 모그 걸이라는 잡지사에서 나왔는데 길거리 커플 사진을 찍고 있거든요. 거의 캐주얼 차림인데 정장 커플이 흔하지 않아서 한 방 찍으려구요. 괜찮으세요?"

흠, 우리 얼굴보다도… 정장 커플이어서 찍고 싶다는 거잖아? 뭐, 이유야 어쨌든 난 흔쾌히 허락했다. 정진혁 녀석도 그다지 싫은 눈치는 아니다.

"두 분 다정히 서시구요~ 아 남자 분이 딱딱하네! 좀 웃어보세요!"

"이게 내 컨셉이니까 상관하지 마세요."

"야, 그래도 좀 웃어라. 씨익. *^—^*"

내가 손수 입꼬리까지 올려줬건만… 새끼, 류시원처럼 팔을 걷어붙이더니만 컨셉이라며 험악하게 인상을 쓴다. 이래서야 원. −_−

"감사합니다. 두 분 이쁜 사랑하세요~"

"아, 저기요!"

"네?"

"잡지 언제 나와요?"

"이번 달 25일에 실릴 거예요."

"네, 감사합니다앗!"

친구들에게 연락해야겠군. 다들 놀라겠지?

"야! 너 그게 무슨 컨셉이냐? 웃기지도 않아, 정말!"

"나름대로 멋진 반항아 인상을 그리고 싶던 거지."

"멋진 반항아 좋아하네. 나 다리 아프다, 진혁아."

"그래서 업어달라고?"

“응!”

“내 다리와 허리도 생각해 줘야지. 남자는 허리가 생명이다. 모르냐?”

“그럼 어디 좀 들어가자.”

그렇게 해서 들어가게 된 곳이 X였다. J bar, S bar는 봤어도 X는 처음이다. 입구부터 모든 게 블랙 계열이었다. 조폭들이 모이는 장소 같다.

“야, 낮술 마시려고?”

“8시면 결코 낮이 아닐 텐데?”

“아직 밝잖아.”

“우리가 나갈 때쯤이면 달과 해가 지천에서 놀고 있을 거여.”

정진혁이 뭐라뭐라 씨불거리니 웨이터는 맥주를 갖고 왔다. 10병정도 되어 보인다. 누가 다 먹으라는 거지?

“내일 학교 가야 하는데 이렇게 먹으면 나 아침에 못 일어나.”

“어차피 자잖아. 마셔마셔~ 죽더라도 마시고 죽는 거야.”

환장한 녀석처럼 술을 마시는 정진혁을 보니 나라고 별수있는가? 내가 한 병을 마실 동안 정진혁은 두 병을 마셨다. 우와, 이 맥주는 독하구나. 벌써 화끈거리네.

“ㅋㅋ 하아… 좋다~”

“뭐가 좋냐?”

“이렇게 너랑 있는 거.”

“아, 진한이 말인데…….”

“그 얘긴 노우! 멋진 네가 해결해 준다구 했으니까 나 안 들을래. 안 듣고 싶어.”

술이 약간 취했어도 나에게 불리한 애기는 듣기 싫었다. 내 성격이 드

 키스를 먹이로 널 길들인다

러나는구나. 어쩔 수 없다. 이제 힘든 일은 하고 싶지 않으니까.

"아참, 유시아."

"응?"

"너 형제 있어?"

"없어. 나 혼자야."

"외동딸?"

"응, 그런 거지."

갑자기 형제 이야기는 왜 꺼내고 그러니? 나 혼자인데… 지.금.은…….

"진혁아, 있잖아… 나 이거 너무 물어보고 싶었거든?"

"뭐?"

"왜 퇴학당했던 거야? 말해 준대놓고 계속 안 해주잖아."

"그 얘기를 꺼내면 내 마음이 너무 아파서 그래. 나중에 좀 괜찮아지면, 내가 웃으면서 말할 수 있으면, 그때 해줄게."

"치… 알았다 뭐. 기다릴 테니까 꼭 해주기다. 약속~"

내가 웃으면서 새끼손가락을 정진혁 면상에 들이밀자 정진혁도 웃으면서 새끼손가락을 걸어주었다(도장에, 사인에, 복사까지 했다. -_-).

한창 분위기가 무르익어 갈쯤 입구에서 웅성웅성하는 소리가 들린다. 쌈 났나?

"미성년자는 출입 금지입니다."

"잠깐 확인해 볼 게 있어서 그럽니다."

"그래도 미성년자는 출입할 수 없습니다."

"아, 씨발! 사람 좀 찾으려고 그런다고!"

그러고 보니까 나도 미성년, 정진혁도 미성년. 우린 어떻게 무사히 통

과할 수 있었던 것인가? 확실히 정장을 입으면 5년은 늙어 보이나 보다.

"진혁아, 우리도 슬슬 나가는 게 좋지 않을까? 저 미친놈 때문에 괜히 민증 검사하면 어쩌냐?"

"……."

"너 어딜 그렇게 보냐?"

"저거 민현우 아니냐?"

"엥?"

난 고개를 돌려 입구를 바라보았다. 헉!! 세상에나… 진짜 현우잖아! 그렇다면 날 찾으러 왔단 소린데……. 제길! 난 황급히 고개를 돌렸다. 정진혁도 고개를 약간 수그리는 듯 보였다. 잡히면 끝장일 거란 생각에 몸서리가 쳐진다.

"진혁아, 어떻게 나가면 좋을까?"

내 말에 정진혁은 손을 위로 올렸다. 웨이터가 달려왔다. 멋지구나, 진혁아(사장 같았다)! 진혁이는 계산을 하고 날 데리고 화장실 쪽으로 갔다. 화장실에 숨어 있자는 거니?

"야, 여기서 뭘 어쩌자고?"

"이쪽에 뒷문이 있어. 얼른 나가."

난 진혁이가 열어준 문으로 나갔다. 진혁이도 서둘러 나왔다.

"현우야, 여기 있다!"

민현우 꼬봉 새끼들이 뒷문 앞에 쫙 깔려 있었고, 현우와 매우 친한 성철이라는 놈은 현우에게 전화를 걸어 내가 있다는 걸 알렸다. 젠장, 도대체 뭐 하자는 짓들인지 모르겠다. 어떻게 해야 할지 모르겠다. 여기를 빠져나간다는 건 무리일 것이다. 나 혼자라면 어떻게든 빠져나갈 수도 있겠지만 진혁이가 함께 있는 한 그건 너무 힘들 거라 생각된다.

"이 새끼들은 뭐냐?"

"진혁아, 말 제대로 해. 쟤네 무서운 애들이야."

"하! 퍽도 무섭겠다. 아요! 절로 안 꺼질래?"

전혀 안 무서웠다. 오히려 난 너무 웃겼다. 이런 상황에서 저런 말을 하는 건 너니까 가능한 거겠지? 그때 현우가 왔다. 날 뚫어질 듯이 노려본다.

"하하. 현우, 안녕?"

"후… 유시아, 가자."

"그래, 가야지! 안녕, 현우야! 잘 가렴! 내일 학교에서 보자, 안뇽!"

"장난하냐? 너랑 나랑 같이 가자는 거야. 빨리 와."

어떻게 해야 하나? 내가 지금 현우에게 가더라도 진혁이랑은 싸우지 않을 텐데…….

"진혁아, 내일 학교에서 봐."

진혁이를 보며 방긋 웃고는 현우에게 가려 했다. 근데! 갑자기 진혁이가 내 손을 잡더니 못 가게 했단 말이다!

"뭐야? 정진혁 선.배. 그 손 놓으시죠?"

"싫다면 어쩔 거여, 엉?"

"그, 그래. 진혁아, 소, 손 놓자. 하하핫!"

"유시아는 입 다물고 있어야 이쁜 거 알지?"

그 말에 입을 다물 수밖에 없었다.

"마지막으로 말하죠. 시아 손 놓으시죠."

"나도 마지막으로 말한다. 싫다고 했어, 분명히."

"유시아, 빨리 와."

어쩔 수 없다. 진혁아, 미안해. T_T 난 진혁이의 손을 탁 치고 현우에게 가려고 했다. 근데 새끼가! 정진혁 새끼가! 날 아예 제 품에 가둬 버렸다. 오우, 제길(속으론 매우 좋음)!

"우리 데이트 아직 안 끝났잖아. 이렇게 일찍 헤어지면 섭하지."

"시아 놔라."

"새끼, 이제 뵈는 게 없지? 누가 말 까래냐, 새꺄!"

"선배도 선배 같아야 대접을 해주는 거다."

"혀, 현우야. 내일 학교에서 보자. 응? 나 갈래. 가고 싶어."

내가 이렇게까지 애원하는데, 이렇게까지 부탁하는데 그냥 보내주라. 제발, 응? 보통 때의 현우였다면 그냥 보내줬을 법도 한데 오늘은 이상하게도 엄청 고집을 부린다.

"유시아, 정진혁이랑 친구 사이라고 하지 않았냐?"

"응? 그, 그랬지."

"유시아, 된장 같으니라고. 민현우, 잘 봐라. 친구끼리 이런 짓 하냐, 엉?"

진혁이는 안고 있던 날 자기 쪽으로 돌려세우더니 무릎을 구부리고 내 입술에 제 입술을 갖다 대고 비비기 시작했다. 참고로 난… 첫키스였다.

"어버버버……."

"친구끼리는 이런 짓 안 하지. 유시아, 침 묻었다."

진혁이는 제 손으로 내 입술을 닦더니 현우를 쳐다보며 매우 무섭게… 웃었다.

"이제 가도 되냐? 새끼들, 저리 안 꺼져?! 이것들을 확!!"

진혁이가 주먹을 쥐자 아이들은 막고 있던 길을 터주었다. 진혁인 현우 앞에 멈춰 서더니 씨익 웃었다. 현우가 진혁이 귀에 대고 말을 한 거

 키스를 먹이로 널 길들인다

같았다. 순간 진혁이 표정이 굳어졌다. 무슨 얘기지?

"정진혁, 너 뭐야!"

"내가 뭘?"

"나 첫키스였다고!"

"그 많은 사람 앞에서 했으니 기억에 확 남겠네. ㅋㅋ"

"여자들이 첫키스에 얼마나 큰 환상을 갖고 있는지 넌 몰라!"

"어떻게 하고 싶었는데?"

"아주 멋있는 남자랑 길 한복판에서! 횡단보도면 좋겠어. 거기서 아주 찐하게……."

드라마에서 봤던 장면인데 매우 멋있었다. 내 첫키스는 꼭 저렇게 하리라 다짐하곤 했었다. 근데 그걸 정진혁, 이놈이 깨뜨려 버린 것이다아!

"어디에서 하던지 나랑 한 게 중요한 거지, 안 그냐?"

"그래, 그래. 니 말이 옳다, 그래."

"이제 뭐 할까나?"

"집에 가지 뭐. 데려다 줘!"

귀여우면 귀엽다고 할 것이지, 왜 남의 볼따구는 꼬집고 지랄이여!

"야, 아프잖아!"

"너 볼 살… 은근히 많다."

"죽는다."

"ㅋㅋ 가자."

집으로 가면서 끝까지 내 볼을 꼬집는 이 자식, 이러다가 살 처지면 니가 책임질 거여?

“킁킁… 나 술 냄새 안 나지?”

“킁킁킁… 어, 안 나는데?”

“다행이다. 엄마한테 걸리면 혼나.”

“옷에선 안 나는데… 입에선 날지도 모르겠다.”

“쪼꼬렛 사먹구 가지 모.”

“나 있는데. 줄까, 말까?”

“당연히 줘야지!”

내 말을 무참히 씹으며 정진혁은 쪼꼬렛을 까더니 제 입에 넣어버렸다. 난 슈퍼에 가야겠다. 젠장!

“나쁜 놈 같으니.”

내가 슈퍼를 향해 몸을 틀자 정진혁을 날 돌려세웠다.

“누가 안 준다고 했냐?”

진혁인 내 입으로 자기가 먹던 쪼꼬렛을 밀어 넣었다.

“뭐, 뭐야? 드럽잖아.”

“드럽긴. 서방님 입속에 있던 게 뭐가 드럽냐?”

“이씨.”

“다 먹었는지 봐야지~”

어떤 식으로 본다는 건가 했더니 제 혀를 내 입에 넣고 간지럽게 핥아간다. 제길, 키스란 게 이런 건가?

“꼼꼼히 다 먹었네. 맛있다, 야.”

“하루에 세 번이나 덮치다니……. 너 위험한 거 같아.”

“내일 또 하자. ㅋㅋ 들어가라~”

또 하긴 뭘 또 해(사실은 좋다. -_-)!! 난 키스에 대해 잘 알진 못하지만

이 녀석이 무지 잘한다는 건 알 것 같다. 세 번째 키스에선 입에 침이 안 묻도록 한 걸 보아서 말이다. 아이, 민망하구나. -_-

룰루랄라~

왠지 즐거운 아침이다. 경한공고를 지날 때도 아무 일 없었다. 전에 현우가 한 번 패줘서 그런가?

"시아 왔냐?"

"어제 소개팅은 어땠어, 지윤아?"

"말도 마. 진짜 그지 깽깽이 같은 것이 나와서……."

"어땠길래 그래?"

"엄청 뚱뚱했어. 아니, 그것까진 이해할 수 있다고! 난 덩치 큰 사람 안 싫어하니까! 근데 진짜 느끼한 거야. 뭐, 내 눈에 빠져서 헤엄을 치고 싶다나? 그 덩치로 빠지면 내 눈은 어쩌라는 거냐고!"

지윤인 아직도 화난 게 안 풀렸는지 엄청 흥분하며 그놈을 씹기 시작했다. 불쌍하다. 창가를 내다보며 이야기하고 있는데 교문에 진혁이가 걸어오는 게 보였다. 난 운동장으로 달려나갔다.

"정진혁!"

"유시아네. 어쩐 일이냐?"

"너 보이길래 마중 나왔지. 나 이쁘지?"

"개뿔! 나 아침 안 먹고 나와서 배고파. 뭐 좀 사주라."

"원래 남자가 사줘야 되는 거잖아."

"어제 너 때문에 돈 많이 써서 한 푼도 없어. 거지여, 지금."

나도 양심이 있는 사람인지라 어쩔 수 없이 내가 바나나 우유와 피자

빵을 사주었다. 잘 먹는 진혁이를 보니 왠지 뿌듯한 기분이 든다.

"고맙다, 잘 먹었어. 껌도 사주면 안 되냐?"

"나 팔아서 사먹으세요."

"1교시 시작하려면 멀었으니까 쫌만 놀다 들어가자."

"옥상 갈래?"

캬아~ 여기도 오랜만에 오니까 참 좋구나! 옥상에서 아래를 내려다보
면 기분 정말 좋다.

"헉! 너 담배도 피워?"

"싫어?"

"응. 냄새도 싫고, 너 건강 해치는 것두 싫어."

"그럼 피워야지."

이 녀석은 화장실 포즈로 쭈그리고 앉아 꿈뻑꿈뻑 담배를 피워대기 시
작했다. 난 담배 냄새가 너무 싫은데. 우리 아빠도 끊으셨는데.

"진혁아, 피우지 말자. 너 건강 나빠지는 거 싫어. 오래오래 살아야지!"

"엿 같은 세상 오래 살아서 뭐 하나?"

"내가 있잖아! 날 봐서라두 오래 살아야지. ^^"

"어유~ 우리 된장, 어울리지도 않는 애교 부리는 거 보기 싫어서 안
피울란다."

"된장이 뭐야?"

"그냥. 아~ 담배 안 피우니까 입이 심심해. 니가 안 심심하게 좀 해줘."

"뭐, 뭘 어떻게 하라구."

정진혁은 매우 사악한 미소를 지으며 내 앞에 다가왔다. 뭐, 뭔가 심상
치가 않아.

 키스를 먹이로 널 길들인다

"야, 왜 자꾸 다가와? 무서… 읍!"

…생긴 것과는 다르게 진혁이의 키스는 상당히 부드럽다. 아주 살짝살짝… 아요, 증말……. *ㅜ_ㅜ*

"후… 담배 안 피우는 대신 니가 내 입 책임져 줘야겠다."

"차라리 담배 피워."

"안 돼! 담배 빠는 것보다 너 입술 먹는 게 더 좋거든."

"변태! 나 들어갈란다."

사실은 나도 너랑 키스하는 거 좋단다, 얘야. 근데 너무 자주 하면 싫어. 가끔 해야 서로의 애정을 확인할 수 있잖아.

나의 마음을 아는지 모르는지 수업 시간에도 진혁이는 선생님들이 칠판으로 돌아서기만 하면 자꾸 내 입술에 뽀뽀를 한다. 국사같이 판서를 많이 하는 과목의 수업 시간에는 열 번도 더 한다.

지금은 수학 시간. 수학 선생님이 절대 문제를 풀어주지 않기를 바란다. 그러나 수학이란 과목이 칠판을 안 쓰고는 진행할 수 없는 과목이 아니던가. 수학 선생님이 칠판으로 고개를 돌리기가 무섭게 정진혁이 또 뽀뽀를 했다. 더 이상은 못 참겠다.

"야, 정진혁!"

난 의자를 박차고 일어났다.

"시아야, 왜 그러니?"

수학 선생님은 1학년 때 나의 담임 선생님이었기 때문에 내 이름을 안다.

"선생님, 배가 아파서요. 양호실 좀 가면 안 될까요? 윽!"

"뭘 그렇게 먹었길래 입술까지 팅팅 부었어? 갔다 와."

난 정진혁을 노려봐 주고 양호실로 가는 척하다가 옥상으로 향했다(나쁜 학생 같으니). 바닥에 앉아 정진혁에게 문자를 보냈다.

「한번만더하면나너싫어할 거야. ㅡ_ㅡ^」

답문이 오기를 기다리며 핸폰 게임을 즐기던 나.
띵똥~

「너지금어디여?양호실에없더만」

애 교실에서 뛰쳐나왔나 보다. 난 얼른 답문을 보내고 있었다.

「너교실아니야?뛰쳐나온……」

"유시아… 네가 여기 왜 있냐?"

문자 쓰던 손을 멈추고 고개를 들어 소리가 나는 방향을 봤다. 현우와 그 패거리들이다. 날 내려다보는 현우의 눈은 매우 차갑다.

"유시아, 니가 여기 왜 있냐고 물었다."

"하하! 현우, 안녕? 난 음… 수업 듣기 싫어서……."

"그런 이유를 물은 게 아닌데? 옥상에 네가 왜 있냐는 거지. 일진도 아 닌 니가."

"응?"

"옥상이 일진들의 아지트인 거 몰랐냐? 지금 알았을 테니까 내려가. 족 쳐서 내려 보내지 않는 걸 다행으로 여겨."

지금 저 말 하는 거… 내가 아는 민현우 맞아? 나한테 하는 말 맞니, 현우야?

"미, 미안. 내가 모, 몰랐네. 하하핫. ^^;; 수업 빠지지 말아, 현우야. 가뜩이나 결석도 많이 하면서……."

"후… 니가 상관할 일이 아닐 텐데?"

"우리 친구잖아. 내가 너 얼마나 아끼는데… 나라도 너 걱정해 줘야지."

"입 닥치고 꺼.져."

숨이 턱 막힌다. 나한테 왜 이렇게까지 하는 거니, 현우야? 도대체 내가 잘못한 게 뭔데? 너 왜 이렇게 차갑게 변한 거야? 말해 줘야 알잖아. 나 둔한 거 알면서…….

"아, 알았어. 나중에 또 보자. 알았지?"

"……."

"내가 너네 반 놀러갈게. 알았지? 응?"

어떻게 해서든 긍정의 대답이 듣고 싶었다. 계속 물어봤지만… 현우는 대답이 없었다. 휴…….

"나 내려가 볼게, 현우야. ^—^ 이제 여기 안 올 테니까 내 말 무시하거나 그러지 마. 나 마음 아프잖아. 알았지?"

자꾸 눈물이 날 것 같아서 억지로 계속 웃었다. 도대체 왜 이러는지 이해할 수 없다. 돌아서는 날 뒤에서 껴안는 현우… 심장이 뛴다.

"그렇게… 병신처럼 자꾸 웃지 말란 말이야. 도대체 어떻게 해야 되냐? 너 어떻게 하면 날 알아줄래?"

"왜, 왜 이러니?"

"바라보는 것도… 지쳐. 아냐?"

"무슨 말이야? 자꾸 못 알아들을 말만⋯⋯."

"현우야, 여기 있었어?"

한나래다. 우리 학교 건립 이래 최고의 미소녀라 불리우는 그녀. 외모에 어울리지 않는 싸가지와 힘으로 우리 학교 여자 일진 짱으로 일컬어진다. 게다가 다른 학교엔 우리 학교의 얼짱으로 널리 알려져 있다. 한나래의 등장으로 심각했던 분위기가 깨지고 현우는 날 놓아주었다. 뭐지?

"어머! 민현우~ 나 삐침이다? 나 두고 다른 여자 껴안구 있었어?"

"어쩐 일이야?"

"한 대 피우려구 왔지."

"수업 또 빠졌냐? 쯧, 어쩌려고."

민현우, 너 역시 남 말 할 처지는 아니어 보인다. -_-

"얘가 그 유명한 유시아지, 민현우랑 민현강 형제가 죽고 못사는?"

"그런 얘기 할 거면 내려가."

유명한 유시아? 내가 유명한가? 난 아주 소리없이 살아가고 있는데.

"현우야, 나 내려갈게. 안녕."

"너 데리러 기사가 오나 보다?"

"응? 기사라니?"

현우는 턱으로 내 뒤를 가리켰다. 돌아보니 정진혁이 헐레벌떡 포즈로 서 있었다.

"헉헉! 유시아, 이 된장이 진짜! 학교 다 뒤졌잖아!"

"내가 옥상이라고 문자 안 보냈니?"

"개뿔이다. 이제 정신까지 나갔지? 얼른 와."

"현우야, 안녕."

난 진혁이와 옥상에서 내려왔다. 시간이 애매하다. 수업 끝나기까지 15분 정도 남은 상태여서 다시 교실로 들어가기도 그렇고. 결국 우린 매점에 가기로 했다(사먹는 게 아니라 그냥 휴식하러).

"내가 뽀뽀하는 게 그렇게 싫었냐? 양호실 간다고 하고 나갈 만큼?"

"당연히 싫… 하하. 너무 자주 하면 좀 그렇잖아."

"알았어. 이제 안 할게. 진짜 안 한다. 하면 내가 된장하마."

"진짜다? 약속하는 거야, 너!"

우린 이상한 약속을 했다. 약속을 깰 경우에는 정진혁이 된장이 된다라는 계약까지 했다. 어째 좀 이상한걸?

"오늘이 며칠이지?"

"4월 17일. 왜? 니 생일이냐?"

"아니, 그냥(사실은 할 말이 없어서 물어본 것이었다)."

"야, 네가 듣기 싫어하는 건 알지만 들어야 할 이야기가 있어."

"뭔데?"

"진한이 말야."

나 때문에 힘들어한다는 얘기라면 싫어. 나라는 존재 때문에 힘들어하는 사람, 진한 오빠 아니어도 많으니까.

"그래, 얘기해 봐."

"진한이가… 장난이었다고… 너한테 미안하대."

"뭐?"

"그게… 상현이 새끼랑 내기를 했었나 봐. 왜 처음에 내가 너 데리고 진한이네 집에 갔을 때 네가 소파에 혼자 앉아 있었잖아. 그 모습이 지진아 같아서 한번 놀려보자고. 진한이가 너 꼬셔서 넘어오면 상현이한테 오만 원 받기로 했대. 미안하다고 전해달래. 하하하!"

오우, 제기랄!! 난 얼마나 고민을 많이 했는데 장난이었단 말이지? 하긴 내 인생에 남자가 꼬일 리가 없지(남자 문제로 고민해 보는 게 소원임. -_-).

"참나, 웃기지도 않아. 지진아 같았다고?"

"너 가만히 있으면 지진아 같아."

"언젠 된장이라며! 왜 또 지진아야?"

"된장이 더 좋으면 된장으로 해줄게."

"말을 말자."

나보다 한 살이나 많은 게 유치하게 놀고 난리야. 인생이 불쌍해서 봐준다. 안 그러면 콰악! 쌔벼뿌는 건데!

"야, 근데 진짜 키스하는 거 싫으냐?"

"그 얘긴 아까 끝난 걸로 아는데."

"나중에 네가 후회할까 봐 그러지. 마지막으로 물어볼 때 대답해라잉~ 진짜 싫어? 이제 하지 마?"

"그래, 하지 말라고!"

"흠, 나중에 후회해도 난 몰라."

후회할 일 없네요, 아저씨!

안 그렇게 생겼는데 담임은 참 잔소리가 많은 타입이다. 종례를 벌써 30분도 넘게 하고 있다. 그래도 별로 싫지 않은 건, 어차피 자율 학습을 해야 하므로 공부하는 것보다는 차라리 잔소리 듣는 게 낫기 때문이다.

"참, 중간 고사는 안 보는 거 알지?"

"왜요?"

우리 반에 1등으로 들어온 아이의 말이다. 벌써부터 중간 고사를 준비하고 있었다니.

"학기 말에 한 번씩만 보는 걸로 되었어. 좋지 않니?"

좋긴 뭐가 좋아? 기말에 한 번 보는 거면 범위가 겁나게 많을 거 아니여(그래도 난 공부를 못하진 않는다).

"나한테 불평해 봐야 소용없어. 난 힘이 없잖아. 이사장님한테 건의하던가. 다들 자율 학습 시작!"

담임 선생님이 나가자 아이들이 일제히 궁시렁거린다. 난 체육복을 가져와 잠잘 준비를 하였다. 이제부터 쿠션을 하나 가져오던지 해야겠다. 체육복이 너무 드러워서 말이다(침 때문임).

"유시아, 자는 거냐? 어?"

"말 시키지 마. 나 잘 거야. 졸려워."

"너 잠자면 난 뭐 하라고?"

"너도 같이 자던가. 하아아아암~"

"입 좀 가리고 하품해라. 여자다운 맛이 없어요, 아무튼. 쯧쯧."

대꾸하기 귀찮아서—사실은 할 말이 없었다—반대쪽으로 고개를 돌리고 잠을 청했다. 이상하다. 내가 이렇게 고개를 돌리면 귀찮게 해서라도 제 쪽으로 고개를 돌려놔야 정상인데……. 평소답지 않게 정진혁이 날 가만히 내버려 두고 있다. 살며시 고개를 정진혁 쪽으로 돌렸다.

"으악!"

일제히 집중되는 시선. 공부하는 아이들아, 방해해서 미안하구나. −_−
내가 소리를 지른 까닭은 고개를 돌렸는데 바로 눈앞에 정진혁의 면상이 보여서였다! 이놈이 그러면 그렇지……. 으휴.

“놀랐잖아, 이 녀석아.”

“몇 초 만에 고개 돌리나 재고 있었지. 82초 걸렸다.”

“또라이 같아. 나보다 니가 더 지진아 같은걸.”

“흠, 오늘 날씨 좋네. 공부하긴 아까운 날씨군.”

딴 소리로 돌리기는. 근데 확실히 날씨가 좋긴 엄청나게 좋다! 이런 날 학교에서 공부를 하는 건 죄란 말이다. 으르르르릉. ―0―

“오늘도 튀면 우린 정말 죽을 거야, 진혁아.”

“어차피 난 튀어도 되잖아. 다들 신경 안 쓰는데 뭘.”

복학생이라는 타이틀 때문인지 선생님들도 진혁이만큼은 안 건드린다. 수업 시간에 튀쳐나가거나, 잠을 자거나, 야자를 땡땡이쳐도 뭐라 안 한다. 같이 땡땡이치면 나만 혼나곤 한다.

“변명거리 없냐?”

“담임이 안 믿어줄걸? 진혁이 너 혼자 가.”

“진짜 가?”

“그, 그래. 가.”

설마 가랜다고 가겠어? 의리에 살고 의리에 죽는 정진혁인데.

“나 간다. 야자 열심히 해라!”

“저, 정말 가는 거야? 진짜로?”

“가라며? 된장 말 잘 듣는 쌈장이 되어야지.”

정진혁은 가방을 들고 정말 나가 버렸다. 난 멍하니 앉아서 밀려오는 배신감과 함께 잠이 들었다.

ZZZZ…….

“시아야! 시아야, 좀 일어나 보렴. 큰일이 났구나!”

"스윽(침 닦음)— 선생님, 무슨 일이시길래……."

"방금 아버지한테 전화가 왔는데 어머니가 매우 편찮으시다고 얼른 집에 보내달라는구나."

"예, 엄마가요?"

"그래. 얼른 가보도록 해."

어, 엄마! 자꾸 손이 떨려서 가방이 제대로 챙겨지지 않는다. 아빠가 전화까지 할 정도면 많이 아프신가 보다. 어쩌지? 어쩌지, 우리 엄마…….

난 가방을 들고 교문을 향해 달렸다. 교문이 잠겨 있었기 때문에 교문을 넘어가야 했다. 급하게 교문을 넘어 집을 향해 달릴 준비를 했다. 그때 뒤에서 날 붙잡는 이가 있었으니…

"엄마 많이 아프시지?"

"응. 진혁아, 나 얼른 가야 되니까 놔줘."

"너 우냐?"

"응. 우리 엄마 아프다잖아. 나 빨리 가야 돼. 놔주란 말이야!"

"울 줄은 몰랐네. 집에 전화해 봐. 너네 엄마 멀쩡하실 테니까."

그 말에 난 집으로 전화를 했다.

[여보세요!]

"엄마, 나 시아."

[넌 왜 지금 전화하고 그래! 아까운 장면 놓쳤잖아. 이씨.]

"엄마… 안 아파?"

[시아, 너 어디 아프니? 왜 헛소리야?]

난 슬며시 정진혁을 올려다보았다. 씨익 웃는 정진혁. 그제야 사태 파악이 되었다.

“아, 알았어. 엄마, 끊어.”

“푸하하하하하하하하하!”

미친 듯이 웃는 정진혁. 정말 지진아 같다, 새끼야. −_−^

“그러니까… 니가 우리 아빠인 척하고 전화를 걸어서 날 빼낸 거라 그 거지?”

“어. 머리 엄청 좋지 않냐?”

“야! 뻥도 정도껏 쳐야지! 진짜 우리 엄마 아픈 줄 알고 놀랐잖아!”

“어쨌거나 무사히 빠져나왔잖아.”

너의 싸이코 같은 성격을 내가 어찌하겠느뇨.

“갈 데 있어. 같이 가자.”

“어딘데?”

“따라오면 알지롱~”

=_= 난 정진혁을 따라 이곳저곳으로 걸어다녔다. 벌써 30분도 더 걸 은 거 같다. 도대체 어딜 가길래 이렇게 많이 걷는 거야!

“야, 나 다리 아프다.”

“운동 부족이야. 아, 이제 보인다.”

보이긴 뭐가 보여? 15분을 더 걸어 도착한 곳은 상진고등학교 앞이었다.

“뭐야? 여기 네가 다녔었던 학교잖아.”

“그렇쥐~ 기억하는구나, 된장!”

“여긴 왜?”

“친구들 보러. 얘네 오늘 6시에 끝나는 날이거든.”

지금 시간 5시 40분. 또 한참 기다려야겠구만.

우린 남는 시간을 때우기 위해 학교 앞에 있는 오락실에 들어갔다. 깡

통 노래방에 들어가 마이크를 움켜잡고 쉬즈 곤을 부르는 진혁이.

"레이디~ 오 레이디~"

열창하는 정진혁에게 난 열심히 박수를 쳐줄 수밖에 없었다. 악에 악을 쓰며―목에 핏줄까지 세우며―그 고음을 소화해 내고 있는데 어찌 박수를 안 칠 수 있겠는가? 노래가 끝나고 정진혁은 걸걸한 목소리로―목이 쉬었다. ―_― ―나에게 말했다.

"너도 한 곡 해라."

정진혁은 300원을 넣어줬다. 난 뭘 부를까 고민을 하다가 보아의 NO.1을 선곡하였다. 왜냐… 이게 그나마 음이 낮기 때문이다.

"뚜우~ 뚜루루뚜뚜~ 뚜루루뚜뚜~ 뚜루루루루~ 날 찾지 말아줘~ 유 스틸 마이 넘버워어언~"

매우 멋졌다! 난 마지막에 넘버 원을 하면서 엄지손가락까지 치켜 올렸다. 캬캬캬!

"괜히 시켰네. 된장 같으니."

정진혁에 말에 상당히 민망해진 나였다.

노래방에서 나와 상진고 정문 앞에 서 있었다. 아이들이 엄청 많다. 다른 교복을 입고 있는 우리를 마치 외계인 보듯 쳐다보며 지나가는 아이들. 정진혁을 손가락으로 가리키면서 수군대는 애들도 꽤 많다.

"잘생긴 건 알아가지고… 홋. *―_―*"

"뭐, 뭐냐, 재수없게!"

지가 그런 말을 내뱉으면서 쑥스러워하는 게 더 우습다.

"어이~"

현준 오빠가 손을 흔들며 나와 진혁이가 있는 쪽으로 왔다. 진한 오빠,

상현 오빠, 그다지 반갑지 않은 한뉘 언니까지 왔다. 더불어 선아 언니와 눈썹 없는 언니들까지도.

"진혁아! 어머, 너 자주 본다? 시아라고 했었지?"

진혁이 팔에 팔짱을 끼며 한뉘 언니가 말했다. 저기 내가 있어야 할 자린데…….

"이제부턴 더 자주 볼 거여. 내가 맨날 데리고 다닐 거니까."

"애 그렇게 친구가 없어?"

"아, 내가 말 안 했었냐? 나 얘랑 사귀어. *-_-*"

제발 니가 말하면서 니가 쑥스러워하지 좀 말란 말이다!

"저, 정진혁. 니가 나한테 어떻게 이럴 수 있니?"

"내가 뭘?"

"2년 넘게 너만 봐왔는데 이럴 수 있는 거야?"

"난 누누이 거절했잖여."

"실망이야."

"미안하다."

"딴 여자도 아니고 유시아라는 것에 실망이다, 정진혁."

눈물을 머금고 돌아서는 한뉘 언니. 상당히 이뻐 보였다. 그 커다란 눈동자에 눈물이 고여서는……. 쿵! 눈썹 언니 두 명은 날 노려보더니 한뉘 언니와 함께 사라졌다. 젠장, 나 집단 폭행당하는 거 아닌가 몰라. 근데 왜 유시아라는 게 실망이라는 거지? 내가 그렇게 정진혁한테 많이 모자란가?

"시아, 오랜만이다."

"그러시네요."

"잘 지냈지?"

"덕분에요."

"하하하! 그래도 진혁이랑 잘됐으니까 화 풀어."

"진한 오빠, 한 번만 더 나 갖고 그런 장난치기만 해봐요! 상현 오빠두!"

넓은 아량으로 그대들을 용서하겠소. 진혁인 오랜만에—그다지 오랜만도 아님—친구들을 만나서인지 매우 좋아하는 것 같았다. 나의 존재는 잊혀진 것 같기도 했다.

"진혁이니?"

웨이브진 갈색 머리에 깔끔한 정장을 입고 나타난 여자. 진혁이는 그 여자를 보더니 표정이 굳어진다.

"진혁이 맞구나."

점점 진혁이 쪽으로 다가오더니 진혁이의 팔을 붙잡고 엉엉 운다. 떼어놓을 만도 한데 정진혁은 그 여자를 거부하지 않는다. 정말 조용해진 분위기. 이런 말 하기 너무 싫지만… 꼭 어두운 무대 위에서 조명이 진혁이와 그 여자만 비춰주는 듯한 느낌이 든다.

"보고 싶었어. 왜 이제 온 거니? 너만 그렇게 되면 내가 좋아할 줄 알았어?"

"이러지 마세요."

"하아… 너 정말 미워, 진짜……."

난 알 수 없다. 이 상황이 도대체 뭔지… 왜 내가 이 자리에 있어야 하는 건지… 그리고 여기 있으면서 왜 이런 비참함을 느껴야 하는 건지… 정말 알 수가 없다. 그래서 속이 뒤집힐 것 같다.

"얼굴이 많이 야위었다. 힘들었지? 너 혼자… 흑! 미안해."

"하나도 안 힘들었어요. 그러니까 제발 그만 울어요."

정진혁의 눈에서 그 여자 때문에 아파하고 있다는 게 보인다. 도대체 무슨 사이야? 이 말이 왜 이렇게 안 떨어지는지 모르겠다. 내 맘을 아는지 모르는지, 아니, 내 존재를 아는지 모르는지……. 정진혁은 울고 있는 그 여자의 어깨를 감싼다. 지나가는 학생들이 쳐다보며 수군거린다. 얼핏 듣기로는 '웬일이야, 아직도 안 끝났대?' 라고 하는 것 같았다. 뭐가 안 끝났다는 거야? 그리고 웬일이라고 표현하는 이유가 뭐야? 궁금하다.

"정진혁, 여기서 이러지 말아라. 애들 쳐다보잖아."

"그만 우세요."

"응, 응. 미안해. 내가 또 바보같이 울어버렸네. 미안해."

울음이 나오는 걸 억지로 참고 있는 그 여자를 보면서 같은 여자지만 정말 이쁘다는 느낌이 들었다. 하물며 남자인 정진혁은 어떨까? 휴… 비참하다.

"정진혁이랑 썸씽있던 여자야."

선아 언니가 내 귀에 대고 작게 말해 주었다.

"썸씽이라니?"

"말 그대로 썸씽이지. 정진혁이 꽤 좋아하는 걸로 보였는데."

"그럼 한뉘 언닌 뭐예요?"

"한뉘는 알면서도 따라다닌 거였어."

한뉘 언니도 꽤 힘든 사랑을 하고 있었구나. 늘 웃고 있어서 그런 건 안 할 줄 알았는데……. 선아 언닌 상현 오빠에게로 갔다. 둘이 아직도 사귄다. -_-

"상현아, 우린 가자. 여기 있기 짜증나."

“나도 엄청 짜증나던 참이었어. 진혁아, 우리 간다.”

내 느낌이지만 선아 언니와 상현 오빠 그 여자를 엄청 짜증나 하는 것 같았다. 그 여자도 그걸 아는지 진혁이의 팔을 잡고 고개를 숙인다. 나 보이니, 정진혁? 나 보여? 지금 이 자리에 나도 있다는 거 너 알고 있니?

“여기서 이럴 게 아니라 어디 좀 들어가자. 보는 눈 많다.”

현준 오빠의 말에 우리는 상진고에서 약간 떨어져 있는 까페에 들어갔다. 내 앞에 진혁이랑 그 여자가 같이 앉았고, 그 앞으로 나랑 진한 오빠, 현준 오빠가 앉았다. 눈앞에 있는 날 쳐다보지도 않는 진혁이가 왜 이렇게 미운지 모르겠다. 정지된 듯한 시간. 우리가 앉아 있는 이 테이블만 시간이 멈춘 것 같다. 그걸 깬 건 종업원 언니였다.

“주문하시겠어요?”

“어, 그래. 뭐 좀 마시자. 진혁인 체리콕 먹을 거지?”

“네.”

“다른 애들은 뭐 마실래? 뭐 마시고 싶어요?”

나를 보며 웃는 그 여자를 보고 있자니 마음이 아팠다. 답답하다.

“전 레모네이드 할게요.”

“같은 걸로.”

“전 그냥 얼음물이면 되는데요.”

현준 오빠 꽤 열딱지가 나는 모양이다. 결국 현준 오빠도 레모네이드로 바뀌었다.

“전학 간 학교는 어떠니?”

“좋아요.”

“복학생이어서 다들 색안경 끼고 보지?”

“다 그렇죠 뭐.”

“색안경 끼고 볼 필요 하나도 없는데. 진혁이 너 성격 알면 다들 좋아할 거야.”

정진혁의 성격을 알면 좋아할 거라고? 도대체 얼마나 알고 있길래 그렇게 자신감에 찬 말을 할 수 있는 거지?

“안 힘드셨어요?”

“안 힘들었다면 당연히 거짓말이겠지? 근데 지금 이렇게 너 보니까 괜찮아. ^^”

“적당히들 하시지요!”

“박현준, 큰 소리 내지 마라.”

“너 여기 시아 안 보이냐?”

현준 오빠, 감사합니다. TOT 나도 그 말이 너무 하고 싶었다고요. 그 말에 날 바라보는 정진혁. 화낸 표정을 지어야 한다는 거 알지만 정진혁이 날 쳐다본다는 게 좋아서 그냥 바보처럼 웃어버렸다.

“유시아… 너도 참 답답하다. 이 상황에서 웃음이 나와, 넌?”

“나 아무것도 모르잖아요. 아무것도 모르는데 무턱대고 화낼 수도 없잖아요.”

“나도 이제 모르겠다. 정말 모르겠으니까 정진혁 니가 알아서 해.”

현준 오빠 가방을 들고 나가 버렸다. 또다시 조용해진 분위기. 사실 나도 저렇게 나가 버리고 싶다. 여기 너무 숨 막혀. 왜 숨 막히는 건지는 모르겠지만… 너무 갑갑하다.

“친구니? 귀엽게 생겼네.”

날 가리키면서 진혁이에게 물어보는 그 여자. 친구 아니라고 대답해,

 키스를 먹이로 널 길들인다

진혁아. 그럼 나 아무것도 궁금해하지 않을게.

"짝이에요."

"아, 그렇구나. 이쁜 짝 둬서 우리 진혁이 좋겠다?"

짝이라고 대답한 정진혁의 말보다 친근하게 우리 진혁이라고 말하는 그 여자 때문에 열받는다. 우리 진혁이라니… 우리 진혁이라니(진짜 흥분했음)!!

"정진혁!! 이 새꺄! 너 지금 그 말… 하참, 웃기지도 않네."

"송진한, 껴들지 말고 찌그러져 있어."

친구들에게 명령조로 얘기하는 거 처음 듣는다. 그 말에 진한 오빠 가만히 앉아서 궁시렁거린다. 대강 들어보니 '미친놈. 씨발놈. 병신' 뭐 이런 욕인 것 같다.

"맛있게 드세요~"

정진혁과 그 여자는 체리콕을 먹고 나와 진한 오빠 현준 오빠의 몫으로 나온 레모네이드까지 세 개를 나눠 먹고 있다.

"잘 먹네. 더 시켜줄까?"

"아.니.요."

열받으면 나도 모르게 나오는 끊어서 말하기 말투. 이유도 모른 채 이 여자를 미워하는 건 좀 웃기지만 절대 이 여자가 좋아질 것 같진 않다. 절.대.로.

"유시아, 눈에 힘 풀어라."

"신경 쓰지 마.시.지.요. 짝.꿍. 눈에 힘 들어가든 말든 뭔 상관이십니까?"

극도로 열받은 날 건드리지 말아라. 한 번만 더 나 건드리면… 나 진짜 터질 것 같으니까……

"시아라고 했지? 2학년이겠구나, 지금?"

"네, 당연히 2학년이죠. 그럼 3학년이겠어요?"

"그, 그렇지. 너무 당연한 질문을 했구나. ^^;"

"유시아. 너 말투……."

"왜요? 너.무. 싸가지없어요? 나 원래 이런 걸 어떻게 하죠? 짝.꿍.님."

무지 재수없고 싸가지없다는 걸 알지만 이 자리에 있어봐. 이런 말투 안 나오는 게 웃기는 노릇이다.

"말투 원래대로 해. 어찌 되었거나 너보다 어른이야. 제대로 행동해."

그 말에 난 폭발하고 말았다. 너무 늦게 폭발한 거다.

"하이고, 정진혁!! 너 웃긴다, 진짜?! 니랑 나랑 짝이냐? 어, 그래? 우리 짝이야? 그런 거냐? 넌 그냥 짝한테 수업 시간에 뽀뽀하고 그러지, 어? 계속 참고 있었더니, 뭐? 제대로 행동하라고? 너나 제대로 행동하지 그래? 나 여기에는 왜 데려왔는데? 저 여자랑 시시덕거리는 거 보여주고 싶어서 데려온 거야? 그래서 나 열받게 하려고? 그럼 제대로 행동한 거네. 나 지금 진짜 열받았거든… 진짜로!"

내 말에 모두 어안이 벙벙하다는 눈치였다. 후… 이렇게 내뱉고 나니까 무지 개운하다. 뒷수습이 좀 힘들지만.

"짝… 맞잖아."

"그래, 짝 해줄게. 니가 원하면 해드려야지. 안 그래요?"

아까 한뉘 언니 앞에선 사귀는 사람이라고 소개했잖아, 너. 이 여자 앞에서도 그렇게 소개해 줬으면 나 이렇게까지 화나지는 않았을 텐데. 너 정말 밉다, 진혁아.

"혹시 둘이 사귀는 사이니?"

"아니요? 우리가 왜 사귀어요? 짝.꿍.끼.리."

"그, 그렇니? ^^;;"

"그쪽이야말로 정진혁 짝꿍과 사귀시는 것 같은데 잘못 짚었나요?"

내 말에 아무 대답 없는 그 여자. 사귀는 거 맞나 보구나, 정진혁조차 대답이 없는 걸 보니…….

"둘이 안 사귀어."

"송진한, 입 다물랬지."

"정진혁, 이 미친놈아. 사실도 말 못하냐? 둘이 안 사귀는 거 맞잖아."

"닥쳐라."

"둘이 안 사귀는 거 맞죠, 선.생.님?"

선생님이라니… 선생님이라니?! 도대체 무슨 말을 하는 거여?! 내가 잘못 들은 거겠지? 선생님이라니… 말도 안 돼. 과외 선생님인가? 그럴 수도 있겠구나(혼란 상태임).

"여기 물 좀 갖다주세요."

목이 탄다. 답답하다. 미칠 것 같다. 진한 오빠의 말 이후로 다들 아무 말도 안 하고 있다. 나만 이방인이 된 기분. 이런 곳에 있는 거, 진짜 싫다.

"벌써 9시네. 아, 맞아! 나 학원 가야 되지!"

"너 학원 안 다니잖아."

"어, 어제부터 등록했어요. 짝꿍님~ 짝은 역시 아는 게 많단 말이야~"

"너 정말……."

"전 가볼게요. 세 분이 즐.거.운. 이야기하세요."

"두 분이겠지. 가자, 유시아."

진한 오빤 날 따라나왔다. 그다지 추운 날씨도 아닌데 바람이 너무 매섭게 느껴진다. 정진혁처럼…….

"궁금하지 않아?"

"엄!청! 궁금해요."

"말해 줘? 너도 알 권리 있으니까."

"노우! 말하지 마세요. 나 정진혁 입으로 듣고 싶으니까. ^—^"

너의 입으로 진실을 듣고 싶어. 다른 사람의 입이 아닌 너의 입으로 듣고 싶다고……. 알아, 내 맘?

난 집에 들어갔다. 엄만 왜 끝까지 야자 안 하고 왔냐며 날 갈구셨다(야자는 10시에 끝나는데 난 9시 30분쯤 집에 들어갔다).

"얘가 정말… 너 자꾸 이런 식으로 야자 빠지다가 어쩌려고 그래?!"

"겨우 30분 일찍 왔잖아."

"너 30분이면 영어 단어를 몇 개 외울 수 있는 줄 알아? 하긴 외워봤어야 알지."

"엄마, 나 지금 힘들어. 피곤해. 혼자 있을게. 미안해."

"어디 아프니? 어머, 너 약간 열이 있다. 얼른 씻고 자."

열이 있는 게 아니라 지금 열받아서 체온이 약간 올라간 거다.

침대에 누웠지만 잠이 오지 않는다. 눈을 감고 있으면 진혁이와 그 여자가 함께 있는 장면이 자꾸 아른거려서 몇 번이고 눈이 다시 떠진다. 시간이 독하게도 안 흐른다.

또로로로로로롱~

"여보세요?"

[안 잤네.]

"너 같으면 잘 수 있겠어?"

[지금 나와라. 니네 집 앞이야.]

"기다려."

지금 시간은 매우 늦은 새벽 2시다. 아직도 교복 차림인 걸 보니 지금까지 그 여자랑 같이 있다 오는 거구나.

"집 앞에 있지 말고 놀이터로 가자."

우린 놀이터로 가서 그네에 앉았다. 녹슨 그네에서 나는 삐걱삐걱 소리 외에는 아무 소리도 들리지 않는다. 우린 그렇게 한동안 가만히 앉아 있었다.

"이렇게 앉아 있으려고 불러낸 거 아니잖아. 할 말 있음 해. 나도 듣고 싶으니까."

"아깐 미안했어."

"뭐가 미안해? 아~ 나 짝이라고 한 거? 괜찮아. 신경 안 써도 돼. 짝을 짝이라고 하지, 뭐라고 하냐?"

단단히 꼬인 내 말투. 어쩔 수 없다. 난 너무 화가 나버렸는걸……. 내가 널 너무 사랑하게 되어서 더 화가 나버렸어.

"그 선생님, 누군지 알고 싶지?"

"어. 상당히 많이 알고 싶어."

"내가 진짜 사랑했던 사람."

"과거형이 아닐 텐데?"

"그래, 아직까지도 사랑하는 사람."

그럼 난 뭐였을까? 놀이 상대? 네가 키스하고 싶을 때 입술 대주는…그런 상대였어? 너 매점 가고 싶을 때 데려가고, 니가 놀고 싶을 때 놀아주는…그런 거였구나, 난. 생각은 하고 있었지만 막상 확인하게 되니까…

좀 아프네.

"그 사람 선생님이라며. 난 이해가 안 되니까 모두 설명해."

"내가 중2 때 과외 선생님으로 처음 만났어. 나 엄마가 없거든? 선생님을 처음 봤을 때 나한테 엄마가 있다면 이런 느낌이겠구나 싶었어. 선생님한테 칭찬받고 싶어서 공부도 열심히 했어. 그런데 중3 때 아주 큰 사건이 일어났어."

"무슨 사건인지 물어봐도 되니?"

"그건 말하고 싶지 않다. 미안해."

"그래, 계속 해봐."

"그 사건 이후로 공부에 손 놔버렸어. 그 선생님도 짤라 버렸고. 맨날 보던 사람을 안 보니까 답답하더라. 너무 보고 싶어서 집으로 찾아간 적이 있었어. 근데 선생님이 날 껴안고 우는 거야. 심장이 엄청 뛰더라구. 그때 생각했지. 내가 선생님을 좋아하는가 보다라고. 선생님도 나 좋아한대. 자기보다 5살이나 어린 사람인데도 좋아져 버렸대. 그래서 우리 사귀었었어. 그렇게 시간이 흘러서 난 상진고에 입학하고 선생님은 졸업반이 됐어. 그때까지도 우리 진짜 잘 사귀었어. 문제는 내가 고2가 되었을 때 발생했어."

다음 얘기가 궁금해진다. -_-

"선생님하고 나는 5살 차이인데 선생님의 생일이 빨라서 학년으로는 6년 차이거든. 내가 고2가 되었을 때 선생님은 졸업을 하고 학교 선생님으로 발령을 받았어. 근데 그게 우리 학교더라. 남들이 볼 땐 금단의 사랑이라느니 불륜이라느니 하겠지만 난 꽤 순수했다고 자부해. 그래도 몰래 사귀었었어. 그러다가 나랑 엄청 원수진 새끼한테 데이트하는 걸 들킨 거야.

그 새끼가 학교에 불었지. 나 원래 죄지은 게 많아서 학교에서 이미지가 안 좋았는데 그런 일까지 터졌으니 교장이 기회다 싶어 결국 퇴학시킨 거지. 그 일은 나만 퇴학당하는 걸로 끝났어. 아마 선생님은 혼자 학교에 있으면서 힘들었을 거야. 애들이 얼마나 갈궈댔겠냐. 근데도 난 선생님을 안 찾아갔어. 볼 용기가 없어서. 그렇게 그냥 잊었다고 생각했는데……."

말하는 진혁이의 표정이 너무 힘들어 보여서… 괴롭다고 호소하는 것 같아서… 난 아무 말도 못하고 듣기만 했다.

"잊었다고 생각했는데… 씨발."

"잊었다고 생각했는데 오늘 다시 보니까 아니다 이거지?"

아무 대답도 없는 진혁이. 맞구나, 내 말이 맞는 거구나. 그럼 너 보내줘야겠네. 내 이기적인 마음으로 널 내 옆에 붙잡아둔다고 해도 난 껍데기뿐인 너는 필요없거든…….

"이쁘더라, 그 선생님."

"……."

"너랑 잘 어울려. 성격도 예쁜 것 같구."

"……."

"인정하긴 싫지만 나보다 모든 게 뛰어난 것 같아. ^—^"

"……."

"가."

"……."

"가라구. 내가 보내줄 때 가. 아니면 너를 옭아맬지도 몰라."

"미안해."

"그런 말도 하지 마. 나한테 미안하면 내일부턴 네가 바나나 우유 사줘. ^—^"

정말 순수한 짝으로 돌아가자는 내 말. 너 이해했니? 고개 끄덕이는 거 보니까 이해한 거구나. 근데 진혁아, 있잖아… 나 지금 너를 보내는 게 왜 이렇게 후회가 되는 거니? 내가 보내준다는데 니 표정이 너무 괴로워 보이니까 나 자꾸 후회되잖아, 바보야.

"아요! 넌 진짜 복 차는 거다, 새꺄! 알지?"

"……."

"왜 이렇게 죽을상이야? 내가 보내주겠다잖아. ^—^"

"내일 자갈치도 사줄게."

"자갈치는 네가 좋아하는 거잖아, 멍충아. 난 꿀꽈배기."

"쩝쩝이 같으니. 늦었다. 들어가라."

"너 먼저 가. 난 좀 더 앉아 있다 갈게."

"그래, 그럼. 간다."

이렇게 네 뒷모습 보면서 눈물 흘리는 날 바보라고 할지라도… 널 내 손으로 떠나보내고 후회하는 멍청이라고 할지라도… 나에 대한 감정에 언젠가는 나한테 돌아올지도 모른다는 어리석은 생각을 갖고 있는 나지만… 이런 나여서 널 사랑하는 걸지도 모른단 생각이 들어.

"흑!!"

진혁인 뒤 한 번 돌아보지 않고 가버렸다. 난 계속 울 수밖에 없었다. 우는 거 외엔 달리 할 수 있는 게 아무것도 없었으므로…….

또로로로로로로로롱~

혹시 진혁이일까 하는 생각에 목을 가다듬고 전화를 받았다.

"여보세요?"

[너 어디야?!]

"나? 놀이터. 이 늦은 시간에 웬일이야?"

[너네 엄마가 너 방에 없다면서 나한테 전화하시잖아.]

"엄마가?"

[일단 나랑 같이 있다고 해뒀어. 넌 새벽에 놀이터에서 뭐 하냐?]

"나… 난… 그네 타지."

[기다려, 갈 테니까.]

현우가 왔을 때 내가 울고 있으면 진혁이를 팰지도 몰라. 얼른 눈물 집어넣어야지. 근데 뜻대로 되지 않네.

"야, 지금 몇 시인 줄 알아? 4시다, 4시! 너 때문에 잠도 못 잤잖아."

"너 나한테 화나지 않았어?"

"그야 물론 화났지! ^—^ 근데 어쩌냐? 다 풀려 버렸는데."

"미안해. 이제 정진혁 일 때문에 너 화나게 할 일 없을 거야."

"무슨 소리냐?"

"헤어졌어~ 나 차였다! 아니, 내가 찬 거다! 내가 가라고 했거든. ^—^"

내가 찬 거 맞는 거지? 내가 가라고 했으니까 내가 찬 거 맞지? 이런 것으로라도 나… 위로받고 싶어.

"어째 찼다는 사람 표정이 아닌데? 찼다는 거 죽도록 후회한다. 뭐, 그런 표정이잖아."

"역시 민현우다. 흑!"

소꿉친구여서인지 내 표정만 봐도 다 아는 현우. 멍청이 같은 놈… 니가 이렇게 나 우는 거 다 받아주니까 힘든 일 생기면 너에게 기대어 울게 되잖아. 혼자 참을 줄 모르게 되어버렸잖아.

“너 때문이야. 이씨… 민현우, 너 때문이야. 으아아앙~”

“그래, 다 내 죄다.”

한참 현우를 원망하며 울었다. 머리가 띵해질 때쯤 난 울음을 멈췄다. 현우의 팔은 젖어 있었다.

“미안해, 현우야. 니 잘못도 아닌데……”

“다 울었어? 들어가자, 이제. 5시도 넘었다. 내일 학교에서 어쩌려고.”

“자야지 뭐. ^—^ 넌 나 때문에 괜히… 미안해.”

“학교 같이 가. 8시쯤 니네 집 앞으로 갈게.”

“으응.”

난 집으로 돌아와 누웠다. 역시 눈을 감을 수가 없다. 눈만 감으면 멀어져 가는 진혁이의 뒷모습이 생각나서 자꾸만 허공에 손을 젓게 된다. 결국 뜬눈으로 밤을 지새운 난—게다가 울기까지 했으니—붕어눈이 되어버렸다. 제길.

아침 식사 중.

“현우랑 뭐 했어?”

“놀이터에서 놀았어~”

“방에 들어갔다가 네가 없어서 얼마나 놀랐는 줄 알아?”

“미안해. ^—^ 이제 안 그럴게~”

“시아야, 눈은 왜 그 모양이냐? 꼭 니네 엄마 울고 났을 때 눈 모양이랑 똑같네.”

저, 정확히 맞추신다. 아빠에게 운 거 들키면 속상해하실 테지.

“잠을 안 잤더니 이래요. ^—^ 현우 온다고 했는데 늦겠다. 잘 먹었습니다!”

난 서둘러 밖으로 나갔다. 역시 현우는 날 기다리게 한 적이 없다. 늘 약속 시간보다 10분 정도 일찍 나와 있으니까. 바보 같은 놈.

"가자~"

내미는 현우의 손을 탁 치고 앞장서서 걸어갔다. 미안, 현우야. 나 지금은 진혁이 외의 다른 남자 손 잡는 거 싫어. 친구인 너라도.

교실에 들어가 보니 진혁인 엎드려서 자고 있었다. 내 책상 위에 바나나 우유와 꿀꽈배기, 그리고 작은 쪽지가 있었다.

먹어라. 나 풀타임으로 잘 테니까 깨우지 마.

글씨 하난… 겁나게 못쓴다. 난 바나나 우유를 후르르륵 마시고, 꿀꽈배기는 가방에 넣었다. 먹어버리는 게 아까워서 집에 모셔둬야겠다. 1교시가 시작되고, 나도 엎드려서 자버렸다. 맨날 오른쪽을 쳐다보며 자는 게 습관이 되어버려서—진혁이가 내 오른쪽에 있으니까—왼쪽을 보고 엎드리는 게 너무 낯설다. 난 깊게 잠이 들었다.

"유시아!"

"어… 지윤아, 왜?"

"집에 가야지! 너 소각장 청소하러 얼른 가."

"진혁인?"

"진혁 오빠 방금 깨더니 청소하러 갔는데?"

"지금 4교시 끝난 거 아니야? 왜 벌써 청소해?"

"돌았냐? 오늘 토요일이잖아. 얼른 청소나 하러 가!"

토요일이구나. 난 빗자루를 들고 소각장으로 청소를 하러 갔다. 정진혁이 일진들을 쓰러뜨린 뒤로 일진들은 소각장엔 잘 오지 않는다. 3학년 일진들의 아지트는 뒷산으로 밀려난 듯하다.

"지금 일어난 거지? 내가 청소 다 했잖아, 된장아."

"미, 미안. -_- 교실로 가자."

우린 교실로 들어갔고 웬일인지 담임이 종례를 매우 일찍 끝냈다. 전에 같았으면 토요일 날은 정진혁과 시내에 나가서 놀 텐데 이젠 할 일이 없어져 버렸다.

"지윤아, 오늘 뭐 할 거야?"

"중학교 때 동창들 만나기로 했지!"

"잘 다녀와. ^—^ 남자 하나 건지구."

"오냐~"

지윤이도 선약이 있으시네. 효진이도 선약이 있고. 내 친구 관계가 이 정도구나. =_=

"나갈 거면 같이 나가자, 된장."

얼떨결에 정진혁과 같이 나가게 되었다. 교문에 남자들이 몰려 있다. 왜 저러지?

"어, 정진혁!"

보니까 한뉘 언니 때문에 몰려 있던 모양이다. 하긴 한뉘 언닌 연예인 뺨칠 정도로 이쁘지. 어제 열받아서 가더니 이렇게 또 정진혁을 찾아오다니.

"정진혁, 안녕? ^—^ 나 오늘 시아 좀 빌리자."

"유시아는 왜?"

"같이 놀려구! 시아 귀엽잖아~ 글구 너랑 시아 깨졌다며? 원래대로라면 너한테 허락 안 받아도 되는 거잖아. 안 그래?"

"한뉘 언닌 소식통이 빠르시네요."

"가자, 시아야~ 메롱!"

한뉘 언닌 정진혁을 향해 메롱을 하고 날 데리고 갔다. 어디로 가는지 도 모른 채 그냥 끌려갔다.

도착한 곳은 허브 까페. 향이 매우 좋다.

"내가 막 끌고 와서 기분 나쁜 거 아니지?"

"아니에요. 어차피 오늘 할 일도 없었거든요."

"너한테 할 말도 있고, 듣고 싶은 말도 있고, 그래서 이렇게 찾아온 거야."

"무슨 말이 듣고 싶으신데요?"

"어제 내가 가고 난 후의 일."

그때 우리가 주문한 페퍼민트가 나왔다. 한뉘 언니와 난 한 모금씩 마시고 이야기를 시작했다.

"어제 언니 가구요, 진혁이랑 사귀었다는 선생님을 보게 되었거든요."

"그 선생님 봤어?"

"네. ^—^ 그 선생님이랑 같이 까페 가서 애기하게 되었는데 진혁이가 절 짝이라고 소개하더라구요. 거기서 완전 깨진 거죠 뭐. 진혁이 말 들어보니까 아직까지도 사랑한다고 하고 그래서 제가 차버렸어요. 마음은 아프지만."

내 말에 한동안 한뉘 언닌 아무 말도 없었다. 한뉘 언닌 모든 걸 알고 있으면서도 정진혁을 좋아해 온 모양이다. 언니의 사랑 방식이 너무 힘들어 보인다.

"그 선생님은… 진짜 싫어. −_−"

"저도 왠지 싫어요."

"진혁이 퇴학당하고 나서 그 선생님, 얼마나 웃겼는 줄 알아? 그 선생, 아니, 그년이랑 사귀는 남자는 왜 그렇게 많은 건데? 그년이랑 사귄다고 소문난 남자애들이 얼마나 많았는 줄 알아? 게다가 맨날 그년 데리러 오는 남자도 얼마나 자주 바뀌었는데. 정진혁이 속은 거지. 그년은 남자 홀리는 데 정말 타고난 것 같다니까."

"예? 전 이해할 수가 없어요. =_= 어제 만났을 땐 계속 진혁이만 기다린 것 같았는데요?"

"고게 다 고년의 수작이라니까! 아유, 증말 짜증나! 정진혁, 그 미친놈도 다 속아넘어간 거야! 너밖에 없어. 네가 진혁이 찾아와."

"언니도 진혁이 좋아하잖아요."

"좋아하지. ^—^ 근데 진혁인 절대로 내 사람이 될 수 없어. 그거 아니까 좋아하는 거야. 갖지 못하는 걸 좋아한다는 것도 꽤 괜찮은 일이거든."

매우 이상한 성격이시다. -_-; 하지만 언니의 마음도 알 듯싶다. 그나저나 그 선생이 그런 여자란 말이지? 근데 내가 진혁이를 무슨 재주로 찾아와.

"언니, 근데요. 제가 무슨 수로 진혁이를 찾아오나요? 그 선생이 그런 여자라는 거 진혁이한테 말해도 안 믿을 거구. 진혁이가 그 선생 사랑한다고 하면 전 데려올 권리 없는 거잖아요."

"그건 그렇지. 근데 있지, 난 진혁이가 너를 사랑한다고 생각하거든."

"아닐걸요. 얼마나 매정하게 돌아섰는데."

"아니야. 네가 매달리면 진혁이 분명 흔들려. 내가 알아. ^—^ 나도 도와줄 테니까 걱정 마. 알았지?"

한뉘 언니라는 든든한 지원군이 있어서일까? 언니의 도와주겠다는 말이 나에게 큰 힘이 되었다. 하지만 난 자신없다. 또 상처받는 건 생각하기도 싫다. 집에 돌아와 내내 생각해 보았다. 정진혁을 다시 내게로 되돌려 놓는다? 자신… 없다.

✜

Before   —한뉘

내가 입학하게 된 상진고. 공학이라는 것도, 잘생긴 선배들이 많다는 것도, 재단이 빵빵하다는 것도 나에겐 다 필요없는 사실이다. 얼른 시간이 흘러 정환이가 있는 그곳으로 가고 싶을 뿐이다. 천국이라는 그곳…….

"야~ 어이! 거기 앞에!"

날 부르는 건가 보다.

"저요?"

"그래, 너. 돈 있냐? 있으면 나 좀 꿔주라."

"없는데요."

"뒤져서 나오면 10원에 한 대다."

선배들은 내 옷을 뒤져서 주머니에서 삼만 원을 꺼내갔다. 문제집 사야 할 돈인데…….

"너! 이건 돈도 아니냐, 엉? 이게 확!"

"확 뭐? –_–"

"진혁이구나. 자, 잘 가렴!"

…난 굳어버렸다. 정환이가… 정환이가 내 눈앞에 살아 돌아온 줄 알고…….

"멍청이처럼 돈을 왜 뺏겨? 그리고 너 안경 벗는 게 낫지 않냐? 안경 벗으면 이쁠 것 같은데. 나중에 보면 아는 척이나 해라잉~"

진혁이라는 애의 말에 난 렌즈로 바꿨다. 세상은 역시 외모지상주의인가 보다. 좀 예뻐졌다 싶으니 소위 논다는 아이들이 나에게 접근을 했다. 이 아이들도 매우 착하다. 특히 강선아라는 아이는 너무 맘에 든다.

"나 꼭 김상현이랑 사귈 거야! 한뉘도 도와줘. ㅠ_ㅠ"

"대쉬하라니까. 근데 김상현이 누구야? -_-"

"김상현을 몰라? 오늘 걔네랑 같이 놀기로 했으니까 한뉘 너도 가자!"

얼떨결에 선아와 선희, 영혜와 함께 상현이라는 아이를 만나러 가게 되었다. 진한이라는 아이네 집으로 들어갔는데 그곳에서 정환이를 닮은 진혁이라는 아이를 또 보게 되었다.

"인사해! 우리 새로운 친구 한뉘!"

"어? 너 그때 삥 뜯기던 찔찔이 아니야? -_-"

"그땐 고마웠어."

"안경 벗었네? 고게 더 낫다, 진짜!"

"둘이 아는 사이야?"

그렇게 난 진혁이와 안면을 트게 되었다. 시간이 흐를수록 진혁인 점점 더 내 가슴에 깊이 박혀갔다. 선아와 상혁인 광복절을 기점으로 사귀게 되었다.

우리가 2학년이 되었을 때 신기하게 8명이 모두 같은 반이 되었다.

"우리 반 망하는 거 아니냐? 문제아라고 찍힌 애들을 다 모아두다니. 교장 돌은 거 아니야?"

"그러게. 정진혁 하나만 있어도 그 반 망하는데. 안 그냐, 진혁아?"

"야, 이 새끼 왜 이래? 완전 넋이 나갔고만."

"진혁아, 야! 정진혁!"

"어?"

"너 왜 그래? 귀신이라도 봤어?"

"아니. 예전에 나 과외해 주던 선생님이 우리 학교로 와버렸네."

그땐 그냥 과외 선생님이었던 사람이 같은 학교로 와서 놀라는 것인 줄로 알았다. 그 선생님은 이름은 한다예였고, 물리를 가르치셨다. 여자인 내가 봐도 정말 이뻤고 잘 가르쳤기 때문에 여학생들에게도 인기가 많았다.

6월 중순쯤이었다. 정말 더운 날이었는데 정전이 되는 바람에 교실이 찜통이었다. 7교시 수업이어서 선생님도 학생들도 모두 힘들어하던 시간이었다. 수업을 하시던 한다예 선생님이 쓰러지셨다. 우린 모두 놀랐다. -0- 근데 그보다 더 놀랐던 건… 선생님이 쓰러짐과 동시에 앞으로 뛰쳐나간 진혁이었다. 그때부터 약간씩 눈치를 채고 있었다. 수업 시간에 진혁이와 다예 선생님이 눈을 마주치면 서로 살짝 웃는 것도 여러 번 보았다.

9월 7일. 교실마다 이상한 게 붙었다. 진혁이와 다예 선생님의 데이트 장면을 찍은 사진을 스캔한 것이었다. 그 일로 진혁이는 퇴학을 당하게 되었다. 그동안 진혁이가 사고쳤던 것도 진혁이네 아버님이 기부금을 많이 내서 모두 묵인시키고 있었는데, 그 일을 계기로 진혁이를 퇴학시키기로 한 모양이다. 진혁이가 퇴학당하는 조건으로 그 선생님은 학교에 남을 수 있게 되었다.

한동안은 다예 선생님이 수업에 들어오면 아이들은 모두 자거나 떠들며 무시했다. 그러나 시간이 흐르면서 그 사건은 모두에게 잊혀지는 것 같았다. 거기다 우린 이제 고3이라 수업을 안 듣는다는 건 매우 치명적이기 때문에 선생님의 수업을 들을 수밖에 없었다. 한 달을 기준으로 선생님과 이상한 소문이 나는 남자애들이 달라졌다. 하나같이 잘생기고 인기 있는 남자애들이었다. 갈수록 여자애들은 선생님을 싫어했다. 물론 나도.

진혁인 퇴학당하고 한 번도 우리에게 연락한 적이 없었다. 그렇게 우린 3학년이 되었고 진혁이가 성현고 2학년에 복학하게 되었다는 소리를 전해 듣게 되었다.

오늘은 진혁이를 만나는 날이다. 오랜만에 만나는 거라 너무 긴장된다. 우린 진한이네서 술을 사두고 기다리고 있었다.

띵동~

진혁이다. 근데 옆에 여자애가 있다.

"진혁아~ 얼마나 보구 싶었는데~ ^^"

난 진혁이 팔에 앵기며 갖은 애교를 부렸다. 진혁이가 데려온 유시아라는 여자애는… 너무 낯익은 얼굴이다. 혼자 소파에 앉아서 핸드폰을 만지작거린다. 난 시아란 애를 유심히 살펴보았다. 진혁이의 성격상 아무런 관련도 없는 짝을 이런 자리에 데려온다는 건 있을 수 없는 일이다. 얼떨결에 시아도 같이 술을 먹게 되었다. 술 취하니까… 애가 참 귀엽다. 이제 알겠다. 이 여자애의 눈이 다예 선생님을 많이 닮았다. 근데 시아의 눈이 더 깊어 보인다.

"이제 벗어날 때도 됐잖아, 민현우……. 그만 하자, 우리… 그만 하자고, 제발……. 하아, 힘들어……."

알아듣지 못할 말을 내뱉고 잠들어 버린 시아.

"애 진짜 귀엽다. 정진혁, 너 애 좋아하지?"

"짝이라니까 그러네."

"정말 짝인 거지? 너 혹시 한다예 선생님 닮아서 애를 좋아하는 거면

 키스를 먹이로 널 길들인다

나 용서 못할 것 같아."

"오냐~ 오늘 즐거웠다. 큭!"

"진혁아, 있지. 난 네가 얼른 새로운 여자를 만났으면 좋겠어. 그게 나일 순 없지만. ^^"

"나 너 좋아해, 한뉘야."

"사랑해 줬으면 하는 거야, 멍청아. 얼른 가봐."

난 널 갖고 싶다는 욕심 안 부려, 진혁아. 이렇게 옆에 있을 수 있는 것만으로도 좋아. ^—^ 어차피 내 연인은… 정환이 하나거든… 영원히…….

시간은 계속 흘렀다. 오늘은 진혁이가 우리 학교로 온다고 했다. 진혁인 나에게 시아를 사귀는 아이라고 소개했다. 실망이다, 정진혁. 어떻게… 시아란 아이와… 다예 선생님을 닮은 그 아이와 사귀는 거지? 그럼 그 아이가 너무 불쌍하잖아. 역시 내 예상이 맞았다. 진혁인 시아를 놓아버리고 다예 선생님에게로 돌아갔다. 그 선생님은 안 되는데……. 그 선생님과 다시 사귀느니 차라리 시아랑 사귀는 게 낫다. 시아는 적어도 그 선생처럼 다른 남자한테 집적대지는 않으니까. 시아에게 진혁이를 다시 찾으라고 했다. 내가 도와줄 거다. 정진혁, 바보 같은 자식아. 넌 시아 놓치면 안 되는 거야, 멍청아. 내가 너의 사랑을 찾아줄게, 진혁아. 이게 내가 너한테 해줄 수 있는 일이니까…….

❖

자신없다는 거. 이런 말 나 정말 싫어하는데… 이렇게 약한 말 내뱉는 내 자신이 싫다. 정진혁, 너 때문이야. 너 때문에 나 이렇게 약한 애 되어 버렸어.

띵동~

「지금 전화해두 대?」

현우다. 언제나 귀여운 현우의 문자 보내는 말투.

「응. 해두 돼.」

문자를 보내고 약 30초 후, 현우에게 전화가 왔다. 빠르긴. ㅡ_ㅡ
"여보세요?"
[나다. 뭐 하구 있어?]
"그냥 누워 있지. 할 거 되게 없다. TV두 재미없구."
[아직 대낮인데 집에서 뭐 하냐. 나와, 놀아줄 테니까.]
"이제 어두워질 텐데 뭐. 너 지금 친구들이랑 있을 거 아냐."
[애들이랑 있는 거 불편하면 다 보낼 테니 나와. 스타에 있다. 빨리 와.]
집에 있어봤자 정진혁 생각만 나겠지? 난 옷을 갈아입고 스타로 향했다. 입구에 현우가 나와 있다. 앤 왜 또 정장을 입고 있는 건지.
"안 오는 줄 알았다, 야. 왜 이렇게 늦었어?"
"버스가 안 와서. 너 왜 정장이야? 어울리지도 않게."
"선배들 있어서. ^ㅡ^ 들어가자."
선배들? 설마 우리 학교 선배들을 말하는 건 아니겠지? =_= 라고 생각했는데! 제길! 우리 학교 3학년 일진들이었다! 안 된다고. TOT 난 저 자식들을 만나면 안 된다니까. 대략 10명 정도 있는데 그중 6명은 입학식 날 소각장에서 정진혁한테 당했던 놈들이었고 또 다른 한 명은… 웬일이냐? 한 명은 나랑 부딪쳐서 내가 교복에 로션을 묻혔던 놈이다. 저곳에 절대 갈 수 없다.

"혀, 현우야!"

"안 오고 뭐 해? 형들 기다린다."

"나, 난 저 자리에 가고 싶지 않아."

"여기까지 와서 그러기냐?"

"부, 불편하단 말야. 안 갈래. 나 그냥 집에 갈래."

"어이, 민현우~ 안 오고 뭐 하냐~"

미친놈들 같으니. 너네 목숨 구해주겠다는데 왜 현우를 불러! 나 건드렸던 거 현우가 알게 되면 니들은 한 방에 죽을 거야. T_T

"가자. 다 착한 형들이야. ^—^"

착한 놈들이 내 가슴을 찌르냐?

"유시아, 너 자꾸 고집 부릴래?"

"너, 너 같으면 내 친구들 많은 데 오고 싶겠어? 게다가 남자가 너 하나라면!"

"난 네 친구들 있는 데 가는 거 좋은데? 남자가 나 하나면 더 좋고. ^—^"

네 그지 같은 성격을 내가 어떻게 말리겠냐? 젠장. 에잇, 모르겠다! 될 대로 되라지. 난 현우와 구석에 있는 큰 테이블로 갔다. 날 본 순간 7명이 손가락질을 했다.

"어, 저년!"

진혁이한테 발차기를 당했던 놈이다.

"쟤 그때 소각장이지!"

진혁이한테 턱 맞고 쓰러진 놈이다.

"너 내 교복에 로션 묻혔던 애지!"

젠장. 현우는 무슨 상황인지 이해할 수 없다는 듯이 멀뚱멀뚱 서 있었다.

"얘냐? 민현우 니가 죽고 못산다는 애가? 얘가 그 유시아였어?"

"시아 아세요? 내가 많이 숨기고 다녔는데. ^—^"

조금 잘생긴 오빠가 −_− 대강 눈치를 준다. 그때 소각장에서 있던 일을 비밀로 하자는 것 같다. 다들 눈치가 있긴 하군. 하지만 교복에 로션 묻었던 놈은 눈치가 좀 없어 보인다.

"너 돈 안 물어줬잖냐, 아그야. −_−"

"하하. ^^; 이제 곧 하복 입을 텐데요."

"무슨 말이야, 시아야? 왜 그래요, 형?"

"아무것도 아니야, 현우아! 그치? 아무것도 아니죠?!"

내 간절함을 느낀 건지 그 오빠도 암 말 안 했다. 슬슬 분위기가 좋아지고 다들 술을 먹으며 매우 즐거워한다. 난 여기 괜히 온 기분이 든다. 더 심란해졌어. −_−

"현우야, 이제 가자. T_T"

"왜에~ 지금 분위기 좋은데~ 하하하!"

"너나 좋지!"

"현우야, 노래나 한곡 하자~"

현우는 기다렸다는 듯이 무대로 나갔다. 참고로 이곳은 단란 주점틱하게 무대와 마이크가 있었다. 현우는 매우 능숙한 포즈로 선곡을 하고 노래를 시작했다. 난 눈치 보며 앉아 있었다.

"시아라고 했나? 나 김호현이다."

이 사람이 김호현이구나. 이름 참 많이 들어본 사람이다. 잘생기고 싸움도 잘한다고.

"아, 예. -_-;;"

"현우 자식 없어서 물어보는 건데 민현우랑 무슨 사이냐?"

"친구요."

"현우는 널 친구로 생각 안 하는 것 같던데?"

"그런가? 그럼 보디가드라고 할게요."

"너 멍청이나 병신이란 말 많이 들었지?"

"네? -_-"

그거 맨날 정진혁한테 듣던 말인데.

"내가 껴들 일 아니란 건 알지만 현우 아프게 하지 마라. 저 자식이 맨
날 저렇게 웃고 있어도 힘든 애야."

"현우랑 많이 친하신가 봐요."

"현강이 동생이잖냐~"

현강 오빠 다방면에 친구를 많이 두셨군.

"하하. ^^;;;"

"잘해봐. 저 자식 술 먹으면 맨날 너만 찾던데. 아, 하나만 더 물어봐도
돼?"

"예."

"정진혁이랑은 어떻게 되는 거야? 너랑 걔랑 다니는 거 많이 봤는데."

"짝이에요."

"정말 짝이지?"

"네. ^o^ 저도 하나 물어봐도 될까요?"

"뭔데? 신체 사이즈 빼고 다 말해 주지. -_-"

"-_-;; 현우가 진혁 오빠 얘기만 나오면 화내던데 왜 그런 거예요? 현우

말로는 진혁 오빠가 상진고 다녀서 그렇다고 하는데 그건 아닌 것 같구."

아무 말도 없는 호현 오빠. 현우는 열창을 해대고 있다. 미안하게도 무슨 노랜지 모르겠다.

"그건 내가 말해 줄 수 있는 부분이 아니니까 현우한테 직접 들어. 한마디만 하자면 넌 절대 정진혁과 얽히면 안 된다는 거지."

"그게 무슨 마……."

"나 잘 불렀지?!"

현우의 등장으로 호현 오빠와 난 더 이상 말할 수 없었다. 정진혁과 얽히면 안 된다는 거지… 이 말이 머리 속에서 떠나지 않는다. 왜… 왜 안 된다는 거지? 도대체 왜? 그러고 보니까 예전에 현우도 정진혁은 안 된다고 그랬었다. 도대체 왜 안 된다는 걸까?

12시가 넘어서야 현우와 난 그 자리에서 빠져나왔다. 현우는 2차까지 가야 한다고 땡깡을 부렸지만 나 때문에 집으로 향할 수밖에 없었다. 집에 가는 중.

"형들 다 착하지?"

"응. 그 호현이란 사람 의외로 괜찮더라."

"호현 형? 멋진 사람이지. 남자인 내가 봐도 멋있어."

"응, 그래."

"왜 그렇게 기운이 없냐? 힘들어?"

"현우야, 나 뭐 하나만 물어봐도 될까?"

"두 개 물어봐두 돼. 뭔데?"

"꼭 대답하기. 약속해."

"알았어. ^^"

난 크게 심호흡을 하고 이야기를 시작했다.

"전부터 이해할 수가 없었던 건데, 넌 정진혁이란 사람을 왜 싫어하는 거야? 진혁이랑 나랑 관련되는 게 왜 싫어? 글구 난 왜 진혁이 사랑하면 안 되는 건데?"

"……."

"너 진혁이 맨 첨에 봤을 땐, 걔가 정진혁이라는 거 몰랐잖아. 내가 말해 줬을 때도 니가 싫어하는 정진혁이라는 거 몰랐었잖아. 나 하나도 이해할 수가 없거든. 말해 줘, 현우야."

현우는 멍하니 서 있기만 한다. 역시 곤란한 질문을 한 건가? 하지만 너무 알고 싶어. 이제 정진혁과 다 끝났으니까… 이젠 얽힐 일 없으니까… 나 알아도 되지 않니, 현우야?

"말해 주는 건 어렵지 않지만 알게 되면… 넌 힘들어져. 이것만큼은 확실해."

"이유가 뭔데? 왜 내가 힘들어지는데?"

"나 절대 말 못해, 시아야. 이것만큼은 못한다."

"약속했잖아. 내가 물어보는 거 다 말해 준다고 약속했잖아."

"미안해. 나 약속 안 지키는 나쁜 놈이 되더라도 절대로 못해. 들어가라, 그럼."

늘 내가 들어가는 걸 보고 나서 뒤돌던 현우인데 오늘은 먼저 뒤돌아서 간다. 왜 내가 힘들어진다는 거야? 현우야, 나 궁금해.

일요일이 지나고, 월요일 아침이 밝았다. 월요일은 이유도 없이 피곤하다. 찌뿌둥해.

"어이, 유시아~"

"지윤아! 동창회 잘 다녀왔어? 어땠냐?"

"남자애들은 하나도 안 나왔어. 그냥 여자들끼리 술 먹다 왔지 뭐~"

"그래도 재밌었겠다."

"확실히 옛날 친구들 만나면 재미있긴 해. 너네 중학교는 동창회 같은 거 안 해?"

"그, 글쎄? 담임 온다."

중학교라… 중학교 때 친구들하고는 일부러 연락을 끊었는데. 기억하고 싶지 않은 것들을 공유하고 있으니까.

"거기 시아 옆에 빈자리 누구니? 진혁인가?"

"네."

"잘 다닌다 싶더니만……. 1교시 수업 준비해라."

딴 애들이 안 왔어도 저런 말을 했을까? 정진혁이니까… 복학생 정진혁이니까 저런 말을 하는 거겠지? 이상해. 왜 안 오는 거지? 어디 아픈가? 이 무쇠 같은 놈이 아플 리는 없을 테고. -_- 걱정된다. 짝으로서 전화해 보는 건 괜찮겠지?

[지구는 내가 지킨다~ 숑숑숑~]

정진혁의 컬러링이다. 꼭 저 같은 걸로 하는구만.

[누구야?]

"발신자 뜨잖아, 새꺄! 나 짝이다!"

[된장이냐? 웬일이야?]

"왜 학교 안 와? 이제 1교시 시작하는데."

[일이 좀 있어서. 3교시 시작하기 전까지는 갈 거야.]

"그래."

난 전화를 끊고 잠의 세계로 빠졌다. 쾅 하는 소리가 들려 눈을 떴다. 담임이 몽둥이로 교탁을 치고 있었고 그 앞에서 정진혁은 고개를 숙이고 있었다.

"너 잘한다 했더니 이게 뭐 하는 짓이야? 아예 오지 말지 그랬니?"

"……."

"어쭈? 이제 선생님 말까지 무시해?"

"……."

"이유가 뭐야? 왜 이제 왔는지 이유나 좀 알자."

"죄송합니다."

죽어도 이유를 말하지 않는 정진혁. 저 똥고집을 누가 꺾냐? 약하게 10대 맞은 후 −_− 정진혁은 자리에 앉았고 담임 선생님은 다시 수업을 시작했다(지금은 담임 교과 시간이다). 난 수업을 듣지 않고 정진혁에게 소곤거렸다.

"왜 늦은 거야?"

"나 잘 거니까 깨우지 마."

"이 다음 시간이면 밥 먹는데 왜 자."

"밥 안 먹어. 잔다."

피곤해 보이길래 그냥 자라고 놔뒀다. 도대체 무슨 일이야? 나 궁금하다, 진혁아. 난 아직도 너랑 관련된 일이면 하나라도 더 알고 싶은데.

종례 시간.

"학부모 회의에서 건의되었던 자율 학습 말인데, 말 그대로 자율로 시행하기로 했어. 자율 학습할 사람들은 별관 도서실로 가고, 나머지는 청소 끝나면 집에 가는 거야."

"와아~!!"

담임의 말에 아이들 모두 환호했다. 난 당연히 도서실로 갈 리 없다. 아자료옹! 아이들은 모두 교실에서 나갔다. 다 집으로 가는 것 같다. 난 정진혁을 깨우고(4교시부터 계속 잤다. -_-) 집에 갈 준비를 하였다! 오예~ 오예~ 오예~! 근데 집에 가도 할 일은 없다.

"이제부터 야자 없다니까 일찍 가두 된대! 잘 가라, 정진혁!"

"뭐 할 거야?"

"뭐 하긴, 집에서 TV나 봐야지."

"할 거 없으면 놀자."

"니가 왜 나랑 놀아? 한다예 선생님 있잖아."

내 눈 똑바로 쳐다보지 마. 네가 그렇게 쳐다보면 나… 심장이 너무 뛰어서 미칠 것 같단 말이야. 지금도 난 니가 나 껴안으면서 키스할 것만 같은데… 아직도 미련을 버리지 못하겠는데…….

"같이 있자. 같이 있고 싶어서 그래."

"너 지금… 진짜 잔인한 거 알지?"

"……."

"나쁘다. 너 정말 나쁘다. 난 너랑 같이 있고 싶었는데 니가 놔버렸어. 나한테 쓸데없는 희망 주지 마, 제발. 부탁할게."

난 돌아섰다. 정진혁을 바라볼 수 없어서… 내 눈에서 눈물이 떨어지려 해서… 이 모습으로 정진혁을 바라볼 수 없어서… 돌아섰다. 돌아섰는데 진혁이가 날 돌려세우더니 자기 품에 안는다.

"이러지 마. 이러지 말라구…….."

“정말 모르겠다. 이게 무슨 감정인지 정말 모르겠어. 니가 가르쳐 줘.”

“놔줘, 진혁아.”

“못 놓겠어. 놓으면 너 울 거잖아. 나 너 우는 거 보기 싫어.”

난 진혁이를 밀쳤다. 계속 껴안고 있으면 내가 못 놓을 테니까. 내 것이 될 수 없는 널 못 놓게 될 테니까.

“너 그거 알아? 지나친 친절은 동정으로 보일 수 있다는 거.”

“……”

“니 감정 모르겠다고? 알려줘? 너 지금 그거야. 내가 갖긴 아깝고 남 주긴 싫은 거. 아니니? 나 너한테 그런 존재가 되고 싶진 않아.”

“틀렸다, 유시아.”

듣기 싫다. 들었다간… 난 또다시 상처받을 것이다.

“말하지 마, 제발.”

“난 말해야겠다. 나 너 못 놔.”

“……”

“네가 가랬지? 네가 나보고 가라고 했지? 그래서 갔는데… 후회돼 미칠 것 같아. 자꾸만 너 보고 싶어서 돌아버릴 것 같아.”

무슨 말이야? 못 놓겠다니… 보고 싶어서 돌아버릴 것 같다니… 도대체 무슨 말이야?

“나 미쳤나 보다. 선생님이랑 있어도 자꾸 너만 생각나고, 까페에 가도 자꾸 니가 내 앞에 있는 것만 같고, 자다가 고개 돌리면 니가 내 옆에서 자고 있을 것 같고… 미친 거 맞지?”

“어, 미쳤어.”

“근데 있지… 이렇게 미쳤는데도 나 안 싫다. 너한테 미친 거 싫지가 않다.”

난 무슨 말을 하면 좋을까? 너무 좋은데… 지금 기분이 너무 좋은데……. 이런 식으로는 싫다. 하나도 정리되지 않은 상태에서 너랑 다시 시작한다는 거, 난 할 수 없어.

“한다예 선생님은 어쩌고…….”

“다 지나간 일이야. 지나간 일에 집착하고 싶지 않다.”

“그 선생님은 아닐 텐데…….”

“선생님 결혼할 남자 있어. 나랑은 장난이었지. 원래 그런 여자야.”

“너 알면서도 좋아한 거였어?”

“지금은 아니야.”

갑자기 침묵 상태가 되어버렸다. 난 한뉘 언니의 말을 지울 수가 없다. 나랑 한다예 선생님이랑 닮았다는 거… 그 이유 때문에 진혁이가 날 좋아하는 거라면… 싫다.

“다시 시작하자, 유시아. 다른 여자 안 볼게. 절대 너 안 떠날 테니까…….”

“나 사랑해?”

“당연하지, 멍청아.”

“왜 사랑하는데? 내가 한다예 선생님을 닮아서?”

“너 또라이냐, 진짜?!”

큰 소리를 치는 정진혁. 왜, 왜 니가 큰 소리를 치는 거야?! −0−

“누가 니랑 선생님이랑 닮았다고 하든? 어떤 눈깔 병신이 그 지랄해?”

한뉘 언니가 그랬는걸. −_−; 이라고 말했다간 한뉘 언닌 저 세상으로 가겠지.

"솔직히 선생님이 더 이쁘지."

"그럼 그 선생님이랑 사귀면 될 거 아냐?!"

"누가 언제 이쁜 여자랑 사귄댔냐? 내가 이쁜 여자만 좋아하면 널 좋아할 리가 없지. =_="

저 말 왠지 기분 나쁘다!

"그래, 나 못생겼다. 보태준 거 있어?"

"된장 같은 녀석. -_-; 너니까 좋은 거야, 멍청아. 이제 됐냐?"

너니까 좋은 거야… 너니까… 너니까……. >_< 에이, 몰라! 쑥스럽게!

"다신 그 선생님 안 만날 거지?"

"그래."

"다신 나 안 떠날 거지?"

"그래."

"이제 나만 사랑할 거지?"

"아니!"

어이가 없다. 그래라는 대답이 나올 줄 알았는데…….

"우리의 2세도 사랑해야지, 멍청아! 어떻게 너만 사랑하냐?"

"-0-;; 누가 너랑 결혼한대?"

"할걸? 나 아니면 널 건져 갈 놈이 없으니까."

"어어버버……."

"된장 같은 놈 나올까 걱정된다."

진짜 심각하게 고민하는 진혁이. 이럴 때 보면 정말 또라이에 싸이코 같다. 우리 정말… 전처럼 돌아간 거니? 근데 나 왜 이렇게 찜찜한 거야.

진혁이랑 난 우리 동네 놀이터로 갔다. 그다지 오고 싶지 않은 곳이었지만 다시 오고 싶은 곳으로 만들기 위해서 진혁이랑 같이 온 거다.

"아, 여기 오니까 그때 생각나네."

"나 진짜 마음 아팠어."

"니가 막 가라고 해서 갔잖아."

"넌 가란다고 가냐?"

"가라는데 가야지, 어째?"

그땐 진짜 가슴이 찢어지는 것처럼 아팠는데, 지금은 너랑 함께라는 사실 하나로 너무 기쁘고 즐거워.

"진혁아."

"왜 심각한 척이여?"

"물어볼 거 있어. 대답해 줄 거라고 약속해."

"그러지 뭐. -_-;"

"현우랑 무슨 사이야?"

"매우 구린 사이지."

"장난으로 대답하지 말고."

그제야 심각해지는 진혁이. 목소리를 낮게 깔고 말을 한다. 이런 목소리 처음이다.

"진짜 구린 사이 맞아. 그 이상은 그다지 말하고 싶지 않다."

"왜?"

"옛날 얘기까지 꺼내야 되니까. 그럼 나 좀 힘들거든……."

"현우는 내가 알게 되면 힘들 거래. 그래서 못 말해 주겠대."

"난 네가 힘들 것 같아서 말 못하는 거 아니야. 내가 힘들어서 그래. 나중에 해줄게."

"너 전에도 퇴학당한 이유 나중에 말해 준대놓고 안 해줬잖아. 나 남의 입으로 너에 대한 거 듣고 싶지 않아. 너한테 직접 듣고 싶단 말야."

그네에 앉아 있는 내 앞으로 와서 서는 진혁이. 내 머리를 마구 부비적 댄다. 아프다. -_-

"이것만큼은 내 입으로 말해 줄 테니까 기다리고 있어. 꼭 말할 테니까. 알았지?"

"치, 알았다."

진혁인 쭈그려 앉더니 점점 내 얼굴 앞으로 다가온다. 키스할 건가 보다. -_-; 난 살짝 눈을 감고 진혁이가 다가오길 기다렸다.

…….

왜 안 오지? -_-; 눈을 떠보니 정진혁은 미끄럼틀 위에 올라가 있었다.

"야, 너 뭐야?!"

"뭐긴. 난 약속 지키고 있는 거라고~"

"무슨 약속!"

"다신 키스 안 한다고 약속했잖아~ 네가 하지 말라며~"

내가 내 무덤을 파버렸군. -_-;

"후회 안 한다면서요, 유시아 씨~"

"누, 누가 후회한다고 그래!"

아무래도 난… 계속 후회할 것 같다.

이럴 수밖에 없었다

이상하리만큼 시간이 매우 잘 흐른다. 게다가 너무 행복한 일들만 일어난다. 나중에 조금이라도 힘든 일이 생긴다면 버텨낼 수 없을 거 같다.

하복을 입게 되었고, 우린 학기 고사를 보는 날을 맞이해야 했다. 시험을 하루에 한 과목이나 두 과목만 보기 때문에 일주일이나 시험을 봤다. 결과는 컴퓨터만이 알 것이다.

"시험 보느라 다들 수고했어. 오늘은 집에서 푹 쉬어라~"

아이들은 하나둘 나가기 시작했다. 이제는 여름 방학이라는 큰 행복을 두고 각자 계획들을 짠다. 고2 여름 방학. 아마도 학창 시절의 마지막 방학이 될 것이다. 겨울 방학부터는 수험생이니까.

"된장아~ 이제 가자."

"이놈아! 너 된장된장 하지 말랬지? 진짜 죽고 잡냐, 엉?"

"빨리 나오기나 혀~"

다시 이렇게 될 줄은 몰랐는데. 이상하게도, 한다예 선생님은 내 앞에 나타나지 않았다. 한 번쯤은 더 찾아올 거라고 생각했는데……. 더 이상한 건 현우였다. 놀이터에서 진혁이랑 화해한 다음날부터 현우는 날 피하기 시작했다. 이유도 알 수 없다.

"된장아~ 오늘 뭐 할까? 일찍 끝났는데 그냥 헤어지자는 엿 같은 말은 안 하겠지?"

"피곤해. TOT 밤샜단 말이야."

"밤새나 안 새나 그 점수가 그 점수잖아."

"죽는다! 나 집에 가서 잘 거야. 너 혼자 놀아."

"8시쯤 전화할 테니까 나와. 안 나오면 너 죽고 나 사는 겨."

죽이라고 해. -0- 난 지금 당장 죽더라도 잠을 자야겠으니.

자려고 누웠는데 핸드폰이 울린다. 정진혁이겠지? 나 귀찮게 하려고? 짜증나서 안 받아버렸다. 새끼… 8시엔 꼭 받으마!

또로로로로로로로롱~

"누구야?!"

자다가 받은 전화여서 기분 매우 언짢음.

[하모~ 날세~]

"하… 진짜. 왜?"

[이제 나올 준비 해야지~ 한 시간 내 진한이네로 와라. 안 오면 죽어.]

딸칵!

겨우겨우 일어나 씻고 머리 감고―시험 기간 동안 제대로 못 감았다 -_- ―빵을 대강 먹고는 진한 오빠네로 향했다. 길치인 나라도 몇 번 왔다 갔다 하니 가는 길을 외웠다.

엘리베이터가 1층에서 멈췄고 난 엘리베이터를 탔다. 아직 한 시간 안 넘었겠지? 폴더를 열어 시계를 보니까 젠장, 20분이나 초과했다. 난 죽었다. 폰 가운데에 편지 봉투가 떴다. 문자인 줄 알았는데 음성 메시지였다. 듣고 싶었으나 배터리를 다 써버린 상태였다. 나중에 듣지 뭐.

"시아네~ 어서 와~"

"안녕하세요?"

"유시아. 엄청 빨리 왔다, 엉?"

"와준 걸로 고맙게 여겨. 안 오려다가 온 거야."

같이 있으면서 알게 된 진혁이의 이상한 습관. 정말 기분 좋거나 기쁜 일이 있으면 무표정이 되어버린다. 표정 관리하는 걸 못 배우고 자랐나 보다.

"꺄아~·시아 왔구나!"

"언니도 있었구나. 다른 언니들은?"

"고년들이 나 빼고 클럽 간 거 있지!"

"강선아, 걔 진짜… 한뉘 넌 안 말리고 뭐 했냐! 걔 맨날 나 속이고 클럽 가는 거 엄청 화난다고!"

화난다고 해도 막상 선아 언니 보면 화도 못 낸다. 남자들은 거실에서 술을 마셨고, 난 한뉘 언니를 따라 방으로 들어갔다.

"진혁이랑은 어때?"

"늘 그렇죠 뭐."

"한다예 선생님 학교 그만두셨어."

"결혼 때문에?"

"응. 남자애들이 얼마나 울던지 진짜 웃겼다니까. ㅋㅋ"

이제야 한시름 놓은 기분이 든다. 근데 일이 너무 좋게 풀리니까 나중에 한꺼번에 나쁜 일로 되돌아올 것만 같기도 하다. 확실히 난 좋은 일을 순수하게 받아들일 순 없는가 보다.

"니네도 나와라~ 술이나 먹자~"

현준 오빠의 말에 한뉘 언니와 난 거실로 나갔다. 정진혁이 이렇게 취할 리가 없는데 꽤 많이 마셨나 보다. 헤롱거리는 걸 보니. -0-;;

"되~에~엔~자아~앙!"

"가지가지하네, 정말."

"진혁이 술 들어가면 엄청 귀여워."

이 지랄 하는 게 귀엽냐?

"우리 된장~ 뽀뽀해 줘야지이~"

"미쳤냐! 돌았어, 진짜!"

"아, 마따아~ 우리 된장하고~ 뽀뽀 안 하기로 약속해찌! 캬캬캬캬!"

미친놈. 그 딴 약속 안 지켜도 된단 말이다(마음속의 외침)!! 이 말만 한다면 정진혁은 분위기에 맞춰서 내게 키스해 주겠지? 하지만 대놓고 말할 자신이 없다.

"진혁이 방에 처넣고 오마."

진한 오빤 술에 취한 정진혁을 방에 넣어버렸다. 땀을 흘리며 방에서 나오는 진한 오빠는 사우나에서 갓 나온 50대 아저씨의 모습을 연상시켰다.

"저 자식이 말라 보여도 뼈가 얼마나 굵은지… 미친놈, 우유만 들입다 처먹더니만."

"바나나 우유만 먹던데."

"원래 흰 우유밖에 안 먹었어. 언제 바나나 우유를 한 번 보더니 항아리 모양이 귀엽다면서 병 모은다고 먹기 시작한 거야. 미친놈이지. -_-"

역시 넌 싸이코 기질이 다분해. 다들 어느 정도 술이 들어가서 기분이 좋은가 보다. 한뉘 언니는 소파에 뻗어 잠이 들었고, 현준 오빠는 약속이 있다며 가버렸다. 난 술 마시고 집에 들어가면 혼날 테니까 콜라만 먹고 있다.

"진혁이가 요새 많이 참던데? ˉ_ˉ; 그러게 왜 그런 그지 같은 약속을 했냐?"

"뭐요?"

"뽀뽀 안 하기로 약속했다며? 아무튼 웃기게들 놀아, 진짜."

"그땐 그럴 수밖에 없었다구요. 수업 시간에도 계속 그러는데 어떻게 해요?"

당신들이 당해봐라. 처음에 몇 번이야 기분 좋지, 계속하면 짜증나고 귀찮아진다고요. −0−^

"저 새끼가 표현할 줄 몰라서 그래. 좋아하는 거 표현하는 걸 몰라서."

"니가 받아주고 그래라. 맨날 정신 나간 놈처럼 저 지랄해도 −_−진혁이 힘든 거 많은 놈이니까."

"난 아무것도 몰라요. 말해 줄 때까지 기다린다고 하긴 했는데 하나도 말 안해 주고… 나쁜 놈 같으니라고."

첨엔 진혁이를 걱정하는 말로 시작했지만 결국은 욕하는 걸로 돌변해버렸다.

"고 새끼가 얼마나 치사한 줄 모르지? 판치기할 때 내가 동전 다 뒤집으면 꼭 엎어버린다니까!"

"판치기는 그렇다 쳐! 자판기에서 음료수 뽑아 마실 때도 거스름돈은 왜 꼭 지가 쓸어가냐고!"

상현 오빠와 진한 오빠 돈과 관련된 정진혁의 치사함을 낱낱이 고했다. 정말 치사하게 놀았구나, 진혁아.

"그래도 한 번 쏘면 엄청 크게 쏴. 그래서 못 미워한다니까."

"나 전화 좀 받고 온다."

상현 오빠 전화받으러 베란다로 나갔다. 진한 오빠가 정진혁이 어떤 식으로 쏘는지를 설명해 주었다. 나이트에서 노시는구만, 진혁 씨.

"이 새끼가 왜 전화를 했지?"

"누군데?"

"김호현. 안면 트고 지낸 놈도 아닌데 이상하네."

"김호현? 우리 학교 김호현이요?"

"알아? 하긴 알겠지. −_− 짱이라고 설치는 새낀데 모르면 간첩이지."

"그 오빠가 왜요?"

"진혁이 잘 지내라는데?"

…오싹한 기분이 내 몸을 훑고 지나간다. 이상해… 왜 이런 기분이 드는 거지? 내 엿 같은 예감이 맞지 않기를 바랄 뿐이다. 손이 떨린다. 왠지 모르겠지만 손이 자꾸 떨리고 심장이 요동친다.

"니들끼리 뭐 하냐? 하아아암~"

정진혁이 기지개를 켜며 방에서 나왔다. 저렇게 태평한 모습을 보니 나쁜 생각 하고 있던 내 자신이 이상하게 느껴진다.

"김호현한테 전화 왔었어. 너 그 새끼랑 뭔 일 있었냐?"

"김호현? 걔랑 얼굴 본 적도 몇 번 없는데?"

"너 잘 지내라고 하던데? 이 말 뻔한 말 아니냐?"

"그놈들이 뭘 어떻게 하겠냐?"

"웃으면서 넘기지 마. 민현우도 관련되어 있을 테니까."

현우? 현우가 왜? 우리 학교 이짱이니까? 도대체 무슨 일이길래 이러는 거지?

"민현우 그 새끼 나 못 잡아먹어서 안달이라니까."

"진혁아, 잠깐 나 좀 보자."

난 진혁이를 데리고 진한 오빠의 방으로 들어갔다. 더 이상 나만 모르는 건 싫다.

"이제 말해 줘. 피하지 말고 말해 줘. 부탁이야."

"뭘?"

"현우와 너."

"그래, 크게 일 터질 거 같으니까 미리 말해두는 게 낫겠지."

진혁인 크게 호흡을 가다듬더니 지포 라이터를 까닥까닥하면서 이야기를 시작했다. 불안하면 습관적으로 라이터를 만지는 진혁이다.

"내가 중3 때였는데 그땐 진한이나 저 새끼들 몰랐었을 때야. 저놈들하고는 상진고 와서 친해진 거니까. 중3 여름 방학 때, 내 친구 놈이 사고치는 바람에 좀 큰일이 있었거든. 나중에 안 건데 그때 그 일에 민현우도 관계되어 있었나 보더라고. 민현우가 날 싫어하는 건 자기네 형하고 나하고의 일 때문이야. 민현우는 내 얼굴도 몰랐어. 아마 내 이름만 알고 있었을 거야."

아, 그래서 처음 만났을 땐 몰라봤던 거구나.

"암튼 그렇게 시간이 흐르고 겨울 방학이 되었는데 민현강이 애들 데리고 내 제일 친한 친구 놈을 습격했어. 난 그때 집안 행사 때문에 대전에 가 있었거든. 애들한테 연락받고 서울로 올라와 보니까 가관이더군. 그때 민현강이랑 나랑 엄청 싸웠는데 내가 애들 부르러 나간 사이에 내 친구 놈 지성이 눈을 병신으로 만들어놓고 떠난 모양이더라고. 그 후로는 나도 몰라. 다 잊고 지냈는데 갑자기 민현우를 만나게 되지 않나… 민현강이 3학년에 와

있질 않나… 이게 끝이다. 그동안 말하기 꺼려했던 건 지성이 때문이었어."

"그게 끝이야?"

"어."

"별거 아니네 뭐. ^-^ 근데 현강 오빠 일본에 있었는데 나 모르게 한국에 왔었나 보네?"

"난 모른다, 야. -_-"

"난 너랑 현우랑 뭔 일이 있던 건 줄 알았어. 근데 현강 오빠랑이었네."

"나도 잘 모르겠어. 민현강이랑도 그때 쌤쌤이었던 일이니까. 민현우가 날 싫어하는 건 아마도 너 때문이겠지."

나? 내가 왜? 물어보는 게 두렵다.

"아, 맞아! 진혁이 네가 현우 처음 만났었을 때 나랑 현우가 친한 거 보고 의외라고 했었잖아. 그건 왜 그런 거야?"

"민현우같이 엄청 노는 애랑 너랑 친한 게 당연히 의외지."

"그, 그런 거였어?"

난 또 뭔가 큰 비밀이 숨겨져 있는 건 줄 알았지. 이제 진혁이에 대해 조금이나마 알게 된 건가?

"아, 한 개만 더!"

"또 뭐?"

"그 지성이라는 친구는 지금 어떻게 됐어?"

"눈 다치고 호주로 가버렸어. 연락 안 해."

"…너 행복하지?"

"뱁새 가랑이 찢어지는 소리 한다. -_-; 갑자기 그 딴 건 왜 물어?"

"네가 행복해야 그 친구도 행복할 거 아니야. 나도 그렇고."

내 앞에 서는 진혁이… 무릎을 굽혀 나와 눈높이를 같게 한다. 그러더니 날 껴안는다.

"아… 이럴 때 참다니. 정진혁, 인내심 엄청 많아졌네."

"왜 그래, 진혁아?"

"쩝쩝이 같으니. -_-^ 지금 나 꼬시냐, 엉?"

"뭔 말이야?"

"씹."

정진혁은 껴안고 있던 날 팽개치고 나가려고 하다가 다시 돌아와서는 내 입술에 가볍게 뽀뽀를 한다. 순간 나도 모르게 다시 나가려는 정진혁의 옷깃을 잡았다.

"왜? -_-^ 약속 어겨서 미안하다. 이젠 조심할게."

"해."

"화내려면 내도 돼. 근데 나 많이 참았다, 야. -_-;"

"……."

"아, 분위기 구려졌네. 이제 약속 깰 일 없을 거다. 됐지?"

그래, 약속은 깨면 안 되는 거지. 난 정진혁을 돌려세웠다. 그리고 진혁이 입술을 덮쳤다. 놀란 듯한 진혁이가 느껴진다. 닫혀 있던 진혁이의 입술이 열린다. 우린 한참 동안 서로를 느꼈고 호흡이 곤란해질 때쯤 입술을 뗐다.

"내가 하면 되는 거잖아. ^o^"

"누구한테 배워먹는 거여?"

"시작은 나였어도 결국 리드하는 건 너던데?"

"넌 나 따라오려면 수백만 번은 더 해야 혀."

"뭐야? 그럼 너는 수백만 번 했단 소리잖아!"

"나가기나 하자~ 밀폐된 공간에 남녀 둘만 있다간 뭔 일이 일어날지 모르니까."

오랜만에 느껴본 진혁이의 입술은 따.뜻.했.다.

❖

Behind story I   —현우-

내 삶에서 널 빼고 나면 무엇이 남을까? 생각할 때마다 나오는 답은 단 한가지다. …아무것도 남지 않는다.

"으아아아아아아앙!!"

"왜 울어, 시아야?!"

"엄마가 훌쩍훌쩍! 엄마가 업쪄. ㅜ_ㅜ"

맞벌이를 하시는 시아네 부모님. 늘 시아가 깨기 전에 나가시는 분들. 일어나면 아무도 없는 집이 싫었을 거다. 그래서 늘 우리 집으로 오곤 했다.

"시아 왔구나~ 아줌마가 맛있는 거 해줄게~"

딸이 없는 우리 엄만 시아를 친딸처럼 이뻐하셨다. 물론 여동생이 없던 나도 시아를 예뻐했다. 아니, 여동생이 있었더라도 난 시아를 이뻐할 수밖에 없었을 거다. 그만큼 시아는 이뻤기에……. 현강 형과 나, 그리고 시아의 오빠인 시안 형의 지킴을 받으며 시아는 무럭무럭 자랐다. 아주 이쁘게……. 늘 그렇게 있어줘. 언제까지나…….

하산중학교에 입학하는 날. 우리 형이나 시안 형도 이 중학교에 다니고 있었기 때문에 나와 시아는 하산중으로 배정받은 것에 대해 진심으로 감사했다. 우리 형과 시안 형은 소위 말하는 일진이라는 것에 속해 있었고, 내가 2학년이 되었을 땐 나도 그곳에 속하게 되었다. 시아는 몰랐겠지, 시안 형이 짱이었다는 걸.

"현우야~"

"우리 반엔 웬일이야?"

"나 오늘 할 일 없는데 놀자~"

"미안한데 오늘 선약이 있어."

"치! 뭐야, 증말! 오빠랑 현강 오빠두 다 약속있다구 하구. 2학년 되고 한 번도 나랑 논 적 없잖아. 나 삐침이야, 진짜!"

토라진 듯 입을 삐죽대는 게 얼마나 이쁜지… 넌 알까? 하지만 어쩔 수 없다. 오늘은 일진회 모임이 있는 날이니까.

"여보세요? 네, 엄마. 저 늦을 거 같은데요. 네, 알았어요. 걱정하지 마세요."

늦을 거 같으면 집으로 꼭 전화를 하는 시안 형이었다.

"아줌마야?"

"어. 오늘 아버지랑 부산 가신다네. 내일 오실 거라는데? 지금 시아 혼자 있겠다."

"10시 넘었잖아. 나 먼저 일어날게."

"앉아, 민현우. 지금 사적인 일로 빠질 만큼 만만한 자리 아니다."

아무나 짱이 되는 건 아니다. 시안 형은 남을 빨아들일 수 있는 멋진 눈을 가지고 있었다. 남을 포용한다는 거… 힘든 일이지만 시안 형에게만큼은 전혀 힘들어 보이지 않았다.

"양천중하고 한번 붙을 거 같다. 소지성이 짱이던가?"

"어. 근데 제일 센 건 소지성이 아니라던데?"

"누구야, 그럼?"

"그걸 모르겠단 말이야. 이러다가 뒤통수 맞는 거 아닌가 몰라."

양천중학교 이야기만 하는 형들과 있는 건 참 힘들었다. 지금 시아는 혼자 있을 텐데……. 걱정된다. 어릴 때부터 혼자 있는 시간이 많아서 외로움 많이 타는 앤데……. 나라도 괜찮다면… 늘 옆에 있어주고 싶다.

"다들 행동 잘하고 다녀라. 이제 가자."

시안 형과 현강 형, 그리고 난 집으로 후닥닥 왔다. 아니나 다를까, 시아는 소파에 쭈그리고 앉아 어릴 때부터 늘 품고 다니던 노란 병아리 인형을 안고 있었다.

"오빠가 늦었지? 미안해, 시아야. ^-^ 밥은 먹었어?"

도리도리 고개만 흔드는 시아. 아무래도 단단히 화난 듯싶다.

"나 시아 데리고 편의점 갔다 올게, 형."

시아 손을 붙잡고 편의점으로 가고 있다. 얼떨결에 잡게 된 손인데… 난 너무 심장이 뛴다. 널 느낄 수 있어서…….

"삐쳤어? 미안하다니까 그러네."

"도대체 셋이서 맨날 뭐 하는 거야! 나만 여자라고 왕따시키는 거지?"

"널 왜 왕따시켜. -_-;"

"나도 너처럼 남자로 태어났으면 좋았을 텐데……."

절대 안 된다. 네가 남자로 태어났더라면 난 삶의 이유를 잃게 되는 거니까… 널 사랑할 수 없을 테니까…….

"이제 중간 고사잖아. 에휴, 걱정돼."

"아직 일주일이나 남았는데 뭐."

"넌 공부 잘하니까 내 괴로움을 몰라. 오빠도 전교에서 놀구. 오빠 전교 등수가 내 반 등수잖아. 얼마나 비교되는데. 엄마랑 아빠가 말 안 해서 그렇지, 나한테 실망하고 계실 거야.”

부모님들한테는 모범생으로 알려져 있는 시안 형. 형은 외계인이라 느껴질 만큼 머리가 좋았다. 늘 쌈질하러 다니고, 수업 시간에 자고 그래도 시험만 봤다 하면 전교 상위 등수에 이름을 올렸으니까. 남들이 보면 재수없다고 느꼈을 수도 있을 거다. -0-;

“너도 열심히 하면 될 거야, 시아야. ^^;”

“치… 엄마가 오빠 외고 보낼 거래. 나도 오빠랑 같은 고등학교 가고 싶은데.”

“시안 형이 외고에? 외고 물 버리겠고만.”

“우리 오빠 외고 가면 나랑 못 놀아줄 거 아냐.”

“나 있잖아. ^^”

“넌 맨날 니 친구들하고 놀면서. 흥이다!”

제발 내 앞에서 그렇게 토라지지 말아줘. 토라지는 모습이 얼마나 이쁜지… 떨리는 마음을 주체하기 힘들어져.

Behind story Ⅱ

후회 같은 건 하지 않는 그런 삶을 살고 싶었다. 지금까진 후회 같은 거 모르고 살았었는데… 난 이제 평생 후회를 하며 살아가야 한다.

“현우야. ^-^”

시아다. 토요일이니까 같이 놀자고 하겠지?

“무슨 일이야?”

“3교시가 사회 수업인데 교과서가 없어.”

“딴 친구는 없냐? 왜 내 껄 빌려? -_-;”

“네 책이 깨끗하잖아(악의없이 한 말이다. =_=)!”

"그래그래."

난 안다, 네가 책이 없을 리 없다는 걸. 내 책에 필기해 주려고 사회 교과서만큼은 늘 나한테 빌려간다는 거, 다 안다. 너한테 보답하려고 시험 기간에 사회는 죽도록 열심히 하는 거… 알아?

"여기."

"고마워. ^-^ 현우야, 집 같이 가는 거 알지? 끝나고 너네 반으루 올게~"

"아, 저기."

"왜?"

"미안, 시아야. 오늘 큰일이 있어서… 미안해, 같이 못 가."

금세 시무룩해지는 시아의 표정. 미안하다. 하지만 오늘은 안양에 가 봐야 된다.

"현강 오빠나 시안 오빠두 같이 가는 거야?"

"시안 형은 안 가. ^-^"

"그럼 우리 오빠랑 데이트나 해야겠다. 무슨 큰일인지 모르겠지만 잘 다녀와, 현우야. ^O^"

큰일은 무슨. -_- 쌈하러 가는 거지. 안양에 있는 무슨 학교라더라? 회산중인가? 거기애들이 천식이(내 친구 놈이다. -_-)를 병신 만들어놨다. 복수해야 된다.

3교시 후, 옥상.

"잘하고 와라. 괜히 일치고 오지 말고. 내가 못 가서 어떻게 하나?"

"걱정 마~ 너 없어도 다 된다니까. ㅋㅋ"

"형, 집에 시아랑 같이 갈 거지?"

"내가 오늘 못 가는 이유가 뭔데. -_-; 라빈이랑 백 일 축하해야지."

“여자 때문에 친구들을 버리다니! 시안, 미오!”

“투투 안 챙겼다가 얼마나 욕 먹었는 줄 아냐? 나 없어도 잘하고 올 거라 믿는다.”

윤라빈… 시안 형의 여자 친구다. 무지 이쁘다. 시안 형, 능력도 좋으셔라.

옥상에서 내려가 시아의 반으로 갔다. 대걸레로 바닥을 닦는 모습이 왜 이렇게 이뻐보이는지 모르겠다(나도 병인 거 안다. -_-).

“유시아~”

“어? 아직 안 갔어?”

“이제 가려구. 시안 형이랑 같이 못 갈 텐데 어떻게 하나?”

“오빠가 같이 못 간대?”

“라빈 누나랑 약속있다던데?”

“치, 라빈 언니랑 한 약속이라면 어쩔 수 없지. 나 혼자 가야겠다. ^-^”

억지로 웃는 시아를 두고 내가 안양까지 갈 필요가 있을까? 그래도 친구 놈 복순데 빠지면 안 되지. 두 가지 생각이 교차했다. 하지만 난 후자를 택했다. 그렇기에 지금까지도 후회한다… 죽도록, 정말 미치도록.

지하철을 타고 안양으로 가고 있다. 교복 입은 남자애들이 우르르 타니까 어른들이 이상한 눈으로 본다. 안양에 가자마자 그 새끼들이 모여 논다던 곳을 습격했다. 생각보다 새끼들이 반항을 오래해서 시간이 꽤 지체되었다. 새끼들을 모두 다 다운시키고 나니까 6시다. 젠장, 부천까지 가려면 2시간은 걸릴 텐데. 그때까지 시아가 혼자 있어야 하잖아.

“형, 핸드폰 좀 줘봐.”

“시아한테 해보게?”

“어.”

형의 핸드폰을 빌려 시아네 집으로 전화를 해보았다. 안 받는다. 7시가 넘었는데… 늦게 돌아다니는 거 싫어하는 앤데… 혹시 우리 집에 있을까 싶어 우리 집으로 전화를 걸었다.

[여보세요?]

“엄마, 나 현우.”

[무슨 일이니, 아들~]

“혹시 시아 우리 집에 있어?”

[시아 집 보고 있을 텐데? 예빈이(시아네 엄마 이름)랑 걔네 남편이랑 인천 갔거든. 시아 집 보고 있을 거야. 집으로 전화해 봐.]

“알았어.”

자꾸만 심장이 불안하게 뛴다. 미친 심장이다. 그래, 잠시 슈퍼에 간 거겠지. 만화책 보는 거 좋아하니까 책방에 간 걸지도 몰라. 아니면 비디오 빌리러 간 거겠지. 그래, 그럴 거야…….

방과 후 시아의 모습.

에이, 씨! 청소 깨끗이 해놨는데 난리야, 진짜! 시아의 담임 선생님이 잔소리를 한다. 다른 반은 모두 종례가 끝나고 집으로 가고 난 후다. 담임 선생님의 긴 잔소리가 끝나고 가방을 싸는 시아.

“시아야, 우리 먼저 간다~”

“응, 잘 가~”

같은 방향으로 가는 친구가 없기에 시아는 혼자 외로이 ㅡ_ㅡ 교문을 나선다. 버스 타기도 어정쩡하고 걸어가기에는 약간 먼 시아네 집. 그래도 걷는 걸 좋아하는 시아는 늘 걸어다닌다. 인적이 뜸한 길. 시아의 뒤로 어떤 남자 두 명이 온다.

"저기."

"저요?"

"너 시안이 동생 맞지?"

"그런데요?"

"맞구나! 나 유시안 6학년 때 동창이야. 나 기억 안 나?"

"잘 모르겠는데. ^^;"

웬만한 오빠 친구들은 거의 기억하는데 이 사람은 정말 기억이 안 나. 누구지? 기억해 보려고 애쓰는 시아의 모습. 그런 시아를 보며 기분 나쁜 웃음을 짓는 남자들이었다.

"시안이가 너 데려오라고 했거든? 같이 좀 가자."

"오빠가요?"

"어. 무슨 파티 어쩌고 하던데? 빨리 가자. 기다릴라."

무슨 파티지? 라빈 언니랑 둘이 짠 건가? 아무 의심 없이 남자들을 따라가는 시아. 인적이 뜸한, 아니, 거의 사람들이 다니지 않는 곳으로 간다. 더러워 보이는 창고로 시아를 데리고 들어간다. 이 남자들과 같은 교복을 입은 남자들 대여섯 명이 담배를 피우고 있다.

"저 오빠는……."

"넌 아무 잘못도 없지만 좀 희생해야겠다. 하산중이 너무 설치고 다니거든."

Behind story Ⅲ

우리 동네에 도착했을 때 시간은 8시 30분이 넘어 있었다. 계속 시아한테 전화를 해봤지만 받지 않는다. 그때 울리는 핸드폰. 현강 형이다.

"여보세요? …뭐? 어딘데! …씨발! 여기서 한 시간도 더 걸리는 데잖아! …미쳤어? 너 혼자 가면 죽는다. 기다려. 그 근처에서 만나. …혼자 오란다고 혼자 가냐? 너 집단 폭행하려는 거잖아! …유시안! 야!"

큰일인가 보다. 형이 저렇게 흥분하는 거 처음이다.

"형, 왜 그래?"

"씨발! 양천중 개자식들이 시아 데리고 있대."

"뭐?!"

"시아를 미끼로 시안이 혼자 오라고 했대. 한설 공사장 뒤 창고에 있다는데 시안이 지금 창고 앞이래. 그 새끼 혼자 들어가면 완전 병신 돼서 나올 텐데."

"이러고 있으면 안 되지! 빨리 애들이나 모아! 가야 될 거 아냐!"

주먹 좀 쓴다는 다른 학교 애들까지 다 모으니 10시가 넘었다. 제발… 무사히 있어줘, 시안 형… 그리고… 시아야.

❖

라빈이를 집에 데려다 주고 집으로 가고 있다. 오랜만에 기뻐하는 라빈이를 보니 기분이 좋다. 넌 내가 널 얼마나 사랑하는지 알까? 미처 전하지는 못했지만…….

띠리리리~

"여보세요."

[유시안… 맞냐?]

"누구야?"

[소지성이라면 알아? 큭!]

“소지성? 니가 웬일이냐?”

[니 동생 엄청 이쁘다?]

“뭐냐?”

[여기 니 동생 유시아 있으니까 너 혼.자. 와.서. 찾아가라.]

“씨발.”

[어딘진 알겠지? 혼자 안 오면 니 이쁜 동생… 큭큭!! 여기 남자들만 있다는 거 명심해라.]

그대로 끊어지는 전화. 미안하다, 시아야. 미안해. 오빠 때문에… 오빠 때문에 너까지… 미안해. 난 서둘러 창고로 향했다. 창고 앞에 도착했을 때 혼자 들어가기가 겁났던 게 아니다. 만약에라도 내가 너무 심하게 다치면 시아를 구해낼 사람이 없으니까.

[여보세요?]

“지금 시아 양천중 애들한테 잡혀 있어. 나 지금 거기 간다.”

[뭐? 어딘데!]

“한설 공사장 뒤에 있는 창고다.”

[씨발! 여기서 한 시간도 더 걸리는 데잖아!]

“나 혼자 오래. 조금이라도 늦게 가면, 시아 큰일 난다.”

[미쳤어? 너 혼자 가면 죽는다. 기다려. 그 근처에서 만나.]

“너 여기까지 오려면 한 시간도 더 걸려. 그 사이에 시아한테 무슨 일 생기면 난 내 자신을 용서 못하게 될 거다.”

[혼자 오란다고 혼자 가냐? 너 집단 폭행하려는 거잖아!]

“애들 최대로 많이 모아서 와. 나 들어간다. 끊어.”

[유시안! 야!]

핸드폰 전원을 꺼버렸다. 창고 문을 열었다. 내게 시선이 집중된다. 애들을 대강 보아하니 양천중 놈들이랑 우리 애들하고 원수진 애들이다. 대략 30명 정도 되어 보인다. 나 혼자 상대하긴 무리다.

"시아 어딨어?!"

"여기 얌전히 모셔뒀지."

"오빠!!"

"시아야, 미안해. 오빠가 미안해."

"지랄한다. 유시안, 너 요새 우리 학교 뒷조사하고 다닌다고?"

"소지성, 이렇게 더러운 짓 해야겠냐?"

"나오는 대로 지껄이면 안 되지. 야, 시작해!"

정말 있는 힘을 다해 방어했다. 방어만 하기에도 급급하다. 시아를 쳐다봤다. 울고 있다. 덜덜 떨면서 울고 있다. 이런 모습 보여주긴 싫었는데…….

한 10시간은 맞은 것 같은 기분이다. 맷집 센 나인데도 이렇게 단체로 덤벼드는 상황에선 저항조차 할 수가 없다. 그때 현강이가 보였다.

"개새끼들아!"

순식간에 상황 역전이다. 다 우리 애들한테 당했던 놈들이어서 녀석들은 기겁을 하고 도망간다. 나에게 다가오는 현우. 착한 놈이다, 정말.

"형 괜찮아?"

"나 괜찮으니까 시아 좀 집에 데려다 주고 와."

현우가 시아를 데리고 나갔다. 맞은 만큼 복수는 해줘야겠다. 닥치는 대로 잡아팼다. 이제 좀 개운하다.

✤

시아를 데리고 집으로 가고 있다. 아직까지도 덜덜 떨고 있다. 집에 도착해 시아를 눕혀주고 돌아가려고 했다. 근데 시아가 날 붙잡는다.

"혀, 현우야."

"미안해. 미안해, 시아야."

"오빠, 오빠는!"

"현강 형이 있으니까 괜찮을 거야. 나도 가봐야겠다."

"오빠 꼭 데려와야 돼. 안 데려오면 안 돼. 꼭 데려와, 제발."

시아에게 웃어주었다. 현강 형이 있는데 무슨 걱정이야.

난 급히 창고로 돌아왔다. 그리고 그 자리에 얼어붙어 버렸다. 우리 애들은 다 자빠져 있고 현강 형도 엄청 맞았다. 못 보던 얼굴들이 많이 있었다. 씨발! 그 사이에 다른 애들이 더 왔나 보다.

"민현강! 니가 우리 뒤 엄청 쑤시고 다녔지? 나보다 더 센 주먹이 있다는 건 알았는데 그 애가 누구인지까지 몰랐지. 크크."

소지성 옆에 서 있는 남자를 보았다. 뒤돌아 있었기 때문에 얼굴이 안 보인다. 내가 온 걸 알고 양천중 애들이 날 엄청 팼다. 그러자 쓰러져 있던 현강 형이랑 시안 형이 일어났다. 최후의 몸부림 같았다. 눈이 너무 부어 앞이 제대로 안 보인다. 현강 형이 소리 지르지 않았더라면 난 몰랐을 거다. 지금 내 눈앞에 벽돌로 머리를 찍힌 사람이 시안 형이라는 것을……

"유시안!"

소리 한 번 못 지르고 그렇게 시안 형이 쓰러졌다. 주위를 둘러보았다. 제대로 보이지가 않아서 누가 시안 형을 벽돌로 찍었는지 모르겠다. 하지만… 예감으로 알 수 있었다. 소지성 옆에 뒤돌아서 있던 놈이라는 것을. 현재 상황으로는 다들 많이 맞아서 벽돌로 내려칠 만한 힘을 갖고 있는 건 그놈뿐이니까. 시안 형의 머리에서 피가 나자 양천중 놈들은 도망가기 시작했다. 시안 형에게 가야 하는데… 발이 안 떼어진다. 그대로 난 기절해 버렸다.

Behind story Ⅳ

내가 정신을 차렸을 땐 사건이 발생한 지 4일이 지난 후였다. 병신처럼 기절해 있는 동안 많은 일들이 해결되어 있었다. 시안 형은… 그날 그 창고에서 본 게 마지막이었다. 시안 형을 벽돌로 찍은 새끼가 누구인지 잘 모르겠다. 소지성, 아니면 소지성 뒤에 서 있던 그 새끼 둘 중에 한 명일 것이다. 사람을 죽였으니 그 새끼들은 감옥에 가야 정상이지만 현강 형과 시안 형이 한 짓도 장난이 아닌지라 어떻게 손도 못 썼다. 살아생전에 시안 형이 모범생인 줄만 아셨던 아줌마와 아저씨들에겐 사고로 죽은 걸로… 그냥 그렇게 묻었다.

정신없이 한 달이 지나갔다. 나도, 현강 형도, 시아도… 더 이상 시안 형을 볼 수 없다는 사실을 인정하기 힘들었다. 무엇보다 가장 힘들었던 건 시아의 미소를 볼 수 없다는 것이었다.

시아네 집.

"시아야, 이제 학교 가야지. 너 이러고 있어봤자 시안 형이 안 좋아해."

"봐버렸단 말야."

"뭘?"

"네가 나 우리 집까지 데려다 줬을 때 너 가고 나도 너 따라서 다시 그 창고로 갔어. 거기서 우리 오빠가 벽돌에 찍히는 거… 봐버렸단 말야."

"그냥 집에 있지 왜 따라나왔어?! 난 네가 나 따라오는지도 몰랐잖아."

"걱정이 돼서 가만히 있을 수가 없었어. 그래서… 그래서 그랬는데… 흑!"

또 우는 시아. 시아가 우는 것은 이제 그만 보고 싶다. 언제까지나 이쁜 미소만 지켜주고 싶었는데……. 미안해. 미안해. 아줌마랑 아저씨(시아네 부모님)는 웃지 않는 시아 때문에 늘 미소를 잃지 않으려고 애쓰셨다. 누구보다 단란한 가정이었는데… 한순간에 무너져 버렸다. 내 잘못이다. 그때 안양에 가지 말아야 했던 것을.

10월이 되자 현강 형은 일본으로 떠났다. 더 이상 이곳에 있기 싫다는 이유에서였다. 부모님도 찬성하셨다. 시아는 공항에 나오지 않았다.

"연락 자주 해, 형."

"네가 시아 잘 챙겨줘. 괜히 도망치듯 떠나는 것 같아 찜찜하다."

"도망치는 거 아니란 거 알아. 형도 머리 좀 식혀야지."

"겨울 방학 때 놀러올게."

그렇게 형은 떠났고 난 시안 형의 복수를 위해 그때 소지성의 뒤에 서 있던 놈을 알아내려고 사방으로 뛰어다녔다. 두 달이 넘었지만 그 새끼가 누군지 이름조차 알아낼 수 없었다.

띠리리리리리리리~

현강 형이 일본으로 가고 형이 쓰던 핸드폰을 내가 쓰고 있다.

"여보세요?"

[나 시아! 오늘 화이트 크리스마스다. 기분 되게 좋아~]

"할 거 없지? 놀아줘?"

[내가 니네 집으루 갈게. 기다리고 있어~]

어느새 자연스럽게 다시 밝아진 시아. 너무 이쁘다. 시아는 3학년이 되는 날에 전학을 가기로 했다. 정확히 말하면 이사를 가는 것이다. 시안 형과의 추억이 묻어 있는 이곳에 있는 건 힘들 테니까. 그리고 아저씨도 서

울로 발령이 나서 이래저래 모두에게 좋게 된 모양이다.

"현우야~"

"빨리 왔네?"

"응. ^-^ 이거 받아!"

시아가 나에게 내민 작은 상자. 크리스마스 선물인가 보다. 난 아무것도 준비하지 못했는데. 상자 안에 들어 있는 건 지포 라이터였다.

"우리 오빠, 담배는 안 피우면서 라이터 모으는 건 엄청 좋아했잖아. 오빠가 죽기 2주 전인가? 엄마 생일 선물 사려고 같이 시내 나갔던 적이 있었거든? 근데 오빠가 이 라이터를 보더니 이쁘다며 갖고 싶다고 그랬었어. 그래서 크리스마스 때 오빠 주려고 미리 사뒀던 건데 결국 못 주게 되어버렸어."

"이런 걸… 내가 어떻게 받냐……."

"네가 가져. 오빠도 그걸 바랄 거야. 말 안 해서 그렇지, 우리 오빠가 현우 네 칭찬 되게 많이 했었어. 어린놈이 듬직하다구."

"평생 간직할게… 고마워."

그 지포 라이터는 내 평생의 보물이 될 게 분명하다.

시아랑 늦게까지 놀았다. 11시쯤 시아가 집에 가고 난 TV를 보고 있는데 전화가 왔다.

"여보세요?"

[형인데 여기 그때 그 창고야. 지금 당장 와.]

탈깍!!

형? 형이라고? 일본에 있어야 할 형이 왜 여기 있다는 거지? 그리고 왜 그 창고로 오라는 거야? 왜!

난 단숨에 그곳으로 뛰어갔다. 쌈은 이미 대강 끝난 상태였다. 소지성은 눈에 유리가 박힌 채 기절해 있었다.

"형, 어떻게 된 거야? 한국에는 언제 온 거야?"

"다 알아냈어. 소지성 뒤 봐주던 놈 말야, 정진혁이란 새끼야. 씨발, 그 새끼도 족쳤어야 되는 건데. 씹!"

"정진혁? 그 새낀 어디에 있어?!"

"나랑 엄청 싸우다가 내가 잠깐 소지성 치고 있을 때 사라졌어."

정진혁… 정진혁이라. 언제라도 내가 꼭 복수해 줄 거다.

"그 새끼가 시안 형 죽인 거지?!"

"아마도. 소지성 눈 한쪽 병신 만들어놓은 걸로 복수가 되진 않겠지만 저 새끼 죽인다고 시안이가 좋아할 거 같지도 않으니까 이 정도만 하는 거야."

어설프게나마 시안 형의 복수를 해주고 형은 다시 일본으로 떠났다. 시아도, 시아의 부모님도 형이 한국에 왔었던 걸 모른다. 복수는 비밀리에 행해진 것이었으니까 알려서는 안 된다는 형의 부탁 때문이었다.

3월이 되자 시아네 가족은 서울로 이사를 했다. 시아가 없는 내 생활은 이루 말할 수 없이 초췌의 극을 달렸다. 성적도 바닥을 기기 시작했다. 내가 서울로 이사를 가자고 끝없이 졸라댔으나 어이없는 말이라면서 들어주지 않는 부모님이었다.

"엄마, 우리도 시아네 근처로 이사 가자니까요!"

"아빠 병원이 이곳에 있는데 서울로 왜 가니?!"

"부천에서 서울까지 두 시간이면 가잖아!"

"아빠가 너 때문에 매일 두 시간씩 차 타고 병원에 오셔야겠니?"

"서울로 가요~ 서울로 가야 공부하기도 더 좋다잖아!"

 키스를 먹이로 널 길들인다

"네가 시험 봐서 1등 하면 생각해 볼게."

엄만 농담으로 한 말이었지만 난 정말 전에 없던 공부를 했다. 노력하면 된다고 하지 않았던가? 2학기 중간 고사 때 어이없게 전교 1등을 해버렸다. 내 고집을 꺽지 못한 부모님은 결국 시아네 집 근처에 새로 생긴 주택을 샀고 봄 방학 때 그곳으로 이사를 갈 수 있게 되었다! 친구 놈들과 헤어지는 슬픔보다 시아를 다시 볼 수 있게 되었다는 기쁨에 난 눈물 한 방울 흘리지 않았던 걸로 기억한다.

서울에서 시아와 같이 성현고등학교에 다니게 되었다. 부천에 살 때보다 훨씬 밝아진 시아의 모습. 이제 시안 형의 죽음은 과거의 일로 묻어둔 것 같다. 시간이 흐를수록 시아에 대한 감정이 커져만 가는 날 주체하기 힘들었다.

그러던 어느 날, 시아에게 짝궁이라는 명목으로 정진혁을 소개받게 되었다. 첨엔 이름만 같은 놈인 줄 알았는데… 그 정진혁이 시안 형에게 벽돌을 던진 정진혁이라는 걸 알게 되었다. 시아에게 정진혁과 얽히면 안 된다고 누누이 말했지만 시아는 정진혁을 사랑하게 되어버린 거 같았다. 그리고 난… 정진혁을 더 더욱 용서할 수 없게 되어버렸다.

Behind story V

얼마만큼의 시간이 지나야 넌 나를 봐줄까? 지금까지 내가 널 봐온 시간의 곱절이 지나면 내 마음 알아줄까?

시아를 피해 다녔다. 정진혁과 다시 사귀는 거 같았다. 널 만나게 된다면 난 내 자신을 주체하지 못할 거 같아. 넌 날 친구 이상으로 보려 하지 않으니까. 난 친구라는 명목으로 네 곁에 있는 게 너무 힘든데.

오늘은 시험이 끝나는 날임과 동시에 일진회 모임이 있는 날이다. 가기 싫었지만 안 갈 수 없었다. 안 갔다가 호현 형한테 욕듣는 건 싫다.

"요즘 시아는 잘 지내?"

"걔야 뭐, 잘 지내죠."

"현강인 아직까지 정진혁이 우리 학교에 있다는 거 모르지?"

"모르기는 한데 얼마 안 가 알게 되겠죠. 시아랑 너무 붙어 다니니까."

형이 정진혁이 우리 학교에 다닌다는 걸 알게 되고, 게다가 시아와 서로 사랑한다는 것까지 알게 된다면… 생각하기 싫어진다. 피바람이 몰아칠 게 분명하다.

"근데 정진혁 고 새끼 지가 죽인 놈 동생이 시아라는 거 아냐?"

"아는 거 같기도 하고, 모르는 거 같기도 하고. 모르니까 시아랑 사귀는 거겠죠?"

"모를 리가 없지 않냐? 니가 그 새끼 싫어하는 이유가 유시안 때문이란 거 정진혁도 알 거 아냐. 정진혁의 친구 놈… 소지성이랬나? 그 새끼 눈 병신 만들어놔서 복수하려고 시아 데리고 노는 거 아니야?"

호현 형의 말을 듣는 순간 아차 싶었다. 맞아, 정진혁은… 유시안의 동생이 유시아라는 걸 알 거야. 그래서 복수… 복.수. 차원에서 시아를……. 안 된다. 절대 안 된다. 시아만큼은 누구도 건드리지 못한다. 난 잽싸게 밖으로 뛰쳐나왔다. 시아에게 전화를 해봤지만 받지 않았다. 음성 메시지를 남겼다.

[현운데 빨리 연락해. 진짜 급하니까 빨리 연락하라고. 네가 그동안 궁금해했던 것들 다 말할 테니까 연락 좀 해. 그리고… 너한테 꼭 해야 할 말이 있어. 기다릴게. 너 빨리 연락해야 해. 제발, 시아야.]

음성 메시지를 남기고 초조하게 시아의 연락을 기다렸다. 일 분 일 초라도 빨리 시아에게 사실을 알려야 할 것 같았다.

또로로로로로로로로로롱~

호현 형이다. 시아이길 바랬는데 호현 형의 전화였다.

"형, 왜요?"

[넌 네 시간 전에 나가서 왜 안 돌아오냐?]

"다시 가야 돼요?"

[어, 빨리 와라.]

난 형들이 있는 곳으로 돌아갔다. 내가 나간 사이에 다른 학교 일진 애들이 와 있었다. 술 먹는 분위기여서 어쩔 수 없이 술을 마시게 되었다. 시아의 전화를 기다리며 초조해하던 기분을 어느 정도 날려 버릴 수 있었다. 새벽 2시가 되어서야 겨우 집에 들어갔고 잠이 오는 걸 억지로 참았다. 잠이 들면 시아의 전화를 못 받을 수도 있으니까.

다음날이 되어도 시아에게선 연락 한 통 없다. 결국 난 시아네 집으로 갔다. 벨을 아무리 눌러도 아무도 나오지 않는다. 대문 앞에 쪼그리고 앉아─거지 폼이다. ─_─ ─시아가 오기만을 기다렸다. 왜 이렇게 안 오는 건지… 시아를 기다리고 있는 이 시간이 왜 이렇게 길게 느껴지는 건지…….

한 세 시간을 기다렸나 보다. 저 멀리서 시아가 누군가와 걸어오는 모습이 보인다. 멀리 있어도 난 널 알아볼 수 있는데……. 시아가 점점 가까워질수록 옆에 있는 사람이 정진혁이라는 걸 알 수 있었다. 정진혁과 시아가 같이 있는 걸 본다는 게 이렇게 힘들다는 거… 절실히 느낀다. 난 다시 돌아섰다. 몇 시간이든 시아 너라면 기다릴 수 있는데… 난 너여야만 하는데… 왜 넌 내가 아니어도 되는 거야? 하지만 사랑해. 그런 너여서 사랑하는 거야. 사랑한다라는 말… 얼마만큼의 시간이 흘러야 네에게 당당하게 할 수 있을까…….

✥

진혁이의 말에 따라 우린 밀실에서 거실로 나왔다. 오랜만의 키스라서 그런지 심장이 미친 듯이 뛴다. ㅡ_ㅡ^ 돌은 놈의 심장 같으니라고.

"벌써 11시가 넘었네. 술 더 있는데 마시고 갈래, 그냥 갈래?"

"오늘 부모님들 어디 가셔서 내일까지 안 들어오세요~ 저 늦게 들어가도 되니까 먹구 갈래요. >_<"

"꺄아~ 시아야, 진짜 먹구 갈 거야? 그럼 나랑 더 먹자."

아까 소파에 뻗어서 자던 한뉘 언니가 일어나더니 날 붙들고 술을 더 먹자고 한다. 결국 우린 처음 멤버 고대로 모였다. 나, 진혁이, 한뉘 언니, 진한 오빠, 상현 오빠, 현준 오빠. 도대체 진한 오빠네 집엔 누가 이 많은 양의 술을 사다놓은 건지 모르겠다.

"진혁이라앙~ 우리 시아랑은 어디까지 가써~?"

"어디까지 가긴… 갈 데까지 갔지."

"어버버버… 아니에요! 키스밖에 안 했단 말이에요!"

내 말에 모두들 웃기 시작했다. 난 사실을 말한 것뿐인데……. 그럼 키스까지 한 걸 모, 모라고 해!

"시아 진짜 귀엽다! 정진혁, 너 시아한테 손대면 진짜 나쁜 놈인 거 알지?"

"내가 손 안 대도 쟤가 알아서 나 건드려."

"내가 언제 건드렸다고 그래!"

"아까도 난 참았는데 네가 먼저 덮쳤잖아. 유시아, 변녀."

변명할 여지가 없는 나. 그래, 나 변녀다. 근데 나보다 니가 더 좋아했잖아!

"이제 한 달 후면 나랑 선아랑 2년 되는 날인데… 뭐 해줘야 되냐?"

"우와~ 2년이나 됐어요? 고1 때부터 사귄 건가? 언제부터 사귀었어요?"

"광복절. 매우 역사적인 날이지. ㅋㅋ"

"진혁이 너넨 며칠이나 됐냐? 백 일은 넘었을 거 아냐?"

순간 조용해진 정진혁과 나. 그러고 보니 우린 둘 다 그런 걸 전혀 챙기지 않았다. 솔직히 며칠부터 사귀기로 했는지도 기억 안 난다. 이러다 결혼 기념일 같은 것도 안 챙기는 부인이 되는 건 아닌가 모르겠다.

"그런 날짜가 뭐 그리 중요하냐? 어차피 평생 같이 있을 건데 날짜 세서 뭐 해?"

"얼~ 정진혁 멋있는데~"

"너 선생님이랑 사귈 땐 언제 만났고, 언제 1년이고, 그런 거 다 따졌잖아. 우리한테 돈까지 뜯어간 주제에."

진한 오빠의 말에 무지 당황하는 정진혁의 모습. 솔직히 정진혁의 말에 무지 감동먹고 있었는데 진한 오빠의 말에 난 열딱지가 이빠이 났다.

"우와~ 정진혁 나쁘네. 그 선생님이랑은 다 챙긴 주제에."

"흠, 술이 좀 모자라는 거 같다."

"냉장고에 많으니까 걱정 마. 괜히 말 돌리긴. ㅋㅋ"

"진혁이 너, 나 안 좋아하는 거지? 그래서 날짜 같은 거 다 안 챙기는 거지?"

내가 앵앵거리자 진혁이는 꽤나 당황했다. 사실 나도 화낼 입장은 못 된다. 왜냐하면 나도 그런 날짜 하나도 안 챙겼으니까.

"유시아, 왜 그래? -_-;;"

"아무것도 안 챙겨주구!!"

"아씨, 솔직히 니랑 나랑 정확히 사귀기로 하고 사귄 것도 아니었잖아. 며칠부터 세야 할지 몰라서 안 세고 있었던 거라고."

정진혁의 말에 모두들 웃었다. 물론 나도. 귀여운 녀석. 사실 날짜 같은 게 무슨 소용이냐! 니가 내 옆에 있다는 사실이 제일 중요한 거지. ^o^ 진혁인 민망했는지 계속 술만 마셨다. 옆에서 나도 홀짝홀짝 계속 마셨다. 그러다 잠이 들어버린 거 같다.

무거운 짐덩이가 내 몸에 올려지는 것 같은 느낌에 눈을 떴다. 정진혁의 발이 내 배 위에 올라와 있었다. -_- 잠버릇 한번 심각하게 고약하다. 만약 나중에 나랑 결혼해서도 발 올리고 자는 거 못 고치면 다리를 잘라버리던가 해야겠다. 난 겨우겨우 정진혁의 다리에서 벗어났다. 모두들 자고 있는 틈을 타서 술병과 안주 그릇들을 치웠다. 우리 엄마가 워낙 깔끔을 추구하는 사람이다 보니 나도 청소하는 게 몸에 배었다. 안 좋은 습관이다. -_-

"어머, 시아가 다 치운 거야? 내가 일어나서 하려고 했는데. ^^;"

"언니, 좀 더 자두 되는데. 언니 어제 많이 마셨잖아요."

"그 정도야 뭐. 나가봐야겠다. 집에서 지랄하겠네. T_T"

"오빠들 깨면 가지."

"쟤네 깰 때까지 기다리다가 난 죽을지도 몰라. 즐거웠어, 시아야. 방학하면 같이 놀러가자. 알았지? 안녕~"

한뉘 언니, 눈에 눈곱 끼었다고 말해 주려고 했는데 너무 바람같이 사라져 버렸다. 한뉘 언니가 나가는 소리에 오빠들이 하나씩 깼다.

"시아야, 넌 멋진 부인이 될 수 있을 거야. 청소를 참 잘하는구나."

"하하하! ^o^ 나 언제쯤 잠들었어요?"

"3시쯤? 너 잠들고 나서 우리도 바로 뻗었어."

"그랬구나."

"난 가봐야겠다. 엄마가 외박하는 거 싫어하는데. 널 멍 하나 만들어 오겠다."

"ㅋㅋ 안녕히 가세요!"

상현 오빠가 나가자 현준 오빠도 일어나더니 아무 말 없이 나가 버렸다. 끝까지 안 일어나는 진한&진혁. 그러고 보니 이름도 약간 비슷하네?

난 이쁜 짓 좀 해보려고 주방으로 가서 국을 끓였다. 끓일 줄 아는 국이라고는 콩나물국와 계란국뿐이었으므로 계란국을 끓였다. 속 풀 때 계란국 먹는다는 얘기는 들어보지 못했지만 뭐, 별수있나? 가스렌지 앞에 서서 계란을 휘휘 젓고 있는데 뒤에서 누가 날 껴안는다. 향기만 맡아도 안다, 진혁이라는 거…….

"일어났어? 더 자지 그랬어~"

"달그락거리는 소리 때문에 못 잤잖아."

"나 때문에 깼나 보네? 미안."

"별게 다 미안하다. 뭐 하는 거냐?"

"어? 국 끓이지."

"어이구~ 우리 된장 너무 이쁜 짓 하네? 뽀뽀해 줄까?"

"이 안 닦은 놈하고는 뽀뽀 안 해!"

너무 심하게 말했나? 정진혁은 상처받은 표정으로—꼬리를 내린 강아지의 모습이라 묘사하겠다—주방에서 나가 버렸다. 내가 심했나?

보글보글~ 지글지글~

국이 끓기 시작한다. 용암이 끓는 것처럼 끓는 국이 신기해서 냄비 안을 계속 쳐다보고 있었다. 내가 생각해도 난 약간 또라이 기질이 있는 거

같다. ─.,─

"뭐 하냐, 된장?"

"국 쳐다보고 있지."

"나 이 닦고 왔으니까 뽀뽀하자."

난 너무 어이가 없어서 정진혁을 빤히 쳐다만 보았다. 진혁이가 나한테 점점 다가온다는 걸 알고 있으면서도 어이가 없어서 눈을 감는 것도 깜박해 버렸다.

"된장, 분위기 깨네."

나와 정진혁의 거리가 2.46㎝ 정도일 때였다. 그제야 난 내가 눈을 감지 않았다는 사실을 인식해 버렸다.

"모닝 키스 한 번 해보고 싶었는데."

"미, 미안. 너무 어이가 없어서……."

"이까지 닦고 왔는데. 송염으로 닦았는데."

꼭 송염으로 닦았다는 말을 해야 하는 건가?

"잘못했어. 실수였다니까 그러네."

"나 송염 치약 쓰는 거 엄청 싫어하는데… 엄청 텁텁해서 송염 쓰는 거 진짜 싫어하는데… 그래도 키스할 때 송염으로 닦아야 하는 거라고 해서 참고 닦았는데. ─_─"

"도대체 누가 그 딴 말 하든, 키스할 때 송염으로 닦아야 하는 거라고?"

"상현이가. 그 새끼 선아랑 키스할 때 꼭 송염으로 닦는다고 하더라. 그래야 더 잘된다던데?"

끼리끼리 논다, 정말. 덤 앤 더머 같은 녀석들. 웃기지도 않다, 정말.

도대체 왜 송염으로 닦아야 키스가 잘된다는 거야? 계속 궁시렁대는 진혁이한테 미안했다. 난 어쩔 수 없이 이런 말을 해버렸다.

"송염으로 닦으면 진짜 더 잘되는지 한 번 해보자. ㅜ_ㅜ"

이후의 일은 상상에 맡기겠다.

진한 오빠를 깨우고 우리는 식탁에 앉았다. 밥과 계란국만 덩그러니 놓여진 식탁.

"이게… 국이냐?"

난 진혁이를 노려봤다. 저놈하고 키스하느라 가스렌지 불 끄는 걸 깜박했더니 고 사이에 국이 쫄아버렸다. 결국 냄비 바닥에 붙어버린 계란들. 이건… 국 같아 보이지 않는 게 당연했다. -0-;

"생긴 건 이래도 맛있을 거예요."

"전혀 맛없어 보여."

"이거 우리 엄마도 잘 만든다고 칭찬했던 거니까, 드셔나 보세요. -_ㅜ"

진한 오빠는 내키지 않는 얼굴로 한 숟가락 떠서 입에 넣더니 곧장 화장실로 달려갔다.

"그렇게 맛이 없나? 진혁아, 너두 먹어봐."

"나 보고 죽으라고? =_="

"내 성의 무시하는 거야? 기껏 너 주려구 끓였는데."

"알았어, 알았어! 먹으면 될 거 아냐."

진혁이 역시 내키지 않는 얼굴로 한 숟가락 떠 입에 넣더니 화장실로 돌진했다. 이상하다. 집에서 했을 땐 인기 짱이었는데. 나도 한 숟가락 떠서 먹어보았다. 나 역시 화장실로 돌진했다.

"유시아, 진짜 맛없다."

“이상하다. 집에서 했던 대로 만들었는데.”

“너 혹시 미원 넣은 거 아니야?”

“설탕 옆에 있는 거 소금 아니었어요?”

“우리 집에 소금 없어. -_-;”

매우 쪽팔렸다. 졸지에 소금과 미원도 구분 못하는 얼간이가 되었다.

나와 진혁인 우리 집으로 향했다. 버스 타는 것보다 진혁이랑 손 잡고 걸어가는 게 더 좋았기 때문에 걸어서 갔다.

“우리 이렇게 같이 걷는 거 오랜만인 거 같다. 히히! 좋아. ^^”

“힘들게 해서 미안해. 이제 안 그럴게.”

“나두 너 힘들게 했는데 뭐. 서로 쌤쌤이야, 알았지?”

진혁인 내 머리를 마구마구 흐트러뜨렸다. 나름대로의 애정 표현이겠지.

“방학하면 뭐 할 거야?”

“난 알바나 해야지. 방학 때 돈을 비축해 둬야 학교 다닐 때 쓸 거 아니냐?”

“용돈 안 받아?”

“신세지는 거 싫다.”

늘 궁금했었다. 진혁이가 혼자 사는 이유. 물어보면 너무 참견하는 꼴이 될까 봐 못 물어봤는데.

“진혁아, 뭐 하나 물어봐도 될까?”

“물어보지 말라고 해도 물어볼 거잖아.”

“알면 됐다, 이 녀석아. -_-; 너 왜 혼자 사는 거야?”

“아버지가 혼자 살라고 해서.”

“왜? 너 엄마도 안 계시다며? 형제도 없고. 아버지도 혼자 사시면 적적

하실 텐데. 너도 혼자 사는 거 외로울 거 아냐?"

"글쎄, 외로운 건 잘 모르겠는데?"

"아빠 안 보고 싶어?"

"글쎄, 같이 살 때도 얼굴 자주 본 건 아니었으니까 뭐."

"아빠랑 사이 안 좋아?"

"별로. 뭐, 남들처럼 대화하고 그런 건 아니지만 그다지 나쁠 것도 없어."

"그래도 자주 찾아뵙고 그래. 아빠가 얼마나 외로우시겠어."

"바빠서 외로운 것도 못 느끼실걸."

"멍청이 같으니! 너네 아빤 무슨 철인이셔? 외로운 걸 못 느끼다니 말도 안 돼. 사람이면 그런 거 다 느끼는 거잖아."

"그래그래, 알았어. 자주 찾아뵐게. 됐지?"

"응. ^^ 그리고 너도 쓸쓸하거나 외로우면 나 불러."

"우리 된장은 이럴 때만 이뻐요. ㅋㅋ"

"나야 늘 이쁘지! 그치? 헤헤헷~"

진혁이랑 장난치면서 걷다 보니 벌써 우리 집 앞이다. 잠을 제대로 못 잤더니 무지 피곤하다. 집에서 잠이나 자야지.

"데려다 줘서 고마워. ^-^ 잘 가구 낼 학교에서 봐~"

"아침에 데리러 올까?"

"아니아니~ 너 우리 집까지 오려면 힘들잖아. 그냥 학교에서 보자."

"된장은 나한테 기대도 되고, 힘들 땐 투정 부려도 되고, 울고 싶으면 내 팔 붙잡고 울어도 되고, 부탁할 거 있으면 고민하지 말고 곧장 부탁해도 되고, 할 말 있으면 눈치 보지 않아도 되고, 화나면 나한테 화내도 돼. 된장만이 누릴 수 있는 특권이야, 이건. 알지? ^^"

너무 행복해서… 자꾸 눈물이 날 것만 같아서… 입을 열면 눈물이 떨어질 거 같아서… 고개만 끄덕거렸다. 진혁인… 바보다.

"그럼 난 가볼게. 쉬어라~"

"진혁아!"

"왜?"

"너도 나한테 똑같이 행동해도 돼. 너만 누릴 수 있는 특권이야, 그것두. 알지?"

진혁인 고개를 끄덕이고 뛰어갔다. 난 진혁이의 모습이 안 보일 때까지 계속 쳐다보면서 웃었다. 사랑하는 사람 뒷모습만 봐도 웃음이 나온다는 거, 이럴 때 하는 말이구나. 진혁이랑 같이 있다 보면 새로운 감정들이 많이 생겨난다. 그래서 기쁘기도 하고 즐겁기도 하지만 한편으로는 무섭다. 만약에 나중에 진혁이를 잃게 된다면 그러한 감정들도 함께 사라지게 될 테니까…….

돌아서서 집에 들어가려는데 누군가하고 부딪쳤다.

"죄송합니다."

"남자 친군가 봐?"

"어? 현강 오빠네? 봤어?"

"방금 본 거야. 사라질 때까지 쳐다보고 있길래 신기해서 보고 있었지."

"헤헤헤. ^^;;"

난 현강 오빨 데리고 우리 집으로 들어갔다. 마땅히 대접할 게 없어서―집에 엄마가 없으면 늘 먹을게 없다. ―_― ―캔 쥬스를 하나 줬다.

"시아 남자 친구 생겼었네. 오빠만 몰랐지 뭐야."

"하하. 삐친 거야? 말할 시간이 없어서. ^^;"

"우리 학교야? 몇 살이야?"

진혁이가 현강 오빠랑 싸운 적이 있었다고 했었지? 둘은 개와 고양이 같은 원수 지간. 진혁이의 존재를 숨겨야 해.

"나보다 한 살 많고 학교는… 안 다녀."

"질 나쁜 애 아니야?"

"얼마나 착한데! 나한테 잘해줘. 믿음직해. ^^"

"시아가 많이 좋아하나 보네?"

"응! 너무 좋아. 이런 행복 느껴보는 게 너무 오랜만이라서 더 좋은 거 같아."

"시아가 좋으면 오빠도 좋아. ^^"

현강 오빠의 주특기인 살인 미소. 역시 멋지구나. 겉으로 볼 때 현우는 차가운 느낌이고 현강 오빠 따뜻한 느낌이다. 터프한 남자와 부드러운 남자. 둘을 섞으면 진혁이. -_-

"그럼 오빠는 가봐야겠다~"

"볼일있어서 왔던 거 아니었어?"

"그냥 보고 싶어서 왔던 거였어. 곧 있으면 시안이 기일이잖아. ^^"

"아……."

오빠가 죽었던 날이 7월 16일이었지……. 다신 기억하고 싶지 않지만 절대 잊을 수 없는 날.

"오빠, 우리 오빠 그냥 사고로 죽은 거야. 알지?"

"그래."

"복수 같은 건 안 하는 거야. 알지?"

"……."

"우리 오빠 복수 같은 거 안 좋아해. 오빠 성격 알잖아. 알았지?"

"알아도 시안이를 죽인 놈들이 멀쩡히 살아서 걸어다니고 있다는 거, 생각만 해도 열딱지나는데 어떻게 하냐. 지난 일이긴 해도……."

"괜히 복수 같은 거 하면 그놈들하구 같아지는 거야. 오빤 그런 놈들하구 같아지면 안 돼. 알지?"

"그래. ^-^ 나도 명색이 고3인데 공부해야지."

"응. 잘 가~"

현강 오빠가 아니었더라면 난 오빠의 기일을 생각 못했을 거다. 요새 진혁이만 신경 쓰다 보니까. 에휴… 시아, 멍청이! 전에 살던 곳이 그립다. 부천. 어릴 때의 추억이 녹아 있는 곳인데… 생각하지 말아야지. ^-^

따르르르르르릉~

"여보세요?"

[엄마야~ 뭔 일 없지?]

"일이 있길 바라십니까? -_-"

[재미없다. 시아야! 엄마랑 아빠, 좀 늦을 거 같아. 동창을 만난 거 있지!]

"어련하시겠어요~ 언제 올 건데?"

[밤 늦게 갈 거니까 잠금 장치하고 자지 마. 끊자!]

엄마와 전화를 끊자마자 퍼뜩 생각이 났다. 나에게 음성 메시지가 와 있었다는 사실. 난 배터리를 충전해서 음성 메시지를 들어보았다.

[현운데 빨리 연락해. 진짜 급하니까 빨리 연락하라고. 네가 그동안 궁금해했던 것들 다 말할 테니까 연락 좀 해. 그리고… 너한테 꼭 해야 할 말이 있어. 기다릴게. 너 빨리 연락해야 해. 제발, 시아야.]

…뭔 일이지? 괜히 불안해진다. 난 성급히 현우에게 전화를 했다. 요새

계속 날 피했었는데 갑자기 이런 음성을 남긴 이유가 뭐야?

[여보세요?]

"나 시아. 배터리가 없어서 음성 메시지를 이제 들었어. 뭔 일 있어?"

[너 바보다, 정말.]

"지금 어디야? 내가 너 있는 데로 갈게."

[나 지금 애들하고 술 마시고 있으니까 이따 10시쯤 놀이터로 와.]

"알았어. 너무 많이 마시진 마."

10시까지는 앞으로 8시간가량 남았다. 이 답답한 기분을 어떻게 설명해야 하는 것이냐?

벌써 9시 50분이 되어버렸다. 현우가 그렇게 애타게 해야 할 말이 무엇일지 궁금하기도 하지만 왠지 절대 듣지 말아야 한다는 생각도 든다. 이상한 감정.

"벌써 와 있었어?"

"널 기다리게 할 순 없잖아."

"민현우, 암튼 매너 하난 좋아!"

"매너만? 다른 것도 좋지. ㅋㅋ"

새끼. -_- 술이 많이 취한 모양이군, 헛소리하는 거 보니까! 현우와 난 그네에 앉아 한동안 아무 말도 하지 않고 있었다. 적막만 감싸고 있는 이 공간.

"요새 정진혁하고 좋나 봐?"

"응. ^-^ 이제야 사람답게 사는 느낌이 든다고 해야 하나? 우리 오빠 죽은 후부터는 삶에 있어서 행복이란 걸 못 느끼며 살았는데 요즘은 이런 게 행복이구나 싶어. 정말 좋아. ^^"

내 말에 침울한 표정이 되는 현우. 이상하다. 다른 때의 현우라면 분명 이랬을 텐데. 시아 네가 행복하면 나도 좋은 거야…….

"세상이란 게 참 엿 같지?"

"무슨 말이야?"

"절대 만나선 안 될 사람들이 있는데… 그런 사람들은 이상하게 꼭 만나게 되더라. 안 그래?"

"절대 만나선 안 될 사람들이라니?"

"모두 다 똑같이 행복해질 순 없는 거겠지? 남이 행복하려면 내가 불행해져야 한다… 이런 엿 같은 생각, 이제 안 하려고."

무슨 뜻인지 이해할 수 없을 뿐만 아니라 지금 나랑 이야기하고 있는 사람이 내가 알던 있는 민현우인지조차 모르겠다. 민현우, 오늘 이상해.

"너랑 정진혁이 행복하려면 내가 빠져 줘야 할 텐데… 그치?"

"무슨 말이야, 현우야? 너 이상하다. 술 많이 먹었나 봐. ^^"

"두 병밖에 안 마셨어. 멀쩡해."

"멀쩡하긴… 멀쩡한 애가 그런 말을 하나?"

"훗, 빠져 줘? 내가 빠져 줬음 좋겠어?"

"나 갈래. 너 술 깨면 그때 말해. 잘 들어가."

무언가 무서운 느낌이 들어서 자리를 뜨려고 했다. 황급히 그네에서 일어나 가려고 하는데 현우가 무서운 목소리로 말했다. 생전 처음 들어보는 목소리다.

"앉아, 유시아."

나에게만큼은 한 번도 명령조로 말한 적 없던 아이인……. 거스를 수 없는 힘이 담긴 목소리였다. 다시 그네로 가 앉았다. 무섭다. 솔직히 현우가 무섭다.

"너 정말 왜 그러는 건데?"

"말해. 내가 빠져 줬음 좋겠냐고."

"도대체 뭘 빠진다는 거야? 나 무슨 말인지 하나도 모르겠어."

"처음이자 마지막으로 기회 주는 거야. 빠져 줬음 좋겠다고 하면 싸그리 다 잊어버릴게. 오늘 아니면 안 돼. 네가 빠져 주길 원한다면 빠져 주겠다고."

"민현우, 너 정말 이상해. 뭘 잊어버린다는 거야? 도대체 뭘! 좀 알아듣게 얘기하라구!"

당신네들 같으면 이해할 수 있겠는가? 갑자기 빠져 주길 원하냐고 묻질 않나, 잊어준다고 하질 않나. 도대체 나한테 어떤 대답을 원하는 거야?!

"엿 같다, 진짜. 너무 엿 같아서 다 죽이고 싶은 거 알지."

"뭐가 그렇게 엿 같은데! 나도 엿 같은 거 알기나 좀 하자."

"넌 알면… 힘들어져."

"지금 니가 이러고 있는 것도 난 힘들다구. 알아?"

"마지막으로 물을게. 내가 빠져 주길 원해?"

"열받네, 증말. ㅡ_ㅡ 넌 나한테 무슨 대답이 듣고 싶어? 니가 원하는 대답으로 해줄게."

"늘 너한테서 듣고 싶은 말은 하나뿐이야."

순간 벌떡 일어났다. 왠지 더 이상은 들어선 안 될 것 같았기에… 조금만 더 듣고 있다가는 모든 게 깨질 것만 같았기에…….

"나 갈게, 현우야. 뭔지는 잘 모르겠지만, 니가 하고 싶은 대로 해. 빠질 건지 끼어들 건지는 니가 결정하는 거야. 내가 대답해 줄 권리, 없다고 생각해.”

“대답해 줄 권리 없다라… 훗, 기회를 줬는데도 거절한다 이거지…….”

현우는 그네에서 일어나더니 내 뒤로 와서 섰다. 술 냄새가 난다. =_=

“뒤돌아보지 마.”

“…….”

“이제 유시아가 알고 있는 민현우… 없는 거다.”

“무슨 말이야, 너?”

“유시아 옆에서 병신처럼 웃고만 있는 민현우는 없는 거라고.”

“…….”

“하나만 알아줘. 날 위해서가 아니라 널 위해서 이러는 거란 거, 하나만.”

그 말만을 남긴 채 현우는 돌아서 가버렸다. 난 얼어붙은 듯이 꼼짝도 할 수가 없었다. 날 위해서가 아니라 널 위해서라니… 뭐야, 도대체……. 내가 알고 있는 민현우는 없는 거라니… 뭐야, 현우야…….

뜬눈으로 밤을 지새웠다. 엄마와 아빠 새벽 늦게나 오셨는지 아직까지 자고 계신다. 딸내미가 학교에 가야 하는 것도 잊어버리셨을 테지. 신발을 신고 집을 나섰다. 집 앞에 교복을 입은 멋진 남정네가 서 있어서 깜짝 놀랐다.

“진짜 데리러 온 거야?”

“사나이는 한 입 가지고 두 말 안 한다카이. −_−^”

“어설프게 사투리 쓴다. 쯧쯧.”

“너한테 동정의 말투를 들으니까 기분이 상당히 나빠진다, 된장.”

“학교나 가자. ^○^”

진혁이와 함께 하는 등교길. 사랑하는 사람—부끄럽다. >_<○ —과 함께

학교에 간다는 건 즐거운 일이구나.

"거기 학생!! 머리 묶어! 명찰 달고!"

교문 앞의 선도부들만 빼면 훨씬 더 즐거울 텐데.

"오늘 시간표 죽이는구만. 월요일 시간표는 사람 진 빼게 하는 데 뭐 있다니까."

"시간표 신경 쓸 게 뭐 있어? 어차피 잘 거면서."

"된장이 나를 점점 파악하고 있구나. 장하다, 된장. T_T"

진심으로 감동스러워하는 진혁이를 보니 왠지 뿌듯하다. 나 진짜 얼간이가 된 기분이 든다.

기말 시험이 끝나고 여름 방학만 남아서인지 수업 시간에 수업이 하나도 이루어지지 않고 있다. 뭐, 나야 좋지만. -_-

—아, 아, 방송 들립니까~?

갑자기 스피커에서 튀어나오는 학생 주임 목소리. 저 목소리를 들으면 참 섬뜩하단 말이지.

—오전에 실시하지 못한 조회를 지금 합니다. 학생 전원은 모두 운동장으로 나와주십시오. 이상!

3교시 수업하다 말고 조회를 하겠다니, 그지 같은 학교로군. 아이들은 모두 궁시렁거리며 운동장으로 나갔다. 난 투덜대며 안 나가겠다는 진혁이를 꼬셨다.

"안 나갔다가 걸리면 진짜 죽어. T_T"

"때리면 맞고 그러는 거지 뭐. 나가고 싶으면 혼자 나가, 된장."

"너 증말 냉정하다, 썩을 놈아! 나라고 나가고 싶겠냐?"

"그럼 땡땡이치는 거지 뭐. 36명 중 두 명 빠진다고… 티나겠지. ㅡ_ㅡ;"

"불안한 말 좀 하지 마. ㅡ_ㅡ;;"

진혁인 내 손을 잡고 체육관 뒤로 갔다. 운동장에서 교장 선생님의 말씀이 간간이 귀에 꽂혔다. 노래를 흥얼거리는 진혁이. 그러고 보니 얘랑 노래방 간 적… 깡통 노래방이 전부다.

"진혁아, 요즘도 쉬즈 곤 부르니?"

"당연하지. 그거 안 부르고 나오면 똥 안 닦고 나온 기분이야. 나도 병이지."

"지금 흥얼대던 건 무슨 노래였어?"

"아무리 말해 줘도 된장은 모를 노래지."

진짜 어이가 없다. 팝송만 아니면 나도 웬만한 노래는 다 안다고 자부하는데. 이래 봬도 노래 많이 듣는다.

"유리의 성."

"마법의 성도 아니고 유리의 성이라니?"

"무식한 된장 같으니. 노래 가사가 엄청나게 죽여줘."

"불러봐. 들어줄게."

"큼큼! 목 좀 가다듬고. ㅡ.,ㅡ 원래 이 노래 목숨만큼 사랑하는 사람 생기면 불러주려고 아껴둔 건데 된장을 위해 부르게 되다니."

"나 목숨만큼 안 사랑해?"

"그 대답하기 전에! 된장에게 질문이 하나 있어."

"뭔데?"

"넌 만약에 너 자신보다 더 사랑하는 사람이 생겨서 결혼하게 된다면, 어떤 식으로 살고 싶냐?"

저런 질문은 늘 내 자신에게 해왔던 질문이다.

"시아야, 넌 너 자신보다 사랑하는 사람이 생기면 그 사람과 어떻게 살고 싶어?"

"난 말이야, 왜 풀하우스에서 보면 엘리가 사는 집 있잖아. 한 면이 모두 유리창으로 되어 있어서 바깥이 다 보이는 그런 집에서 그 사람이랑 그 사람 닮은 아기랑 이쁘게 살고 싶어. 유리창으로 되어 있는 그곳에서 늘 서로를 비춰주면서 말야."

"된장 대답 안 하냐?"

"내가 사랑하는 그 사람이랑 그 사람을 닮은 아기랑 아주 깨끗한 곳에서 말야, 사방이 유리창으로 되어 있는 그런 집에서 늘 서로만 사랑하면서 뭐, 그렇게 살고 싶지. 누구나 바라는 거겠지만 말야. 좀 소박한가? 헤헤. ^^; 이런 얘기 하는 거 니가 첨이야. 이제 진혁이 너두 얘기해 줘야지! 나 안 사랑해?"

아무 대답도 없는 진혁이. 괜히 물어봤나? 민망해진다. T_T 난 말야… 내 미래, 내 자신, 내 모든 걸 너한테 걸고 싶은데… 그 정도로 사랑하는데…….

"이 노래, 된장 너한테 들려주려고 내가 아껴두고 있던 건가 보다. 네가 딱 적임자네. ^^"

진혁인 날 보고 한 번 웃더니 고개를 숙이고 계속 말을 이어 나갔다.

"옛날에 철없던 시절에 이런 생각을 한 적 있었어. 내 자신보다도 사랑하는 사람이 생기게 된다면 난 그 사람을 위해 죽어도 좋을 거라고. 근데 널 보면 이런 생각이 들어. 널 위해서 난 절대 죽을 수 없다는 생각… 내가 널 위해서 죽는다 해도 넌 절대 기뻐하지 않을 테니까. 어떻게든 난 늘 니 옆에서 계속 살아 있고 싶다. 살아서… 계속… 너만 사랑해 주고 싶다. 느끼한가?”

진혁인 멋쩍은 듯이 뒷머리를 긁었다. 나 무지 감동 먹었는데… 진짜 너무 감동받아서 기쁘고, 행복하고, 또… 사랑해. ^^

“자! 이제 정진혁의 콘서트가 시작됩니다~ 우우우~”

“와아~ >_< 진혁 오빠 짱~”

“유시아 한 사람만을 위한 쇼!! 쇼!!”

“한 사람만을 위한 쇼라고 하기엔 목소리가 너무 큰데?”

…현우다. 난데없는 현우의 등장에 진혁이와 나의 행동이 멈췄다. 좋았던 분위기 다 깨지는 순간이었다. 젠장.

“어쩐 일이야, 현우야?”

“가만히 담배만 피우고 가려고 했는데 니들 노는 꼴이 하도 가관이어서 말야. 훗!”

“무슨 말을 그렇게 해?”

“정진혁 선!배! 난 선배가 엄청 싫어요.”

현우는 살기 어린 목소리로 진혁이를 향해 적대적인 감정을 내비쳤다. 진혁이도 슬슬 화가 나는 듯했다.

“니 병신이가?”

이런 상황에서도 사투리 장난을 계속한다.

“나보단 선배 쪽이 병신이겠지.”

“도대체 니가 날 싫어하는 이유나 좀 알자. 3년 전에 겨울 방학 때 일 때문이냐? 민현강이랑 나랑 열나게 싸워서?”

“내가 그 딴 일로 사람 싫어할 새끼로 보여?”

“그럼 뭐 때문에 사사건건 시빈데, 빠가 새꺄?! -_-”

“말해도 돼? 시아 앞에서 말해도 돼?”

“어차피 알 거 모를 거 다 아는 사인데 말해라. 시아 친구면 니가 어떤 놈이든 간에 좋아해 줘야 하니까 이왕이면 나쁜 감정은 푸는 게 낫지.”

“기회를 줬는데도 거절한다 이거지? 훗… 재미있겠는걸. 하하하!”

현우는 실성한 놈마냥 웃었다. 저 웃음에 오싹한 기분이 드는 건 왜일까? 왠지 현우가 진혁이를 싫어하는 데에는 아주 큰 이유가 있을 것 같은 느낌이다. 물론 나도 관련된 것 같고.

“유시아, 내가 어제 너한테 그랬었지? 빠져 주길 원한다면 빠져 주겠다고. 다 잊어주겠다고.”

“그래, 그랬었지.”

“근데 네가 그랬지? 니가 원하는 대로 하라고. 내가 원하는 대로 하면 너랑 정진혁으로서는 상당히 불행한 결말을 맺게 될 텐데… 그래도 내가 원하는 대로 하길 바래?”

“어떤 형태로든지 넌 지금 날 불행하게 하고 있어.”

“아마 내가 너한테 이런 말을 하는 건 처음일 거야. 정진혁, 잠깐 끼어들지 말고 있어라. 조금 있다가 너도 껴줄 테니까.”

계속 진혁이만 쳐다보던 현우의 눈이 내 쪽으로 돌려졌다. 난 현우를 똑바로 응시했다. 피할 이유… 없으니까.

“난 늘 니 뒤에 숨어 있던 작은 꼬마였지. 나보다 큰 니가 싫어서, 아니, 너보다 작은 내 자신이 싫어서 그렇게 싫어하는 우유 먹어대고, 콩나물 먹어대고… 장난 아니게 노력했어. 시간이 흐르니까 어느새 내가 널 내려다

보는 입장이 되었더라. 어릴 때의 당당함은 어디 갔는지 갈수록 울보에 겁 많은 아이로 변해가는 유시아. 그런 네가 어느새 뽑아버릴 수 없을 정도로 민현우 가슴에 박혀 버렸어. 더 이상 널 친구로만 볼 수는 없는데… 니 옆엔 보란 듯이 다른 남자가 생겼지. 그것도… 너와는 가장 최악의 관계인 남자가. 다 알고 있었지만 네가 너무 사랑한다기에 덮어두고 넘어가려 했는데 잘 안 되더군. 언젠가 알게 될 일이라면 내 입으로 직접 듣게 하는 게 낫겠다 싶어서… 다신 이런 말 하는 일 없을 거야. 민현우가… 어렸을 때부터 유시아 사랑했다고… 아마 앞으로도 계속 그럴 거라고.”

어제의 말… 이런 의미였니, 현우야? 유시아가 알고 있는 민현우는 없다는 거… 이런 의미야? 나 정말 좋은 친구 잃은 느낌이 들어서 너무 속상해, 현우야. 내가 속상한 마음을 정리할 틈도 없이 현우는 진혁이를 노려보기 시작했다. 진혁이도 진짜 열받은 듯했다. 자기 보란 듯이 그런 말을 했으니… 열받을 만도 하지.

“그래서 니가 날 싫어하는 거였냐? 어렸을 때부터 고이고이 아껴둔 사랑을 생판 모르는 놈이 가로채서?”

“다른 새끼가 그랬더라면 몇 대 패주고 끝났겠지만 상대가 너라면 이야기가 달라지지.”

“알 수가 없군.”

“2000년 7월 16일. 이 날 알지?”

2000년 7월 16일은… 우리 오빠 죽은 날이잖아. 그걸 왜 진혁이한테 말하는 거야. 왜… 왜!

갑자기 오한이 들어 난 털썩 주저앉아 버렸다. 진혁인 꽤 당황한 듯 보였고, 현우는 그 틈을 놓치지 않고 계속 말을 이어 나갔다.

"그날… 소지성 뒤에 계속 서 있던 새끼가 정진혁 너지?"

"역시. 그 일에 민현강도 개입되어 있던 게 맞군."

"니가 엄청나게 밟았던 놈이 민현강이란 것도 몰랐냐?"

"난 그때 무슨 상황인지도 모른 채 지성이가 위험하단 말만 듣고 갔었던 거다."

"그래도 이건 알겠지, 누군가 너로 인해 죽었다는 거."

"……."

"그 죽은 사람 이름이 유시안이란 것도 누군가에게 들었겠지. 안 그래?"

"지금 그 얘기를 꺼내는 이유가 뭐냐? 웬만해선 입 좀 닫지 그러냐?"

"유시아… 이제 알겠냐? 내가 정진혁은 안 된다고 했던 이유, 이젠 알겠냐?"

아니야… 절대 아닐 거야. 진혁이가… 그럴 리 없지. 아니야, 아니란 말야!!

"아니야, 현우야. 네가 잘못 안 걸 거야. 내가 내 눈으로 똑똑히 봤는걸. 우리 오빠 머리에 벽돌 내려치던 사람 내 눈으로 봤단 말야! 절대 진혁이가 아니야!!"

"자신할 수 있어? 니 눈물 때문에 앞이 제대로 안 보였을 텐데 정진혁이 아니라고 자신할 수 있어?"

털썩—!!

나뿐만 아니라 진혁이도 주저앉았다. 아니야… 세상에 이런 일이 있을 수가 없잖아. 아니야!!

"유시아… 형제 없다고 그랬잖아. 이름이 비슷하길래 혹시나 해서 물어봤는데. 너 형제 없다며… 외동딸이라며……."

“…진혁아, 네 입으로 드, 들을래. 저, 정말로… 네가… 우리… 오, 오빠한테… 그런… 거… 야?”

심장이 쿵쿵 뛴다. 점점 어지러워지고… 말이 제대로 안 나온다.

“대, 대답 아, 안 하면… 그, 그, 긍정의 의미로… 바, 받아들일… 거야.”

고개만 숙이고 있는 진혁이었다.

“아아아아아아아악—!!”

소리만 지르고 난 쓰러졌다.

정신이 들었을 때 난 내 방 침대에 누워 있었고 현우가 내 옆에 앉아 있었다. 밖이 어두운 걸 보니까 시간이 꽤 흐른 모양이다.

“깼어?”

“현우야, 나 되게 이상한 꿈 꿨어. 진혁이가 우리 오빠 죽인 사람이라지 뭐야. 나참, 웃기지도 않아서…….”

“…사실이라는 거 너도 알잖아.”

“아니야. 분명히 꿈이야. 내일 학교 가면 진혁이가 바나나 우유 먹으면서 나한테 말 걸 거야. 분명해.”

“유시아, 너 자꾸 병신처럼 굴 거야?”

“아니야! 절대 아니라구! 진혁이가 그런 거 아니란 말야… 흑!”

얼마만큼 울어야… 이 지독한 악몽에서 깨어날 수 있는 걸까? 얼마만큼 시간이 지나야… 난 널 잊을 수 있을까? 정말 행복했는데… 니가 해준 고백에… 정말 행복했는데……. 행복한 감정을 느끼기도 전에… 그런 얘길 듣게 되다니…….

“현우, 넌 언제부터 알고 있었던 거야?”

“첨에 정진혁이 나보고 ‘내가 그 정진혁이다’ 라고 했을 때 알았지. 늦게 말해서 미안, 아니, 아예 말한 것 자체를 미안해해야 하는 건가?"

"됐어. 니가 미안해할 필요 없는 거야. 다만… 시기가 너무 안 좋았던 것뿐이야."

"우연히 엿듣게 되었어. 정진혁의 고백. 너의 고백. 그걸 듣는 순간 이건 아니란 생각이 들어서… 하늘의 순리를 거스르는 것 같은 생각이 들더라. 너랑 정진혁… 절대 엮이면 안 되는 사이니까."

"현우야, 나 좀 쉬고 싶거든. 가줄래?"

"내일… 시안 형 기일인 거 알지? 18일이 여름 방학이니까. 방학할 때까지 학교 나오지 마. 너 아프다고 할 테니까."

"그래."

현우가 나가자마자 눈물이 왈칵 쏟아져 내렸다. 아직도 생생한데… 진혁이가 해주던 말들… 행동… 모든 게 생생히 기억나는데… 이제야 서로 통했다고 생각했는데… 간신히 힘든 일들 다 지나간 거라고 생각했는데… 겨우… 너한테… 사랑한단 말 했는데…….

"진혁아… 진혁아… 흑!! 진혁아……."

아무리 부르고 불러도… 계속 부르고 싶어지는데… 자꾸 내 눈에 너의 얼굴이 밟히는데… 오빠를 죽인 사람이 너라고 해도… 난 널 미워할 수가 없겠는데……. 이렇게나… 사랑하는데…….

오빠의 기일. 오빠의 무덤이 있는 강원도로 가고 있는 중이다. 엄마, 아빠가 같이 가자고 하는 걸 억지로 떼어놓고 나 혼자 가고 있다. 유난히 바다를 좋아했던 오빠를 위해 일부러 바다가 보이는 강원도에 묻었다. 한 걸음 한 걸음… 발걸음을 옮길 때마다 오빠가 가까워져 간다.

“오빠… 일 년 만이다. 잘 지냈지?”

…….

“대답해 줄 리 없다는 거 알면서도 질문을 하다니… 나 정말 멍청인가 봐. 후후.”

하늘을 한 번 쳐다보았다. 구름 한 점 없이 깨끗하다.

“오빠, 나 미웠지? 오빠를 죽인 나쁜 놈을 사랑하고 있었으니까. 아니, 사랑하니까. 미안해, 오빠. 내가 사람 보는 눈이 없나 봐. ^^ 근데 너무 미워하진 말아주라, 오빠. 오빠까지 나 미워하면… 진짜 죽어버릴 것 같단 말야. 왜 하필 진혁이었지? 왜 하필 진혁이를 만나 버린 거야? 오빠의 장난인 거지? 나 혼자 잘살고 있으니까 장난친 거지? 근데 너무 심했어, 오빠. 장난치고는 너무 심했다, 정말……. 미안해, 오빠. 이상하게도 나 진혁이가 미워지지가 않아. 오빠를 죽인 나쁜 놈이고… 천하의 몹쓸 놈이란 거… 잘 알면서도 미워할 수가 없어. 나 진짜 많이 사랑하나 봐. 정말 너무 사랑하나 봐. 근데 나 오빠도 너무 사랑해. 그래서 진혁이한테는… 절대 안 갈 거야. 그게 내가 오빠한테 해줄 수 있는 마지막 배려일 테니까… 나 용서해 줘, 오빠. 진혁이 사랑하는 거… 용서해 줘. 많이 힘들어할 테니까… 오빠가 하늘에서 힘들었던 것만큼 나도 힘들 테니까… 용서해 줘.”

무슨 정신으로 집까지 되돌아왔는지도 모르겠다. 집에 도착하자마자 엄마 얼굴을 보고 쓰러졌던 것 같다.

내가 정신을 차렸을 땐 시간이 일주일이나 지나 있었다. 엄마에게 들은 말이지만 엄마랑 아빠랑은 정말 내가 죽은 줄 알았다고 한다.

“의사 선생님이 다친 곳은 하나도 없는데 숨을 안 쉬려 한다고 하더라.

네가 깨어날 때까지 기다리는 수밖에 없다고. 엄만 정말 너 죽는 줄만 알았잖아. 자식 하나 보낸 것도 속상한데… 너까지 그렇게 되면 엄마는 정말 죽었을 거야.”

“내가 왜 죽어, 엄마… 아직도 해야 할 게 얼마나 많은데.”

“그래, 우리 시아 착하다.”

잠을 자면 시간이 빨리 흐른다. 그렇기에 난 하루에 열두 시간 이상을 잠자는 데 소비하고 있다. 무미건조하게 시간은 흘렀고 벌써 8월 중반부에 접어들었다.

벌써 3시네. 오늘은 유난히 오래 잔 것 같다. 세수를 하고 거울을 보았다. 내 얼굴이 너무 흉한 것 같다. 보기 싫어…….

“이제 일어난 거야? 시아 너 요새 잠 너무 많아졌어! 이제 고3 될 애가 잠을 그렇게 많이 자서 어떻게 하니?”

“내일부턴 일찍 일어날게요.”

“시아야, 너 살 빠졌어? 얼굴이 왜 이렇게 홀쭉해? 몸무게 좀 재봐.”

살 빠졌을 리가 없는데… 몸무게를 재보았다. 47kg이던 몸무게가 43kg으로 줄어 있다. 몇 주 사이에 4kg이나 빠지다니, 나도 꽤 힘든 모양이네.

“요새 어디 아프니? 몸무게가 많이 줄었네. 보약 좀 먹어야겠다.”

“됐어, 보약은 무슨. 나 챙겨줄 보약 있으면 아빠나 좀 드려.”

“니 아빠야 워낙 건강한 체질이고. ㅡ.,ㅡ”

“나 문자 온 것 같아, 엄마.”

“넌 방에 있는 핸드폰 소리가 여기에서도 들리니? ㅡ_ㅡ”

소리가 들리는 것도 아닌데 문자가 오면 느껴진다. 역시 나의 예상대로 문자가 와 있었다. 한뉘 언니다.

「나 한뉘! 오랜만이야. ^^ 잘 지내고 있지?」
「네. 언니도 잘 지내시죠? 같이놀기로해놓고한번도안놀았네. ^^;」
「응!그거 때문에그러는데내일시간돼?」
「되긴되는데. 내일광복절이잖아요. 어딜가든사람많을텐데.」
「선아랑상현이 2주년되는 날이어서파티하거든. 너두오라구. ^0^」

아, 맞아. 선아 언니랑 상현 오빠 광복절부터 사귀기 시작했다고 했지?

"그런 날짜가 뭐 그리 중요하냐? 어차피 평생 같이 있을 건데 날짜 세서 뭐 해?"

나 좀 봐… 또 감상에 젖었네. 바보 유시아! 내가 답문을 안 보내자 답답했는지 한뉘 언닌 전화를 했다.
[유시아! 누가 문자 씹으래!]
"딴생각하느라고. 하하하."
[내일 진한이네서 파티하기로 했으니까 꼭 와!]
"진혁이도 오는 거죠?"
[당연하지. ^0^ 누가 커플 아니랄까 봐 엄청 챙기네.]
진혁이가 말 안 했나 보다, 우리 얘기……
[오는 거다, 알았지? 5시까지 오면 될 거야.]
"알았어요. 내일 뵐게요."

[응, 그래. 안녕~]

마지막으로 한 번 보고 오는 건… 오빠도 허락해 주겠지? 아, 마지막이 되진 않겠구나. 개학하면 학교에서 계속 볼 테니까. 휴… 전학 가던가 해야겠다. 전학 가면 현우도 난리치겠다. 훗…….

나도 여자가 맞긴 한가 보다. 못 본 사이에 수척해졌다는 소리 듣기 싫어서 팩까지 하는 걸 보면……. 내일 입을 옷도 꺼내놓고 악세서리도 맞춰보고 신발도 맞춰놓고. 그리고 나서 잠자리에 들었다.

다음날.

"엄마, 저 나갔다 올게요. 늦을지도 몰라~"

"어디 가는데 그렇게 꽃단장을 하고 가?"

"알 필요 없네요! 늦으면 연락할게. ^^"

왠지 발걸음이 가볍다. 진혁이를 볼 수 있다는 기쁨 때문인가? 아니면 이제 끝내기로 결심을 해서인가?

진한 오빠네 집 앞에 도착해서 엘리베이터를 타려는데 익숙한 향기가 느껴졌다. 고개를 돌려보니 진혁이다. 정장 입은 거… 두 번째로 보네.

"…오랜만이네. 잘 지냈어?"

"별로…….."

"오늘은 선아 언니랑 상현 오빠 축하하러 온 자리니까 개인적인 애긴 나중에 하자."

"그래."

어느새 진한 오빠네 집에 들어온 우리들. 반갑게 맞이해 주는 언니들과 오빠들한테 미안한 마음이 드는 건 왜인지 모르겠다. 행복해 보이는 상현 오빠와 선아 언니. 나랑 진혁이도… 저런 날이 올 거라고 생각했는

데… 부질없는 생각이었네. ^-^

"방학 때 뭘 했길래 시아 넌 살이 쏙 빠졌어?"

"강도 높은 다이어트 좀 했어요. ^-^"

"니가 뺄 살이 어딨다구 다이어트를 하니? 난 방학하고 5kg이나 쪄버렸어!"

다른 사람이 들으면 열받을 노릇일 거다. 5kg 쪄봤자 48kg이면서. 키도 168cm이나 되면서. -_-

"언닌 지금이 더 이쁜데요? 전엔 너무 말라서 아파 보였거든요."

"정말? 다들 그러긴 하더라. 히히히. ^○^"

한뉘 언니랑 이야기를 하면서도 상현 오빠와 장난치고 있는 진혁이에게 시선이 간다. 너에게만 고정되어 버리는 내 시선은 어쩔 수가 없나 봐.

"저 이만 가볼게요. ^-^ 엄마가 편찮으셔서 오래 못 있거든요. 상현 오빠랑 선아 언니랑 축하해요. 앞으로 더 오래오래 사귀세요!"

더 이상 있다간 난 울어버릴지도 몰라. 내 말만 해버리고 나와 버렸다. 하아… 힘들다.

닫히려던 엘리베이터 문이 갑자기 열렸다. 고개를 드니… 진혁이가 있다.

"데려다 줄게."

아무 대답도 하지 않았다. 진한 오빠네 오피스텔을 벗어나 나와 진혁이가 자주 걷던 길을 걸었다. 내 뒤에서 걸어오고 있는 진혁이. 다섯 걸음 정도 간격을 유지하며 걷고 있다. 이제 넌… 내 옆에서 나와 같이 발걸음을 할 일이… 없겠지?

"이제 가봐도 돼."

“아직 골목길 하나 더 남았잖아. 집 앞까지 데려다 줄게.”

“됐어. 길 모르는 것도 아니고… 잘 가. 안녕.”

“나… 호주 가. 내 친구 놈 있는 데로.”

큰 돌에 머리를 맞은 기분이다. 어딜 가? 호주 간다고? 가지 마, 진혁
아… 가지 마…….

“잘됐네. 너 보는 거… 껄끄러웠는데…….”

“이제 와서 이런 말 하는 것도 우습지만 너랑 있던 시간들, 정말 행복
했다.”

“…….”

“나중에… 아주 나중에… 시간이 많이 흐르면 말이야, 우리… 다시 만
날 수 있겠지? 아주 나중에 말야.”

“…….”

“노래 가사처럼 되어버렸네. 잘 가라. 몸 건강하고.”

“…….”

“살 안 빼도 이쁘니까 괜히 살 빼지 마. 보는 사람 안쓰럽다, 야. 나 없어
도 진한이네랑 연락하면서 지내. 걔들이 너 좋아하잖아. 그리고… 그다지
궁금해할 것 같지는 않지만… 모레 2시 비행기다. 많이 사랑해 주고 항상
같이 있고 싶었는데… 뭐 지금 와서 이런 말 해봤자지만. 암튼 건강해라.”

가지 말라고 말하고 싶은데… 그런 말 할 수 있을 리가 없다. 어떻게 가
지 말라고 할 수 있겠어. 하지만… 이 말만큼은 꼭 해야겠어. 진혁이 쪽으
로 있는 힘껏 뛰어갔다.

“정진혁!”

내가 부르자 진혁이가 뒤돌아섰다. 난 숨을 가다듬고 말했다.

"그날, 네가 불러주려다가 못 불러준 노래 있잖아. 유리의 성, 그거…
지금 불러주면 안 될까?"

나의 말에 진혁이는 다시 뒤돌아섰다. 엄청 황당한 부탁이란 거 알지
만… 듣고 싶었다. 진혁이의 입에서 나오는 그 노래가… 나에게 들려주기
위해 아껴둔 것 같던 그 노래가…….

모두 지난 일인데 이미 넌 내 곁에 없는데 이젠 받아들여야 하는지
이별은 시간이 흘러가도 추억보단 아픔으로 그렇게 남나 봐.
유리로 집을 지어 아무도 없는 공간에서 우리 영원히 함께하자던 너의 꿈
깨어져 버린 유리 조각되어 내 가슴에 흩어져 내리네.
추억은 아주 잠시 나를 위로할 뿐 우리 이별 뒤로 사라져 가고.
하지만 내가 믿고 싶은 건 단 하나 이 세상이 끝나면 다시 만날 거야.
저 하늘 위에서 그토록 바라던 유리의 성을 지어서
그때는 너의 손 놓지 않을게. 마음껏 울어도 돼. 너의 눈물 닦아줄 테니.

—K2 「유리의 성」 中에서

뒤돌아선 채로 노래를 불러준 진혁인 그대로 사라져 갔고 난 주저앉아
엉엉 울 수밖에 없었다. 노래 가사가 너무 마음에 와 닿아서… 노래를 불
러주던 진혁이의 떨리는 목소리 때문에…….

그때는 너의 손 놓지 않을게. 마음껏 울어도 돼. 너의 눈물 닦아줄 테니.

하루 남았다. 같은 하늘 아래 진혁이와 함께 있을 수 있는 날이 딱 하루

밖에 안 남았다.

"그다지 궁금해할 것 같지는 않지만… 모레 2시 비행기다."

2시. 그래, 떠날 사람은 빨리 떠나는 게 좋지. 어차피 니가 이곳에 있어도 난 너한테 아무것도 못해줄 테니까… 나뿐만이 아니고 너도 힘들 테니까……. 근데 나 너무 이기적인가 봐. 네가 힘들어도 좋으니까 이곳에 있어줬으면 좋겠는 거 있지.

"시아야, 현우 왔어~"

현우가 왔다는 말을 들었으면서도 난 방에서 나가지 않았다. 왠지 현우가 보고 싶지 않다. 현우를 원망한다고 해결될 일은 아니지만 그래도 현우가… 조금은 밉다, 아주 조금은…….

"유시아, 완전 폐인이 되어버렸네. 꼴이 그게 뭐냐?"

"현우야, 가주라. 나 지금 혼자 있고 싶어."

"너 이거밖에 안 되는 애였냐?"

"……."

"시안 형이 너한테 그 정도밖에 안 되는 존재야? 그래서 시안 형 죽인 놈을 잊지 못해서 그렇게 찔찔 짜고 있어? 그러냐?"

"그만 해. 네가 그런 말 안 해도 충분히 다 알고 있으니까. 내가 죽일 년이라는 것도, 난 절대 정진혁한테 갈 수 없다는 것도, 이제 다신… 진혁이 옆에서 웃는 일 따윈 못한다는 것도 다 알아. 아니까 제발 말하지 마."

난 왜 이렇게 바보 같은 걸까… 사람 하나 잊어버리는 걸 왜 못해서 이렇게 힘들어하고 있는 걸까.

"오빠가 나한테 너무 큰 존재였기에 더 힘들어. 그리고 오빠보다 더 사랑한 진혁이었기에 너무 아파. 그리고 내가 너무 미워. 그래서 미칠 것 같다고. 알아?"

"이러고 있으면 너만 손해야. 정신 차리고 행동해. 잊을 건 빨리 잊는 게 좋아. 어차피 시간이 흐르면 다 잊어버리게 될 거 빨리 잊는 편이 널 위해서도 좋지."

현우야, 넌 그렇게 쉽게 말하겠지만 난 절대 못 잊어. 지금도 다 기억나. 처음 만난 순간부터 어제의 헤어짐까지 생생히 기억나. 아마 시간이 흐르면 흐를수록 더 선명히 기억되겠지.

"현우야, 진혁이… 내일 호주 간댄다."

"잘됐네. 안 보는 편이 너한테도 좋아."

"나 하나도 안 좋아, 현우야. 이제 내일이면 어디에서도 진혁이를 볼 수 없다는 거 생각만 해도 막 가슴이 미어져. 근데 아무것도 못하니까 답답해. 답답해서 숨이 막힐 것 같아."

내 말을 듣던 현우는 나가 버렸다. 나 같았어도 듣기 싫었을 거다.

"있잖아, 현우야. 나 혼자만 사랑하려고. 아무한테도 내색하지 않고 나 혼자만 사랑하려고. 그래야 일찍 죽은 불쌍한 우리 오빠한테 용서받을 수 있을 것 같아서."

밤이 되었다. 엄만 아침부터 지금까지 아무것도 먹지 않는 내가 꽤 걱정이 되나 보다. 그렇지만 정말 아무것도 넘어가지 않는걸.

또로로로로로로로롱~

"여보세요?"

[시아야, 나 한뉜데!]

 키스를 먹이로 널 길들인다

"예, 언니."

[너 알아? 진혁이 내일 호주 간다는 거 너 아냐구!]

"네."

[너 안 말렸어? 진혁이 그렇게 간다는 거 안 말렸어?]

"안 말려요. 난… 못 말려요."

[너네 둘 다 정말 왜 그래? 뭔 일 있는 거야?]

"끊을게요."

핸드폰 배터리를 아예 뽑아버렸다. 제발 나 좀 내버려 둬.

"다시 만날 거야, 저 하늘 위에서. 그토록 바라던… 유리의 성을 지나서… 그때는… 너의 손 놓지 않을게. 마음껏 울어도 돼. 너의 눈물 닦아줄… 흑!!"

뭐가 마음껏 울어도 된다는 거야, 뭐가! 하아… 가지 마, 진혁아. 제발 가지 말란 말이야. 내 목소리 들리지? 가지 마… 내가 이렇게 빌어. 가지 말란 말야.

"가지 말라구! 으아아앙!!"

침대 구석에 쭈그리고 앉아 얼마만큼을 울었을까……. 이제 울지 말자, 유시아. 오늘이 마지막인 거야. 진혁이가 떠나면 그 다음부턴 절대 울지 않는 거야.

…내 귀가 잘못된 건 아니겠지? 난 황급히 방에서 나와 현관을 열고 밖으로 나가 보았다. 역시…….

"너의 눈물 닦아줄 테니……."

…진혁이다. 바보 같아, 정말…….

"안 잤네. ^^ 그냥 와봤는데."

"그냥 와본 거면 가만히 있다 가지, 왜 노래 불러서 사람 나오게 하고 그래? 바보야. 흑!!"

"그냥. 많이 불러주고 싶었는데 한 번밖에 못 불러줬잖아. 그래서……."

"바보."

눈물이 흐르는 걸 억누를 수가 없다. 진혁인 나를 향해 손을 뻗었다 내려놓기를 계속 반복한다. 지금 내 쪽으로 손을 뻗어주면 나 너의 손 잡을 거야, 진혁아. 그곳이 설령 지옥이 된다 하더라도 너만 있으면… 괜찮아.

"울지 마, 유시아. 네가 울어도 난 아무것도 못해주잖아. 너도 알잖아."

"흑!"

"너랑 이런 엿 같은 인연이 아니었더라면 평생 함께할 수 있었을까?"

"그랬을 거야, 분명."

"……."

"언제쯤 돌아올 거야? 아예 거기 있으려는 거야?"

"4년 정도 예상하고 있는데 더 길어질지도 몰라."

"4년 후면… 난 22살이고 넌 23살이겠네? 많이 늙어 있겠다, 우리."

"미안하다."

"그런 말 하지 마. 나 너한테 미안하단 말 너무 많이 들은 것 같아서 속상하단 말야."

"아직 못해준 게 너무 많다. ^^"

힘겹게 웃는 진혁이의 모습에 난 정말 많이 울었다. 나도 못해준 거 너무 많은데… 사랑한단 말도 몇 번 못해줬는데… 내 마음, 너한테 다 못 전해줬는데…….

"나중에 우리 다시 만나게 된다면 그땐 너 똑바로 쳐다볼 수 있을 것 같아.”

“진혁아.”

“행복했으면 좋겠다. 나랑 있을 땐 너 많이 힘들었으니까, 많이 아팠으니까… 다른… 다른 사람 만나면 분명 행복할 거야.”

“너였으면 했는데…….”

“나 때문에 힘들었던 기억들은 다 잊어라.”

…좋든 싫든 너와 관련되었던 모든 일들은 잊을 수 없는걸. 하나도 잊어버릴 수가 없겠는데 어떻게 해? 나 어떻게 해야 돼?

“한 번만 안아봐도 되냐?”

“응.”

진혁인 내 쪽으로 한 걸음 한 걸음 다가왔다. 그 어느 때보다도 심장이 두근거렸다. 진혁이가 내 앞에 서서 살포시 날 껴안는다.

“그러고 보니까 나 너한테 반지 하나 안 해줬었네. 엄청 나쁜 놈이네.”

“…….”

“안 해주길 잘했다. 괜히 그런 거 갖고 있으면 잊기 힘들어지잖아.”

“…….”

“이제 됐다. ^-^ 행복해라.”

진혁인 웃는 얼굴로 돌아섰지만 난 웃으면서 널 보내줄 수 없어. 행복하라고? 웃겨. 너 없이 나보고 행복하라고?

“기다릴게. 계속 기다릴 거야…….”

…넌 못 들었겠지……. 나 기다릴게, 진혁아. 내 마음 찢겨 나갈 것처럼 너무 아프더라도 기다릴게. 나한테 펼쳐질 일들이 고통뿐인 삶이 되더라도 네가 없는 행복보단… 고통뿐인 삶이 더 좋아, 난…….

아주 단순한 일들이었지만 그런 단순한 일들이 나에겐 정말 행복했었다. 같은 하늘, 같은 장소에서 숨을 쉬고 있다는 것, 그것만으로도 정말 좋았다. 조금 욕심을 부리자면 진혁이와 함께 손을 잡고 늘 걷던 길을 걷는다든지 함께 밥을 먹는다든지 서로의 눈을 보며 키스를 한다든지… 그다지 많이 바란 것도 없었다. 늘 내 옆에만 있어줬으면 했는데… 이제 그것조차도 모두 끝나 버렸다. 앞으로 다시는 꿈꿀 수도 없다.

벌써 2시 30분이다. 진혁이가 타고 있는 비행기는 호주를 향해 날아가고 있겠지? 4년. 4년이라는 시간… 난 널 기다릴 수 있을까? 확신만 있다면 나 기다릴 수 있는데… 4년 후엔 니가 내 옆에 있어줄 수 있다는 확신만 있다면 나 기다릴 수 있는데……. 눈을 감아본다. 눈을 감으면 진혁이가 보인다.

"또라이 유시아를 엄청 멋진 정진혁이 좋아한댄다, 멍청아."

어떤 남자도 저런 식의 고백은 할 수 없겠지. 어떤 남자도 내 마음을 이렇게 사로잡을 순 없겠지. 어떤 남자도… 아무리 멋있는 남자도… 내 마음을 이렇게 아프게 하는 건 할 수 없겠지. 보고 싶어, 진혁아… 나 벌써부터 너 보고 싶어. 어떻게 해?

도저히 맨정신으로 있을 수가 없었다. 해가 떨어짐과 동시에 동네 포장마차에 가서 소주와 닭똥집 ㅡ_ㅡ 을 시켰다.

"캬~ >_< 술맛 엄청 좋네."

"욕하는 기집애들 보면 왜 이렇게 재수가 없냐? 유시아, 너는 말 이쁘게 해라."

언젠가 진혁이가 내게 했던 말이다, 그 후론 늘 진혁이 앞에서 이쁜 말, 고운 말만 쓰려고 노력했는데… 이젠 안 그래도 되는 건가?

"나 사랑해 달란 말 안 할게. 내 옆에만 있어달란 말도 안 할게. 그냥… 같은 공간에만 있어줘. 그것두 안 되는 거야?"

혼자 세 병을 마시니 머리가 돈다. 별이 보인다. ㅡ_ㅡ 비틀거리며 집으로 향했다. 누군가 우리 집 대문 앞에 쭈그려 앉아 있다. 거지인가?

"누구세요? 저희 집에 밥 없어요. ㅜ_ㅜ"

"내가 그지로 보이냐?"

"밥 없어요, 정말로. ㅠ_ㅠ 가세요. ㅠ^ㅠ 안 그래도 심란한데."

"몇 시간이나 지났다고 못 알아봐?"

쭈그려 앉아 있던 거지는 일어나려고 하다가 다시 주저앉았다. 꽤 오래 앉아 있어서 다리가 저린 모양이다.

"웃샤(일어나면서 낸 소리임. ㅡ_ㅡ)!! 유시아, 나 없다고 벌써부터 술 처먹고 다녀?"

"……."

"이거 안 되겠네."

"진혁이… 맞아? 진혁이야? 꿈 아니지, 이거? 너 진혁이 맞지? 그치!"

"그래, 엄청 멋진 정진혁이다."

더 들을 것도 없이 난 진혁이를 와락 껴안았다. 진혁이도 날 꼬옥 껴안아 주었다. 따뜻해… 꿈 아닌가 봐, 이거……

"뭐야. 엉엉~ ㅜ^ㅜ 벌써 4년이 지난 거야? 그래?"

"=_= 안 갔어. 비행기까지 탔는데 도저히 못 가겠어서."

“엉엉엉~ ㅜ_ㅜ 너 미워, 정말.”

“진짜 밉냐?”

“그래. 세상에서 네가 제일 미워, 진짜. ㅜ_ㅜ”

“잠깐만 안 미워하면 안 되냐? 아주 잠깐만……”

바보, 내가 널 어떻게 미워해! 바보야.

“아예 안 가는 거지? 그런 거지?”

“가야지. 너한테 못한 말 있어서. 그게 맘에 걸려서.”

“너 사랑하지 말라는 말이라든지 기다리지 말라는 말 같은 거면 안 들을래.”

“기다리지 마.”

“안 들은 걸로 할래. 나 오늘 너 못 본 걸로 할래.”

겨우 그 말 하려고 공항에서 뛰어온 거야? 나 네가 하는 말들은 다 들어주려고 했는데 이 말만큼은 안 되겠다.

“기다리지 마. 부탁이다.”

“이유 말해 줘.”

“너뿐만 아니라 나도 힘들어져. 너랑 나 안 되는 거 알잖아. 안 될 거 뻔한 일에 시간 낭비하고 싶지 않다.”

“너한텐… 나 사랑하는 게 시간 낭비야? 네가 나한테 다시 돌아올 날만 기다리고 있는 게 시간 낭비야? 그래?”

“너한테 확실히 돌아갈 수 있다는 확신이 있으면 나 가지도 않아. 안 돼, 너랑 난. 넌 날 보면서 힘들어할 거고, 나도 널 보면서 힘들어하겠지.”

나 그런 거 다 극복할 수 있어. 너만 내 옆에 있어주면 다 극복할 수 있는데 왜 그런 말을 하는 거야.

"새롭게 시작하고 싶어. 너랑 나, 아직 삶의 반의 반도 안 살았어. 행복하자, 둘 다."

"너 없이 나보고 행복하라고? 말이 된다고 생각해? 이제 아무것도 못하겠는데… 자꾸 너만 눈에 밟히는데… 어떻게 해?"

"잊어. 잊을 수 있어. 넌 충분히 잊을 수 있어. 나도 너 잊을 거고."

너 정진혁 아니지. 너 진혁이 아니다, 정말. 내가 아는 정진혁은 나한테 그런 말 안 해. 잊는다니… 날 잊는다니… 하… 말도 안 돼.

"부탁한다. 잊어라. 서로 좋게 끝내자."

"네 소원이야?"

"어."

"그래. 너 소원이라면 들어줘야지. 행복해, 제발."

"……."

"밥 거르지 말구, 담배 많이 피우지 말구, 사람 처음 볼 때 인상 쓰지 말구, 또 어… 음… 건강해. 건강한 모습이어야 해."

진혁인 뒤돌아서 가버렸다. 너의 소원이라니까 들어주는 거야. 근데 나, 너무 아프다.

집으로 돌아와 한참 멍하니 앉아 있었다. 진혁이를 기다려야겠다는 생각으로 힘들더라도 버티려고 했는데… 이제 난 뭘 하면서 버텨야 하는 거지?

또로로로로롱~

"여보세요."

[나 한뉘야. 괜찮아?]

"별로요."

[다 들었어, 너네 사이. 진짜… 무슨 그런 일이 다 있니?]

"전 괜찮아요."

[목소리가 다 죽어가는데 괜찮긴 뭐가 괜찮아?]

"정말… 정말 괜찮아요."

[지금 진한이네로 올래? 애들 다 같이 있는데. 너 오라고 난리도 아니야.]

"갈게요."

[응, 빨리 와. 올 때 차 조심하구.]

머리만 묶고 진한 오빠네로 걸어갔다. 늘 진혁이와 함께 걸었던 길인데… 이제는 나 혼자 걸어야 하는 거네. 여길 걷고 있으니까 꼭 진혁이가 와서 '된장! 걷는 것도 아주 된장스럽지. 엄청 불쌍하게 걷네' 라고 말할 것만 같다. 그럴 일은 없겠지만.

"어서 와. 얼굴이 반쪽이 됐네."

"안녕하세요?"

"가서 앉아. ^^"

거실로 들어가니 진한 오빠 쓰러져서 자고 있었고 다른 오빠들은 암울한 표정으로 술을 마시고 있었다. 여자는 한뉘 언니뿐이었다.

"시아 왔네. 앉아라."

"진한 오빠 술 많이 마셨나 봐요."

"그래도 우리 중에선 진혁이가 진한이랑 제일 친했으니까."

"시아, 넌 괜찮냐? 하긴 괜찮을 리가 없지."

"^^ 진혁이, 오늘 저한테 왔었던 거 아세요?"

"그럴 리가 없는데. 걔 2시에 비행기 탔어. 게이트 안으로 들어가는 것까지 봤는데?"

"비행기까지 탔다가 저한테 할 말이 있어서 내렸대요."

“뭐랬는데?”

“기다리지 말라구요. 서로 잊고 새로운 삶 시작하자고. 자긴 나 잊을 수 있으니까 너도 나 잊어달라고… 그러더라구요.”

“미친놈, 끝까지 병신처럼 군다.”

상현 오빤 고개를 돌려 눈물을 닦아냈다. 나도 눈물이 나려는 걸 겨우 겨우 참고 있는데.

“진혁이가… 너 진짜 사랑하는 거, 그건 알지?”

“몰라요. 이젠 모르겠어요. 그런 거… 모르겠어요.”

“다른 건 몰라도 그것만큼은 잊지 마라. 진혁이가 너 정말 사랑했고 정말 아껴주고 싶어했다는 거. 너랑 끝까지 같이 있고 싶어했다는 거. 그것만큼은 잊지 마. 너마저 잊어버리면 정진혁 엄청 불쌍한 새끼 되는 거니까.”

“난 끝까지 다 기억하려고 했어요. 근데 진혁이가 잊어달라잖아요. 나 진혁이가 원하는 건 다 들어주고 싶어요. 진혁이가 나한테 부탁하는 거, 그게 처음이었구요. 처음으로 한 부탁인데… 안 들어주면 나 정말 나쁜 사람되는 것 같아서… 근데 정말 들어주고 싶지는 않아요.”

우린 모두 침묵 상태가 되어버렸다. 모두 가만히 있지만 우리가 생각하는 건 한 가지일 거다. 정진혁이라는 사람. 모두 다른 모습의 진혁이를 떠올리겠지만… 내가 떠올리는 진혁이의 모습은 단 하나뿐이다. 잊어달라고 말하던 그 모습… 그 모습만 떠오른다. 나에게 사랑한다고 고백했던 모습도, 키스하던 모습도, 웃는 모습도, 장난치면서 내 머리를 툭툭 치던 모습도… 모두 스치듯이 지나갈 뿐이다.

“진혁인 호주에서 잘 지낼 수 있을까? 걔 영어 못하잖아.”

“그 새낀 영어 못해도 잘살 수 있을 거다. 생명력만큼은 강한 새끼잖아.”

"왠지 더 보고 싶어지지 않냐? 1년 정도 안 본 적도 있었는데……. 외국에 있다고 생각하니까 괜히 더 보고 싶어진다, 야."

"오빠들은 좋겠어요, 보고 싶으면 보고 싶다고 말할 수 있고 찾아가서 만날 수도 있으니까. 나도 그럴 수 있으면 좋겠는데. ^^"

"시아야, 진혁이 기다려. 너한테 잊으라고 말한 거 본심 아니야. 네가 더 잘 알잖아. 정진혁이란 사람, 우리보다도 네가 더 잘 알잖아. 너한테 그런 말 하고 떠나는 진혁이가 어땠을 것 같아? 기다려 줘, 시아야. 부탁할게. 나중에 돌아왔을 때 너마저 변해 있으면… 진혁이가 많이 힘들 거야."

…진혁이를 기다리는 시간 동안 난 또 얼마나 힘들지… 그런 건 생각도 안 하나 봐. 난 지금 정신을 잃지 않으려 애쓰는 것만으로도 벅찬데… 다른 건 생각할 겨를도 없이 힘든데…….

"왜 드라마 같은 데서 보면 슬픈 사랑이 참 많이 나오잖아요. 예전에 그런 거 보면서 나도 저렇게 가슴 찢어질 것 같은 슬픈을 사랑 해보고 싶다라는 생각을 참 많이 했었어요. 엄청 많이… 정말 죽도록 힘들어하지만, 마지막엔 결국 사랑하는 사람들 다시 만나서 사랑하잖아요. 그래서 그런 사랑을 해보고 싶었어요. 근데 지금은 아니야. 현실과 드라마는 다르니까. 지금 이렇게 죽도록 힘들어도 난 진혁이를 다시 만날 수 없잖아요."

"다시 만날 수 있어, 분명히. 인력이라는 거 들어봤어? 만나야 할 사람들끼린 어디서 어떤 형태로든지 다시 만난대. 난 너랑 진혁이도 그렇다고 생각해. 너희가 지금 이렇게 만나게 돼서 이렇게 헤어지게 된 것도 인력이고 나중에 다시 만나게 될 것도 인력에 의해서 그렇게 될 거야."

"그렇게 말해 줘서 고마워요. 근데 나 기대 같은 건 안 하고 있을래요. 너무 기대하고 있으면 실망감 때문에 다시 일어서지 못할 수도 있으니까……."

그 말을 끝으로 난 진한 오빠네서 나왔다. 내 사랑은 이제 끝이다. 이런 게 사랑이라면 다신 하고 싶지 않다. 진혁이만큼 사랑할 수 있는 사람은 세상에 없을 테니까…….

✥

진실 I-i   ―진혁

"정진혁, 실망했다."

"우리한테 미리 말해 줬어야 하는 거 아니냐? 우리가 너한텐 하찮은 존재들이었냐?"

선생님과의 일이 학교에 알려지면서 선생님을 학교에 남게 한다는 조건으로 난 퇴학을 당했다. 새끼들, 친구라고 신경 써주는 척하긴…….

"너희한테 미리 말했다고 해서 달라질 게 아니었다."

"이 새끼, 이딴 식으로 재수없게 말할 때마다 정떨어진다."

"그래도 말해 주지 그랬냐, 퇴학당한다는 거."

진한이 자식 아무 말도 안 했던 게 꽤나 섭섭한가 보네. 그다지 정이 많은 학교는 아니었지만 막상 나가려고 하니까 마음이 심란한 게… 구리다.

"간다. 이젠 여기 다신 못 들어오겠네. 엄청 구리다, 그치?"

"그냥 들어와, 새꺄! 니가 언제부터 눈치 같은 거 봤다고."

"나 간다! 공부 열심히 해라."

멋진 모습으로 교실에서 나왔다(순전히 자신만의 생각임. -_-). 선생님을 못 보고 나오는 게 맘에 걸리긴 했지만 이제 뭐, 상관없다. 철없던 시절에 했던 철없던 사랑이라는 걸 깨우쳤으니까. 마지막으로 교문 앞에서 학교를 쭉 둘러보았다. 어떻게 된 게 기억나는 거라고는 사고쳐서 봉사활동한 것밖에 없는지… 그래도 재미있었는데……. 상현이 새끼랑 판치기하다가 걸려서 신관 앞에서 잡초 뽑다가 똥 밟아서 넘어졌던 거. 그게 가장 재미있던 사건이었던 것 같다. ㅡ_ㅡ

"진혁아!"

저 멀리 운동장에서 날 부르며 뛰어오는 한뉘. 그렇군, 너한테 인사를 안 했구나.

"지금 헉헉! 가는 거야?"

"숨 좀 돌리고 말해."

"인사라도 하고 가야지, 멍청아."

"너 많이 컸다? 천하의 정진혁에게 뭐? 멍청이?"

"그런 말 하는 거 보니까 괜찮은 것 같네. ^^ 다행이다."

나랑 알고 지낸 지 1년 조금 넘었는데도 한뉘는 날 너무 잘 안다. 날… 너무 좋아하는 것 같다. 이놈의 인기. ㅡ_ㅡ

"잘 지내라. 한동안 나 찾지 마라. 잠적할 거야."

"그래. ^-^ 이런 말 좀 그런데… 너 퇴학으로 끝낼 거 아니지? 졸업장은 꼭 따."

"어이고~ 우리 애기, 오빠 걱정도 해주고… 착하네?"

"장난하지 말고… 약속하는 거다?"

"그래, 니가 나한테 부탁하는 거 처음이니까 꼭 들어줄꾸마."

그렇게 한뉘와의 약속을 지키기 위해 생전 처음 아버지에게 부탁이란 걸 하게 되었다.

"내년 3월에 복학하겠습니다."

"집안 망신스럽게… 퇴학이 뭐냐?"

"복학할 수 있게 힘 좀 써주세요."

"상진고로는 안 된다. 다른 학교라면 알아봐 주마."

"그럼 집에서 가까운 데로 해주세요. 한성공고라던가."

"적어도 인문계 졸업장은 따야 하지 않겠냐?!"

"집 근처에 인문계는 상진고밖에 없잖아요."

"넌 집안의 수치야! 성현고 이사장이랑, 아니, 그쪽으로 보낼 거다. 그렇게 알아라."

"성현고면 버스 타고 한 시간도 더 걸리잖아요! 못 다녀요!"

"그 근처에 집을 얻어주마. 잘난 아들 둬서 아비 등골이 휜다."

"죄송합니다. 앞으로는 그런 일 없도록 할게요."

"그 선생이랑은 확실하게 끝낸 게냐?"

"네, 죄송합니다."

"널 보면 아비의 젊은 시절을 보는 것 같다."

"제가 좀 더 잘생겼겠죠. -_-;"

"이래 봬도 아비가 젊을 때 신성일이라는 소리를 들었다. 허허허허."

아버진 계속 젊은 시절의 아버지 이야기를 했고, 난 듣기 싫었지만 -_- 독립시켜 준다고 해서 참고 꾹 들었다. 그렇게 해서 3월에 성현고로 복학하게 되었고 덕택에 원하던 독립이란 것까지 쟁취하게 되었다!

성현고 입학식 날. 학교 짤리고 노는 동안 먹고 자기만 했더니 키가 더 커버렸다. 이제 상현이한테 꿀릴 게 없다. 상현이 새끼, 나보다 3cm 더 컸던 주제에 키가 난쟁이 똥자루 만하다면서 엄청 날 갈궈댔었다. -_-^ 이젠 니가 내 난쟁이가 될 차례다! 새로 맞춘 교복을 입고 거울을 보았다. 성현고 교복은… 날 위해 만들어진 듯싶다. 모든 칼라를 다 소화하는 나지만 유난히 검은색만 입으면 더 멋져 보인다. -_- 성현고 교복은 검은

색이다. 상진고 껀 회색이어서 상현이한테 엄청 잘 어울렸었는데, 이건 아무리 봐도 날 위한 교복이란 말이지. 음하하하하! −_−; 학교로 향했다.

2학년 4반이라 써 붙여진 곳으로 들어갔다. 일찍 온다고 온 건데 늦었나 보다(9시가 넘었다). −_−

"네가 정진혁이니?"

"그런데요."

"전학생이니까 자기소개 좀 해봐. ^−^"

전학생? 그 따위 것 개나 주라지. −_− 난 앞으로 걸어나갔다. 아그들이 수군대는 소리가 다 들린다.

"엄청 잘생겼다. 꺄아~ 내 타입이야~"

"엄청 놀게 생겼네."

"야야, 여기 좀 봐라. 거기 1분단 쓰레기통 옆 자리!"

"나?"

"그래, 너 말이야. 어디서 감히 정진혁이 말하는데 대가리 숙이고 있냐? 몇 대 맞을래? 확!"

"너 돌았냐? 전학생이면 전학생답게 구석에 찌그러져 있을 것이지."

"애, 애들아, 왜 그러니? ^^;;"

저 새끼… 아직 나에 대해 모르는 모양이군(니가 뭐라도 되냐, 진혁아? −_−). −.,− 난 그 새끼를 한참 쳐다본 후에—말만 쳐다본 거지, 무시무시했다—소개를 시작했다.

"이름은 정진혁이고, 들어본 적 있는 애들도 있을 거다. 상진고 다니다가 여차여차해서 여기로 복학하게 되었다. 나이는 너네보다 한 살 많으니까 존대 쓰고 싶으면 존대 쓰고 까고 싶으면 말 까도 되고… 뭐, 니들 편한 대로 불러. 졸업장 따는 게 목표니까 사이좋게 지내자고. 특히 1분단!"

난 박수가 나올 줄 알았다. 내가 생각해도 멋진 소개였는데 담임은 쫄았는지 −_− 날 손가락으로 톡톡 건드리며 4분단 맨 끝자리에 앉으라고 했다. 그래, 나에겐 잠자기 딱 좋은 이런 자리가 어울린다. 잠자기 편한 자세를 찾기 위해 이리 엎드리고 저리 엎드리고 엄청 뒤척거리다가 겨우 편한 자세를 찾고 잠에 들려고 했다. 그러나 어떤 그지 깽깽이 같은 것이 뒷문을 박차고 들어오는 바람에 다 깨버렸다. 제길!!

"죄, 죄송합니다."

"유시아지? 첫날부터 지각을 하다니. 첫날이니까 봐준다, 알았지? 저기 4분단 끝 빈자리에 앉아."

난 혼자 앉는 게 좋단 말이다! 내 옆에 앉게 된 유시아라는 아이를 힐끔 보았다. 달려왔는지 양쪽 볼이 빨개져서 촌스러워 보인다. 하지만… 이쁜 것 같다. 느낌이 괜찮은 편이다. 내가 쳐다보는 걸 의식했는지 더듬거리며 나에게 말을 건다. 엄청… 멍청해 보였다.

"아, 안녕! 난 유시아야. 하루뿐인 짝일 테지만 잘 지내자구. 헤헤 ^^;"

"있는 듯 없는 듯 있어라. 누가 옆에 있는 거 짜증나니까."

이딴 식으로 말하려던 게 아닌데. 습관이 어디 가나? 어쨌거나 이렇게 유시아라는 여자 아이를 알게 되었다.

진실 I−ii

청소를 정하는데 첫날 지각했다는 이유로 내 짝이 −_− 소각장 청소를 하게 되었다. 얼핏 들어서 알고 있었다. 소각장이 위험한 곳이라는 걸 말이다. 오만상을 쓰며 걱정하는 된장 같은 요 녀석이 걱정돼서 나도 하겠다고 자진했다. −_− 고맙게 여겨라, 된장스러운 녀석아.

같이 소각장에 갔는데 첫날이어서 그런지 진짜 깨끗했다. 청소할 게 하나도 없다고 생각해서 난 가만히 있었는데 유시아가 혼자 쓸더니 나보고 쓰레기 봉지를 가져오라고 했다. -_-; 누가 혼자 쓸으랬나?

쓰레기 봉지를 갖고 오니까 성현고 일진 애들이 소각장에서 유시아를 괴롭히고 있었다. 갑자기 나사 하나가 풀린 느낌이 들면서 무지 열이 받기 시작했다. 일진이라는 놈들이 나한테 한 방 맞고는 바로 쓰러졌다. 역시 성현고는 3학년들은 별 볼일 없다던 게 맞는 말이군. 그때 갑자기 유시아가 쓰러졌다. 날 벽돌로 찍으려던 새끼를 발로 한 대 더 차줬다. 두꺼비 같은 새끼! -_-;

"야야! 유시아, 정신 차려라."

볼따구를 몇 대 때렸는데도 안 깼다. 얘 병 걸렸나?

"양호실에 데려가는 게 좋을 거다. 근데 네가 누군지나 알자."

"넌 김호현이지?"

"명찰 색깔 보니까 2학년인데 말 까면 안 되지."

"나 니네랑 갑이거든. 오늘 복학했다."

"정진혁이라… 들어본 듯도 싶은데?"

"날 모르는 거 보니 너도 괜찮은 놈은 아니구나. -_-"

다들 어이없어하는 것 같았다. 역시 힘도 약하더니 -_- 개그도 이해 못하는 병신들이다.

"아아아아! 맞아! 저 새끼 상진고 다녔었어!"

"넌 생긴 건 두꺼비인데 아는 건 좀 많구나."

"개새꺄! 넌 얼마나 잘생겼다고 남의 면상 가지고 트집이냐? 엄청 재수 없네!!"

“너 두꺼비 닮긴 닮았다, 완석아.”

“김호현, 개새끼야. 나 니 친구다, 잉?”

“큼! 어쨌거나 복학했다니까 싸움한 거 알려지면 너도 안 좋겠지? 서로 없던 일로 하는 게 낫지 않겠어.”

“복학생 한 명한테 여섯 명이 깨졌다는 얘기 듣는 건 너네도 쪽팔리겠지? ㅋㅋ 그래, 없던 일로 하지.”

“넌 싸가지만 키우면 엄청 멋지단 소리를 들을 거다.”

“넌 힘만 좀 키우면 내 발끝만큼은 따라올 거다.”

“미친놈… 빨리 재 데리고 양호실이나 가봐라.”

난 그제야 쓰러져 있던 유시아를 기억해 냈다. 아아악! 왜 소각장 청소 한다고 나대서 이런 앨 −_− 업고 양호실까지 가야 하는 겨?! 정진혁, 첫날부터 엉망이네.

“얘가 갑자기 쓰러졌어요. 치료 좀 해주세요.”

“어머, 시아네? 어디서 쓰러졌니?”

“소각장에서요.”

유시아를 침대에 눕히고 나가려고 하는데 양호 선생님이 날 붙잡았다.

“학생도 치료 좀 해야 할 것 같은데? 잘생긴 얼굴에 상처 남겠어.”

“진짜요? 빨리 치료해 주세요. −_−”

얼굴로 먹고 사는 난데 상처 남으면 안 되지!

“싸움한 것 같은데? 뭘로 맞았길래 이렇게 깊게 파였어?”

“저도 모르죠 뭐.”

“처음 보는 얼굴인데 전학 왔어?”

“뭐, 그런 거죠.”

“첫날부터 싸움질이나 하고… 너 문제아구나?”

궁금한 게 엄청 많은가 보다. -_- 양호 선생님이면 양호 선생님답게 얌전히 치료나 해주실 것이지. 전에 다니던 학교의 양호 선생님은 남자여서 치료받을 때마다 짜증났었는데. 말이 좀 많긴 하지만 여자 선생님이 치료해 주니까 다르긴 다르구나. -_-;

“시아랑 같은 반인 모양인데 시아 좀 잘 보살펴 줘. 쟤가 양호실 자주 오거든?”

“전혀 안 약해 보이는데.”

“사람은 겉보기랑 다른 거야. ^-^”

양호 선생님은 내가 진짜 싫어하는 것 중 하나인! 빨간약을 꺼냈다. 엄청! 엄청! 나 이거 진짜 싫은데!

“어? 시아 깼니?”

“어떻게 된 거예요?”

“이 학생이 널 업고 왔던데? 좀 따가울 테니까 참아.”

“아아… 살살 좀 하세요. 따가워 죽겠네.”

양호 선생님은 밴드를 눈가에 붙여주셨다. 풍운아 같아 보이는군. -_-;

유시아와 함께 교실로 가고 있는데 침묵 상태다. 얘 엄청 말이 없는 것 같다. 교실에 거의 다 와가는데 어떤 새끼가 유시아를 불렀다. 민현우였다. 쟤가 성현고 이짱 아닌가? 유시아가 저런 애랑도 알고 의외네.

“쟤 민현우지??”

“현우 알아? 쟤도 유명한 앤가?”

“넌 민현우랑 어떻게 아는데?”

“부모님들끼리 친하거든. 어릴 때부터 같이 자랐다고 보면 돼.”

"의외네."

"뭐가?"

난 유시아의 말을 씹어먹으며 잠을 잤다. 시아와는 급속도로 가까워지게 되었다. 복학생이라는 걸 시아도 알게 되었지만 변함없는 모습으로 날 대해주었다. 언젠가부터 내 마음속에 자리를 잡더니 어느 순간부터 절대 빠져나가지 않게 되어버린 유시아. 너라면… 평생을 같이해도 좋을 거란 생각이 든다. 아냐?

야자를 땡땡이치고—늘 그랬지만—시아와 함께 상진고로 갔다. 오랜만에 가는 거라 기분이 참 좋았다. 옆에 시아도 있고. 시간이 좀 남길래 깡통 노래방에 들어가서 노래를 불렀다. 괜히 쉬즈 곤을 불렀다. 성대가 찢어질 것 같다. -_- 시아는 넘버 원을 불렀는데… 너무 깜찍해서 죽는 줄 알았다. 마지막엔 엄지손가락까지 치켜들면서 노래하는데… 아오! 덮칠 뻔 한 거 이성으로 눌렀다. 혼자 민망해져서 괜히 시아한테 트집을 잡았다. 정진혁이 쪽팔림을 타다니… 나도 갈 데까지 간 것인가? -_-

교문 앞으로 가서 애들을 기다리고 있었다. 1년 반 정도 다녔던 곳이니까 날 알아보는 애들이 많았다. 수군수군거리는데 다 지난 일 가지고 아직까지 저렇게 수군대는 걸 보니까 좀 짜증이 났다. 시아의 귀에 들어가지 않게 하려고 괜한 소리나 하고, 휴…….

친구들이 나오고, 한뉘에게 시아랑 사귄다고 말하니까 한뉘가 경멸하는 눈으로 날 쳐다보더니 가버렸다. 한뉘는 내가 시아와 사귀는 이유가 한다예 선생님과 닮았기 때문이라고 생각하는 것 같다. 둘은 전혀 닮지 않았는데 말이다. 뭐, 어떻게 보면 닮은 것 같기도 하지만. 시아에겐 섹시미 -_- 가 부족하다. 그래서 전혀 닮지 않았다. -_-;

학교 앞에 오래 있지 말았어야 했는데 애들하고 이런저런 얘기를 나누다 보니 꽤 오래 서 있었다. 선생님들이 퇴근할 시간이 되었다는 걸 생각하지 못했다. 한다예 선생님이 날 붙잡고 운다. 그 눈물까지 거짓이라고 생각하고 싶지 않다. 나도… 아직 못 잊은 걸까?

진한이와 현준이, 시아, 선생님과 까페에 들어갔다. 아무것도 모르는 상태로 이곳까지 끌려온 시아는 열이 받은 것 같았다. 하긴 나 같아도 열 받을 만하다. 사실 시아를 내 옆에 앉히려고 했는데 선생님이 잽싸게 앉는 바람에 그렇게 하지 못했다. 현준인 나가 버렸고 넷만 남았다.

"친구니? 귀엽게 생겼네."

여자 친구라고 그랬다간 분명히 선생님이 시아한테 해코지를 할 것이다. 집착이 강한 사람이니까. 내가 아무리 과거의 사람이라고 해도 시아를 가만히 놔둘 사람이 아니다.

"짝이에요."

"아, 그렇구나. 이쁜 짝 둬서 우리 진혁이 좋겠다?"

짝이라고 소개해서인지 시아가 화가 난 것 같았다. 내 마음 아는 줄 알았는데. 시아는 나가 버렸고 진한이도 나가 버렸다. 휴, 단단히 오해했네.

"결혼하신다면서요?"

"응. 그래도 나한텐 너뿐이야, 진혁아. ^^"

"저랑은 장난이셨잖아요. 저도 그랬구요."

"이렇게 멋있어질 줄 몰랐어. 반년밖에 안 지났는데… 완전히 남자가 됐네."

"사랑하는 여자를 지켜줘야 하니까요."

"여자 생겼어?"

“네.”

“아까 개지? 짝이라고 했던 애?”

“아닌데요.”

“내 결혼식에 여자 친구 데리고 와. 넌 내 첫 제자니까 와줬으면 좋겠어. ^-^”

“우리 진짜 선생님과 제자 사이로 돌아가는 거예요. 행복하세요, 선생님.”

그렇게 한다예 선생님과의 모든 걸 끝냈다.

시아가 단단히 오해했을 것 같아서 시아네 집 앞으로 갔다. 시아와 함께 놀이터에 앉아 있는데 정말 단단히 오해를 하고 있었다. 나에게 있어 한다예란 여자는 과거일 뿐인데 시아는 현재형인 줄 알고 있다. 홧김에 아직도 사랑하는 사람이라고 말해 버렸는데… 시아가 가라고 할 줄은 몰랐다. 가슴이 엄청 아프고 힘들어서 미치는 줄 알았다. 시아를 다시 내 품에 안기까지의 힘든 시간들이 시아를 더욱더 사랑할 수 있게 만들어주었고 시아를 사랑하면서 예전보다 많이 웃을 수 있게 되었다.

기말 고사가 끝난 어느 날. 수업 중에 조회를 선다는 황당한 방송이 나왔다. 잘 자고 있었는데. -_- 시아랑 조회 땡땡이치기로 결심하고 체육관 뒤로 갔다. 가끔 시아 몰래 담배 피우러 자주 왔던 곳이다. 시아를 위해 내가 가장 좋아하는 노래인 유리의 성을 불러주려고 하는데 민현우 새끼가 출연했다. -_-^ 싸가지없는 새끼. 민현우의 말을 한 귀로 흘려들으며 서 있던 난 단 한 마디에 온갖 신경을 민현우의 말에 집중시켜 버렸다.

“2000년 7월 16일. 이 날 알지?”

모를 리가 없다. 모를 리가 없다. 지성이가 위험하다는 말에 무작정 달려가서 애들을 엄청 패줬던 거. 그러다가… 어떤 놈이… 죽은 것. 모를 리가 없다. 나중에서야 알았다. 죽은 놈의 이름이 유시안이란 것. 그 장소에 민현우의 형인 민현강이 있었다는 것.

"지금 그 얘기를 꺼내는 이유가 뭐냐? 웬만해선 입 좀 닫지 그러냐?"

"유시아… 이제 알겠냐? 내가 정진혁은 안 된다고 했던 이유, 이젠 알겠냐?"

이상하게 심장이 떨린다. 뭐야. 어떻게 된 거야.

"아니야, 현우야. 네가 잘못 안 걸 거야. 내가 내 눈으로 똑똑히 봤는걸. 우리 오빠 머리에 벽돌 내려치던 사람 내 눈으로 봤단 말야! 절대 진혁이가 아니야!!"

"자신할 수 있어? 니 눈물 때문에 앞이 제대로 안 보였을 텐데 정진혁이 아니라고 자신할 수 있어?"

…서 있을 수가 없어서 주저앉아 버렸다. 이건 아니다. 뭔가 잘못된 거다. 분명히 잘못된 거다. 이런 엿 같은 일 있을 수 없다.

"유시아… 형제 없다고 그랬잖아. 이름이 비슷하길래 혹시나 해서 물어봤는데. 너 형제 없다며… 외동딸이라며……."

"…진혁아, 네 입으로 드, 들을래. 저, 정말로… 네가… 우리… 오, 오빠한테… 그런… 거… 야?"

아무 말도 할 수 없었다. 어쨌거나… 내가 죽인 거나 다름없으니까……. 그래, 그런 거다.

"대, 대답 아, 안 하면… 그, 그, 긍정의 의미로… 바, 받아들일… 거야."

…미안해, 시아야……. 미안해. 고개만 숙일 수밖에 없었다. 이대로 끝인가 보다.

"아아아아아아아아악—!!"

시아가 기절했다. 맨정신으로 서 있을 수 없었겠지. 나도 지금 엄청 아찔하니까. 민현우가 시아를 업었다. 내가 해야 할 일인데… 그럴 수 없다.

"민현우, 너 오늘부터 내 눈에 안 띄는 게 좋을 거다."

"명령하는 겁니까?"

"협박하는 거다. 눈에 띄지 마. 그땐 나도 날 제어 못할 테니까."

하아… 하아… 아무 생각도 하지 않기 위해 무작정 달렸다. 다리에 힘이 풀려 더 이상 달릴 수 없을 때 눈에서 눈물이 흘러나왔다. 씨발… 정진혁, 이게 뭐냐?……. 다른 것보다 시아를 힘들게 한다는 사실에… 이제는 널 보면 안 된다는 사실이… 너무 아프다. 날 보며 계속 힘들어할 너 때문에 너무 아파. 미안해, 시아야.

호주에 간 지성이가 생각났다. 한쪽 눈을 잃었다. 민현강의 복수 차원에서 지성인 눈을 잃었다. 덕분에 자신의 꿈까지 포기해야 했다. 그리고는 홀연 호주로 떠나버린 지성이.

[Hello?]

"웬 영어? ㅋㅋ 나 정진혁이다."

[오 마이 갓! 너 살아 있었냐? 그동안 연락이 안 돼서 죽은 줄 알았다, 새꺄.]

"집에서 나왔어. 드디어 독립을 쟁취하였다."

[니네 아버지가 독립시켜 주셨어? 너 완전 내놓기로 하셨나 보네?]

"너 그렇게 가버리고 일이 좀 많았다."

[뭔 일이 그리 많았길래 생기발랄하던 정진혁 목소리가 그렇게 죽었냐?]

엄청 활기찬 척했는데……. 어렸을 때부터 친구였던 새끼라 그런지 다 아네. 나 지금 죽도록 힘들다는 거… 다 아네.

"지성아… 나 죽고 싶다, 정말."

[뭔 일 있냐?]

"사랑하는 애가 생겼는데 걔가 유시안 동생이야. 엿 같지?"

[…미안하다.]

"니가 뭐가 미안하냐? 인연이 아니었나 봐."

[나 때문에… 너 걔 못 잡을 거 아니야.]

"뭐가 너 때문이냐, 또……."

[내가 죽인 거잖아. 네가 아니라 나잖아.]

한동안 침묵이 흘렀다. 그다지 생각하고 싶진 않지만 난 그때의 일을 떠올렸다. 그때 난… 민현강을 죽도록 패고 있었다. 민현강을 도우러 유시안이 반 병신 상태에서 칼을 들고 내 쪽으로 왔었지. 지성인 그런 유시안을… 벽돌로 찍어버렸고……. 생각하기 싫다.

[내가 죽인 거잖아, 병신아. 그때 유시안, 내가 죽인 거잖아.]

"이제 와서 그런 말이 무슨 소용이냐?"

[너 그 여자애 찾아. 사랑한다며?]

"나 호주로 갈까? 가면 반겨줄 거냐?"

[도망치려고 오는 거면 안 반겨줄 거다.]

"너 보고 싶어서 가는 거다, 새꺄."

난 호주행을 결심했다. 독립하고 단 한 번도 찾아가지 않았던 집에 갔다. 시아가 자주 찾아가라고 했었는데… 우리 아버지, 뭐, 말하기 좀 그렇지만 우리 나라에서 알아주는 분이시다. 옛날엔 아버지가 먼 존재로 느껴졌는데, 집에서만큼은 당신의 위치를 접어두시고 아버지로서 최선을 다하는 모습에 존경심을 품게 되었다.

“이러다가 얼굴 잊어버리겠다.”

“아빠… 저 힘들어요.”

아버지의 말투가 다정스럽게 들려서 생전 처음으로 아버지를 붙잡고 울었다. 한참 울고 난 후에 정신을 차리니 무지 쪽팔렸다. -_-

“다 울었냐?”

“죄송합니다.”

“아들이 부모 붙잡고 우는 게 뭐가 그리 죄송하냐. 밥은 먹었니?”

“네.”

“그래. 오랜만에 집에 온 이야기나 들어보자. 돈 필요하냐?”

“호주에 갈까 합니다. 보내주세요.”

“그 지성이라는 친구를 보러 가는 거냐?”

아버진 지성일 무척 싫어하신다. 지성이네 집. 잘살긴 해도 사람 죽인 것까지 커버해 줄 정도는 아니다. 그래서 내가 죽인 걸로 한 거다. 우리 아버지면 다 커버할 수 있으니까.

“지성이 때문이면 못 보낸다.”

“시키는 대로 다 할게요.”

“유학 차원이면 보내주마. 어차피 우리 회사는 네가 이어가야 하니까.”

“알겠습니다.”

“무조건 4년 이상이다. 사고치고 다닌다는 이야기 들리면 다시 되돌아올 각오 하고.”

“빨리 처리해 주세요.”

“이유를 말해 줄 수 있니?”

“더 이상 여기 있다간 아버지 아들… 미쳐요.”

이 말만 하고 나왔다. 날 유학 −_− 보내기 위한 준비는 척척 잘 진행되어 갔다. 난 시아 생각을 하지 않기 위해 하루도 거르지 않고 친구들을 만났다. 친구들과 있을 땐 잠시라도 웃을 수 있으니까.

"내일 선아랑 2주년인데 뭐 해주지?"

"너네는 별 기념일을 다 챙긴다, 정말. 너한테 돈 뜯긴 것만 해도 얼만 줄 아냐?"

"이번엔 돈 안 걷을 테니 걱정 마라. 내가 번 돈으로 해줄 거다."

"그냥 애들 모아서 놀면 안 돼? 선아는 그러는 거 더 좋아할 것 같은데."

"아! 그래도 되겠구나! 진혁아, 시아도 데려와라. 선아가 시아 귀엽다고 엄청 좋아해."

"어, 그래."

아직 이 새끼들에게 시아와의 이야기를 하지 않았다. 시아 이야기를 내 입으로 꺼낼 만큼 깨끗하게 정리가 되지 않았으니까… 유시아라는 이름, 입 밖으로 꺼내는 것도 엄청나게 힘드니까.

"너 요새 시아 안 만나냐? 방학한 후 맨날 우리랑만 놀았잖아. 벌써 권태기냐?"

"임마, 우리한테 권태기가 어딨냐? 밤에 만나고 있다."

"밤에 만나서 뭐 하길래 그렇게 야위냐?"

"새끼, 장난하긴."

어쨌든 내일이면 시아를 볼 수 있다. 한 달 넘게 못 봤는데… 많이 야위어 있지 않았으면 좋겠다.

진실 Ⅰ—iii

오랜만에 시아를 보는 건데 폐인이 된 모습을 보이기는 싫다. 그래서 정장으로 빼입고 가는 내가 우습다. 진한이네 오피스텔 엘리베이터 앞에 시아가 서 있다. 목이 메인다. 왜 이렇게 말랐냐? 씨, 가슴 아프잖아.

"…오랜만이네. 잘 지냈어?"

잘 지냈냐니. 너는 잘 지냈냐? 나 없이도 넌 잘 지냈냐? 난 엄청 힘들었는데…….

"별로……."

"오늘은 선아 언니랑 상현 오빠 축하하러 온 자리니까 개인적인 얘긴 나중에 하자."

"그래."

나중에… 나중에 언제……. 휴… 시아와 나는 아무렇지 않은 얼굴로 들어갔다.

시아는 웃는 얼굴로 한뉘와 잘 놀고 있다. 그걸 보는 게 힘들어서… 난 상현이를 데리고 장난만 쳤다. 그래도 자꾸 시아에게 시선이 가는 건 어쩔 수 없나 보다.

"저 이만 가볼게요. ^-^ 엄마가 편찮으셔서 오래 못 있거든요. 상현 오빠랑 선아 언니랑 축하해요. 앞으로 더 오래오래 사귀세요!"

빠른 속도로 자기 할 말만 마치고 나가 버리는 시아. 울 것 같아서 나도 따라나섰다. 닫히려는 엘리베이터를 열었다. 시아의 눈이 빨갛다.

"데려다 줄게."

울지 마. 울지 마. 울지 말라고… 힘들어하지 말라고… 그렇게 말해 주고 싶은데 고작 내 입에서 나온 말은 데려다 준다는 것이었다.

시아의 뒤를 따라 걸었다. 옆에서 걷고 싶은데 이제 그럴 수가 없어.

"이제 가봐도 돼."

“아직 골목길 하나 더 남았잖아. 집 앞까지 데려다 줄게.”

“됐어. 길 모르는 것도 아니고… 잘 가. 안녕.”

“나… 호주 가. 내 친구 놈 있는 데로.”

“잘됐네. 너 보는 거… 껄끄러웠는데……..”

“이제 와서 이런 말 하는 것도 우습지만 너랑 있던 시간들, 정말 행복했다.”

“……..”

“나중에… 아주 나중에… 시간이 많이 흐르면 말이야, 우리… 다시 만날 수 있겠지? 아주 나중에 말야.”

“……..”

“노래 가사처럼 되어버렸네. 잘 가라. 몸 건강하고.”

“……..”

“살 안 빼도 이쁘니까 괜히 살 빼지 마. 보는 사람 안쓰럽다, 야. 나 없어도 진한이네랑 연락하면서 지내. 걔들이 너 좋아하잖아. 그리고… 그다지 궁금해할 것 같지는 않지만… 모레 2시 비행기다. 많이 사랑해 주고 항상 같이 있고 싶었는데… 뭐 지금 와서 이런 말 해봤자지만. 암튼 건강해라.”

이번 생에서 안 되면 다음 생에서라도 꼭 다시 만나자. 네가 어떤 모습으로 있던지 난 널 알아볼 수 있을 테니까. 모든 걸 단념하고 돌아서는데 뒤에서 시아가 날 부른다.

“그날, 네가 불러주려다가 못 불러준 노래 있잖아. 유리의 성, 그거… 지금 불러주면 안 될까?”

다행이다. 한 번도 못 불러줄 줄 알았는데. 난 열창을 했다. 마지막 부분을 부를 땐 너무 목이 메어서 제대로 부를 수가 없었다.

그때는 너의 손 놓지 않을게. 마음껏 울어도 돼. 너의 눈물 닦아줄 테니.

그날 집에서 혼자 엄청 많이 울었다. 사내 새끼가 혼자 찔찔대긴……. 내일이면 호주로 간다. 이제 시아와 같은 하늘 아래에 있는 것조차 할 수 없게 된다. 친구들을 만나러 간다. 진한이네 집이 아닌 비어스에서 만나기로 했다. 진한이네 집에서 만났다간 난 얻어맞을 수도 있다. -_-

"웬일로 바깥에서 모이자고 했냐? 니가 쏘는 거냐?"

"그래, 내가 쏜다. 오늘 죽도록 마셔보자고."

한참을 마신 것 같다. 상현이는 어제 선아와 있었던 일들을 말하느라 정신이 없었다. 부럽다, 새끼.

"나 너네들한테 할 말 있다."

"무슨 말을 하려고 그렇게 폼을 잡냐? 말해 봐."

"호주 가."

"다시 말해, 정진혁."

"나 호주 간다. 내일 두 시 비행기다."

"또야, 정진혁? 너한테 일 생기면 우린 꼭 마지막에 듣기만 해. 너 퇴학당할 때도 그랬어. 우리한테 단 한 마디 얘기도 없이 퇴학당하는 날 웃으면서 말했었어. 우리가 너한테 그 정도밖에 안 되나?"

말을 마치자 진한이가 병나발을 불기 시작했다. 그렇게 우린 한참 술만 마셨다. 그지 같게 난 왜 취하지도 않는지.

"언제 올 거냐?"

"아버지 조건이 4년 이상이야."

"시아는 아냐? 너 가는 거 시아는 아냐고. 4년이나 있어야 하는 거 시아도 아냐고."

"시아 때문에 가는 거다. 더 이상 개랑 있을 수 없어."

난 애들한테 시안이의 동생이 시아라는 이야기를 했다. 이 얘기를 하지 않으면 절대 납득할 수 없을 테니까. 내 얘기를 듣고 난 후에 친구 놈들은 날 격려했다. -_-

"그동안 너 혼자 엄청 힘들었겠네. 가서 다 털어버리고 와라, 그래!"

"우리가 멀리 있다고 깨질 우정이냐? 가끔 놀러오긴 하는 거다."

"건강해라, 임마. 군대도 안 가고 좋겠네."

"어차피 우리 넷 다 면제잖아. 오토바이 사고 때문에. -_-"

웃으며 친구들과의 송별회를 마쳤다. 집으로 들어가려다가 시아의 생각에 무작정 시아네 집으로 발걸음을 옮겼다.

유리의 성. 이 노래를 아홉 번이나 불렀다. -_- 마지막으로 한 번만 더 부르고 가야겠다는 생각에 목청을 가다듬었다. 마지막 부분을 부르는데 시아가 나왔다.

"안 잤네. ^^ 그냥 와봤는데."

"그냥 와본 거면 가만히 있다 가지, 왜 노래 불러서 사람 나오게 하고 그래? 바보야. 흑!!"

"그냥. 많이 불러주고 싶었는데 한 번밖에 못 불러줬잖아. 그래서."

"바보."

시아가 운다. 내 눈앞에서 울고 있는데 난 아무것도 못해준다. 병신 같다, 정진혁. 사랑하는 사람이 눈앞에서 우는데 그 눈물을 닦아주지도 못하다니.

"나중에 우리 다시 만나게 된다면 그땐 너 똑바로 쳐다볼 수 있을 것 같아.”

“진혁아.”

“행복했으면 좋겠다. 나랑 있을 땐 너 많이 힘들었으니까, 많이 아팠으니까… 다른… 다른 사람 만나면 분명 행복할 거야.”

“너였으면 했는데…….”

“나 때문에 힘들었던 기억들은 다 잊어라.”

지금이라도 말하고 싶다. 유시안을 죽인 건 내가 아니니까 나 원망하지 말라고. 너무 말하고 싶은데 그러면 지성이가 너무 불쌍해진다. 내 분신이라 할 만큼 소중한 녀석인데… 눈까지 잃은 놈인데… 난 시아 하나 잃는 거니까… 또 다른 여자를 만날 수 있을 테니까… 그래, 그래야만 하니까…….

마지막으로 시아를 안아보았다. 행운이라고 생각하자. 눈물이 날 것 같았지만 참았다. 강한 정진혁이니까… 엄청 멋진 정진혁이니까…….

집으로 들어가려는데 어떤 새끼가 우리 집 앞에 서 있다. 민현우다. 내 경고는 엿이랑 바꿔먹었나 보다.

진실 I—iv

“내 눈에 띄지 말라고 했을 텐데?”

“호주 간다는 거 들었습니다.”

“방해꾼이 빠져 주니까 엄청 좋겠네, 민현우?”

“갈 거면 확실히 정리하고 가지 그래요?”

“무슨 말이 하고 싶은 건데?”

“시아에 대한 태도, 확실히 해주셨으면 하네요.”

이 새끼! 나를 더 이상 얼마나 더 힘들게 해야 속이 풀리려나 모르겠다. 무얼 얼마나 더 확실히 해주길 바라는 거냐? 씨발.

"당신 때문에 시아가 울어요. 당신이 간다고 시아가 운다고요."

"그래서?"

"어차피 둘이 이어질 수 없다는 거 알았으니까. 시아한테 확실히 말해 달라구요."

"뭐라고 말해 주길 바라는데?"

"잊으라고 말해 주십시오. 안 그러면 시아, 평생 당신과의 추억에만 빠져서 아무것도 못할 테니까… 적어도 내가 아는 시아라면 그럴 겁니다. 시아를 정말 사랑했다면 깨끗하게 정리하고 떠나세요."

시아에게… 날 잊으라고 말하라고? 하하… 이 새끼는 내가 힘들어 보이지 않나 보다. 그러니까 이딴 식으로 잔인한 말을 늘어놓지.

"해주시겠습니까?"

"못하겠다면?"

"해주실 거라 믿습니다. 시아를 사랑했다면 그렇게 해주세요. 안녕히 가세요. 다신 안 봤으면 하네요."

제 할 말만 하고 뒤돌아서 가는 민현우. 이 상태로 놈을 보내면 난 호주 가서도 편히 잠들지 못할 것이다. −_−^

"내 경고를 어긴 대가는 치러야지."

난 빠른 속도로 민현우를 쳤다. 민현우가 뒤로 나자빠졌다. 이제야 좀 시원하다. −_−

"이번엔 주먹 한 대로 끝났지만 다음번에 눈에 띄면 절대 한 대로 안 끝난다."

난 개 같은 기분을 씻어내기 위해 샤워를 했다. 이제 이 집에서 샤워하는 것도 마지막이겠다. 괜히 찡해진다. 침대에 누워 남이섬으로 야영 갔을 때 찍었던 단체 사진을 보았다. 이쁘다, 시아. 이때만 해도 즐거웠는데……. 사귀고 있진 않았어도 재미있게 놀면서 과자도 먹고… 야영 갔을 때 시아가 우는 걸 보면서 내 몸이 아픈 것보다 더 아팠었는데… 아마 난 그때부터 널 좋아했었던 것 같다. 아니, 처음 본 그 순간부터 이끌렸었던 것 같아. 내가 기다려 온 사람이 너였던 것 같은데… 이제… 보낼게.

다음날, 인천 공항.

"야~ 나 인천 공항은 처음 와봐. 엄청 좋네. −_−"

"촌스러운 새끼! 너 어디 가서 내 남자 친구라고 하지 마!"

"야! 너희 둘은 숙연해야 할 자리에서 장난칠 기분이 나니?"

내가 볼 적엔 한뉘 네가 가장 장난스러워 보인다. 아직 30분 정도 남아서 친구 녀석들과 공항이 떠나가도록 떠들고 있다.

"이제 들어가 봐야겠다. 잘들 지내라."

"양키 되어서 돌아오면 안 놀아줄 거다."

"연락 좀 자주해. 알았지?"

"우리 사이에 무슨 말이 필요하냐? 잘 다녀와라."

"괜한 새끼들 쑤시고 다니지 말고."

마지막으로 한뉘를 보았다. 억지로 웃으려고 하는데… 왜 이렇게 맘이 아픈지.

"한뉘, 넌 암 말도 안 해주냐?"

"병신… 밥이나 잘 챙겨 먹어."

"너랑 약속 못 지켜서 미안해. 고등학교 졸업장은 따겠다고 한 거."

"기억하고 있는 것만으로도 고마워. ^−^ 잘 다녀와."

"아, 이런 부탁 너한테 하는 거 미안한데… 시아 좀 부탁할게. 많이 약한 애라서 분명 힘들 거야. 나야 떠나는 사람이니까 새로운 생활에 적응하다 보면 잊을 수 있겠지만, 시아는 아니니까 한뉘 네가 잘 챙겨줘라. 부탁할게.”

“으휴~ 알았어. 진혁아, 지금 이런 말 해봤자라는 거 알지만 지금이라도 시아 잡을 수는 없는 거야? 너 시아 많이 사랑하잖아.”

“지천에 널린 게 여잔데 뭐. 됐다! 시아는 한때 죽도록 사랑했던 사람으로 기억하지 뭐. 나 들어갈게. 잘들 있어라!”

친구들을 등지고 들어서는데 가슴이 찡한 게 참 슬펐다. 이놈의 비행기는 왜 이륙을 안 하나? ㅡ.,ㅡ 난 창밖을 내다보았다. 보이는 것이라고는 비행기들뿐이었다. ㅡ_ㅡ

“잊으라고 말해 주십시오. 안 그러면 시아, 평생 당신과의 추억에만 빠져서 아무것도 못할 테니까… 적어도 내가 아는 시아라면 그럴 겁니다. 시아를 정말 사랑했다면 깨끗하게 정리하고 떠나세요.”

민현우의 말이 왜 이렇게 마음에 걸리는지……. 민현우 말대로… 내가 떠난 후에 시아가 폐인처럼 산다면… 난 그것도 싫다. 멋진 유시아였으면 좋겠다. 생각이 여기까지 미치자 난 비행기에서 내렸다. 스튜어디스 누나가 ㅡ_ㅡ 날 붙잡았지만 물리치고 마구 달렸다. 겨우겨우 시아네 도착하니까 문득 생각이 났다. 화물칸에 있을 나의 짐들이. ㅡ0ㅡ

[정한철입니다.]

“아버지!”

[넌 벌써 도착했냐?]

“사실은 아직 안 떠났습니다. ㅡ_ㅡ 다음 비행기 타려고 하는데요. 제

짐 좀 해결해 주세요. ㅡ_ㅡ;”

아버지한테 욕을 잔뜩 듣고 전화를 끊었다. 알아서 찾아주시겠지 뭐. 시아네 대문 앞에 쭈그리고 앉아 시아가 오기만 기다렸다. 얘는 10시가 넘었는데도 들어올 생각을 안 한다. 귀가 시간이 상당히 늦군. 11시쯤 되니까 저 멀리서 누가 비틀거리며 걸어온다. 시아다.

“누구세요? 저희 집에 밥 없어요. T_T”

“내가 그지로 보이냐?”

“밥 없어요, 정말로. ㅠ_ㅠ 가세요. ㅠ^ㅠ 안 그래도 심란한데.”

“몇 시간이나 지났다고 못 알아봐?”

이 멋진 내가 그지로 보이다니. 나도 한물 갔나(진심으로 슬퍼하고 있다. ㅡ_ㅡ)? ㅠ_ㅠ 내가 정진혁이라고 말하자 시아는 날 안았다. 이러면… 말하기 힘들어지잖아. 내 손은 나도 모르게 시아의 허리를 감싸 안고 있었다. 마지막으로 안는 건… 괜찮겠지…….

“아예 안 가는 거지? 그런 거지?”

“가야지. 너한테 못한 말 있어서. 그게 맘에 걸려서.”

“너 사랑하지 말라는 말이라든지 기다리지 말라는 말 같은 거면 안 들을래.”

“기다리지 마.”

“안 들은 걸로 할래. 나 오늘 너 못 본 걸로 할래.”

민현우의 말이 맞았다. 내가 확실히 정리를 안 했기에 시아는 나와의 틀에서 갇혀 있으려고 한다. 안 되는 건… 포기할 줄 알자, 정진혁.

“기다리지 마. 부탁이다.”

“이유 말해 줘.”

"너뿐만 아니라 나도 힘들어져. 너랑 나 안 되는 거 알잖아. 안 될 거 뻔한 일에 시간 낭비하고 싶지 않다."

"너한텐… 나 사랑하는 게 시간 낭비야? 네가 나한테 다시 돌아올 날만 기다리고 있는 게 시간 낭비야? 그래?"

"너한테 확실히 돌아갈 수 있다는 확신이 있으면 나 가지도 않아. 안 돼, 너랑 난. 넌 날 보면서 힘들어할 거고, 나도 널 보면서 힘들어하겠지."

인연이 아니었나 보다… 그렇게 생각하자, 우리. 이번 생에서는 인연이 아니었나 보다라고 그렇게 생각해. 나보다 너를 더 사랑해 줄 남자는 없겠지만… 그래도 널 웃게 해줄 수 있는 남자는 있을 테니까.

"새롭게 시작하고 싶어. 너랑 나, 아직 삶의 반의 반도 안 살았어. 행복하자, 둘 다."

"너 없이 나보고 행복하라고? 말이 된다고 생각해? 이제 아무것도 못 하겠는데… 자꾸 너만 눈에 밟히는데… 어떻게 해?"

"잊어. 잊을 수 있어. 넌 충분히 잊을 수 있어. 나도 너 잊을 거고."

나… 너 못 잊을 거다, 분명히……. 하지만 넌 나를 잊을 수 있어. 넌 강한 애니까… 강한 애여야만 하니까… 멋진 유시아가 되어줘. 시아가 나에게 행복하라고 한다. 너 없이 행복하라고? 노력은 해볼게. 하지만 자신은 없다, 시아야. 넌 행복해라, 제발… 네가 행복하다면… 난 불행해도 되니까… 그래도 되니까…….

결국 비행기를 타지 못했다. 다음날 겨우 표를 구해서 호주로 떠났다. 한국과 공기부터 다르구나. 벌써부터 보고 싶다, 유시아…….

6년 후. 내 실력의 한계였단 말인가? 첫 부임지로 발령난 학교가 다름 아닌… 경한공고라니. 고등학교 시절, 경한공고를 지나칠 때마다 당했던 수모들. ㅠ_ㅠ 다시는 오고 싶지 않았던 이곳. 게다가 공고 아이들이 좀 드세냔 말이다!

"새로 오신 선생님들을 소개합니다~"

나도 구령대에 서는 날이 있긴 있구나. 구령대에 서서 학생들을 내려다 보는 게 썩 기분이 좋다. 공고라서 그런지 남 선생님들이 대부분이다. 게다 가 경한공고는 여학생이 없다. 난… 공고의 꽃 −_− 선생님이 되어야 한다.

"역사과 유시아 선생님입니다~"

난 허리 숙여 학생들을 향해 인사했다. 내가 여자라는 이유만으로 학생 들이 환호를 했다. 나도 대접받는 날이 있긴 있구나. 흐흐흐. −.,−

첫 수업은 2학년 4반. 나도 2학년 때 4반이었는데(괜한 것에 감동을 받 는다). −_T 휴우… 들어가려니 교생 때 일이 떠오르는구나. 나의 모교에

서 아주 추잡한 짓을 했지—교실 문턱에서 넘어졌음. ㅡ_ㅡ —난 같은 실수
를 되풀이하지 않기 위해 앞문을 당차게 열고 문턱을 조심히 넘어 교탁 앞
에 섰다. 내가 들어서자 박수를 치는 남학생들. 솔직히… 무섭다. ㅜ^ㅜ

"유시아예요. ^^; 앞으로 국사를 가르칠 거구요. 잘 부탁드려요."

난 수그렸던 고개를 들어 교실을 한 바퀴 둘러보았다. 언제나 그랬듯
뒷자리엔 소위 논다는 아이들이 진을 치고 앉아 있다. 4분단 끝자리엔 반
삭을 한—사이드에 스크래치도 있다—아이가 앉아 있다. 저 자린… 진혁이
랑 내가 2학년 때 앉았던 자리다.

"질문할 거 있으면 하세요. ^-^"

괜히 말했다. 으레 첫 수업 때 선생님이 들어오면 질문부터 시키곤 해
서 따라해 봤는데 이곳이 공고라는 사실을 잠시 잊었다.

"나이는 어떻게 되세요!"

"신체 사이즈는?"

"남자 친구 있어요? 어디까지 갔어요?!"

"저랑 사귀어요~"

엄청 어이없다. 난 날아오는 질문 공세에 땀이 삐질삐질 흘렀다. 어디
서부터 대답을 해줘야 하는 거지?

"나이는 스물넷이구요. 신체 사이즈는 그다지 밝히고 싶지 않네요."

"하하하하하하하!!"

엄청 큰 소리로 웃는 한 녀석. 동글동글 귀엽게 생긴 게… 고놈, 참 잘
생겼구나!

"학생은 뭐가 좋아서 그렇게 웃나요?"

"학생이 아니라 이세호예요, 이세호!"

"그래, 세호 학생. ^-^"

"선생님 애인 있어요?"

"그런 거 없는데요. ^o^"

아이들은 안 믿긴다는 듯이 에이~를 외쳤다. 어린것들. -_-

"정말 없어요. 주위에 멋진 형 있으면 소개시켜 주세요."

"저는 어때요? o_o"

"난 영계 안 좋아해. ^^"

나의 썰렁한 멘트에 아이들은 딴청을 피우기 시작했다. 민망해, 민망해.

"더 이상 질문 없으면 수업해도 될까요?"

"첫사랑 얘기 해주세요오~"

"나중에 해줄게요. ^-^ 수업합시다!"

"애들아, 책상 돌려라~"

세호의 말에 아이들은 일제히 책상을 뒤로 돌렸다. 공고에서 수업을 한다는 건 상당히 힘들구나. 공고 애들 수업 안 듣잖아. 반은 자고 반은 떠든다던데? 현우의 말이 맞았다. 휴… 수업하기 글렀다.

"첫사랑 얘기 해줄 테니까 책상 앞으로 돌리세요. T_T"

"와아~!!"

뒤뚱거리며 책상을 원래대로 옮기는 아이들을 보니 피식 웃음이 난다. 나도 저땐 그랬지. 조금이라도 수업 시간에 놀면 아주 행복했었지.

"음… 유치원 때인데……."

"유치원 때 말구요~ 중학교 때나 고등학교 때로!"

"유치원 때가 첫사랑인데. -_-"

"아니야, 아니야! 중학교 때나 고등학교 때 얘기로 해주세요!"

이세호… 넌 나중에 잘못 걸리면 주둥이를 찢어버릴 거다. -_-^ 중, 고등학교 때라. 혁이 아니면 아무것도 없는데…….

"선생님이 고등학교 2학년 때, 요 옆에 있는 성현고등학교 알져? 거기 다녔었거든요. ^-^"

"어? 거기 내 깔도 다니는데~"

"정세준! 너 선생님 말 끊지 마, 새꺄! -_-^ 쌤, 계속 말하세요!"

조금 고맙구나, 세호야.

"내 짝이었던 아이인데 복학생이었어. 어떻게 하다 보니까 사귀게 되고 시간이 흐르니까 헤어지게 되었어. 이게 끝이야. ^-^"

"에이~ 재미없다~ 어디까지 갔어요?"

"남이섬."

"쌤, 엄청 재미없는 거 아시죠? -_-"

띠리리리리리리리~

"종쳤네. ^-^ 내일 3교시에 봐요. 반장!"

"차렷!"

"세호가 반장이니?"

"아니요! 저 새끼가 반장인데 제가 하고 싶어서요. ^o^"

세호가 손가락으로 가리킨 아이는 공고생 같지 않은 모습의 아이었다.

"그, 그래. ^^; 그럼 세호가 인사해."

"차렷! 경례!"

"감사합니다!"

간단히 목례하고 교실을 나오려는데 또 이놈의 세호가 날 붙잡아 세운다. 죽여삘라.

“쌤~ 못한 얘기는 오늘밤에 하죠!”

“푸하하하하하하하하!!”

난 새빨개진 볼을 감싸고 교무실로 돌아왔다. 겨우 한 시간 수업하고 이렇게 기진맥진해지다니. 오늘은 수업이 4시간이나 들었는데. 으어어어엉~ 그때 울리는 폰. 현우다.

“여보세요.”

[유시아 선생님 핸드폰 맞죠?]

“맞는데요~ 누구세요?”

[현우예요. ^-^ 첫 수업 어떠셨나요?]

“존댓말 쓰니까 어색하다. 현우야, 원래대루 하자.”

[그래. 수업 어땠어? 애들 무섭디?]

“장난 아니야! 어찌나 그지 같은 질문만 하는지 힘들었다, 아주.”

[한창 때라서 그래. 니가 이해해. 우리도 고 나이 땐 그랬잖아.]

“너나 그랬겠지! 난 아주 얌전했다구요.”

“쌤, 저기요~”

“아, 현우야. 내가 이따 전화할게. 끊자.”

세호는 아까 4분단 끝에 앉아 있던 반삭 머리를 한 아이와 날 찾아왔다. 쉬는 시간까지 날 괴롭힐 생각이더냐? 제발 날 가만히 내버려 도오. T_T

“어쩐 일이니, 세호야?”

“쌤, 지금 전화한 사람 애인 맞죠? 그죠?”

“절친한 친구 사이란다.”

“아닌 것 같던데……”

이것들이 쌍으로 날 갈구네, 아주. 엄마, 아빠, 저 집에 가고 싶어요. T_T

“넌 이름이 뭐니? ^-^”

“강진혁이에요~ 이 새끼랑 잘 어울리죠?”

“그렇구나.”

…난 이제 그 아이를 잘 부르지 못할 것 같다. 아직까지도 진혁이라는 이름을 내뱉는 거, 힘들어.

“선생님, 울어요?”

“어? 아니, 눈에 뭐 들어갔나 봐.”

“봐봐요.”

진혁이라는 반삭 머리의 학생은 내 얼굴 가까이에 제 얼굴을 들이밀더니 손가락으로 내 눈을 잡고 이리저리 본다. 민망하구나. T_T

“오~ 강진혁~”

“……”

“쌤, 어디 살아요?”

“말해 주기 싫어.”

“말 안 하면 알아내는 방법이 있으니까 그냥 불으세요.”

은근히 협박조가 어려 있는 게… 무섭다. 학생한테 쫄다니, 난 선생님으로서 자격이 없는 거야.

“요 근처 살아. 15분만 걸어가면 돼.”

“어? 진혁이도 이 근처 사는데~ 같은 동네일지도 모르겠다.”

“무슨 색 지붕인데요?”

“흰색.”

“혹시 집 근처에 놀이터가 있으신지요?”

“잘 아는구나.”

"저도 그 근처예요! 앞으로 자주 뵙겠네. ㅋㅋ 세호야, 가자. 종 친다."

사실 종은 아까 쳤는데. =_=

이번 시간은 수업이 없으니까 학교나 둘러봐야겠다. 건물이 세 개나 있는 거대한 학교. 난 이제 이 학교에 발붙이고 살아야 하는 것이다. 좋든 싫든 정 붙이도록 노력해야지. 운동장이 보이는 벤치에 앉아 운동하는 아이들을 보고 있다. 다른 수업 시간에는 엎드려 자더니—특히 국어나 수학—체육 시간엔 아주 날아다니는구나. -0- 3월은 나에게 꽤 의미가 있는 달이다. 진혁이를 처음 봤을 때니까. 게다가 오늘, 3월 3일은 진혁이와 처음 만난 날이다. 지금쯤 무얼 하고 있을까? 아직도 호주에 있는 걸까? 4년이 지난 지금까지도 난 널 기다리고 있는데……. 기다리지 말라던 너의 목소리, 널 잊으라던 목소리가 바로 어제 일처럼 생생히 기억나. 아직도 기다리고 있는 나… 우습니?

겨우 모든 수업을 마쳤다. 기진맥진이다. 혹시라도 세호가 뒤따라올까 두려워 집으로 마구 달렸다. 언젠가부터 혼자 살게 된 나. 엄마랑 아빠는 시골에서 농사를 지으며 사신다고 저 멀리 촌으로 가셨다. 거의 일주일 만에 우체통을 확인해 보았다. 왜 이렇게 돈 낼 게 많은 건지… 아, 엽서다~! >_<

성현고등학교 2학년 4반 동창회

장소 :신촌 XX 까페

날짜와 시간 :3월 3일 PM 8시

3월 3일 여덟 시라… 으악! 오늘이잖아! -_- 갑자기 웬 동창회? 난 서둘러 준비를 하고 신촌으로 향했다. 퇴근 시간이라 지하철이 매우 붐볐다. 약속 시간보다 30분 늦게 도착했다. 아이들이 많이 와 있었다. 아, 지윤이다!

“지윤아~”

“왜 이렇게 늦었냐? 첫 수업은 어땠어?”

“말도 마! 경한공고로 발령났다고 말했나?”

“공고야? 재미있겠다! 잘생긴 영계들 많디?”

난 아이들에게 오늘 하루 동안 있었던 일들을 말해 주었다. 친구들은 재미있겠다면서 날 부러워하지만 그런 친구들에게 한마디 해주고 싶다. 하루만 해봐, 부럽단 말이 나오나. −_−^

분위기가 무르익어 갈 때쯤,

딸랑~

까페의 문이 열렸다. 무의식적으로 문을 향해 시선을 돌렸고… 난 얼어붙을 수밖에 없었다. 까만 짧은 머리에 까만 정장, 조금 더 커진 키… 그리고 내가 기억하고 있지 않은 차가운 눈… 진혁이다.

“저기 진혁 오빠 아니야? 우와~ 엄청 멋있어졌다, 야!”

“작년에 돌아왔다고 하던데~ 연예인 같아!”

난 멍하니 진혁이를 바라보았지만 진혁인 내 시선을 눈치 채지 못한 것 같았다. 진혁이가 그나마 친하게 지냈던 남자 아이들과 말을 몇 마디 나누고 있다. 저렇게 웃지 않았었는데……. 남자애들끼리 뭐라고 수군대는 것 같더니 그제야 진혁이가 내 쪽을 본다. 마주친 눈. 멈춰 버린 줄만 알았던 내 심장을 다시 뛰게 하는 저 눈. 내 쪽으로 걸어오는 진혁이가 왜 이렇게 낯설게 느껴지는 건지……. 웃으며 나에게 악수를 청하는 진혁이가 너무 낯설다.

“오랜만이네. 잘 지냈냐?”

“어? 어.”

“머리 많이 길었네? 파마는 왜 했냐? 아줌마 같게스리. −_−”

"스타일에 변화를 줘볼까 해서. 안 어울려?"

"이뻐. ^-^"

안 그랬잖아, 너. 내가 아는 정진혁은 그런 말 하지도 않았잖아.

"잠깐 나갈까? 나 시아 좀 데리고 나갔다 온다~"

진혁이의 손에 이끌려 얼떨결에 밖으로 나가게 되었다. 쌀쌀하구나. 괜히 얇게 입었네, 씨.

"뭐 하고 지냈냐?"

"나 선생님 됐어. 안 어울리지?"

"너 공부 못하지 않았나?"

"너 그렇게 가고 나서 집중할 게 필요했어. 그게 공부였지 뭐. 어떻게 보면 잘된 일인지도 모른다고 생각해."

네가 떠나고 난 후에 가만히 있으면 내 머리 속을 채우는 게 너였어. 근데 네가 잊으라고 했으니 잊으려고 공부했어. 우습지? 그런데도 못 잊고 있다.

"언제 돌아온 거야?"

"작년 8월에."

"돌아왔음 연락이라도 해주지. 난 아직도 너 호주에 있는 줄 알았어."

"여차여차하다 보니 연락하기가 힘들었어. 많이 이뻐졌네, 유시아."

"빈말하긴……. -_-"

손을 뻗어 내 머리를 쓸어넘기는 진혁이. 내 심장 뛰는 거… 들리니?

"6년이란 시간, 결코 짧지 않은 시간인데… 넌 변한 게 없네."

"그대로야. 18살 때나 24살 때나 정진혁 기다리는 유시아 그대로야, 난."

"들어가자, 춥다. ^^"

…내 나름대로의 고백이었는데… 아주 힘들게 말한 건데… 그렇게 넘

겨 버리면 어떻게 하라구, 진혁아. 보고 싶었는데 정말로… 나 너 보고 싶어서 맨날 울었는데… 넌 아무렇지 않았었나 봐. 나 혼자만 애태우고, 나 혼자만 기다렸나 봐. 나 잊을 수 있다더니 정말로 넌 나를 잊었나 봐. 난 아직도 다 기억하고 있는데… 하나도 잊혀지지가 않아서… 이렇게 죽을 것같이 힘만 드는데…….

다시 까페로 들어가려는 진혁이의 뒷모습을 멍하니 바라보는 나. 내가 뒤따라가지 않는 걸 의식했는지 뒤를 돌아보며 나에게 말을 건넨다.

"안 들어가? 춥다. ^^"

"웃음이 나와?"

아무렇지 않은 듯 날 보며 웃는 진혁이가 너무 밉다. 네 말대로 6년이란 시간, 결코 짧은 시간 아니야. 너 없이 보내야 했던 6년 나한텐 정말 힘든 시간들이었어, 알아?

"무슨 말이야, 너?"

"들어가자. 들어가고 싶다며? 들어가야지. 천하의 정진혁이 들어가자는데 들어가야지."

진혁이를 지나쳐 까페 안으로 들어갔다. 시끌벅적한 분위기. 지금의 나와는 전혀 어울리지는 않는 분위기이다.

"지윤아, 여기 술도 돼?"

"어. 술 먹게?"

"응. 갑자기 마시고 싶네."

"좋았어! 오랜만에 저 세상까지 가는 거야!"

무시무시한 표정을 지으며 술을 주문하는 지윤이. 맥주 3,000cc 와 소주 7병, 지윤이가 즐겨먹는 골뱅이 무침이 나왔다. 난 닭똥집이 더 좋은데. −_−

 키스를 먹이로 널 길들인다

"다들 마셔~ 마셔~"

흥분한 지윤이와 그 외의 친구들. 난 말없이 소주를 들이켰다. 난 술 마시면 머리 속이 새하얗게 되니까 많이 마셔서 하얗게 만들어 버려야지. 그래서 지금 내 머리 속을 가득 채우고 있는 정진혁이라는 세 글자… 하얗게 만들어 버릴 거야.

"시아야, 천천히 마셔. ^^; 술 아직 많아."

한마디도 하지 않은 채 얼마만큼의 술을 마신 건지 어느새 그 많던 술들이 사라졌다. 나 꽤 많이 마셨는데 머리 속이 새하얗게 안 되었잖아. 새하얗게 되기는커녕 오히려 더 깊숙이 박혀 버렸잖아. 정진혁이라는 세 글자… 안 지워지잖아.

"하아… 더 마셔야 돼."

"그만 마셔. 얼마나 마신 줄 알아?"

"더 마셔야 된다구우. 더 마셔야 돼."

"시아야, 너 혼자 소주 4병이나 마셨어."

"네 병? 그만큼 먹었는데도 안 하얘졌나 봐. 짜증나."

"얘 무슨 말하는 거야, 도대체."

얼마나 더 아파해야 안 아픈 거야? 얼마만큼이나 더 그리워해야 널 잊을 수 있는 거야? 도대체 넌… 왜 사라지지 않는 거야? 떠날 거였으면 나한테 남겨진 너와의 추억들까지 다 같이 가져가지. 왜 너 혼자만 떠난 거야. 남겨진 난 어떻게 하라고…….

뽀로로로~

"시아 꺼네? 내가 받을게. 여보세요? …현우야? 어, 그래. …여기? XX야. …그래, 빨리 와. 얘 아주 장난 아니다. …그래."

“현우야?”

“응. 데리러 오라고 했어. 30분 후면 도착할 거야.”

정신없는 와중에도 진혁이랑 현우가 마주치면 안 된다는 생각이 들었다. 난 비틀거리며 남자애들과 어울려 놀고 있는 정진혁의 손목을 잡고 무작정 달렸다.

“우욱!”

취한 상태에서 뛰니까 올라온다. -_- 진혁인 말없이 내 등을 두들겨 주었고 쪼꼬렛까지 사줬다.

“하아… 쪽팔리네, 씨.”

“갑자기 여기까진 왜 온 거야?”

“모르겠어.”

현우랑 너 마주치지 않게 하려고. 라고 말할 순 없지 않은가. -0- 진혁인 택시를 잡아 날 태우고는 우리 동네로 갔다. 집 앞 놀이터 그네에 앉았다. 고요하다.

“여긴 하나도 안 변했네.”

“미끄럼틀 색깔 변했잖아. 분홍색에서 갈색으로.”

“쩝쩝이 같으니라고.”

“그 말도 오랜만에 들으니까 친근감 생기네.”

또다시 조용해진 분위기. 민망. 민망. 민망. 민망. 내 주변에 민망이란 두 글자가 떠다니는 느낌이다.

뽀로로로로로로로~

‘친구 녀석 현우’ 이라고 액정에 뜬다.

“어.”

[너 어디냐? 기껏 데리러 오니까 왜 없냐?]

"나 괜찮으니까 그냥 집에 가. 나중에 연락할게."

[아까도 나중에 전화한대 놓고 안 했잖아.]

"그랬나? 미안해, 현우야. 끊을게."

무의식적으로 나온 현우라는 이름. 역시 진혁인 현우라는 말에 반응을 보인다. 변함없구나, 이런 모습 보니까.

"민현우냐? 고 새끼랑 아직도 연락해?"

"친군데 당연하지."

"그 새낀 널 친구로 안 본다는 거 너도 알잖아."

"지금은 완벽하게 친구야."

"연기하는 거겠지. 그렇게 쉽게 포기할 새끼 아니란 거 너도 잘 알 텐데."

"……."

"알면서도 모른 척하는 거지? 행동 똑바로 하는 게 민현우를 위해서도 좋아."

…알지도 못하면서… 정진혁, 너 알지도 못하면서 그렇게 다 아는 척하지 말란 말야.

"그럼 난 어떻게 해야 되는데? 나 좋다는 현우랑 사귀어? 그래야 되는 거야?"

"누가 언제 그렇댔냐?"

"이제 힘든 거 그만 하고 싶어."

"……."

"그만 하고 싶은데 그만둬지지가 않아. 정말 그만 하고 싶은데."

아무 말도 없다. 무슨 말이라도 좀 해봐.

“나 안 보고 싶었어, 진혁아?”

“그래.”

“난 너 되게 많이 보고 싶었다? 근데 지금 보니까 차라리 너 안 보는 게 나을 뻔했단 생각이 들어.”

“……”

우린 서로 아무 말도 하지 않고 가만히 앉아 있었다. 그때… 갑자기 오토바이 소리가 들리더니 상당히 불량해 보이는 양아치들이 놀이터로 들어왔다. 잊고 있었다. 밤만 되면 놀이터가 양아치들의 집합소로 변한다는 사실을. -0-

“이제 가자.”

“데려다 줄게.”

“바로 앞인데 뭐. 참, 어디 살아?”

“전에 살던 데.”

“나 연락처 그대로니까 연락해. 갈게.”

양아치 새끼들이 깔짝거리며 나와 진혁이 앞으로 온다. 애들아, 얼른 가렴. 정진혁, 놀았던 애란다. -.,-

“그림 좋은데~”

“그러게… 으악!”

소리를 지르는 양아치 쉐끼. -_- 헉쓰!

“너! 이세호지!”

“선생님 맞아요?”

“요 새끼, 요거! 잘 걸렸다!”

안 그래도 널 혼낼 구실이 필요했었는데! 난 세호의 귀를 꼬집었다. 아프지!

"아오~ 왜 귀를 잡고 그래요! -_-^"

"요 녀석! 너 이 시간에 오토바이까지 타고! 잘하는 짓이다, 아주!"

"그러는 선생님은 어떻고! 이 시간까지 남자랑 같이 있는 건 잘하는 짓인가요! 킁킁… 술 냄새도 나네?"

할 말을 잃었다. 생각해 보니 지금 상황은 나도 꿀릴 게 많은 상황이다. 젠장!

"서로 없었던 걸로 하자, 세호야."

"에이, 안 되지~ 없었던 걸로 안 해도 돼요! 나 이러고 다니는 거 학교에서 다 아는데요 뭐."

"그냥… 없었던 걸로 해주지. -_-"

"남자 누구예요? 엄청 멋있네, 제길!"

"길 가던 남자야. 신경 쓰지 마."

"길 가던 남자랑 그네 타고 놀아요?"

진혁이 너까지 있었구나. 이거 참 곤란하게 되었구나. 내 쪽으로 진혁이가 걸어온다. 이걸 어떻게 수습하지?

"얘들 뭐냐?"

"내 제자들. -_-"

"암튼 너 같은 애들을 학생으로 뒀구나."

"그게 무슨 말이지?"

"말 그대로지. -.,- 너 몇 살이나 먹었길래 말 까냐, 애기야?"

진혁아… 너보다 여섯 살이나 어린 아이들이란다. 제발 유치하게 굴지 말길 바래.

“선생님, 이 새끼 진짜 누구예요? 싸가지로 똥칠을 했네, 아주.”

“너보다 어른이야. 이 새끼가 뭐니, 세호야?”

“교육이 제대로 안 되었구먼. 쯧쯧.”

너도 저 나이 땐 저랬잖아, 정진혁.

“진혁아, 가봐. 나중에 연락할게.”

“선생님이 저한테 연락을 왜 해요? -_-”

“애 이름도 진혁이거든. 진혁아, 너한테 한 말 아니야. ㅜ^ㅜ”

복잡해 돼져 버리겠구먼. 진혁이들은 -_- 서로를 쳐다보더니 이름이 아깝다라는 표정을 짓는다. 이상한 녀석들.

“내가 연락할게. 간다.”

진혁이가 가자마자 빗발치는 무시무시한 욕들. 내가 알아들은 거라곤 오직 배꼽을 찢어버려야지 뿐이었다. -0-

“선생님은 가볼게. 너희도 적당히 놀다 들어가렴.”

“이대로 가면 안 되죠, 쌔앰~”

요 얄미운 자식. -_- 넌 진짜 잘못 걸리면 각오하는 게 좋을 거다. 궁시렁궁시렁.

“선생님 양아치였어요?”

“왜 그런 걸 물어보니?”

“양아치 새끼랑 다니니까. -_-^”

“진혁이 양아치 아니야.”

오히려 니네가 훨씬 더 양아치 같다, 세호야.

“아, 이름 똑같아서 기분 엄청 드러워.”

“아마 걔도 기분 드러울 거야.”

"선생님만 아니었으면 몇 대 날렸을 거예요."

그 말에 입을 꾹 다물었다.

"선생님, 그 새끼랑 사귀는 거예요? 그럼 아까 교무실에서 전화한 남자는 뭐지? 선생님 은근히 남자 관계가 복잡하네."

"맘대로 추측하지 마!"

"추측이 아니라 사실이잖아요."

"교무실에서 통화했던 애는 진짜 소꿉친구라구!"

"그럼 지금 만난 남자는 애인이고?"

"애인 아니야! 나 혼자 좋아하는 거… 흡!"

쟤네의 유치한 수법에 넘어가다니. ㅜ^ㅜ 유시아, 오늘 아주 무덤을 파는구나. 지들끼리 마주보며 히덕히덕거리는데 아주 불을 지르고 싶었다!

"선생님들도 짝사랑하는구나(불쌍한 말투로 읽기)."

"선생님들은 사람도 아니니?"

"왠지 선생님들은 똥도 안 쌀 것 같거든요. 하하하! ^O^"

"이 놀이터에 온 게 죄야. 어휴~"

"쌤, 짝사랑하는 거 학교에 소문 안 낼 테니까 걱정 마세요."

"원하는 게 무엇이니? ㅜ_ㅜ"

"생각나면 말씀드릴게요! 애들아, 가자~"

약점 잡혔구나, 씨. ㅜ_ㅜ 오토바이를 끌고 사라지는 아이들을 보고 있자니 앞날이 깜깜하다. 설마… 몸을 요구하진 않겠지? ㅡ.,ㅡ

집으로 들어가려는데 대문 앞에 누가 서 있다. 현우네.

"현우야!"

"정진혁이랑 있었지?"

“누가 그러든?”

“정진혁이랑 나갔다고 지윤이가 그러더라. 6년 만에 보니까 좋든?”

“술 먹었네, 너.”

“감동의 재회라도 하고 온 모양이지?”

“너 이럴 때마다 싫어지는 거 알아? 나 들어갈게.”

대문을 쾅 닫고 마당에 들어섰다. 근데 발이 떼어지지 않는다.

“얼마나 더 기다려야 되는 거야? 씨발… 가까이 왔다 싶으면 또 빠져나가고… 유시아, 얼마나 기다려야 되는 거냐? 정말 힘드네, 씨!”

대문을 사이에 두고 서 있는 현우와 나. 내가 널 힘들게 하는구나. 다 알고 있었는데도 내 이기심으로 모른 척했어. 나 나쁜 년이지? 미안해, 현우야.

“미안해.”

대문에 대고 조용히 속삭였다. 못 들은 건지 안 들리는 척하는 건지 아무 말도 없는 현우다. 살짝 대문을 열었다. 대문 앞에 앉아 있는 현우의 옆에 나도 앉았다. 현우 어깨에 살짝 내 머리를 기대어보았다. 편하다.

“못나게 굴어서 미안하다.”

“현우, 너한텐 미안하단 말 너무 많이 듣는 것 같아.”

“미안한 거 투성이니까.”

“그렇게 따지면 내가 너한테 더 많이 미안하지 뭐.”

“네가 내 옆에 있어주는 걸로 다 위로받을 수 있어, 난.”

내 머리를 부비적거리는 현우. 예전에 진혁이가 이랬을 땐 너무 가슴이 뛰었었는데 현우가 이러면 아무렇지도 않아. 이래서 내가 널 사랑할 수 없는 걸 거야.

“조급해하지 말아야 한다는 거 아는데… 오늘 취했나 봐. 미안해, 시아야.”

"미안해하지 말라구."

"언제까지고 기다릴 수 있다. 시아 너라면 평생이 걸려도 기다려 줄 거야."

"그러지 마. 현우야, 나……."

"됐어. ^-^ 말하지 마라. 안 듣고 싶다."

"들어, 현우야."

오늘 말해야겠어. 너도 힘들고 나도 힘들어.

"내가 널 좋아하는 거랑 네가 날 좋아하는 게 다르다는 거 알아."

"……."

"현우야, 나… 널 친구 이상으로는 볼 수가 없어."

"정진혁 때문이냐?"

"아니. 진혁이가 아니었어도 널 남자로 보지는 않았을 거야. 미안해."

"내가 더 미안하다. 네가 그렇게까지 말해도 난 널 친구로는 볼 수가 없거든."

현우가 일어났다. 일어나더니 나에게 손을 뻗어 날 일으켜 세워주었다. 그러더니 꼬옥 껴안는다.

"으휴… 울보 같으니. 어찌 된 게 어릴 때나 지금이나 똑같냐! 지금 울어야 될 사람은 나라는 거 모르냐? ^^"

"미안."

"됐네요, 아가씨. ^^ 술 많이 마셨다며? 들어가서 푹 자. 내일 아침에 올게."

"응. 조심히 가, 현우야."

"오냐~"

이런 식으로 또 너에게 해야 할 말을 못했잖아. 이래 봤자 힘들어지는 건 넌데… 나 정말 너한텐 갈 수 없는데… 가기 싫은데……. 진혁아, 나 좀 데려가 주라. 언제까지나 너만 사랑해 줄 여자 여기 있잖아. 너만 기다려 온 여자 여기 있잖아. 나 좀 봐줘.

대문 앞에 쭈그려 앉아 있는데 핸드폰이 울린다. 모르는 번호다. 누구지?

"여보세요?"

[유시아 핸드폰 아닙니까?]

"맞는데 누구신지……."

[정진혁이다. 잘 들어갔냐?]

"바로 코앞인 걸 뭐. 넌?"

[잘 들어갔으니까 전화하는 거 아이가. −_−^]

이런 모습은 변함없네. 지금은 내가 아는 정진혁이네.

"나 잘 못 들어갔어."

[왜? 넘어졌냐?]

"어떤 놈이 날 너무 좋아해서 그게 너무 미안해서 말야."

[그럼 미안해하지 말고 그놈한테 가면 되잖아, 바보야.]

"근데 그놈한테 갈 수가 없어."

[넌… 갈 수 있어. 가야 해. 그곳이 네 자리잖아.]

"내 자리는… 정진혁 옆이고 싶은데 어떻게 해?"

[…….]

내 자리는 네 옆이야, 진혁아. 널 처음 본 순간부터 난 그 자리를 내 자리로 정해 버렸나 봐. 다른 곳으론 절대 갈 수가 없어. 가지지가 않아.

"진혁아… 다시 예전으로 돌아갈 순 없는 거야? 그래?"

[늦었어.]

"안 늦었어, 진혁아. 나 그대로야. 니가 사랑한 유시아 그대로라구."

[넌 그대로겠지만 내가 아니야.]

"변한 정진혁일지라도 난 다 사랑하는데… 우리 오빠 죽인 원수 같은
놈일지라도 정진혁이란 이유 하나만으로 난 너 사랑하는데… 진혁아, 나
한테 와라. 계속 기다렸어. 하루도 빠짐없이 너만 기다렸어."

[6년 전에 내가 그랬었지? 난 다 잊을 거라고. 잊을 수 있다고. 나… 다
잊었다.]

"거짓말하지 마, 진혁아. 너 거짓말하는 거 다 아니까 거짓말하지 마,
제발."

[끊을게. 나중에 다시 연락하자.]

"끊지 마! 진혁아! 진혁아!"

[뚜뚜뚜뚜뚜.]

제발 내 옆으로 와달란 말야, 제발. 네가 내 옆에 올 거란 생각만으로
지금까지 버텨왔는데……. 너 나쁘다, 정말. 난 어떻게 살라고…….

"진혁아, 제발… 흑!!"

얼마만큼의 시간이 흘러야 널 떠올리며 우는 바보 같은 짓을 안 하게
되는 거야? 6년이나 지났는데 왜 안 잊혀지는 거니?

"선생님, 울어요?"

세호인 것 같다. 고개를 들어보니 얼굴에 피가 나는 세호가 보인다. 다
쳤나 봐.

"선생님 우는 거네? 우와, 누가 울렸어요!"

"너, 넌 얼굴이 왜 그러니?"

"어떤 쌔끼… 헉쓰! -0- 어떤 놈들이 갑자기 시비 붙여서."

“이리 좀 와봐. 많이 다쳤나 보자.”

내 앞에 쭈그리고 앉은 세호의 얼굴을 살펴보았다. 오른쪽 눈 옆으로 상처가 2㎝ 정도 났다. 예전에 진혁이가 다쳤던 곳이랑 같은 부위네. 얼굴이 생명인 녀석인데. ─0─

“밴드 가지고 나올게. 기다리고 있어.”

“가지 말아요.”

일어나려는 내 손을 잡는 세호. 순간 자세가 묘하게 되어버렸다. 이 자세… 엄청 묘하구나. 가려는 여자를 붙잡는 남자의 모습. 남들이 보면 연인으로 보일 만한 자세.

“노, 놓지 그러니, 세호야? ^^;;”

“놓을 테니까 가지 말고 여기 좀 앉아봐요.”

“알았어.”

난 세호가 시키는 대로 옆에 쭈그리고 앉았다. 어느새 쑥 들어가 버린 눈물.

“선생님 왜 울었어요?”

“나 안 울었어.”

“운 거 다 봤는데 뭐. 전화하는 내용도 다 들었는데요, 뭐.”

“…들었니? ^^”

“아까 그 남자 맞죠? 진혁이란 사람.”

“눈치 빠르네, 세호.”

세호여서였을까? 난 모든 이야기를 하고 싶어졌다. 나 혼자 품고 있기엔 너무 벅차고 가슴이 아파서. 누구에게든 털어놓고 위로받고 싶었다. 힘들었겠구나라면서… 이제 넌 안 힘들어해도 돼라면서……

“세호야… 시간있으면 선생님 얘기 좀 들어줄래?”

“해보세요. ^^”

“내가 고등학교 2학년 때 진혁이를 처음 만났어. 정말 사랑했는데… 알고 보니까 진혁이가 우리 오빠를 죽인 사람이라는 거야. 하늘이 정말 심술맞다고 생각해 본 적 그때가 처음이었다? 나 엄청 나쁘게도… 진혁이가 우리 오빠를 죽였다는 걸 알면서도… 진혁이가 하나도 미워지지 않는 거야. 오히려 더 좋아하게 되어버린 거 있지. 근데 내 옆에 있을 수 없다면서 진혁이가 떠났어. 4년 후에 돌아온다고 했는데 4년이 지나도 안 오더라. 나는 계속 기다렸어. 지금도 기다리고 있는데… 영원히 기다릴 수 있는데……. 6년이 지난 지금에서야 진혁이가 돌아왔어. 근데 나 같은 건 안중에도 없나 봐. 다 잊었대. 난 하나도 안 잊었는데 나더러 딴 남자한테 가라는 거 있지? 나쁜 놈이지, 진혁이. 그치? 근데 왜 이렇게 안 잊혀지는 거지? 나쁜 놈인 거 아는데 왜 안 잊혀지는 거야, 왜… 흑!!”

세호는 내 머리를 자기 어깨에 가져가더니 내 머리를 계속 쓰다듬어 준다. 세호의 손길이 예전 진혁이의 손길 같아서 더욱 눈물이 나왔다.

“가지 마, 진혁아. 내가 이렇게 빌 테니까 가지 말란 말야, 제발…….”

“안 가요. 내가 장담할게요. 그 사람, 절대 선생님 안 떠나요.”

“세호야… 너 유리의 성이란 노래 알아?”

“언제 적 노랜데요?”

“좀 된 건데… 모르지? 내가 불러줄게. 들어봐.”

진혁이가 떠난 후로 안 듣고 잠든 적이 단 한 번도 없었던 노래… 언젠가 진혁이가 나한테 다시 불러줄 날이 있길 바라며 매일매일 들었던 노래다. 다시 불러줘, 진혁아.

"…다시 만날 거야. 저 하늘 위에서 그토록 바라던 유리의 성을 지어서 그때는 너의 손 놓지 않을게. 마음껏 울어도 돼. 너의 눈물 닦아줄 테니."

내 노래를 가만히 듣던 세호는 손을 뻗어 내 눈물을 닦아준다. 나 뭐 하는 짓이지…….

"노래 엄청 슬프네. 나 울 뻔한 거 알아요?"

"이거 진혁이가 불러준 거다? 진혁이 입으로 다시 한 번 듣고 싶어."

"선생님 소원이에요?"

"응. 간절히 원해."

"내가 해드릴게요. 선생님 소원이라니까 내가 꼭 이루어 드릴게요."

"말만이라도 고마워."

…진혁아, 나 보이니? 아직도 널 잊지 못해 헤매고 있는 내 모습 보여? 나… 내 자리로 돌아가고 싶어.

"고마워, 세호야. 너 때문에 선생님 속이 좀 편해진 것 같아. ^^"

"아파하지 마세요. 선생님이 아파하니까 내가 더 아프네."

"상처 치료해야지. 잠깐 들어가자."

현우 외의 남자가 들어오는 건 정말 처음이다. 학생이긴 하지만 이 녀석도 혈기 왕성한 남자이니 조심하자. -0- 난 세호를 소파에 앉히고 밴드랑 만병 통치약인 빨간약 -_- 을 가지고 왔다.

"따가워도 참아. 이거 치료 안 하면 흉진다."

"아야! 살살 좀 하세요, 진짜… 아오!"

"사, 살살 하는데 왜 그러니? ㅠ_ㅠ"

성격 뭐 같은 녀석. -_- 귀여운 짱구 모양의 밴드를 눈가에 붙여주었다. 짜식, 인상이 한결 더 더러워 보이는구나. -_-

"선생님, 병원 안 가봐도 되는 거겠죠?"

"이 정도로 병원 가다간 우리 나라 의사들 더 부자되겠다."

"아쒸, 얼굴로 먹고 사는데."

"상처 더 내줄까?"

"-_- 먹을 거 있음 좀 주세요. 배고파~"

난 굴러다니던 프링글스와 유통기한이 이틀 지난 우유를 컵에 따라왔다. 먹고 죽지는 않겠지.

"잘 먹겠습니다아~ ^o^"

너무 맛있게 먹는 녀석을 보니 조금 미안해진다. 그래도 나 위로해준 녀석인데. 다음에 오면 하루 지난 걸로 주마.

"쌤, 우물우물~ -.,- 저 사진에 있는 사람 누구예요?"

"TV 위에 있는 사진?"

"네."

"우리 엄마랑 나. -_-"

"왼쪽에 있는 사람이 엄마라구요?"

"응. 우리 엄만데 왜 그러니?"

"아오! 선생님 동생인 줄 알았지! 나 소개시켜 달라고 하려 했드니만."

"우리 어머니시란다. -0-"

"엄청 이쁘네. 쌤이랑 하나도 안 닮았어요."

"몇 대 맞을까? -_-"

우리 엄마가 이쁜가? 하긴 젊은 시절 날리셨다고 하더니 거짓말이 아니었나 봐.

"저 이제 가볼게요. 쌤, 내일 학교 늦지 마세요. ^^"

“너나 늦게 오지 마려무나.”

“내일 우리 반 수업 들었어요?”

“안 들었을걸. 심심하면 놀러와. ^^ 아직 선생님이 없어서 심심하거든.”

“점심 시간 때 바나나 우유 사가지고 갈게요~ 안녕히 계세요~”

바나나 우유라… 홋, 진혁이가 잘 사주던 건데……. 뭐든지 진혁이랑 연관이 되는구나. 나 혼자 그리워하는 건 괜찮은 거지, 진혁아? 그렇지?

아, 학교 가기 싫다. 무슨 등교 시간이 이렇게 빠른 거야? 8시까지 등교하라는 게 어딨냐구! 선생님들부터 모범을 보여야 한다며 선생님들은 −_−^ 7시 40분까지 오라고 한다. 고등학교 때도 8시 전에 학교 가본 적 없는 나였거늘… 젠장! 그래도 교문을 통과할 때면 웃음이 나온다. 남학생들만 있다는 게 믿기지 않을 만큼 이쁜 교정. 모르는 사람들이 보면 대학으로 착각할 만큼 교정이 크고 이쁘다. 학주 선생님에게 잡혀 벌 서는 아이들을 보니 우습구나.

“너, 요녀석! 니가 깡패냐! 머리 옆에는 왜 금을 내고 지랄이여, 지랄이!! −0−!”

“아오! 미용실 누나가 바리깡으로 긁었다니깐요!”

“그래, 이 녀석아! 그 미용실 누나 얼굴 좀 보자!”

“아오~ 귀 좀 놓고 말해요, 진짜!”

진혁이 녀석, 옆에 스크래치 낸 거 멋있긴 한데……. −_− 학주 선생님은 이해할 수 없으시겠지. 밀어버릴 머리털도 없으시니.

“선생니이이이이이이이임~”

뒤를 돌아보니 모르는 아이다. 안경 쓰고 피부가 아주 깨끗한 아이다. 살짝… 김재원 스타일. −_−;

“누구더라? 선생님이 기억을 잘 못해서. ^^;”

"저! 세호랑 같은 반인데. T_T"

"2학년 4반이니? 이름이 뭐야? 지금부터라도 기억할게."

"해이요, ^o^ 안해이. ^o^"

"해이? 이름 특이하네? 외웠다, 해이!"

이렇게 잘생긴 애였으면 어제 봤을 때 얼굴 외웠을 텐데… 정말 처음 보는 애인걸? 해이는 내 옆에서 쫑알쫑알 떠들며 날 교무실까지 데려다 주었다. 귀여운 아이 같다.

"고마워, 해이야. ^^ 나중에 선생님이 쵸키쵸키 사줄게~"

"에이~ 쵸키쵸키 너무 싸잖아요! 메타콘으로 사주세요."

"알았어. ^^ 얼른 들어가 봐~"

경한공고의 아이들이 모두 해이 같으면 좋으련만. 나긋나긋, 살랑살랑, 귀염귀염. 전부 진혁이 아니면 세호 같은 녀석들이니, 원.

1교시부터 4교시까지 수업이 풀로 있었다. 기진맥진해서인지 밥맛이 없어서 점심도 안 먹고 벤치에 앉아 있었다. 방송이 나온다. 나 고등학교 다닐 땐 여자애가 멘트했는데 여긴 남자애가 하는구나. 정말 우악스럽게도 하는군. −_−

—오랜만에 신청곡이 들어왔다, 아그들아! 이름은 무기명으로 해달라고 하는데? 글씨체를 보아하니 이세호 자식인 것 같구나!! −0− 이 말도 읽어달라고 써 있구나. 힘들어하지 마세요. 당신이 원하는 거 반드시 이루어 드릴 테니까. 이게 뭔 말이여!! −0− 이세호, 사랑에 빠졌나? 허허허! 이세호가 신청한 거 아주 옛날 노래다! K2의 유리의 성! 나간다~

세호 자식, 여러모로 날 감동시키네. 그나저나 저 멘트하는 자식은 누구야? −_− 벤치에 가만히 앉아 스피커에서 흘러나오는 노래를 듣고 있었다. 그때 울리는 폰.

"여보세요?"

[나 진혁이. 어디야?]

"학교야. 넌 어디야?"

[회사지. 백수는 아니다.]

"웬일로 전화한 거야?"

[오늘 시간 되면 저녁이나 같이 먹자고. 할 말도 있고 해서.]

"알았어. 몇 시에 어디로 가면 될까?"

[7시까지 해프닝으로 와.]

"진혁아… 혹시 지금 노랫소리 들려?"

[어. 유리의 성 나오네.]

"학교 방송실에서 틀어주더라. 기억하는 거지?"

[…있다 보자. 끊는다.]

이 노래가 유리의 성이란 걸 기억하는 사실만으로도 감사해. 조금 더 욕심을 부리자면 네가 나한테 이거 불러줬던 것까지 기억해 주었으면 좋겠어.

난 약간 상기된 기분으로 교무실로 들어갔다. 내 자리에서 서성이고 있는 세호 녀석. 고마운 아이다, 정말.

"선생님, 엄청 감동먹었죠?"

"그래. 울 뻔했잖아. ^^"

"아오! 안해이, 그 자식이 내 이름 불어서 엄청 쪽팔려요."

"해이? 멘트하던 사람이 해이니?"

"선생님, 해이 알아요? 고 자식 유명하네."

"아침에 같이 왔거든. ^^ 엄청 착한 것 같더라. 너 친구 안 같아."

“그 자식이 착해요? 지나가던 개가 웃겠네. -.,-”

“여기 교무실이다, 세호야. 단어 좀 골라서 쓰렴.”

“하하하! ^○^ 선생님, 5, 6교시 수업있어요?”

“6교시만 있어. 2학년 1반~”

“1반이요? 거기 변태 많은데. -_- 내가 주의시켜 놓을 테니까 수업만 하세요!”

“그래. ^^ 종 친다. 들어가봐~”

“쌤~ 사랑해요용~”

세호는 교무실을 나가면서 날 향해 크게 하트를 그려 보였다. 그러다가 담임 선생님한테 맞았다. 난 6교시 수업을 10분 정도 일찍 끝내고 서둘러 집에 갔다. 집에 가서 머리도 다시 셋팅하고, 화장도 다시 하고, 옷도 이쁜 걸로 갈아입고… 이렇게 치장해 보는 거 몇 년 만이지? 피식.

7시 5분. 해프닝에 도착했다. 입구에서 다시 한 번 옷매무새를 가다듬고 심호흡을 크게 하고 들어갔다.

“어떤 분을 찾으십니까?”

“정진혁 씨라고……”

“정진혁 씨요? 저기 계십니다.”

종업원이 손으로 지목한 곳은 창가였다. 난 왠지 두근대는 마음에 서둘러 진혁이가 있는 곳으로 갔다. 진혁인 날 보더니 손을 들었고 그런 진혁이를 보고 웃음이 나오려던 찰나, 진혁이의 옆에 앉아 있는 한 여자를 보고야 말았다. 난 절대 당신의 얼굴을 잊지 않아요. 내가 지금까지 살아오면서 당신만큼 이쁜 사람을 본 적이 없으니까. 당신만큼 마음씨가 이쁜 사람을 본 적이 없으니까. 지금까지 당신을 잊지 않았어요. 하지만… 이제 당신을 잊고 싶어지네요. 그래야 당신을 증오하지 않게 될 테니까.

"라빈 언니, 오랜만이네요. 나 기억해요?"

"시아 맞지?"

"기억하네. 기억하고 있구나."

"진혁아, 네가 소개하고 싶다던 사람이 시아야?"

"둘이 아는 사이야? 세상 엄청 좁네, 정말."

난 주체할 수 없을 정도로 다리가 떨려왔다. 의자에 주저앉듯 털썩 앉았다. 라빈 언니도 꽤 당황한 듯이 보였다, 계속해서 물만 마시는 걸 보니.

"거의 10년 만이네. 시아 이뻐졌다."

"진혁아, 날 부른 이유가 뭐야?"

"내가 사랑하는 사람이라고."

…잘못 들은 것이길.

"다시 말해."

"여기 있는 윤라빈, 내가 사랑하는 사람이라고. 제일 친했던 친구한테 사랑하는 사람 소개시켜 주려고."

"진혁이가 말한 친구가 시아였어? 정말 세상 좁네."

…이럴 순 없다. 하늘이시여, 왜 저에게 이런 시련을 주시는 거예요? 왜 하필… 왜 하필 라빈 언니인 거죠? 왜… 왜!!

"주문하시겠습니까?"

진혁이가 뭐라고 주문을 하는 듯싶었다. 아무 말도 안 들린다. 듣고 싶지도 않다.

"잠깐 실례할게. ^^ 둘이 얘기 좀 하고 있어."

진혁인 라빈 언니를 향해 웃더니 전화를 받으러 갔다. 잠깐 동안의 침묵.

"시아야."

"나 언니 미워지려고 해요. 왜 하필 진혁이지? 왜 하필 언니야?"

"무슨 말이야?"

"진혁이가 날더러 친구래요? 그렇대?"

"응. 고등학교 다닐 때 가장 좋아했던 친구라고 하던데? 소개해 주고 싶다고 해서 같이 나온 거야."

잊었다는 거… 사실이었구나. 거짓말인 줄 알았어. 정말 거짓말인 줄만 알았어.

"언니, 진혁이한테 언니랑 우리 오빠랑 사귀었었다는 얘기 하지 마요."

"왜?"

"내가 언니 더 미워할지도 몰라. 그 얘기만큼은 비밀로 해요."

"그래, 시아가 원한다면."

"오빠 죽고 나서 오빠 묻힌 곳 가본 적 있어요?"

"무서워서 못 갔어."

"진혁이 오네요. 언니, 절대 비밀 지켜줘요."

내가 좋아하는 닭요리인데 무슨 맛인지 하나도 모르겠다. 진혁이랑 라빈 언니랑 둘이 앉아 있다는 사실만으로 지옥 같다. 인연이란 게 정말 웃기는 거구나. 정말…….

"왜 이렇게 못 먹어, 시아야?"

"입맛이 별로 없네요. ^^"

"둘이 어떻게 아는 사이야?"

"중학교 다닐 때 선배였어."

우리 셋은 한동안 침묵했다. 디저트가 나오고 라빈 언닌 화장실에 간다며 나갔다. 둘만 있는 시간. 나 너랑 둘이 있는데도 지금은 너무 싫은 거 있지.

"정진혁."

"어?"

"정진혁."

"그래, 왜."

"얼마만큼 나 아프게 해야 속이 풀리니, 넌?"

"……."

"라빈 언니 사랑해?"

"그래."

"내가 너 잊어줬으면 좋겠어?"

"어."

"네 소원이야?"

"어."

6년 전에 너 호주로 떠나기 전이랑 똑같아. 너 소원이라고 했었잖아. 내가 널 잊는 게 네 소원이라고. 근데 나 네 소원 못 들어줬어. 이번엔 들어줄게.

"너 소원… 이루어줄게."

"둘이 무슨 얘기를 그렇게 심각하게 해? ^^"

라빈 언니가 오지 않았다면 난 울었을 거다.

우리 셋은 얼떨결에 노래방까지 가게 되었다. 가고 싶지 않은데…….
라빈 언닌 귀염성있게 진혁이 옆에 딱 붙어서 노래를 한다. 그 앞에서 난
탬버린만 흔들고 있다. 한참을 라빈 언니 혼자 부른 것 같다.

"시아도 불러봐~ ^^"

난 목이 아프다는 핑계를 대고 거절했다. 그러자 라빈 언닌 진혁이에

게 마이크를 주면서 말한다.

"호주에서 네가 불러줬던 노래 불러줘, 진혁아. ^o^ 한국 와서는 한 번도 안 불러줬잖아."

"그래."

설마… 아니지, 진혁아? 지금 내가 생각하는 거 아니지, 그치? 아니지, 진혁아?

나쁜 예감은 늘 맞는다. 진혁인 유리의 성을 선곡하더니… 라빈 언니의 어깨에 손을 올리고 노래를 부르기 시작했다. 하하… 세호야, 네가 내 소원 이루어준다고 했지. 다른 형태지만 이루어지긴 했네. 다시 한 번 진혁이가 부르는 유리의 성이 듣고 싶다고 했었잖아. 날 위해서는 아니지만 듣긴 들었어. 근데… 이 소원 괜히 이루어진 것 같아. 마음이 너무 아파서… 죽을 것 같아.

"…다시 만날 거야. 저 하늘 위에서 그토록 바라던 유리의 성을 지어서 그때는 너의 손 놓지 않을게. 마음껏 울어도 돼. 너의 눈물 닦아줄 테니."

진혁이의 노래가 끝나자 라빈 언닌 마구 박수를 쳐댔다. 진혁아, 나 보지 마. 병신처럼 울려고 하는 나 보지 마.

더 이상 앉아 있을 수 없었다. 인사도 하지 않고 핸드백만 챙겨 노래방에서 뛰쳐나왔다. 진혁이의 노랫소리가 귀에서 맴돌지 않도록… 계속 달렸다.

"아야!!"

구두 굽이 부러져 바닥에 주저앉았다. 길 한가운데에 앉아 엉엉 울었다. 누가 나 좀 구해줘. 넌 나를 얼마나 더 슬프게 만들 거야? 이 정도면 충분해. 이젠 그만 해줘. 그만 할 때도 됐잖아!!

또로로로로로로로롱~

[어디야?]

"몰라. 아무것도 안 보여. 모르겠어, 현우야. 나 좀 구해줘."

[근처 건물 말해 봐.]

"안 보인다구⋯ 흑! 안 보인단 말야. 모르겠어. 흑흑!"

[기다려, 갈게.]

적어도 현우, 넌 나를 힘들게 하는 일 없겠지? 나 외롭게 하진 않을 거야, 그렇지? 내가 어디라고 말 안 해도 넌 내가 어디 있는지 늘 알고 있었어. 그러니까 지금도 이렇게 나 있는 곳으로 달려오고 있잖아.

"헉헉! 너⋯ 헉! 왜 이러고 있어?"

"나 여기 있는 줄 어떻게 알았어?"

"모르는 게 어딨냐, 내가."

"나 업어줘, 현우야. 다리 삐끗했어."

"나이 들어서도 맨날 넘어지냐? 업혀."

넓은 현우의 등에 업혔다. 이 사람이라면 나를 평생 맡겨도 후회하지 않을 거야. 어차피 진혁이가 아닌 이상 누구나 다 똑같은걸.

"민현우."

"왜요, 시아 공주님~"

"민현우."

"왜 자꾸 부르냐? 민현우 여기 있다."

"나 가져."

순간, 멈춘 현우의 발걸음. 꽤 놀란 듯하다. 당연하겠지.

"못 들은 걸로 한다. 다 왔어. 들어가."

왜 나랑 눈을 마주치려고 하지 않는 거야?

"들어갔다 가, 현우야."

우리 둘은 나란히 소파에 앉았다. 서로 아무 말도 하지 않고 가만히… 그냥 가만히 있었다. 이렇게 가만히 있으면… 정진혁이 자꾸 들어와. 아무리 막으려고 해도 자꾸만 진혁이가 내 마음에 들어와서 날 아프게 해.

"현우야, 나 사랑해?"

"못 믿어?"

"나 사랑하면 우리 결혼할까?"

"농담도 지나치면 해가 된다. 쓸데없는 농담할 거면 나 간다."

"가지 마."

일어나는 현우의 옷자락을 붙들었다. 가만히 서 있는 현우.

"가지 마, 현우야. 부탁이야. 가지 마."

"……."

"나 혼자 두지 마."

"……."

"너마저 나 버리면 나 죽어……."

현우는 날 일으켜 세우더니 자기 품으로 확 끌어당긴다. 나 나쁜 년이지… 너랑 이러고 있는 순간에도 진혁이만 떠올라. 다 잊고 싶어. 이제 잊고 싶어, 정말로…….

"현우야, 나 안아줘."

"……."

"아무것도 생각나지 않게. 네가 나 좀 안아줘."

현우의 입술이 내 입술에 겹친다. 진혁이와는 다른 느낌. 소중한 것을 다루듯 조심조심 내 안으로 들어온다.

"못 멈춰. 싫으면 지금 말해. 나중엔 네가 싫다고 해도 내가 못 멈추니까."

"괜찮아."

내 말이 끝나기가 무섭게 현우의 입술이 아래로 내려온다. 조심스럽게 날 애무하는 현우지만… 난 아무것도 느껴지지가 않는다.

"괜찮겠어?"

"그래."

만족스러운 표정으로 날 꼭 껴안고 자고 있는 현우. 베개에 얼굴을 파묻고 한참을 울었다. 이제 절대 진혁이에게 갈 수 없다. 나중에 진혁이가 돌아오라고 해도 난 갈 수 없다. 정말 잊어줄게, 진혁아. 정말 잊어줄 테니까… 행복해라. 그런데 있잖아, 나 가끔씩은 너 생각할게. 가끔씩 아무한테도 티 내지 않고 나 혼자서만 너 생각할 테니까 그것만큼은 용서해 줘. 미안해… 사랑해서 미안해… 너 못 놔줘서 미안해…….

"시아야."

"응?"

"울어?"

"안 울어. ^-^ 잘 잤어?"

"어, 시아야."

"그래."

"너 학교 가야지? ^-^ 밥 해줄게. 씻고 있어."

현우는 내 이마에 가볍게 입을 맞추고 주방으로 갔다. 너의 이런 행동에도 난 눈물이 날 것만 같아. 날 너무 사랑해 주는 것 같아서… 미안해서… 자꾸만 슬퍼져. 현우야, 나 너한테 정말 잘할게. 잘하도록 노력할게.

그런데 사랑하도록 노력하겠다는 말은 못하겠어. 어차피 노력해도 안 된
다는 거 아니까…….

"안 데려다 줘도 되는데… 너도 가봐야 되잖아."

"괜찮아. 하루 늦는다고 안 짤려."

"너랑 여기 지나가는 것도 오랜만이다. 그치?"

"맞아. 고등학교 때 이후로 처음인 것 같은데?"

"응. 경한공고 애들이 맨날 나 놀려서 네가 패줬잖아."

"아오! 그때 생각하면 지금도 열받아. -_-^"

"그러고 보면 넌 계속 나를 지켜주고 있었던 것 같아."

"평생 해야 할 일인데 뭐. ^-^"

"고마워."

"고맙단 말 하지 말기다! 들어가봐. ^^ 애들이 말 안 들으면 나한테 전
화해. 다 패줄 테니까."

"알았어. ^^ 일 열심히 해~"

현우가 사라지고 난 교문으로 들어섰다. 오늘도 어김없이 학주에게 혼나
고 있는 진혁이가 보인다. 교정을 따라 올라가는데 뒤에서 날 부르는 목소리.

"쌔애애애애앰!"

"세호구나. 해이도 안녕? ^^"

"아까 그 남자 누구예요?"

"봤어?"

"아침부터 만나요? 밤부터 같이 있던 거 아니야? ㅋㅋ"

순간, 아무 말도 못하게 되어버린 나. 원래 난 꿀리는 게 많은 사람이다.

"진짜 같이 있던 거예요?"

“그래.”

“선생님, 실망이다.”

해이는 날 차가운 눈으로 내려다보고—해이는 키가 크다—앞질러 걸어
간다. 세호도 처음 보는 차가운 표정을 짓고 있다.

“너도 실망했니?”

“난 믿어요. 유시아 선생님이니까 믿어요.”

세호의 말에 괜히 눈물이 나오는 나였다.

3교시는 세호네 반 수업이다. 들어가기 정말 그렇지만… 그래도 난 선
생님이니까.

“교과서 좀 읽어보자. ^-^ 16번, 읽어.”

16번인 남자 아이는 랩을 하듯 책을 쭈욱 읽어 나갔다. 박자를 맞추며
고개를 흔드는 학생들. -0- 중간중간 예아~ 베이비!를 넣는 학생도 있
었다. 세호였다. -_-

“너희는 책을 재미있게 읽는구나.”

“이렇게라도 해야 애들이 들어요. ㅋㅋㅋ”

이상한 녀석들. 난 온갖 열정을 다 쏟아 열심히 판서를 했다. 받아쓰는
아이들이 없는 것 같아 중간에 그만두고 질문을 하기로 했다.

“아주 기본적인 거 물어볼게. ^-^ 신석기 시대에는 계급이 있었을까,
없었을까? 24번!”

아무도 일어나지 않는다. 혹시 전학 간 번호인가 싶어 출석부를 보니
안해이다.

“안해이, 너 24번 아니니?”

가만히 앉아 있는 해이. 후…….

"선생님이 부르면 일어나야 하는 거 아니야? 일어나, 안해이."

그제야 쭈뼛쭈뼛 일어나는 해이. 짜증난다는 표정을 한가득 담고 껄렁한 폼으로 서 있다.

"다시 질문할게. 신석기 시대에는 계급이 있었을까, 없었을까? 오, 엑스니까 확률 50%야. 대답해 봐."

"모르겠는데요."

"모르겠으면 성의라도 보여. 오야, 엑스야?"

"대답하기 싫은데요."

"안해이!"

내가 소리친 거 아니다. 세호가 소리친 거다.

"안해이, 선생님이 질문하시는 거에 대답해라."

"내가 언젠 꼬박꼬박 대답했냐?"

"아가리 찢어버리기 전에 대답해!"

"씹째끼가 어디다가 명령이냐?!"

"돌았네, 이 새끼가. 그거 나한테 한 말이냐?"

"너네 둘 다 그만 해!"

어느 순간부터 세호는 해이 앞에 서 있었다. 커다란 두 명이 서로 노려보고 있으니까 엄청 살벌하다. 이거 수업 시간 맞나? =_=

"마지막으로 말한다. 대답해라."

"대답하기 싫다고 했을 텐데?"

"됐어. 대답 안 해도 돼, 해이야. ^-^ 세호도 네 자리에 앉아."

그제야 제자리로 돌아가 앉는 세호. 해이도 자리에 앉았다. 자꾸 눈물이 날 것 같아서 자습하라고 하고 뒤로 가서 서 있었다. 애들 앞에서 울지 말아야지. 울지 말자, 유시아. 지금보다 힘든 상황도 많았잖아.

한동안 조용하더니 아이들은 점차 조잘대며 떠들기 시작했다. 자습 시간을 주면 늘 이렇지. 하지만 지금 도저히 수업 못하겠다. 입만 열면 눈물부터 나올 것 같아서.

"개새끼들아, 주둥이 지퍼 안 잠그냐?"

세호의 한마디에 교실이 귀신 지나가듯 조용해졌다. 들리는 소리라고는 종이에 쓱싹거리는 소리뿐이다. 세호의 욕을 쓰고 있을 테지. =_= 사물함에 기대어 서 있는데 내 쪽으로 종이가 날아온다. 이마에 정통으로 맞았다. 씨. T_T

나는 선생님 믿으니까 걱정하지 마세요. 누가 모라고 해도 나는 선생님 편 할 거니까 힘들어하지 마새요. 제까 선생님 소원 이루어드린다고 했잔아요. 선생님은 웃는 개 더 이쁘니까 웃기만 하세요.

—세계최고킹카 세호 씀.

맞춤법이 많이 틀린 작은 쪽지였지만 읽는 순간 눈물이 핑 돌았다. 도저히 참을 수 없어서 교실에서 나와 뒤뜰 벤치로 갔다. 엉엉 울고 있는데 세호가 온다.

"세호 너 사람 감동시킨다, 정말."

"왜 울어요?"

"그냥."

"선생님 보면요, 왠지 모르게 웃게 해주고 싶어요."

"고마워. ^^"

“거봐. 웃으니까 더 이쁘잖아요.”

“원래 이뻐, 녀석아. -0-;”

세호는 장난기도 있어 보이고 은근히 속도 깊은 것 같다. 눈을 보면 안다. 아주 맑아서 보는 사람으로 하여금 빠져들게 하는 그런 눈이다.

“세호는 눈이 정말 깊은 것 같아.”

“……”

“세호 눈을 보면 너무 맑고 깊어서 거짓말을 못하겠어. 그게 네가 가진 가장 큰 장점일 거야.”

“훗……”

알 수 없는 미소를 짓더니 날 보며 한마디 한다.

“확실해졌네. 나 반드시 선생님 소원 이루어줄 테니까 걱정하지 마세요.”

“그거면 됐어. 벌써 이루어졌는걸 뭐.”

“진혁이란 사람이 유리의 성 불러줬어요?”

“응. ^-^ 날 위해서 불러준 건 아니구 다른 여자를 위해 부르는 거였어. 그래도 듣긴 들은 거잖아.”

“그게 뭐야.”

“다른 여자가 있더라구. 나한테 소개해 주고 싶었대.”

“그래서 선생님 자포자기하는 심정으로 아까 그 남자랑 잤어요?”

“어렸을 때부터 나만 사랑해 온 사람이야. 현우라면 미래를 맡겨도 좋다고 생각해.”

“그 새끼가 선생님을 사랑하면 뭐 해? 선생님이 사랑하지 않잖아.”

“됐어. 그동안 현우 많이 힘들게 했으니까 이제 내가 갚아줘야지.”

“난 그런 거 싫어요. 선생님 옆에는 정진혁 붙여놓을 거야. 꼭!”

자기 할 말을 마치고 사라지는 세호. 그런 세호를 큰 소리로 불렀다.

"이세호!"

"왜요~"

"선생님이 너 또래였다면 너 좋아했을 텐데. ^-^"

"사랑하는데 나이가 어딨어요! 저 들어가 볼게요."

…재 날 좋아하는 건가? 가만히 벤치에 앉아 있는데 진혁이랑 해이가 온다. 뒤통수를 긁적이며 걸어오는 해이를 보니 웃음이 나왔다. 내 옆에 멋진 폼으로 앉는 진혁이, 그리고 그 옆에 앉는 해이. 넌 이름은 진혁이지만 진혁이가 아니구나. -_-

"선생님은요, 사람을 참 많이 힘들게 하는 것 같아요."

"내가?"

"네. 전 학생이고 선생님은 선생님이지만 할 말은 해야 할 것 같아서요."

"그래, 해봐. ^^"

진혁이는 한숨을 한 번 내쉬더니 말을 하기 시작했다.

"선생님은 세호의 겉면만 알아요."

"세호가 왜?"

"그 새끼가 맨날 웃고 장난치고 쌈질만 하고 그런 애인 줄만 아시죠?"

"세호 착한 애라는 거 알아."

"세호가 누구한테도 알리지 말라고 했으니까 다른 얘긴 할 수 없어요. 한마디만 할게요. 세호를 힘들게 하지 말아주세요."

"무슨 뜻이니?"

진혁이가 일어났다. 나도 일어났다. 세호를 힘들게 하지 말라는 게 무슨 말인지 모르겠다.

“세호를 힘들게 하지 말라니? 내가 세호를 힘들게 하는 거야?”

“적어도 제가 볼 땐 그래요.”

“내가 어떻게 해야 세호를 안 힘들게 하는 건데?”

“보통 학생들처럼 대하세요. 그냥 학생으로. 선생님의 고민을 털어놓는 상대가 아닌, 그냥 평범한 학생으로 그렇게 대하셔야 해요.”

“난 그냥… 세호가 편해서.”

“선생님이 세호를 편하게 대하면 대할수록 세호가 힘들어져요. 반드시 선생님 소원 이루어주려고 할 테니까. 그럴수록 세호는 점점 더 힘들어질 테니까. 가까워지지 마세요.”

“……”

“부탁할게요.”

고개까지 숙이는 진혁이 앞에서 난 더 이상 아무 말도 할 수가 없었다. 그랬구나, 내가 세호를 힘들게 하고 있었던 거구나.

“선생님, 이건 제가 끼어들 문제는 아니란 건 알지만요.”

“그래, 말해 봐.”

“선생님은 선생님 편하실 대로 하면 되는 거예요. 그 남자가 다른 여자를 본다 해도 선생님만 좋아하면 되는 거예요. 대신 다른 사람한테 상처 주는 짓은 하지 마세요. 저 가볼게요.”

저 녀석에게 이런 식의 위로를 듣게 될 줄이야. 다른 사람한테 상처 주는 짓은 하지 말라는 그 말이 가슴에 상당히 와 닿는다. 난 현우에게 상처를 주고 있는 걸지도 몰라. 아니, 상처를 주고 있는 거야. 이제 내가 확실히 해야 해. 정리하자. 길었던 내 슬픔들… 내 아픔들… 정리하자.

“선생님.”

해이가 함께 있었다는 것을 깜박했다. -_-;

"어?"

"죄송합니다. 다음부터 안 그럴게요."

"뭘 잘못했는지는 아니?"

"네. ^^ 제가 원래 가끔 그래요. 나사가 하나 풀려서."

"다음부턴 정말 그러지 마. 나 말고 다른 선생님들께도 그렇게 행동하는 거 예의 아니야. 알았지?"

"예썰! 선생님 근데요, 이세호가 선생님을 좋아한대요?"

"그런 거 아니야. ^-^"

"세호 진짜 괜찮은 애예요~ 가벼워 보여도 저 새끼 아마 키스도 안 해 봤을걸요? ㅋㅋ"

"그건 거짓말 같다, 해이야. -_-;"

"진짜예요! 나랑 꽤 오랫동안 친구였는데 걔 여자 사귀는 거 한 번도 못 봤다니깐요! 세호 좋다는 애들은 많았는데 어찌 된 게 맨날 거절하더라고요. 이쁜 애들도 꽤 많았는데."

"너 몰래 사귀었나 보지 뭐."

내가 왜 이 아이랑 이런 이야기를 하고 있어야 하는 것일까? -_-

"아무튼요, 진혁이 말대로 세호 힘들게 하지 말아주세요. 세호 진짜 아픈 거 많은 아이니까요. 어쩌면 그렇게 웃는 모습도 꾸며낸 걸 수도 있으니까요. 보이는 것만 믿지 말아주세요. 가볼게요. ^o^"

세호는 좋은 친구들을 두었구나. 저런 말을 해줄 수 있는 친구를 뒀다는 건 정말 행복한 일일 거야.

오늘은 토요일이다. 3교시면 끝나서 토요일만큼은 정말 좋다. 라빈이 언니에게로 전화를 했다. 이제 모든 걸 정리할 거니까… 그래야만 하니까.

[여보세요?]

"언니, 저 시아인데요."

[시아야? 왜 그때 그냥 갔어? 연락하고 싶었는데 연락처를 몰라서…….]

"그 일 때문인데요. 오늘 만날 수 있어요?"

[지금 당장도 만날 수 있어! 어디서 만날래?]

"서프라이즈에서 봐요. 저 지금 거기로 가고 있거든요."

[한 30분만 기다려. 얼른 갈게.]

서프라이즈에 도착해 3잔의 물을 마셨다. 절대 울지 말자, 유시아. 만약 울게 되더라도 깨끗하게 정리할 수 있도록 하자. 그게… 나도 살고, 진혁이도 살고, 현우도 살 길이야.

"시아야. ^^"

"왔어요? 뭐 시킬까요?"

"핫초코로 할게."

나도 라빈 언니를 따라 핫초코를 시켰다. -_- 얼마 지나지 않아 핫초코가 나왔다. 아무 말도 안 하고 마시기만 했다. 무슨 말로 시작해야 할지 모르겠다.

"언니."

"그래, 말해 봐. ^^"

"나 진혁이랑 친구 아니었어요."

"계속 말해."

“사랑했어요. 아니, 난 지금도 사랑하고 있어요.”

“둘이 사귄 거라는 거 어느 정도 짐작은 하고 있었어. 근데 아직까지 사랑하고 있을 줄은 몰랐어. ^^”

“나만 지금까지도 사랑하는 거예요. 근데 놓아주려구요. 이제 정말 놓아주려구… 언니랑 진혁이 행복 빌어주려구…….”

눈물이 나왔다.

“난 언니가 우리 오빠 얼마나 좋아했는지 알아요. 언니가 오빠 좋아했었던 감정보다 지금 진혁이를 사랑하는 감정이 더 크다는 것도 알아요. 그래서… 그래서 이제 진혁이 놓아줄 수 있는 거예요. 언니가 진혁이를 많이 사랑하는 거 아니까… 진혁이도 언니를 사랑하는 거 인정해야 하니까… 나만 포기하면 다 행복할 거라는 거 아니까…….”

비참해. 내 입으로 진혁이를 보내겠다는 말을 하게 될 줄은 몰랐어. 그게 너무 비참해.

“언니랑 진혁이랑 어떻게 알아서 어떻게 사랑하게 되었는지 그게 정말 궁금했어요. 근데 이제 안 궁금해할 거야. 나도 이제 행복해질래요. 그래야 언니랑 진혁이, 더 축복해 줄 수 있으니까. 난 마음이 나빠서 아직은 언니랑 진혁이를 축복해 줄 순 없어요. 그것만큼은 이해해 줘.”

“미안해, 시아야.”

“언니한테 미안하단 말 안 듣구 싶어. ^^ 부탁 좀 해도 돼요?”

“그래.”

크게 심호흡을 했다. 생각만으로도 날 울게 하는 너지만 이제 보내야 하니까…….

“진혁이요, 많이 힘들었으니까 언니가 행복하게 해줘. 그것만큼은 내가 못하는 일이니까… 부탁할게요. 절대 힘들게 하지 말아줘요.”

“약속할게. ^^”

“언니, 나 가볼게요. 행복하세요. ^^”

“시아도 행복해야 해. 그리고 미안해.”

고개만 끄덕거려 주고 나왔다. 이제 난 한 번 더 아파야 한다. 진혁이도 정리해야 하니까.

[여보세요?]

“나 시아. 만날 수 있어?”

[어.]

“밤 9시까지 성현고등학교 뒤뜰에서 기다릴게. 거기로 와.”

[그래.]

이렇게 해가 떠 있는 낮에는 널 볼 수가 없어. 우는 모습은 보여주고 싶지 않아. 마지막으로 널 보는 거니까 예쁜 모습으로 기억하게 하고 싶어.

밤이 되었다. 8시 30분에 집에서 출발해 학교로 갔다. 벤치에 앉아 있는 진혁이가 보인다.

✢

붙이지 못하는 편지　　 —시아가 진혁이에게

어쩌면 그랬을 수도 있을 것 같아. 널 처음 본 그 순간부터 너에게 매혹되어 갔는지도 몰라. 그래서 이렇게 헤매는 것일지도 모르지. 아무것도 안 바랬어. 정말 아무것도 안 바랬어. 다만 내가 네 옆에서 웃고 있으면 너도 날 보며 웃어주길… 그거 하나만 바랬어. 큰 소원 아니었는데… 이제는 꿈꿀 수도 없는 이야기로 변해 버렸네.

진혁아, 우리 어쩌다 이렇게 된 거야? 난 네가 나에게 돌아올 거라는 믿음 하나로 버텨왔는데… 나 이제 뭘 믿고 살아야 하는 거니? 이제 남의 사람이 되어버린 넌데… 이제 너에게 갈 수 없게 되어버린 난데…….

신이 있다면 정말 따지고 싶어. 내가 뭘 그렇게 잘못했길래 소중한 사람이 생기면 다 뺏어가는지. 도대체 내가 얼마나 나쁜 사람이었기에 지금 이렇게 힘들어야 하는 건지 모르겠어.

네가 날 보고 웃어줘. 그러면 힘들었던 거 다 잊을 수 있을 것 같아. 한번만… 마지막으로 한 번만 날 보며 웃어주면 안 될까? 마지막으로 딱 한번만 시아야, 너한테 불러주고 싶은 노래야 하고 노래 불러주면 안 될까? 안 되는 거겠지? 그렇게 하기엔 너무 많은 길을 돌아와 버린 거겠지.

잊지 못할 거야. 네가 나한테 건넨 첫 마디, 있는 듯 없는 듯 조용히 있으라던 너의 그 말… 네가 나한테 한 고백, 또라이 유시아를 엄청 멋진 정진혁이 좋아한다고 말하며 웃던 너의 목소리… 많은 사람들이 있는 곳에서 키스했던 일, 수업 시간마다 나한테 뽀뽀했던 일, 자갈치를 먹으며 행복해하던 너의 모습, 바나나 우유에 빨대 꽂아 먹던 그런 해맑은 모습까지도 잊지 못할 거야… 마지막으로 헤어짐을 고하던 그 순간까지도 절대 잊지 못할 거야.

그래서 더 슬퍼지는 걸지도 몰라. 잊을 수 없다는 걸 알기에 더 슬픈 걸지도 몰라. 하지만 잊어야 하니까 더 아픈 걸지도 모르지. 해준 게 너무 없는 것 같아. 너한테 사랑한다는 말도 제대로 못 건넸는데… 나 진짜 너 사랑한다? 이제 와서 말해 봤자 소용없다는 거 알면서도 너 사랑해. 이제 이런 말 소용없는 거지? 그런 거지? 새로운 삶을 찾은 너에게 이런 말 따윈 소용없는 거지?

하나만 부탁할게. 나라는 존재 기억해 줘. 정진혁 옆에 잠깐 있었던 아이가 아닌, 정진혁이 사랑했던 여자라고 그렇게 기억해 줘. 한때는 정진혁이 너무 사랑해서 목숨까지 내주고 싶었던 여자라고 기억해 줘. 그거면 만족할게. 만약에 길거리에서 마주치더라도 멈추지 말아줬으면 해. 네가 멈추면 난 너한테 안기고 말 테니까. 행복해야 해, 알았지? 나 아프게 한 만큼 행복해. 네가 행복할 수만 있다면… 내가 힘들어할 테니까… 너의 아픔까지도 내가 짊어질 테니까… 넌 웃기만 해줘.

난 알고 있는데 다 알고 있는데 네가 있는 그곳 어딘지.
너도 가끔씩은 내 생각날 거야, 술이 취한 어느 날 밤에.
누구를 위한 이별이었는지, 그래서 우린 행복해졌는지.
그렇다면은 아픔의 시간들을 난 어떻게 설명해야만 하는지.
돌아와. 니가 있어야 할 곳은 바로 여긴데 나의 곁인데.
돌아와. 지금이라도 나를 부르면 그 어디라도 나는 달려나갈 텐데.
돌아와. 우리 우연한 만남이 아직도 내겐 사치인가 봐.
돌아와. 나를 위한 이별이었다면 다시 되돌려야 해.
나는 충분히 불행하니까.

―김혜림 「날 위한 이별」 中에서

담배 피우는 널 보는 것도 오랜만인 것 같아. 내가 피우지 말라고 하니까 입이 심심하다면서 나한테 키스했었잖아. 그게 이제는 꿈인 것만 같아.

❖

"일찍 와 있었네. ^^"
"학교 구경 좀 할까 해서. 여기도 많이 변했다."

“맞아. 우리가 다녔을 땐 벤치만 달랑 있더니.”

“갑자기 생각난다. 네가 나한테 자갈치 사줬던 거.”

“아직도 좋아해? 바나나 우유랑 자갈치랑 칙촉이랑 다 좋아해?”

“당연하지.”

그런 걸 보면 하나도 안 변했는데 왜 하필 나에 대한 것들만 변해 버린 거야?

“진혁아.”

“어?”

“오늘은 나 말 좀 많이 할게.”

“그래.”

“나 사랑하긴 했었지?”

“어.”

“호주 가서도 나 잊었던 건 아니었지?”

“어.”

“날 사랑하긴 했는데 나보다 더 사랑할 수 있는 사람을 만난 거지?”

“……”

“그래서 날 사랑할 수 없는 거지? 내가 싫어진 건 아니었지?”

“그래.”

자꾸 눈물이 나. 어떻게 해. 이렇게 울면… 네가 힘들어할 거 아냐. 그런 거 싫은데… 너 힘들게 하는 거 싫은데…….

“라빈 언닌 내가 잘 알아. 얼굴도 이쁘구 맘씨도 착하고… 분명 널 많이 사랑해 줄 거야.”

“……”

“나 너 호주 가구 다른 남자 쳐다도 안 봤어. 소개팅도 많이 들어왔는데 다 거절했었어. 네가 나한테 돌아왔을 때, 고등학교 2학년 모습 그대로 있어주려구. 6년이라는 시간이 너에게는 어땠을지 몰라도 나에겐 참 힘든 시간이었거든? 4년까진 괜찮았어. 4년 후에 네가 올 거라고 믿었으니까. 딱 4년째 되던 날, 공항에 갔었어. 몇 시 비행기인 줄 몰라서 무작정 계속 기다렸는데… 결국 네가 안 왔어.”

“미안해.”

“싫어, 너한테 그런 말 듣는 거. 나 너 원망하는 거 아니야.”

왜 네가 울 것 같은 표정을 짓는 거야? 내가 너를 보내주겠다는 거잖아. 이제 너를 확실히 놔주겠다는 건데 왜 네가 힘든 표정을 짓는 거야?

“정말… 사랑해. 사람이 이토록 빠질 수도 있는 거구나… 한 사람한테 이렇게 빠질 수도 있는 거구나… 널 통해서 알게 되었어. 이제 어떤 사람이라도 이렇게 절실히 사랑하지는 못할 거야. 간절히 원했어. 정말 간절하게 원했어. 그게 바로 너야. 정진혁… 바로 넌데… 네가 아니야. 내가 원하는 정진혁이 아니야. 나만 봐주는 정진혁이 아니야. 그래서 놔줄 거야.”

“그래도 나 정진혁이다.”

“네가 그랬지? 내가 너 잊어주는 게 소원이라고.”

“그래.”

“이제부터 해야 할 말들이 날 너무 아프게 할 것 같아서 많이 두려워. 하지만 아파하지 않을게. 널 위해서……. 미안한데… 그 소원 못 들어줄 것 같아.”

“네가 힘들어져, 시아야.”

“대신 네가 내 소원 들어줘.”

“…….”

“네가 잊어줘. 네가 나랑 있었던 일 잊어줘. 네가 잊은 것까지… 내가 기억할 테니까…….”

“유시아.”

“하나도 안 잊을게. 널 처음 본 순간부터 헤어졌던 거, 지금 널 보내는 이 순간까지 모두 안 잊을 거야.”

“시아야.”

“행복하라는 말 해주고 싶은데… 나 없이 행복할 널 생각하는 게 싫어.”

“…….”

“분명 시간이 흐를수록 더 커질 거야. 널 사랑하는 내 마음… 더 커지겠지. 보고 싶어서 맨날 울 거야. 그래도 다 참을 거야. 네가 원했던 유시아는 멋진 유시아였으니까. 다 참을 수 있어.”

진혁인 아무 말도 하지 않고 주먹만 꽉 쥐고 있다. 난 더 이상 이 자리에 있을 수가 없다. 너무 아찔해.

“오늘을 끝으로… 지금 이 순간을 마지막으로… 넌 나를 잊는 거야. 그러니까 어떤 식으로 다시 만나게 되더라도 우린 처음 보는 사람이 되는 거야. 우연히 만나게 돼도 멈추지 마. 네가 조금이라도 날 위한다면 절대 멈추지 마. 갈게.”

벤치에서 일어났다. 앉아 있는 진혁이를 내려다보았다. 널 보고 있는 순간에도 네가 보고 싶은데… 정말 막막해. 발걸음을 떼는 순간 난 내 귀를 의심할 수밖에 없었다.

“…다시 만날 거야. 저 하늘 위에서 그토록 바라던 유리의 성을 지어서 그때는 너의 손 놓지 않을게. 마음껏 울어도 돼. 너의 눈물 닦아줄 테니.”

머리 속이 새하얘지면서 아찔하기까지 했다. 이 상황에서 그렇게 내가 간절히 듣고 싶어했던 노래를 부르는 의미를 알 수 없다. 난 멍하니 서 있는 것밖에 할 수 있는 게 없었다. 흐르는 눈물조차 내 의지대로 되지 않았다.

"미안해, 유시아."

"제발 진혁아."

"……."

"제발 미안하단 말하지 마. 제발, 진혁아."

너무 가슴이 아프다. 천천히 진혁이가 내 뒤로 와서 선다. 진혁이의 팔이 내 어깨를 감싸 안았다. 진혁이의 숨소리가 느껴진다. 하지만 이건 아니다.

"너 지금 왜 이러는 건데, 정진혁……."

"……."

"나… 동정하니? 나 불쌍해 보여서 그래? 이제 너 없이 살아가야 할 내가 불쌍해서 그러는 거야? 그래서 노래도 불러주고 나 안아주기도 하고 그러는 거야?"

난 진혁이의 팔을 걷어내고 돌아서서 진혁이를 마주 봤다. 자꾸만 흘러내리는 눈물 때문에 진혁이가 제대로 보이지 않는다.

"나 동정해서 이러는 거라면 이러지 마, 진혁아. 네가 이런 행동하면 나 자꾸 착각하게 되잖아. 자꾸만 미련 갖게 되잖아. 이러지 마."

"착각해도 돼."

"……."

"유시아 너니까… 너니까 착각해도 돼. 너니까……."

진혁이의 저 말이 어떤 의미인지 알 수 없었다. 다시 날 자기 품에 가두는 진혁이. 다른 생각은 할 수 없었다.

한참을 껴안고 있었다. 난 진혁이를 밀어내고 다시 뒤돌아섰다.

"아무리 원해도… 정말 간절하게 원해도… 난 안 되나 보다."

"무슨 뜻이니?"

"해줄 수 있는 게 없어. 네 옆에 있는 것조차도 안 돼. 미안하다."

"그런 말 듣고 싶다는 게 아니잖아! 도대체 무슨 말이야?!"

"듣고 잊어줄 수 있냐?"

"모르겠어."

"잊어줘. 내가 지금 하는 말, 잊어줘."

진혁인 뒤에서 날 껴안더니 내 귓가에 단 한 마디만 하고 돌아서 버렸다.

"미치도록 그리워했고… 죽을 정도로… 사랑해."

"미치도록 그리워했고… 죽을 정도로… 사랑해."

진혁이의 발소리가 점점 멀어진다. 진혁이가 한 말이 환청처럼 느껴진다. 다리에 힘이 풀렸다. 절대 잊을 수 없다. 진혁이가 한 그 말을 절대 잊을 수 없을 것이다. 그렇게 간절하게, 애타게 말했는데 어떻게 잊어. 폰이 울린다. 현우다. 다시 현실로 돌아온 기분이다.

"여보세요?"

[어디야? 오늘 왜 이렇게 연락이 안 돼?]

"미안. 사정이 좀 있었어."

[지금 어디냐?]

"집."

[거짓말하는 거 싫다. 지금 너네 집 앞이야.]

"우리 학교 뒤뜰."

[갈게. 기다려.]

싫다. 진혁이랑 내가 만든 이 공간에 누군가가 온다는 게 싫다. 방금까지 진혁이랑만 있던 곳에 다른 누군가가 온다는 거 싫다. 난 진혁이가 한 말을 다시 되새길 겨를도 없이 뒤뜰에서 빠져나와 정문 앞에 가 있었다.

"왔어? ^^"

"왜 웃어? 울던 티 다 난다. 왜 울었어?"

"저녁은 먹었어? 나 아무것도 못 먹었는데."

"왜 울었냐고."

"벌써 1시네. 지금 문 연 데 없겠다."

"세 번째 묻는다. 왜 울었어?"

"우리 집에 가자, 현우야. ^^ 맛있는 거 해줄게."

걸어가려는 날 잡아당겨 자신의 품에 넣는 현우. 따뜻하긴 한데 내가 원하는 곳은 아니다. 밀어냈는데… 다시 날 안는다.

"울 거면 내 품 안에서만 울어."

다른 남자 때문에 우는 건데 너한테 안겨서 울라고? 말도 안 되는 거잖아. 나 그 정도 염치는 있어. 현우를 밀어냈다.

"이제부턴 그렇게. ^^ 얼른 가자."

"왜 억지로 웃어? 20년도 넘었어. 널 알아온 게 20년도 넘었다구. 너 표정은 금방 알 수 있어. 울고 싶으면 울어. 너 그렇게 억지로 웃는 거 싫다."

"역시 민현우네……."

미안해, 현우야. 진혁이 때문에 우는 거여서 더 미안해. 너한테 기대면 안 된다는 거 아는데… 너무 잘 알고 있는데… 나 혼자서 울기엔 너무 벅차서.

"이제 다 울었어? ^^"

"응."

"코 빨개진 것 좀 봐라. 넌 어릴 때부터 울면 코부터 빨개지더라."

"그, 그래서!"

"이쁘다구. ^^"

"우웩! 느끼해……."

집까지 걸어가면서 현우는 계속 이야기를 했다. 잠깐의 침묵도 허용하지 않은 채 계속. 그렇게 이야기만 했다. 아마 날 생각해서 그랬을 거다. 가만히 있는 시간이 생기면 내가 다른 생각을 하게 될 거란 걸 알 테니까.

"들어가자, 현우야. ^^"

"됐어. 그냥 집에 갈게."

"여기까지 왔는데 들어가. 맛있는 거 해준댔잖아."

"너 지금 몇 신 줄 알고 날 들여보내냐?"

"뭐 어때? 우리가 언제 그런 거 신경 썼다고."

"나도 남자다, 유시아. 같이 있으면 자꾸 안고 싶어진다고."

"치~"

"갈게."

현우는 내 이마에 살짝 입을 맞추고 작은 목소리로 말했다.

"오늘이 마지막이다. 정진혁 때문에 우는 거 더 이상은 안 돼."

현우는 뒤돌아서더니 손을 흔들며 사라졌다. 난… 또다시 울었다. 내가 진혁이한테 상처받은 것만큼 진혁이도 상처를 받았고, 현우도 상처받았다. 아마 내 아픔보다 현우의 아픔이 더 클 것이다. 나만 제자리를 찾으면 되는 건가 보다. 하지만 그러기엔… 진혁이의 말이 너무 걸린다. 미치도록 그리워했고 죽을 정도로 사랑한다고……. 그런데… 날 버렸잖아. 그리워 했고 사랑하는데 왜 라빈 언니한테 간 거지? 내가 이렇게 절실하게… 정 말 간절하게 원한다는 걸 알면서……. 어디부터 꼬인 건지 모르겠다.

　밤을 꼴딱 샜다. 가뜩이나 울어서 추한 몰골. 잠까지 못 잤더니 퉁퉁 붓 고 괴물이 되었다. -0- 일요일이라는 걸 천만다행으로 여기며 사과를 갈았다. =_=

　따르르르릉~

　집 전화가 울리는 게 몇 년 만이던가? 난 잽싸게 거실로 달려가 전화를 받았다.

　"여보세요."

　[시아네 집 맞죠?]

　"맞는데 누구세요?"

　[지윤이다!]

　"야, 핸드폰으로 하면 되지 왜 집으로 하고 그래? 당황스럽게."

　[특이하게 하려고 그랬지!]

　"별걸 다 특이하게 하려고 한다."

　[오늘 뭐 해?]

　"그냥 집에서 쉬려고. 기운이 하나도 없어."

　[니가 튼튼 빼면 뭐가 남는다고 약한 척이냐?]

　"네가 공고 애들이랑 하루만 수업해 봐. 단속이 안 돼."

　[하긴 그렇겠다. 나 너네 집 놀러갈게. 맛있는 것 좀 해놔.]

“그래, 알았다.”

난 김치 볶음밥을 해놓고 지윤이를 기다렸다. 지윤인 집에 오더니 달랑 김치 볶음밥만 해놨냐면서 날 갈궜다. 재료가 없었는걸. ―_―

“그래도 시아 너 요리는 잘한단 말이야. 같은 김치 볶음밥인데 네가 한 건 엄청 맛있어.”

“병 주고 약 주냐? ―_―+”

“근데 너 오늘따라 유난히 눈이 작아 보인다. 많이 부었네.”

“울어서 그래.”

“왜 울었어? 무슨 일 있냐?”

“그냥 이런 일 저런 일. ^^”

지윤인 숟가락을 내려놓더니 날 바라보며 심각하게 말했다.

“넌 날 친구로 생각하긴 해?”

“왜 그래, 지윤아? 우리가 친구지 그럼 뭐야?”

“넌 늘 그래. 중요한 일이 있으면 나한텐 꼭 말 안해.”

“미안.”

“너 고등학교 때부터 그랬어. 진혁 오빠랑 왜 헤어지게 된 건지도 아직 나는 모르잖아. 네가 말하고 싶지 않아 한다는 건 알지만 나도 알 입장은 되지 않냐? 우리가 몇 년 친군데. 힘든 일 있음 털어놔. 그럼 덜 힘들 거 아냐. 너 혼자만 아는 것보단 공유하는 게 덜 힘들잖아.”

지윤이가 그렇게 생각하고 있는 줄 몰랐다. 난 이기적인 사람인가 보다. 지윤인 자기한테 무슨 일이 생기면 나에게 다 말해 줬는데…….

“지윤아, 내가 지금부터 하는 말들이 좀 황당할 수도 있을 거야.”

“응.”

"진혁이를 처음 봤을 때부터 빠져들었던 것 같아. 진혁이와 함께 있는 시간들이 정말 좋았었어. 근데 유난히 현우가 진혁이한테 적대적이었잖아. 왜 그런가 했더니… 우리 오빠 죽은 건 알지? 진혁이가… 우리 오빨 죽인 사람이라더라. 말도 안 되지?"

"현우가 너한테 직접 그래? 정진혁이 네 오빠를 죽인 놈이라고 민현우가 직접 그랬다고?"

"그때가 진혁이가 나한테… 진심으로 고백하던 순간이었거든. 갑자기 현우가 나타나서 더 이상은 못 봐주겠다면서 말하더라. 절망했어. 우리 오빠 죽었을 때보다 더 힘들었어."

다시 그때의 기억이 떠오른다. 정말 다시는 생각하고 싶지 않은 기억이다.

"그래서 여름 방학 때 네가 그렇게 아팠던 거구나."

"응. 그리고 그 여름에 진혁이가 호주로 간 거야. 가기 전에 자기 잊어 달라고, 새롭게 시작하자고 그러더라. 근데 나 계속 기다렸어. 시간이 흐르면 다 잊고 다시 사랑할 수 있을 거라고 믿었으니까. 그렇게 6년이나 지나 버린 거야. 지윤이 너에겐 6년이라는 시간이 어땠을지 모르겠지만 난 정말 600년을 산 것 같은 기분이었어. 그리고 동창회 날, 그토록 기다리던 진혁이를 6년 만에 본 거야. 내 기분이 어땠을 것 같아?"

"당황했겠네……."

"당황하기보다 기뻤어. 좋았다구. 다시 진혁이를 봤다는 생각에… 이제는 계속 볼 수 있겠구나라는 생각에… 좋았어. 다 잊어버렸다는 진혁이의 말조차… 그냥 무작정 좋았어. 하루는 진혁이가 만나자고 해서 나갔더니 소개시켜 줄 사람이 있다더라. 어떤 이쁜 여자가 오더니 진혁이의 여

자 친구라고 하는데… 또 정말 웃기지도 않은 게… 그 여자가 우리 오빠
랑 사귀었던 여자인 거야. 내가 어땠을 것 같아?”

지윤인 아무 말도 없이 내 손을 꽉 잡았다. 난 웬일인지 눈물이 나오지
도 않았다. 힘든 이야기를 하면서도 눈물이 나오지 않았다.

“너무 복잡하게 꼬여서 어디부터 풀어야 할지를 모르겠더라. 하지만
확실했던 건 진혁인 다시 나한테 안 온다는 사실과 난 버려졌다는 거였
어. 그리고 현우가 아직까지 날 사랑하고 있다는 거였어. 그래서 나만 현
우한테 가면 되겠구나라는 걸 알게 돼서… 현우랑… 잤어.”

“계속 말해 줘, 시아야.”

“나 더럽다구 욕해도 할 말은 없어. 하지만 나로선 다신 진혁이한테 가
지 않고 현우 곁에 머물러야 할 이유가 필요했어. 그래서 잔 거야. 그리고
어제… 정리하려고 진혁이를 만났어. 이제 정말 안녕이라고 말했는데…
진혁이가 노래를 불렀어. 나랑 진혁이가 가지고 있는 추억의 노래를 진혁
이가 그 상황에서 불렀어. 나를 다 잊었다고 하더니 그 노래를 불렀어. 그
리고는 자기가 하는 말을 잊어달래. 그래놓고… 미치도록 그리워했고, 죽
을 정도로 사랑한대. 그리고 가버렸어. 나 어떻게 해야 되는 거야? 지윤
아, 네가 알려줘. 응?”

아까까진 눈물이 나지 않더니 지금은 눈물이 쏟아진다. 지윤이가 날
껴안고 다독이면서 같이 울었다.

“그동안 얼마나 힘들었어? 난 아무것도 모르고.”

“지윤아.”

“응?”

“진혁이가… 보고 싶어.”

순간순간… 네가 너무 보고 싶어. 정말 너무 간절하게 널 원해, 진혁아. 변해 버린 너일지라도… 넌 정진혁이잖아. 사랑한다는 말로는 표현할 수조차 없어.

밤이 되자 지윤이가 돌아갔다. 가기 전에 울지 말라고 신신당부했다. 이제 안 울어… 이제 아파하는 것도 안 할 거야.

[여보세요?]

"현우야, 나 시아."

[웬일이야? 목소리가 안 좋네. 어디 아파?]

"머리자 조금 아파."

[내가 지금 갈게. 집에 가만히 있어.]

현우는 이런 사람이다. 조금 아프다고 했는데도 달려오겠다는 그런 사람이다. 그래서 너한테 날 맡기기로 결심한 걸 후회하지 않아. 5분도 되지 않아 현우가 왔다. 오자마자 내 이마부터 짚어보며 열이 있는 것 같다고 허둥댄다.

"병원 가야 되는 거 아닌가?"

"그냥 두통인 걸 뭐. 오늘 뭐 했어?"

"엄마랑 현장 갔다 왔어. 일할 때 보면 우리 엄마 진짜 대단해 보여."

"아줌만 언제나 대단해 보이는데 뭐."

"넌 오늘 뭐 했어?"

"지윤이랑 집에서 놀았어."

"양지윤 때문에 아픈 거 아니야? -_-^"

"아니야. 지윤이 덕택에 좀 편해졌는데 뭘."

난 현우의 어깨에 기댔다. 내 머리 위로 자신의 얼굴을 기대는 현우였다.

한동안 그렇게 서로에게 의지하며 가만히 앉아 있었다. 침묵을 깬 건 나였다.

"어제 진혁이 때문에 운 거 어떻게 알았어?"

"너한테 가던 길에 정진혁을 봤거든."

"이제 그럴 일 없을 테니까 걱정하지 마."

"걱정 안 해. 믿으니까."

"현우야, 딱 3일만 시간 줘. 3일 동안 다 정리하고 너한테 갈게. ^-^"

"정말 3일이면 되겠어?"

"응. ^-^"

"돌아올 거지?"

"당연하지. 나 믿는다며. 끝까지 믿어줘. 절대 그 믿음 안 깨."

현우는 날 안더니 고맙다고 속삭였다. 이게 정상인 거다. 어제 진혁이에게 들은 말은 잊을 거다. 그게 나도 편하고 모두가 편할 길이다.

다음날, 학교에 아프다는 핑계를 대고 나가지 않았다. 그리고 혼자 동해로 갔다. 넓게 트인 곳에서 생각을 정리해야 할 필요가 있었다. 현우의 차를 빌려—좋은 차여서 부담스러웠다. -_- —경포까지 달렸다. 어두운 바닷가에 나 혼자뿐이다. 모래사장에 앉았다. 멍하니 바다를 바라보고 있는데 문득 정신을 차려보니 진혁이 생각만 하고 있었다. 나도 모르게 진혁이네 집 전화 번호를 누르고 있었다. 통화음이 어찌나 길게 느껴지던지. 약간 잠긴 진혁이의 목소리가 들린다.

[여보세요?]

"자고 있었나 봐. 미안."

[안 잤어.]

아무 말도 하지 않고 서로의 숨소리만 느꼈다.

[바다야? 파도 소리 들리는 것 같네.]

"응. 경포 왔어."

[혼자냐?]

"응. 혼자 오는 것도 꽤 괜찮다."

[세 시간만 혼자 있을 수 있지?]

"응."

[딱 세 시간만 기다려.]

기다리는 거… 나 잘하잖아. 가만히 앉아서 세 시간이 지나기를 기다렸다. 신기하게도 딱 세 시간이 지나니까 진혁이가 내 앞에 와서 섰다. 이 넓은 모래사장에서 날 찾은 게 신기하다.

"여자 혼자 위험하게. 입술까지 파래졌잖아."

"안 추운데 뭐."

"안 춥긴."

진혁인 내 옆에 앉아서 한 손으로 내 어깨를 감싸 안았다. 난 진혁이의 어깨에 기댔다. 고등학교 때로 돌아간 기분이다.

"시간이 멈추면 참 좋겠다."

"그러게."

"이대로 같이 죽어도… 좋겠다."

"죽고 싶어?"

"너 없이 사느니… 죽는 게 편할지도 모르겠단 생각이 들기도 했어."

"난 안 죽고 싶어. 끝까지 살아서… 옛날 생각 나네."

진혁인 말을 하다 말고 딴 이야기로 돌렸다. 끝까지 살아서 뭐? 그 다음 이야기가 궁금해.

"내가 너한테 했던 말 기억나냐? 끝까지 살아서 지켜주고 싶다던 말."

"당연히 기억나지. 지금 생각하면 그날만큼 만감이 교차했던 날이 없는 것 같아."

"그런가?"

"네 고백 듣고 행복했는데 현우의 말 때문에 생지옥까지 가고… 정말 만감이 교차했던 날이었지 뭐."

"그때 했던 말 지금도 유효해."

"너무 멀리 왔어. ^^ 돌아가기엔 늦었다는 거 너도 알잖아."

내 어깨를 감싸고 있던 진혁이의 손에 힘이 들어갔다. 너한테 그런 말 들어본 것만으로도… 난 행복할 수 있어.

"나한테 니가 없고… 너한텐 내가 없고… 같이 있어야 할 사람들끼리 같이 못 있어서 행복하지 못할 수도 있어. 하지만 진혁아, 우리 둘은 꼭 행복해야 돼. 다른 곳에서 다른 사람과 살아도 너랑 난 꼭 행복해야 돼. 그래야 되는 거야. 그게 정상인 거야."

"미안해, 시아야. 내가 떠난 것부터 잘못이었어."

"넌 잘못없어. ^-^ 호주에서 무슨 일이 있었는지 모르겠지만 다 운명이라고 생각하자. 우리에게 가장 힘든 운명이라고 생각하자."

"호주간 것부터 잘못이었어. 회피하려고 떠난 게 잘못이었어."

진혁이가… 운다. 다른 사람이 운다는 게… 이런 기분인 줄 몰랐다. 내가 아파서 울 때보다도 더 가슴이 아팠다. 어떻게 설명할 수 없을 정도로 너무 아팠다.

"네 잘못 아니야, 진혁아. 넌 잘못 하나도 없어. 너로선 그럴 수밖에 없었던 거야. 잘못없어."

“매일같이 빌었어. 유시아 내 앞에 데려다놓으라고… 다시 사랑하게 해달라고… 하루도 안 빼놓고 빌었는데… 안 되는 건 안 되는 건가 봐.”

“나 현우랑 결혼할 것 같아. 그게 정상인 거지?”

“…….”

“다른 사람들처럼… 평범하게 살래…….”

진혁인 아무 말도 없었다. 다만 날 감싸고 있던 손에 점점 더 힘이 들어간다는 것뿐… 그것 외엔 아무것도 다른 게 없었다.

“좀 더 많이 사랑할 걸 그랬나 봐. 우리에게 시간이 주어졌을 때 더 많이 사랑해 둘 걸.”

“그만 하자.”

“더 많이 해줄 걸 그랬어. 이렇게 될 줄 알았다면 많이 해줬을 텐데… 그치?”

“사랑한다.”

고요함 속에 진혁이의 목소리와 파도 소리뿐이다. 보이는 건 단 하나. 날 바라보고 있는 진혁이… 진혁이뿐이었다. 서로 아무 말도 없이 바라만 봤다. 보고 있기만 해도 날 행복하게 만들었던 넌데… 왜 지금은 널 보고 있으면… 눈물이 나는지 모르겠어.

“난 널 울리는 것밖에 못하는 것 같다.”

“…….”

“웃는 게 이쁜데… 널 생각하면 우는 모습이 더 많이 떠올라.”

“…….”

“왜 그런 말 있잖아. 전생에서 천 번의 인연이 있어야 다음 생에 맺어진다고. 이번이 마지막 한 번째야. 다음 생에선 절대 안 놓쳐.”

서로를 너무 간절하게 원한다는 거 아는데… 단지 한 번의 인연이 모자라서 헤어져야 한다는 거야? 그런 거 싫어. 납득할 수 없는걸.

"말해 줘, 진혁아. 도대체 무슨 일이 있었던 거야? 내가 납득할 수 있도록 말해 줘."

"미안하다."

"네 마음 확실히 알았는데 그냥 돌아서려니 나 너무 힘들어. 내가 확실히 정리할 수 있게끔 설명해. 무슨 일이 었었던 거야?"

"해줄 말이 없어. 단지 난 라빈이랑 함께 있어야 한다는 거, 너랑은 절대 같이 있을 수 없다는 거, 그것뿐이다."

"난 네가 행복했으면 좋겠어. 내 옆에서 나와 같이 행복했으면 좋겠는데… 안 된다는 거 알아. 알아서 많이 아프다. ^^"

오늘이 마지막일 거야. 너와 함께 있을 수 있는 게 정말 오늘이 마지막일 거야. 그래서 웃는 얼굴 많이 보여주고 싶어. 근데 자꾸만 눈물이 나, 진혁아.

"시아야."

"응?"

"유시아."

"응?"

"너 이름 부를 때면 나도 모르게 웃음부터 나는 거 아냐?"

"……."

"그걸로 행복할 수 있다. 너 생각하면서 이름 불러보는 것만으로도 행복할 수 있어."

나보고 걱정하지 말라는 뜻인 거지? 자기 걱정 하지 말고 나부터 행복하라는 말인 거지? 널 위해서라도 꼭 행복할게… 반드시.

“해뜬다, 진혁아.”

“해뜨는 게 저렇게 이뻤었나?”

“나랑 같이 봐서 이뻐 보이는 거지 뭐. ^^”

“넌 그런 말 할 때마다… 살짝살짝 싫어지는 거 아냐? -_-”

“말을 해도 꼭 그렇게… 읍!”

기습 키스였다. 생각지도 못한 진혁이의 키스에 당황했다. 얼마나 서로를 원했는지 알 수 있었다. 이렇게 가까이서 진혁이를 느낄 수 있다는 게… 행복하다.

“왜 얼굴 빨개지고 그러냐? 민망하게.”

“니가 덮쳤잖아!”

“마지막일 테니까 해보고 싶은 건 다 해봐야지.”

“뭐, 뭘 해봐!”

“뭘 하긴(히죽히죽. -_-).”

“너 지금 진짜 사악해 보이는 거 알아?”

“일어나자. 밥 먹으러 가야지.”

진혁이가 내미는 손을 잡고 일어났다. 늘 이렇게 너의 손을 잡을 수 있으면 좋을 텐데. 늘 이렇게 같은 길을 함께 걸어나갈 수 있다면 좋을 텐데.

“언제 가야 돼?”

“글쎄. 학교엔 3일 정도 못 갈 것 같다고 해놓긴 했는데.”

“3일이면 내일까진 같이 있을 수 있는 거네?”

“넌 회사 안 가?”

“아버지가 어떻게 해주겠지. -_- 짤려도 그만인 것이여.”

“야, 너 사투리 듣는 것도 오랜만이어서인지 정감 간다.”

모든 게 너무 오랜만이다. 날 사랑해 주는 진혁이를 가까이서 느낄 수 있는 것부터… 모든 게 너무 오랜만이어서 눈물겹게 행복하다.

"하루가 이렇게 짧은 거구나. 계속 돌아다녔더니 피곤하네."

"방 잡을까?"

"어?"

"당황하긴. −_− 방 잡아줄 테니까 자고 내일 돌아다니자."

"어."

여기까지 왔는데 한 방 써야 하는 거… 그런 건가? 근데… 뭔가 찜찜한 게… 별로다.

아무 생각 없이 진혁이 손에 이끌려 호텔까지 와버렸다. 난 멀뚱멀뚱 서 있었고 진혁이가 뭐라뭐라 말하더니 불같이 화를 낸 후에 −_− 나한테 왔다.

"야, 방이 하나밖에 없다는데? −_−"

"어? 어? 그, 그래?"

"왜 그렇게 떠냐? 안 잡아먹으니까 걱정 마."

내 머리를 부비부비하더니 손을 잡곤 엘리베이터를 타고 605호로 들어갔다. 진짜 쭈뼛쭈뼛. 민망. 불편. 그 자체다. −_− 게다가 침대가 더블이다… 읍쓰~ −0−! 한 번도 진혁이가 당황하는 걸 본 적 없는 나였다. 진혁이의 안절부절못하는 표정을 보는 건 꽤 즐거웠다. −_−

"어째 나보다 네가 더 불안해 보인다?"

"내가 뭘 불안해한다고 그르냐? −_−"

"내가 더 불안하다고. −_− 넌 남자잖아."

"안 건드려. 안 건드려. 내가 눈뜬장님인 줄 아냐?"

"너… 그거 뭔 의미다냐?"

"말 그대로지 뭐. ㅋㅋ"

"요즘 안 맞았나 보네. 몇 대 맞으면 정신이 들까?"

난 눈앞에 보이는 베개를 진혁이 면상에 -_- 정통으로 맞췄다. 이렇게 뿌듯할 수가. T_T 내가 지금까지 진혁이를 알아오면서 단 한 번도 때려 본 적이 없었다. 물론 장난식으로―애교로. -_- ―몇 대 치긴 했지만. 진혁이의 눈썹이 꿈틀거린다. 훗, 하나도 안 무섭다… 일 리가 없지. T_T

"잘못했어요. ㅠ_ㅠ"

"유시아, 존나 많이 컸네."

"다 늙어서 존나가 뭐야(직업병이라고도 한다)?!"

"존나든 존다든 -_- 좋은 말로 할 때 와라."

"미쳤다고 가냐! 메로오오오옹!"

난 세 번째 손가락을 올리며 혀까지 내밀고 화장실로 냅다 튀었다. 한동안 화장실 문을 뽀사져라 두들기던 놈은 지쳤는지 포기해 버렸다. 이왕 들어온 거 씻고 나가자! 난 머리도 감고, 세수도 했다. 화장 지운 거 보고 놀라는 건 아니겠지? -_- 조심스레 문을 열었는데… 놀라 자빠질 뻔했다.

"너, 너… 변태냐! 왜 문 앞에 서 있고 그래, 간 떨어지게!"

"씻었냐?"

"응. -_-"

"그렇게 샴푸 냄새 풍기고 있으면 나도 한계가 있지. -_-"

"뭐, 뭐!"

"아, 몰라. 나도 씻을 껴."

진혁이의 말에 심히 불안해지는 나였다. 물소리가 들리고 노래를 흥얼거리는 소리까지 다 들렸다. 유리의 성이라는 게 문제였다. 날 의식하고 부르는 것 같진 않았다. 자신도 모르게 늘 습관처럼 부르던 것처럼… 진혁인 그런 식으로 노래를 불렀다. 너의 그런 모습 때문에 난 눈물이 날 것 같다구. 구석에 쪼그리고 앉았다. 이상하게 난 울고 싶어지면 구석으로 가게 된다. 전에도 그랬고… 지금도 그렇고… 무릎에 얼굴을 묻고 울었다. 물소리가 더 이상 안 나는데… 이제 진혁이가 나올 텐데… 나 울면 진혁이 속상해하잖아. 울지 말자.

"유시아!"

화들짝 놀란 진혁이가 구석에 있는 날 발견하고 다가왔다. 날 천천히 일으켜 세우는 진혁이었다. 고개만 푹 숙이고 있는 나다.

"왜 울어? 내가 아까 한 말 때문에 그래? 안 잡아먹는다니까!"

"아니야. 아니야."

"그럼 왜 울어? 말 좀 해봐라!"

"아니야, 아무것도 아니야. 눈에 뭐가 들어갔나 봐. 이제 안 울어."

"진짜 안 울지?"

"응. ^^"

"루돌프 같아. ─_─ 루돌프 사슴 코는 빨갱이~ 빨갱이~"

"돌았지?"

"불 붙는다!! ─0─!"

한참을 루돌프 노래를 불렀다. 이제 나도 지쳤다. 그냥 냅뒀다. 저런 모습 볼 수 있는 시간도… 많지 않으니까.

"유시아!"

"왜 그렇게 무섭게 불러?"

"이제 자자. ^0^"

"너 혼자 자. -_- 난 안 잘래."

"피곤하다며? 안 잡아먹는다니까 그러네."

"나보다 네가 더 피곤해 보여. 얼른 자."

"너 껴안고 자고 싶어서 그래. ^^"

나도 모르게 자동적으로 진혁이 쪽으로 발걸음이 떼어졌다. 미쳤다. 미친 거야, 정말. -_-

우린 한 침대에 누웠다. 진혁이의 팔을 베고 누워 있는 게 정말 내가 맞는지 궁금해진다.

"같은 샴푸로 머리 감았는데 왜 너한테선 다른 향이 나냐?"

"내가 어떻게 알아?"

"냄새 좋다."

"변태 같다, 진혁아. 적당히 좀 하지? ㅋㅋ"

"맨날 이렇게 있으면 좋겠네. 그치?"

"바랄 걸 바래. 그런 얘기 하지 말자."

"그럼 무슨 얘기 할까?"

"그냥 네 얘기 듣고 싶어. 네가 해주는 얘기 아무거나."

진혁인 내 머리를 계속 만지작거리며 이야기를 시작했다.

"우리 처음 만났을 때 기억나냐?"

"당연하지. 내가 지각했었잖아."

"나 그때 막 잠들려던 참이었거든? 엄청 좋은 자세 찾아서 딱 자려고 하는데, 무슨 그지 같은 게 -_- 문을 박차고 들어오는 거야. 그래서 잠이 확 깼지."

"그래서 열받아서 나한테 그런 말을 하신 거예요, 정진혁 씨?"

"아니. 뭐, 꼭 그런 건 아니었어. 내가 성격이 좀 지랄맞았잖냐. 너 처음 본 순간에 느낌이 괜찮다 싶었는데 말이 그 딴 식으로 튀어나오더라고. 말하고 나서 나도 당황했다니까."

"내가 말했었나? 난 너 처음 봤을 때 좀 재수없었다고. -_-"

"내가 원래 그런 말을 좀 들어. =_="

진혁이 이마에 핏줄이 스물스물 생기기 시작했다. 난 외면했다.

"갑자기 그 선생님 생각난다. 한다예 선생님."

"참 멋진 추억이지."

"너 솔직히 그 선생님이랑 어디까지 갔어?? 나 예전부터 궁금했는데 창피해서 못 물어봤었거든."

"진짜 구라 안 치고 손만 잡았다. -_-"

"지난 일인데 거짓말 안 해도 돼, 진혁아."

"진짜라고, 쩝쩝아. 내가 그땐 워낙 순수했었잖아."

"그래, 믿어주지. 너 그 선생님 말고 다른 여자는 몇 명이나 사귀어봤어?"

"글쎄 뭐, 특별히 사귄 여잔 없었고 그냥 만난 여자들이야 많았지. -_-"

"오호~ 그런 여자들이랑은 만날 때마다 뽀뽀하셨고?"

"너랑 만나기 위한 연습이었던 게지. 하하하하!"

"웃음으로 때우려고 하지 마!"

아… 이젠 내가 열이 받는구나. 과거의 여자들한테까지 질투를 해서 어쩌겠다는 거냐? 유시아, 정신 차려. -_-;

"우리 다른 얘기 하자, 진혁아. 나 열이 받는구나."

"그럼 네 얘기 좀 해봐라."

"난 너처럼 파란만장한 삶을 살지 않아서 해줄 얘기가 별로 없어."

 키스를 먹이로 널 길들인다

"아, 맞아. 왜 우리 처음 데이트했을 때 잡지사에서 사진 찍었잖아. 그거 아직도 못 봤다."

"맞아맞아! 나 그 사진 진짜 보고 싶었는데."

"그 사진 기사한테 연락처라도 알려줄 걸 그랬다. 잡지에 내 실린 사진 보고 이곳저곳에서 많이 캐스팅하려고 했을 텐데… 이름이라도 알려줄 걸. 아~ 후회스러워."

그놈의 병은 아직도 고치지 못했더냐?

"내가 그때 쪽팔렸던 거 생각하면 진짜… 그런 사진 찍을 땐 웃으면서 찍는 건데 네가 하도 인상 써서……."

"그게 나의 매력이지."

"매력 좋아하신다. -_-"

"그리고 보니까 난 너네 부모님 뵌 적 한 번도 없네."

"나도 너네 아버지 뵌 적 없는걸 뭐."

"난 니네 집 앞까지 많이 가고 그랬었잖아. 한 번쯤은 찾아뵐 걸 그랬다."

"넌 우리 엄마가 좋아하지 않을 스타일이야. -0-"

"니가 뭘 모르는 모양인데 내가 아줌마들한테 인기 캡이라니까."

"그래, 인기 많으셔서 좋으시겠어요."

"별거에 다 질투하긴. ㅋㅋ"

아, 나 더 이상 얘기하기 싫다. -_- 열받아.

"이제 그만 얘기하자, 진혁아. 나 정말 화가 난다."

"그럼 넌 지금부턴 내가 하는 말 듣기만 해라."

…진혁인… 아주 슬픈 목소리로… 정말 가슴 아픈 이야기를 하기 시작했다. 너무 아프다. 우리의 이런 현실이… 너의 그 슬픈 목소리가… 너무 아파.

"나중에… 다음에… 널 다시 만날 게 분명하니까… 그때 우리 아기들 이름 뭘로 지을까?"

"……."

"난 좀 특이한 이름이 좋던데. 그리고 아들 두 명이랑 딸 두 명 낳을 거다. 그래서 아주 이쁘게 키울 거야. 하긴 유시아랑 내 자식이면 이쁘겠네. 너만 안 닮으면. ㅋㅋ"

"죽는다."

힘겹게 한마디를 꺼낸 거였다. 자꾸 목이 메어서 아무 말도 못하겠다.

"딸은… 한 명은 바다로 짓고, 또 한 명은 향기로 지을 거야. 아들은… 한 명은 그늘로 지을 거고, 또 한 명은 아래로 지을 거다. 왜 그렇게 짓고 싶은지 아나?"

"몰라."

"너한테서 늘 바다처럼 시원한 향이 났거든? 그래서 바다, 향기! 아들 이름은 유시아한테 정진혁이 그늘 같은 존재로 있어주고 싶어서 그늘, 아래로 지을 거야."

"정바다… 정향기… 정그늘… 정아래… 이상하잖아."

"뭐가 이상하냐? 이쁘기만 한데."

…그래, 나중에 꼭 그렇게 짓자. 나 안 잊어버리고 기억하고 있을게. 그래서 다음 생에서 널 만나면… 꼭 우리 자식들 이름 그렇게 지을 거야. 그때까지 조금만 더 기다리고 있자, 우리…….

언제 잠이 들었는지도 모르겠다. 눈을 떴을 때 내 머리를 만지고 있는 진혁이가 보였다.

"잘 잤냐?"

"어… 넌 잘 잤어?"

"누구 때문에 아주 잘 잤어! 발로 차고, 손으로 치고, 아주 잘 잤어!"

"미, 미안해. 잠자리가 바뀌면 원래 좀 그래. ㅠ_ㅠ"

"미안한 거 알면… 어깨 좀 주물러 봐. 니 머리 때문에 팔 굳었다. -_-"

누가 언제 팔베개 해주라고 했냐! 씨. -_-^ 난 열심히 안마를 해줬다. 대학 다닐 때 동아리에서 안마하는 거 배웠는데 이럴 때 쓸모가 있구나.

"서울 언제 올라갈까?"

"오늘 가야지."

"너 학교는 언제부터 가는데."

"내일부터 간다고 말해 놨어. 휴… 나 너무 무책임한 것 같아."

"그런 생각 하지 마. 그럼 오늘이 진짜 마지막이겠네."

"마지막이라는 말… 정말 싫다, 그치?"

아침부터 이렇게 우울한 이야기로 시작하다니. 하긴 네가 없으면 늘 우울하겠지만…….

"유시아, 돌아가기 전에 내 부탁 하나만 들어주라."

"뭔데?"

"우리 서울 가기 전에 남이섬 한 번만 가자."

남이섬이라 하면… 우리가 야영 갔었던 곳이잖아. 아마도 난… 야영 갔을 때 너한테 점점 끌리는 내 자신을 발견했었지.

"그래!"

진혁이와 난 호텔에서 나와 각자의 차를 끌고 남이섬으로 향했다. 남이섬으로 가는 내내 핸드폰으로 진혁이와 통화를 했다. 행복하다. 배를 타고 남이섬으로 들어갔다.

"여기도 여전하네. 봄에 왔으면 더 좋았을 뻔했어."

"여긴 왜 오자고 한 거야?"

"그냥 갑자기 생각이 나서."

"우리 뭐 먹으러 가자."

난 진혁이 손을 잡고 매점으로 갔다. 바나나 우유 두 개랑 빨대랑 칙촉
이랑 자갈치랑 사서 잔디밭에 앉아 열심히 먹었다. 전에 야영 왔을 때도
먹었던 기억밖에 없는데.

"칙촉은 먹기가 너무 아깝단 말이지."

"그러면서 왜 좋아하냐?"

"맛있잖아. 난 옛날에 이런 과자 종류가 칙촉밖에 없는 줄 알았는데 칩
스칩스랑 촉촉한초코칩도 있더라? 그래서 그런 것들도 먹어봤는데 촉촉
한초코칩, 예술이드라. 아주 입에서 살살 녹는 게… 아오!"

"그럼 그거 사올 걸 그랬다. 칙촉보다 촉촉한초코칩이 더 많이 들어 있
는데. -_-"

"그래도 칙촉을 따라올 자는 없지. 하하하하하!"

가끔 진혁이의 이런 모습을 보면 상당히 또라이스러워 보인다.

"넌 과자 같은 거 많이 좋아하는데 왜 살이 안 쪄? 남자가 그렇게 빈약
해서……."

"야, 내가 말라 보여도 속은 완전 근육질이라니까! 보여줘??"

"됐네요, 됐네요!"

"그러는 넌 나보다 군것질도 덜하면서 왜 살이 많냐? -_- 고등학교
땐 나름대로 말랐었던 것 같은데… 너 솔직히 살 쪘지?"

"그래, 쪘다 왜!"

"얼마나 쪘냐?"

"숙녀한테 별걸 다 물어본다잉?"

"궁금하잖아. ㅡ_ㅡ 너 살 많이 찌면 나중에 못 업어줘. 전에도 너 한 번 엎었다가 허리 휘청거려 죽는 줄 알았는데……."

나 그땐 47㎏ 나갔었어, 진혁아. ㅡ_ㅡ 지금 업어달라고 하면 너 쓰러질지도 몰라. 나 좀 많이 쪘거든.

"안 업어줘도 돼, 이 자식아."

"얘 말투 좀 보래요!"

"너 지금 꼭 미운 일곱 살 같아. ㅡ_ㅡ;"

"난 미운 스물다섯이다. 하하하하하하!"

나이를 거꾸로 먹는 진혁이다.

"진혁아, 넌 어떤 여자가 이상형이야?"

"나? 글쎄… 긴 생머리에, 얼굴 엄청 하얗고, 눈은 댕글댕글 하고, 키는 좀 작았으면 좋겠고, 성격은 얌전하면서 내 말 잘 들어주고, 뭐 그런 여자지. 그다지 많이 바라는 건 없는 편이야."

그게 많이 바라는 게 아니냐? =_=

"그러는 넌 어떤 여자가 이상형이냐?"

"나? 나도 별거 안 바래~ 키 크고, 얼굴 잘생기고, 돈 잘 벌고, 유머스럽고, 나만 사랑해 주고, 내가 힘들어하면 옆에서 묵묵히 지켜줄 수 있는, 뭐 그런 남자."

"완전 나잖아."

"웃긴다."

"야! 솔직히 나 키 크지, 얼굴 잘생겼지, 돈… 뭐 아버지가 많으니까. ㅡ_ㅡ

그리고 내가 좀 웃기냐? 또 너만 사랑해 주지, 너 힘들면 옆에서 묵묵히…
는 아니구나. 난 가만히 있어주는 건 못하니까. 아무튼 완전 나잖아.”

그러고 보니까 그렇네. −_− 난 어느 순간부터 이상형까지도 너로 바
뀌었나 봐.

진혁이와 난 계속 손을 잡고 걸었다. 아무 말도 하지 않고 손만 잡은 채
로 그렇게 걷기만 했다. 4시쯤 남이섬에서 나와 서울로 향했다. 남이섬에
갈 때처럼 핸드폰으로 전화를 하며 가지는 않았다. 이제 헤어져야 한다는
걸 아니까.

우리 집 앞에 도착했다. 진혁이가 차에서 내렸다.

“유시아.”

“응?”

“잊지 마라. 네가 어떤 모습이라도 정진혁은 유시아 사랑한다는 거…
네가 다른 사람 품에 안겨 있다고 해도 내가 사랑하는 유시아라는 거…
내가 다른 사람과 함께 있다고 해도 난 늘 유시아만 보고 있다는 거…
죽는 그 순간까지, 아니, 죽어서도, 다시 태어난다 해도 유시아만 사랑할
거라는 거…….”

그 말이 너무 애절하게 다가와… 그래서 숨도 못 쉴 만큼… 가슴이 아파.

“진혁아.”

“그래.”

“너도 잊으면 안 돼. 유시아는… 18살 때 정진혁 처음 본 순간부터 단
한 순간도 정진혁을 사랑하지 않은 적 없다는 거… 앞으로도 계속 정진혁
만 사랑할 거라는 거… 그리고 바다랑 향기랑 그늘이랑 아래랑… 꼭 보고
싶다는 거.”

“그래… 반드시 볼 거야.”

더 이상 아무 말도 필요하지 않았다. 진혁인 내 입술에 가볍게 입을 맞추고 떠났다. 난 한참 진혁이가 사라진 곳을 바라보았다. 그러다 보니 어느 순간 눈물이 흐르고 있었다.

뽀로로로로로로로로롱~

“여보세요?”

[정진혁 때문에 우는 거 더 이상은 용납 못한다.]

“현우야?”

[뒤돌아봐.]

뒤로 돌았다. 화난 표정의 현우가 서 있었다. 설마 다 본 건 아니겠지?

“어디서부터… 봤어?”

“정진혁이 너한테 키스하는 거부터.”

다행이다. 우리가 한 이야기들은 못 들어서. 그건… 진혁이랑 나만 알아야 하는 이야기니까.

“오늘이 끝이야… 정말로.”

“나 더 이상 힘들게 하지 마, 시아야.”

“미안해. 안 그럴게.”

“돌아왔으니까 된 거야. 밥은 먹었어?”

“아니. 피곤해. 별로 생각이 없네.”

“그럼 들어가서 쉬어. ^^ 밤에 전화할게.”

“응.”

집에 들어가자마자 씻지도 않고 침대에 누웠다. 진혁이와 함께했던 걸 내 머리 속 깊숙한 곳에 봉인시켜야 한다. 가끔씩 너무 보고 싶어서 미칠 것 같을 때… 그럴 때나 꺼내볼 거다. 하지만 난… 벌써부터 꺼내보고 있다. 보고 싶어서 미칠 것 같으니까… 정말 돌아버릴 것 같으니까.

정말 아무렇지도 않게 잘살고 있다. 괜찮은 척을 하는 것도 아닌데 난 괜찮다. 학교에서 수업하고, 자는 애들 깨우고, 복장 검사 하고, 담배 피우는 거 잡아내고, 가끔 세호랑 이젠 이름을 불러도 전혀 가슴이 아프지 않은 진혁이랑 얘기하고, 우유 먹고, 현우와 만나서 놀고, 가끔은 지윤이랑도 만나고… 전혀 힘든 게 없다. 다만 아주 가끔씩… 아니, 사실은 밤마다 진혁이가 보고 싶어서 숨겨놓았던 기억들을 꺼내보곤 한다. 그러다가 울다 잠든다. 하지만 아침이 되면 아무렇지도 않다. 아무렇지도 않다고 믿는 걸지도 모르지만.

무더운 여름.

"더워서 수업하기 싫어요~"

"세호 네가 수업하고 싶을 때가 언제냐?"

"수업하지 말아요, 쌤~"

"하지 마요! 하지 마요! -0-"

내가 저 떡대 좋은 아이들을 무슨 수로 말리리오. 체념했다.

"그럼 수업 안 하면 뭐 할 건데?"

"얘기해요, 얘기!"

"사내 새끼들이 얘기하는 걸 왜 이렇게 좋아해!"

"어? 그거 남녀 차별적인 발언이다!"

"오~ 안경태! 졸라 유식한 말하는데~"

반장 아이의 이름은 안경태가 아니다. 허대만이라는 정상적인 이름을

갖고 있는 학생이지만 영심이에 나오는 남자 아이, 즉 안경태를 닮았다는
이유로 안경태라 불리고 있다.

"이세호! 졸라가 뭐니, 졸라가!"

"졸라? 내가 졸라라는 말을 썼나? 그랬나요?"

"아닌 척하네, 또. −_− 그래, 말을 말자."

"쌤, 우리 날씨 더우니까 나가서 얼음땡해요!"

"와! 와!"

"덥다면서 밖엔 왜 나가! 교실에 있는 게 제일 시원해."

"나가서 얼음땡하면 하나도 안 더워요! 그치, 애들아?!"

"솔직히 더운데……."

아주 작은 목소리로 안경태 −_− 가 말했다. 세호는 지우개를 던져 안
경태의 뒤통수를 가격했다. 이제 난 교감 선생님한테 혼나겠구나.

혈기 왕성한 아이들을 데리고 운동장으로 나갔다. 체육 시간인 반이
두 반 있었다. 난 체육 선생님에게 고개만 살짝 숙이고 아이들을 데리고
구령대로 갔다. 운동장에서 그나마 시원한 곳은 구령대뿐이다.

"나오니까 시원하죠, 쌤?"

"그러네. 너네 얼음땡하고 싶다며? 가서 해. 난 여기서 보고 있을게."

"미쳤다고 이 날씨에 얼음땡을 해요? 쌤 돌았어요?"

"어어버버버……."

"더위먹었나?"

세호는 심각한 표정을 지으며 손으로 내 이마를 짚어본다. 난 속았다
는 생각에 분한 마음을 감출 수가 없었다!

"오~ 분위기 좋은데~"

"애들이! 말 함부로 하는 것 좀 봐!"

"선생님이랑 이세호랑 엄청 잘 어울려요."

"세호가 아깝지 않냐?"

진혁이 네가 날 탐탁지 않게 생각한다는 걸 나도 알고 있다. -_-

"선생님, 진짜 저랑 결혼할래요?"

"나 결혼할 사람 있다니까."

"진짜? 진짜로요? 이럴 수가! 선생님이 날 버렸다, 애들아!"

"세호를 버린 선생님을 응징하라! 응징하라!"

구령대에 일렬로 아빠 다리를 하고 앉는 2학년 4반 학생들. 시위하는 대학생들마냥 -_- 하복 남방에 매는 넥타이를 이마에 두르고 날 응징하라는 구호를 외친다. 운동하고 있던 딴 반 학생들은 좋다고 구경을 한다.

"애, 애들아 그만 해. ㅠ_ㅠ"

"선생님, 어떻게 그러실 수 있나요! 지난밤 우리의 꿈 같던 사랑은 다 거짓이었나요? -0-"

"무슨 꿈같던 사랑이야! 지난밤은 또 뭐고? —.,—"

"저에게 사랑을 속삭이던 그 밤을 다 잊으신 건가요? 아아아! ㅠ_ㅠ"

이세호, 이 미친 새끼! -_- 결국 무시무시한 체육 선생님의 등장으로 아이들은 해체했다. 이런이런… 교무실 창문으로 날 내려다보는 사람이 있었구나. 교감 선생님. 나 죽었네. T_T

"너네들 때문에 나 또 교감 선생님한테 혼난다. 이세호, 너 두고봐."

"교감 선생님도 우리가 이길 수 있어요."

"뭔 수로 이기니?"

"안경태네 아빠가 이사장이잖아요. 안경태! 힘 좀 써봐라."

“아, 알았어.”

몰랐네. 안경태네 잘살겠구나. 우리 학교 비리가 좀 많지? 교무실에 가서 교감 선생님한테 욕 좀 듣고 다도부실에서 잠 좀 자고… 그러다 보니 퇴근 시간이 되었다.

오늘은 현우네 집에 가는 날~ 학교에서 끝나자마자 현우네로 향했다.

“아이구, 우리 시아 왔어??”

“아줌마, 너무 오랜만이다. >_< 잘 지내셨죠?”

“현우 녀석 때문에 잘 못 지냈어! 그 녀석이 일을 너무 못해.”

“제가 현우 많이 혼낼게요.”

“역시 시아밖에 없다니까~ 시아가 내 딸이었으면 얼마나 좋아!”

“엄마, 무슨 말을 하는 거야! 시아가 엄마 딸이면 나랑 결혼 못하잖아!”

2층에서 후닥닥 내려오는 현우. 또 아줌마랑 한바탕 소란을 피운다. 늘 화기애애한 이곳. 이곳에 있다 보면 나도 모르게 웃게 된다.

저녁 식사 중.

“현강 오빠는요?”

“요즘 연애하느라 바쁜 모양이야.”

“엄마! 형보다 내가 먼저 결혼할 거예요.”

“시아가 결혼은 해준다니?”

“유시아, 결혼할 거지?”

“글쎄~? 생각 좀 더 해보구.”

“아오! 엄마랑 시아랑 짜고 이러는 거지!”

씩씩대는 현우를 보고 있자니 너무 즐겁다. 내 앞에선 늘 있는 폼 없는 폼 다 잡던 녀석인데… 엄마 앞이라고 완전 막내가 되는구나.

"시아야, 근데 정말 현우랑 언제 결혼할 거니? 아줌마가 너희 엄마랑 통화했는데 가을쯤 했으면 좋겠다고 하시더라."

"난 지금 당장도 돼요, 엄마."

"네 의견은 필요없다, 현우야."

갑자기 뭔가 탁 막히는 느낌. 가슴이 답답해진다. 가을… 그래, 나도 가을쯤으로 생각하고 있었어.

"가을쯤 해요. 그렇게 하자, 현우야."

"가을? 9월에 하는 걸로 하자, 그럼. 아직도 두 달이나 남았네."

"드레스랑 턱시도는 아줌마 친구가 만들어줄 테니까 걱정 말고."

"그럼 이제 아줌마가 시어머니 되는 거네요?"

"시집살이 제대로 시킬 거야. ^^"

"시아 괴롭히기만 해봐요. 나 집 나가 버릴 테니까."

"벌써부터 엄마보다 시아를 챙겨? 아들 헛 키웠어, 헛 키웠어. -_-"

난 웃고 있지만 유쾌하지 않았다.

현우와 함께 우리 집으로 걸어가고 있는 중이다. 내 손을 꼭 잡고 있는 현우. 손과 손 사이에 땀이 찼지만 놓을 생각을 안 한다.

"이제 이렇게 헤어지지 않아도 된다. 좋네."

"그렇게 좋아, 현우야?"

"당연하지. 20년 소원이 이루어지는 건데."

"결혼해도 변하지 않을 거지?"

"말이라고 하냐? 안 변해, 절대."

"나 믿어도 되는 거지, 현우야?"

"믿어주세요, 유시아 씨. ^^"

“그래. 나 이제 들어갈게. 잘 가.”

돌아서는 날 돌려세우더니 살짝 키스하는 현우다. 그때… 그날 진혁이와 마지막 날… 나와 진혁이가 키스한 걸 본 이후로 단 한 번도 나에게 키스한 적 없던 현우였다.

“이제 나랑만 하기다. 약속해, 유시아.”

“그래. ^^ 정말 들어갈게.”

“잘 자라~”

느낌이 달라. 내가 원하는 키스는 이런 게 아닌데. 좀 더 애틋하고… 좀 더 슬프기까지 한… 그런 키스인데. 난 침대에 누워 손끝으로 입술을 만져 보았다. 그날 마지막으로 했던 진혁이와의 키스를 떠올려 보는 게 벌써 몇 번째인지 모른다. 너무 많이 생각해서 이제 꿈인 것 같기도 하다.

벌써 여름 방학이 되었다. 선생님이 참 좋다. 기나긴 휴가 기간이 있으니까. 오늘도 12시까지 잠을 자고 겨우 일어났다. 요즘 우리 엄마는 내 집 -_- 에 와 있다. 결혼 준비하느라고.

“유시아, 이제 일어났어?? 니가 애니, 애야!”

“애들만 늦잠 자나 뭐?”

“오늘 은희(현우네 어머니 이름)가 너 드레스 해줄 친구 소개시켜 준다고 했어.”

“아……..”

“은희가 다방면에 친구를 많이 둬서 이럴 때 얼마나 좋은지 몰라.”

“엄만 친구 한 명 잘 사귀어서 많이 이득 보네. ^0^”

“엄마 친구가 은희 한 명인 줄 아니? 요 기집애!”

우리 엄마랑 현우네 엄마는 오래된 친구 사이다. 그래서 나랑 현우도 알게 된 거고.

대충 준비를 끝내고 약속 장소로 향했다. 아줌마랑 아줌마 친구 분은 먼저 와 계셨다.

"은희야, 늦어서 미안해. ^^"

"미안하면 네가 쏘는 거다?"

"예빈이(시아 엄마 이름) 오랜만이네. 나 기억하지?"

아줌마 세 분은 나의 존재를 처참히 무시하신 채 자신들의 추억을 꺼내 이야기를 나누셨다. 뻘쭘해진 난 물만 마셨다. 얼음을 으드득 씹었다. 이빨이 시려서 눈물이 날 것만 같다. ㅠ_ㅠ

"얘가 시아야? 이쁘기도 해라. ^^"

"안녕하세요?"

"현우가 색시 하난 잘 얻었네!"

"감사합니다. 드레스 이쁘게 만들어주세요. ^-^"

"옷걸이가 좋아서 어떻게 만들어도 이쁘겠어. ^^"

기분 좋았다. 오랜만에 듣는 칭찬이었다. 현우 새끼, -_- 옛날엔 이쁘다, 귀엽다 소리 자주 하더니 요즘 들어선 한 번도 안 해준다. 나쁜 놈.

오랜만에 칼질을 하며 열심히 먹고 있었다.

딸랑~

출입문이 열렸다. 점심 시간이어서 그런지 들어오는 사람들이 많았는데 이상하게 이번엔 나도 모르게 출입문 쪽으로 눈이 돌아갔다. 역시… 내 눈이 이렇게 돌아간 이유는… 너였어… 정진혁… 너라고 또……. 말끔하게 정장을 입은 진혁이가 어른들과 창가 자리에 앉는다. 진혁이는 아직

날 못 본 모양이다. 바보… 지금 이렇게 같은 공간에 있는데도 못 알아보면서 다음 생에서 날 어떻게 찾는다는 거야? 바보… 바보, 정진혁.

"시아야, 왜 그래?"

"어? 아니야. 렌즈에 뭐가 들어갔나 봐."

"렌즈 끼는 거 안 좋은데. 결혼하면 아줌마가 라식 수술해 줄게. ^^"

"우와~ 진짜 해주실 거예요? 그럼 지금부터 렌즈 끼지 말아야겠다."

"며느리 사랑이 지극하네, 아주~"

아싸! 라식 수술하는구나! 그동안 가장 하고 싶던 수술이었는데 돈이 없었다. ㅡ.,ㅡ

아줌마들 세 분께서 서로의 남편 이야기로 이야기꽃을 피우는 동안 난 가만히 앉아 창가에 앉아 있는 진혁이를 바라보았다. 살이 빠진 것 같네. 힘들었나 봐, 그동안……. 머리도 많이 길었네. 내가 머리 긴 남자 싫어하는 거 알면서 왜 길렀어? 넌 짧은 게 멋있는데……. 어쭈? 이제 접대용 미소도 지을 줄 알아? 여자들 앞에선 접대용으로라도 미소 짓지 마. 아… 나 병신이다. 이제 유시아의 정진혁이 아니잖아. 머리를 기르든, 웃음을 짓든, 나랑은 상관없는 거잖아. 바보 같은 유시아.

"잠시 실례할게요. ^^"

난 화장실로 갔다. 진혁이가 화장실로 가는 날 발견하고 뒤따라와 주길 바랬다. 난… 정말 바보인가 보다.

눈가에 번진 아이라인을 다시 그리고 화장실에서 나왔다. 자리에 다시 앉으려는 순간 시선이 느껴졌다. 그 시선의 존재가 너란 걸 알기에 고개를 들 수 없어. 널 보게 된다면 난 지금 너에게 달려들 게 분명하니까.

"화장실 만들어서 갔다 왔니? ㅡ_ㅡ"

“죄송합니다!”

“아이고, 이를 어쩌나? 나 현장에 가봐야 하는데 어쩌지?”

“나도 쇼 준비하러 가야해. ^^ 다음에 셋이 또 한 번 만나자.”

“나만 여유로운가? T_T 이래서 전업 주부가 초라하다고 하는 거야.”

“넌 네 남편이 돈 잘 벌어오잖니! 나중에 미르 씨도 데려와.”

“나가자, 시아야~”

내가 앉자마자 다들 일어나셨다. 현우네 엄마랑 디자이너 아줌마는 오른쪽으로 가셨고, 나와 우리 엄만 왼쪽으로 걸어갔다. 발걸음이 안 떨어져. 네가 저 안에 있는데… 내가 너무 원하는 정진혁이 저 안에 있는데… 이대로 갈 수가 없어. 하지만 너에게 갈 수도 없잖아.

“유시아!”

뒤에서 날 부르는 목소리가 들린다. 나보다 엄마가 먼저 돌아섰다.

“시아야, 누가 널 부르는데?”

“어? 어.”

내 뒤에 정진혁이 서 있다. 내 뒤에… 손만 뻗으면 만질 수 있는 거리에 네가 있어.

“누구신지?”

“아, 안녕하세요? 시아 고등학교 동창입니다.”

“어머, 그렇구나. ^-^ 나 시아 엄마야.”

“엄마, 먼저 들어가. 차 키 줄게.”

난 엄마에게 차 키를 주고 먼저 보냈다. 길거리에 멀뚱히 서 있는 진혁이와 나. 진혁인 내 손을 잡고 근처 커피숍으로 들어갔다. 커피가 나올 때까지 우린 아무 말도 없었다. 진혁이가 날 바라보고 있는 게 느껴졌지만 난 진혁이를 볼 수가 없었다.

"오랜만이다. 잘 지낸 것 같네."

"어, 그래."

"야, 넌 나 안 보고 싶었냐? 나 좀 봐."

"이 바보 같은 놈아, 너 왜 이렇게 말랐어? 나 가슴 아프게 왜 이렇게 말랐냐구."

"하나도 안 말랐어. ㅡ0ㅡ 운동해서 다 근육이야. 이거 봐라."

팔로 이두박근을 보여주는 진혁이다. 내가 너 때문에 웃는다.

"이제야 웃네, 유시아."

"아까 같이 있던 분들은 누구야?"

"아빠 친구 분들. 다른 회사 사장들이야."

"너 되게 멋있어 보였어."

"난 언제나 멋있잖냐. ㅋㅋ"

"머리는 또 왜 그렇게 길렀냐? 느끼하게스리."

"나도 짧은 게 좋은데 너무 짧으면 험악한 인상을 심어줄 수 있다고 아버지께서 기르라고 하셨어. 나도 답답해 죽겠다."

역시… 넌 내 스타일인 놈이야. 자꾸 눈을 가리는 앞머리가 거슬리는지 손으로 머리를 쓸어 넘긴다. 섹시하구나.

"아직도 라빈 언니 만나?"

"그렇지 뭐."

"나 가을에 결혼해."

"어."

"놀랍지? 나도 놀라워. 네가 아닌 사람이랑 결혼 준비하고 있는 내가 나도 놀라워."

"예행 연습한다고 생각해. 다음엔 나랑 할 텐데 뭐."

언제나 다음… 너랑 난 다음을 기약해야만 하는 운명… 그런 운명은 누가 만든 거지? 누가 만들었기에 이렇게 잔혹한 거지?

"진혁아, 나 결혼할 때 오지 마. 알았지?"

"왜? 갈 거야. 미리 봐둬야지."

"싫어. 널 위해 입는 드레스가 아니어서 보여주기 싫어."

"그래, 안 갈게."

"우리… 도망갈까?"

"무슨 소리야?"

"서로 이렇게 원하는데 왜 다른 사람이랑 결혼해야 하는 거지?"

"너 민현우나… 너네 부모님이나… 지금 너한테 있는 것들… 다 버릴 수 있냐?"

"……."

"난 못한다, 시아야. 너도 못해. 네가 못한다는 걸 알아. 그래서 내가 널 사랑하는 거고, 너도 날 사랑하는 거다."

내 눈가를 슬쩍 닦아주는 진혁이다. 난… 아무것도 궁금해하지 않으려고 했지만 도저히 참을 수가 없다. 네가 라빈 언니와 함께 있어야만 하는 이유… 참을 수 없이 궁금하다.

"말해 줘, 진혁아. 호주에서 있었던 일들 말해 줘."

"궁금해하지 마. 부탁이다."

"궁금해. 너무 궁금해서 돌아버릴 것 같아."

"말 못하는 나도 돌아버릴 것 같거든? 나 좀 이해해 줘. 나 이해해 줄 사람 너밖에 없잖냐."

"네가 그렇게 말하면 나 궁금해할 수 없다는 거 알잖아. 나빴어, 진짜."

진혁인 아무 말 없이 티스푼으로 커피를 슉슉 젓기만 한다. 나도 따라서 저었다.

"유시아."

"응?"

"너무 이쁘지 마라. 제일 이쁜 모습은 나한테만 보여줘."

"……."

"그리고… 세상에서 제일 행복해야 된다."

"너 없이 행복하라는 거… 무리한 부탁인 거 알잖아."

"네가 행복해야 내가 행복해. 네가 웃어야 나도 웃어."

"진혁아… 네가 행복해야 나도 행복하구… 네가 웃어야 나도 웃어. ^^"

긴 팔을 뻗어 내 머리를 부비부비한다. 너무 오랜만이다. 네가 이렇게 부비부비해 주면 정말 행복하다. 너한테 사랑받고 있다는 게 느껴져서 정말 너무너무 행복해.

"이제 가봐야겠다. 두 시간만 있다가 들어간다고 했는데 벌써 세 시간째네."

"너랑 있으면 시간이 참 금방 가는 것 같아."

"이제 다신 만나지 말자, 시아야. 알았지?"

"응. ^_^"

"반드시 행복해야 돼. 건강하고."

"너도."

"아, 아예 마지막 인사하는 것 같잖아. 다음에 또 볼 건데 무슨 죽는 사람들처럼 인사를 하냐?"

"그렇네. 잘 가, 진혁아. ^-^"

"너도 잘 들어가라~"

마지막이지만 마지막이 아니다. 우린 그렇게 믿고 있기에 작별 인사를 하지 않는다.

집에 돌아오니 엄마가 이것저것 많이 궁금해하신다. 그냥 동창이라고 하니까 믿지 않는 눈치. 내가 처음으로 사랑이란 감정을 느낀 사람이고 평생토록 사랑할 남자야라고 말할 순 없다. 진혁이를 누구에게나 당당하게 소개할 수 있으면 좋겠는데… 유시아의 운명인 남자라고 당당하게 큰 소리로 소개할 수 있으면 좋을 텐데 그럴 수 없다는 게 서글프다.

"시아야, 이리 좀 와봐~"

"엄마, 왜?"

"9월 15일 어떠니? 엄마 생각에는 그날이 좋을 것 같은데. ^^"

"9월 말에 애들 중간 고사 보는데 그때 어떻게 결혼을 해? 안 돼, 엄마."

사실 시험 기간이라고 해도 공부하는 애들은 손에 꼽힌다. 하지만 난 되도록이면 늦게 하고 싶어서 핑계를 대고 있는 거다.

"그럼 한 주 당길까? 9월 8일은 어떠니? 괜찮지?"

"현우네랑도 맞춰봐야지."

"원래 결혼 날짜는 여자 쪽에서 잡는 거야. ^^ 현우 엄마도 우리 좋은 대로 하라고 했고."

"그래, 엄마 맘대로 해……."

"이게 엄마가 하는 결혼이니? 의욕 좀 보여봐~"

"나 피곤해. 쉬고 싶어."

"으이구~ 그래, 들어가서 쉬어라."

머리가 지끈거린다. 이제 정말 한 달밖에 안 남은 거잖아.

시간은 초스피드하게 흘렀다. 어느덧 개학식 아침이 밝았다. 방학 동안 이래저래 참 바빴다. 현우랑 살 집도 보러 다니고, 가구도 사고, 반지도 맞추고, 드레스는 아직도 못 봤다. 결혼까지 이제 2주 남았는데… 얼마나 요란하게 만드시려고 그러시나.

개학 후 첫 교시는 세호네 반이었다.

"다들 방학 잘 보냈어요?"

"네에~"

"쇼킹한 얘기 해줄까?"

"뭔데요, 쌤? 아기 생겼어요? 우리 아기예요?"

"이세호, 가만히 좀 있어. ―_― 큼큼, 선생님이 9월 8일에 결혼해."

갑자기 조용해지는 분위기. 나 고등학교 다닐 땐 선생님이 결혼한다고 하면 막 환호하고 그랬는데 요즘 애들은 안 그런가 보다. 괜히 뻘쭘하네.

"선생님, 언제 나 몰래 결혼 날짜 잡았어이이이이잉!"

"이세호, 너 진짜 왜 그러니!"

"우리 학교 애들 다 끌고 갈 테니까 갈비나 맛있게 해두세요."

"그냥 오지 마. ㅠ_ㅠ 선생님 돈 없어."

"선생님이랑 결혼할 남자 보니까 좀 있어 보이던데요~ 이참에 뜯어내세요!"

어린 게 못하는 말이 없어(그래 봤자 6살 차이다). ―.,― 남편 될 놈에 대해 얘기해 주고, 방학 때 있었던 일 얘기해 주고, 세호의 바닷가 헌팅담을 들으니 종이 쳤다. 세호 녀석, 어딜 가나 사고를 친다니까……

교무실로 왔다. 남자 선생님들이 많아서 아직까지 친한 선생님이 없다. 역시 왕따 체질은 어딜 가나 변하지를 않는구나.

드르르르르르르르르르륵…

「쌤♡오늘밤10시에놀이터에서봐용용♥♥안나오면쳐들어갑네다! 세호 .」

이 자식, 내 폰 번호는 또 어떻게 알고. 게다가 저 남발하는 하트는 무엇이더냐? -0-! 안 나갔다간 정말 쳐들어올 놈이니―게다가 우리 집까지 알고 있으니―나가야겠군. 확 현우 데리고 나가 버릴까 보다.

달 떠 있는 늦은 밤, 시아네 집 앞 놀이터. 이 자식, 10시까지 나오라더니… 여자를 기다리게 하면 안 된다고 얼마나 가르쳤는데. 바람이 매우 날카롭구나. -_-

"헉헉! 쌤, 헉! 죄송해요."

"왜 이렇게 늦었어! 니가 나오라고 해놓고 늦냐?"

"죄송해요."

"이세호! 너 이마가 왜 그래!"

세호의 오른쪽 이마 끝이 뭐에 긁힌 것처럼 찢어져 있었다. 피가 막 나는데… 피 흘리면서 이렇게 뛰어온 거야? 왜 나한테 이렇게까지 하는 거지?

"이마 왜 그래? 빨리 말해."

"어디에 긁혔어요. 하나도 안 아프니까 신경 쓰지 마세요."

"안 아프다는 말이 나와? 상처가 얼마나 큰데!"

"진짜 하나도 안 아픈데……."

"왜 그런 거야? 빨리 말해. 선생님 화내기 전에 얼른 말해."

"선생님, 화내려고? 우와~ 유시아 선생님이 화낸다! -0-"

"장난하지 말자, 세호야. 안 되겠어. 선생님네 집으로 가자."

안 가겠다는 세호를 초인적인 힘으로―사실은 내 원래 힘으로. -_- ―끌어 우리 집으로 데려갔다. 고무 장갑을 낀 채로 나온 우리 엄마. 세호를 보더니 기절하시려고 한다.

"시아야, 얜 왜 그러니?"

"우리 학교 학생인데 좀 다친 것 같아. 신경 쓰지 말고 엄마 할 일 하세요."

세호를 데리고 2층으로 올라갔다. 진혁이랑 고2 때 그렇게 이별한 이후로 단 한 번도 2층에 올라간 적이 없었다. 일부러 방도 1층으로 옮겼다. 그런데 이곳에 세호랑 오게 될 줄이야. -_-

"좀 따가울지도 몰라."

"괜히 이상한 약 바르면 죽어요, 쌤!"

"요놈이! -0- 빨간약으로 덕지덕지 바를 거다!"

"빨간약이 뭐예요? 뽀대 안 나게시리! 그냥 붕대로 살짝 감아주세요, 반항아처럼."

"농담하는 거 보니까 안 아픈 건 맞나 보네."

난 세호의 말을 무참히 먹어버리고 빨간약을 바른 후에 밴드를 붙여줬다. 그것도 X 표로. 하하하하!

"아오, 쌤! 이렇게 붙이면 어떡해요! 아, 존나……. -_-"

"존나?? 존나라고 했지? 너 아까 학교에서도 욕했었지?"

"2층은 덥구나. 흠!"

"이번 한 번만 봐준다. 너 근데 진짜 이마는 왜 그렇게 된 거야?"

“상고 애들이랑 싸웠어요. 제가 일방적으로 팼어요. -0-”

“아직도 쌈질해? 요놈이! 그런 거 어린애들이나 하는 거야!”

“선생님 남편 되는 사람도 고3 때까지 쌈질했드만요 뭘!”

할 말을 잃었다. 그래, 현우가 울 학교 일진이긴 했었지. -_- 이 자식, 왜 이렇게 많은 걸 알고 있는 게냐?

“어서 들었어?”

“성현고등학교에 친구 많아요, 저. 아는 애들은 다 알던데. 알고 보니까 그때 그 정진혁이라고 했었나? 그 형님도 상진고에서 날렸었다면서요?”

“많이도 아는구나. -.,-”

“선생님 남편은 잘 얻은 거더라~ 축하해요.”

“그 얘기 하려고 나 보자고 한 건 아닌 것 같은데?”

갑자기 표정이 싹 변하는 세호. 내가 지금까지 세호의 여러 표정을 많이 봤지만 이렇게 심각한 표정은 처음이다. 도대체 무슨 심각한 얘기를 하려고 표정까지 싹 바꾸는 거야? 침묵을 유지하던 세호. 갑자기 한다는 소리가,

“결혼하지 마요.”

어이 無… 나라고 하고 싶어서 하나? ^-^ 하지만 해야 해. 해야만 하는 거야. 난 해야 돼.

“어이없는 말인 거 알지, 세호야?”

“하지 마요, 하지 마! 억지 쓴다고 해도 괜찮아요. 하지 마요.”

“해야만 하는 거란다. 지금 예약도 다 했고 다음 주면 청첩장도 보내.”

“하나도 안 늦었어. 지금이라도 괜찮다구요!”

“이미… 늦어버린 거야.”

그날 진혁이와 마지막으로 키스하며 헤어졌던 날… 그날로 되돌릴 수

없기에 벌써 늦은 거야. 아니, 진혁이가 날 떠났을 때 모든 게 끝났던 거야.

"나 선생님처럼 안 예쁜 신부 처음 봐요."

"결혼식 날 되면 이쁠걸. 최고 이쁠 거야, 아마."

"아니요. 선생님 아마 평소보다도 안 예쁠걸요. 내가 장담한다, 진짜."

"그래, 나 안 이쁘다. -_-"

"결혼할 때 최소의 조건이 뭔 줄 몰라요?"

"……."

"결혼할 상대는 사.랑.하.는. 사람이어야 한다."

하하하… 넌 다 알고 있지? 진혁이와 나의 일. 나와 현우의 일. 진혁이와 현우의 일. 넌 다 알고 있지? 그래서 나한테 그런 말 할 수 있는 거야.

"그래서 세호 네가 하고 싶은 말이 난 최소의 조건도 무시한 채 결혼하려고 하는 거다, 이거니?"

"네. 선생님이 민 씨 -_- 랑 결혼하는 거 민 씨한테도 죄짓는 거란 거 알잖아요?"

"그럼 내가 어떻게 할까?"

"저요, 자세한 내막까지는 모르잖아요. 하지만 한마디는 자신있게 할 수 있거든요? 선생님이랑 정진혁 형님 -_- 이랑은 대화가 필요해요, 대화가! 언더스탠?"

"대화라. 할 만큼 다 얘기했다고 생각하는데?"

"쯧쯧. 영양가있는 얘긴 안 하고 이상한 얘기만 했겠죠. 뻔해."

"영양가있는 얘기가 뭔데?"

"정진혁 행님한테 직접 들어요! 그건 둘이 해결해야 할 문제니까. 형님도 참 병신이라니까. 말만 하면 해결될 걸… 쯧쯧, 혼자 다 싸안고 있으니까 여러 사람 힘들게 하잖아요.”

무슨 말인지 모르겠는데? 세호야, 진혁이가 뭘 싸안고 있어? 도대체
내가 모르는 게 뭐지?

“선생님아!”

“어, 그래.”

“내가 말했잖아요. ^-^ 선생님 소원 이루어준다고.”

“내 소원? 아무도 못 이뤄줘. 다음 생에서나 이룰 수 있는 거니까.”

“다음 생이란 게 있을지 없을지 어떻게 안대요? 지금 이뤄야 되는 거
야! 그러니까 소원이지!”

“넌 못 이뤄줘.”

“아니다!! -0- 내가 이루어줄 수 있어요. 나만 믿으라니깐요.”

“말만이라도 고맙게 받을게. 세호야, 부탁인데… 나 결혼 2주 남았어.
흔들지 말아줘. 겨우 마음 다잡은 거야. 나 흔들지 마.”

“글쎄요오? 난 선생님이 행복했음 하니까 내 멋대로 할 거예요.”

“충분히 행복해, 지금도.”

“선생님 눈이 우는데요? 난 다 보여요, 선생님 울고 있는 거. 겉으로 웃
는 척해도 속으로는 우는 거, 다 보인다고요.”

“……”

“예전에 선생님이 저한테 정진혁 형님 얘기 해줄 때요, 그때 선생님 맘
아팠잖아요. 하지만 눈은 행복했어요. ‘정진혁’이란 이름 세 글자 말하는
것만으로도 아프지만 행복해 보였다고요. 근데 오늘 학교에서 선생님 남
편 될 사람 얘기해 줄 땐요, 눈이 울었어요. 몰랐죠?”

세호의 예리함에 가슴이 뜨끔했다. 너 제대로 맞췄어. 내 가슴 울게 할

만큼 제대로 맞췄다고.

"이세호… 너 뭔데… 니가 뭔데… 다 아는 거야."

"이세호니까 알죠."

"이세호, 너 정말."

"갈게요. ^^ 잘 생각해 보세요. 학교에서 봐요, 쌤~"

세호가 나가고 난 멍하니 2층에 앉아 있었다. 나도 모르게 생겨 버린 습관. 가만히 있으면 진혁이를 꺼내보게 되는 것. 진혁이가 했던 말들 잊어버리지 않게 다시 한 번 되새겨 보는 것. 절대 잊으면 안 되는 진혁이의 말을 한 번씩 속삭여 보는 거.

"미치도록 그리워했고… 죽을 정도로… 사랑해."

벌떡 일어났다. 날 부르는 엄마를 뒤로한 채 미친 듯이 뛰어갔다.

헉! 헉! 내 기억이 맞다면 진혁이네 집은 이쯤이다. 한 번밖에 가보지 않았지만 난 기억난다. 너니까… 정진혁 너랑 관련된 거니까… 단 한 번뿐이었어도 다 기억할 수 있는 거야. 유난히 컸던 진혁이네 집. 이 집이다. 불이 꺼져 있는 걸로 보아 아직 안 들어왔나 보다. 확인해야 한다. 진혁이가 말하기 싫어한다고 해서 피할 순 없다. 진작 물어봤어야 했어. 떼를 써서라도 물어봤어야 했어. 날 그렇게 그리워했고 아직도 사랑하는데 왜 내 옆에 있을 수 없는지……. 난 무슨 정신으로 진혁이의 그 말을 수용한 거지? 이렇게 진혁이가 없으면 숨 쉬는 것조차도 버거운데…….

"거기… 누구세요?"

여자 목소리다. 라빈 언니다. 옆엔 진혁이도 있다.

“시아니?”

“언니, 오랜만이네요. ^-^ 진혁이도 오랜만이다.”

“무슨 일이야?”

“어? 어… 그게…….”

“시아야! 나 네가 말했던 거 지키고 있어.”

언닌 내가 말한 거 못 지키고 있어요. 진혁이 행복하게 해주라고 했는데 하나도 안 행복해 보인단 말야. 너무 축 처져 보인단 말야. 당당한 정진혁 같지 않단 말야.

“그래요? 그래.”

“할 말 있어서 온 거야?”

“들을 말 있어서 온 거야.”

“더 이상 서로에게 할 말 없을 텐데. 안 그래, 진혁아?”

“그래. 잘 가라, 유시아.”

“우리가 서로 할 말이 있을지 없을지는 언니보다 내가 더 잘 알아요.”

“진혁인 할 말 없다잖니, 시아야.”

“진혁이가 할 말 없어도 난 해야겠어요. 잠깐 시간 좀 내줘, 진혁아.”

라빈 언닌 진혁이를 빤히 바라보며 안 돼라고 말하는 것 같았다. 계속 망설이는 진혁이.

“라빈아, 오늘은 그냥 헤어지자.”

“하, 정진혁! 진짜…….”

“너희 집으로 가라. 못 데려다 줘서 미안하다.”

“정진혁, 네가 나한테 이러면 안 되는 거 아니야?”

“한 번만 봐주라. 가봐라.”

라빈 언닌 끝까지 진혁이와 나를 노려보다가 −_− 끝내는사라졌다. 진혁인 날 데리고 자신의 집으로 들어갔다. 딱 두 번째 와보는구나. 달라진 건 하나도 없네. TV위에 있던 부루마블 게임까지 다 그대로야.

"커피밖에 줄 거 없는데 괜찮냐?"

"어."

진혁인 주방으로 들어가고 난 소파에 가만히 앉아 있었다. 테이블에는 고2 때 중도로 야영 가서 찍은 단체 사진이 있었다. 난 환하게 웃고 있고, 옆에서 진혁인 손가락으로 내 볼을 찌르고 있다. 이때 참 웃겼었는데.

"커피 마셔라."

"이 사진 볼 때마다 웃음이 나와."

"그래."

"너랑 나랑 함께 찍은 사진 이게 전부지?"

"하나 더 있잖냐. 첫 데이트할 때 잡지사에서 찍어준 거."

"맞아. 그때 살 걸 그랬다."

"나도 안 샀어. −.,− 어디 헌 책방에나 있겠지 뭐."

나보다 더 많은 걸 기억하고 있구나. 그래서 더 가슴이 아파.

"오늘 내가 너무 아끼는 학생 한 명이 날 찾아왔어."

"어."

"걔가 그러더라. 선생님은 대화가 필요하다고. 그래서 이렇게 온 거야. 진혁아, 내가 묻는 것들 피하지 말고 다 대답해 줘. 그래주겠다고 약속해."

"봐서."

"안 돼. 넌 약속해 줘야 돼. 제발, 진혁아."

진혁인 한참 망설였다. 내 간절함이 읽혔는지 진혁인 알았다고 한다.

"호주에서 있었던 일, 하나도 빠짐없이 말해 줘. 왜 라빈 언니 옆에 있어야 한다는 건지. 내 옆엔 왜 있을 수 없는 건지. 넌 날 사랑하고, 난 널 사랑해. 그걸 너무 잘 알고 있어서 같이 있을 수 없다는 걸 받아들이기 힘들어졌어."

"내 얘기 들으면 달라지는 게 뭔데……."

"몰라. 모르겠어. 하지만 지금처럼 답답하고 불안하진 않을 거란 건 알아."

내 앞에선 담배를 잘 안 피우던 진혁이다. 담배 하나를 꺼내 입에 물더니 호주에서의 이야기를 하기 시작했다.

✛

진실Ⅱ─i　　　　　　　　　─진혁

나의 틀 안에서 살게 하고 싶은 너였다. 너의 웃는 얼굴로 하루를 시작하고 싶었다. 나의 품 안에서 하루를 시작하게 하고 싶었어. 네가 웃으면 나도 모르게 행복해졌고 네가 울면 어떻게 할 수가 없어서 가슴이 아팠다. 그게 너야, 유시아. 이 세상에서 단 하나밖에 없는 너이기에… 가슴 쓰라릴 정도로 사랑해.

19살. 엄청 어린 나이. 세상의 모든 짐을 내가 진 듯이 온몸이 무거웠다. 행복하라는 시아의 그 말이 얼마나 아프던지… 공항엔 지성이가 나와 있었다. 짜식, 몇 년 만이냐?

"얼～ 정진혁～ 엄청 멋있어졌다?"

"나야 원래 한째끈 ─_─ 했잖여. ㅋㅋ"

"머리 옆엔 왜 고속도로를 뚫었나?"

"여자애들이 요거 보고 뻑간다 안 카이. ㅋㅋ"

사이드에 뚫은 스크래치가 맘에 안 드는지 계속 만지는 지성이었다(나중에 안 거지만 부러웠다고 했다). 지성이가 살고 있는 집으로 갔다. 벽에 액자가 참 많이 걸려 있었다. 중앙에 있는 제일 큰 액자엔 여자 사진이 있었고 나머지 사진은 다… 배였다.

"소지성, 너 아직도 포기 못한 거냐?"

"내 인생을 걸고 싶은 놈이었는데 갑자기 포기가 되겠냐, 병신아."

"안 되는 거 알잖아."

"이렇게 눈 하나 병신이어도 보는 건 할 수 있다. 보기라도 해야지."

지성이 새끼, 선장이 꿈이었다. 자기가 만든 배를 타고 태평양을 누비고 싶다고 말하던 놈이다. 하지만 눈 한쪽이 안 보이니… 괜스레 미안해진다.

"정진혁, 너 지금 죄책감이 든다는 표정이다?"

"새끼."

"내가 내 죄의 대가를 받은 건데 왜 니가 힘들어하냐?"

"친구잖냐."

"병신. 사람 하나 보내고 눈 한쪽 병신 된 거면 적게 벌받은 거지. 더 이상 죄책감 느끼지 마. 넌 잘못한 거 하나도 없잖아."

그래, 지성이 말대로 난 죄가 없다. 내가 유시안을 죽인 것도 아닌데… 근데 왜 이렇게 죄책감이 드는 거냐?

우린 한잔하며 이야기를 이어 나갔다.

"유시안 동생 말야."

"시아 얘긴 하지 말자."

"해야겠다, 진혁아. 너 걔 엄청 사랑한다며? 그럼 잡아, 병신아. 가서 솔직히 말해. 니 오빠 죽인 거 나 아니라고 뒤집어쓴 거라고."

“그렇게 말해서 시아가 나한테 온다고 해도 기쁘지 않다. 이제 와서 그런 말 해봤자 변명처럼 들릴 거 같고… 세상에 여자가 시아뿐이겠냐? 저 사진에 있는 것도 여잔데.”

“라빈인 내 꺼니까 건들 생각 마. −_−^”

“라빈이야, 이름이?”

“어, 윤라빈. 이름도 이쁜데 얼굴이 더 죽여.”

사실 시아보다 안 이뻤다. 탈색한 긴 웨이브 머리에 쌍꺼풀진 커다란 눈. 정말 서구적으로 생겼다(몸매도 좋아 보였다. −_−). 그래도 새까만 생머리에 동글동글 까만 눈인 시아보단 영…….

“나중에 보여줄게. 실제로 보면 죽음이야, 진짜.”

“여자라곤 털끝만큼도 관심없던 소지성이 뺙간 여자라. 궁금해지는데?”

“지금은 잠깐 한국 들어가서 못 보여주고 일주일 후에 오니까 그때 보여주마.”

“한국엔 왜 간 건데?”

“할아버지 팔순 잔치 때문에.”

“착한 손녀네. 어떻게 알게 된 거냐?”

“나 여기 오고도 한참 양키 새끼들이랑 어울려 다니면서 쌈질했거든? 애들이랑 밤에 쏘다니는데 어떤 새끼들 다섯이 여자를 괴롭히고 있는 거야. 기사도 정신 발휘해서 구해줬지 뭐. 그게 라빈이다.”

기괴하게 만났네. 하긴 기괴한 걸로 따지면 나랑 유시아 따라올 자가 없지. 훗(괜한 것에 승리감 느낌. −_−)~

“그래서 지금까지 알고 지내는 거냐?”

“그렇쥐~”

"사귀는 건 아닌가 봐?"

"내 짝사랑이지 뭐."

"고백은 안 하냐?"

"1년 전에 7월 16일, 이날이 무지 잊고 싶은 날이잖아. 라빈이가 밤늦게 찾아오더니 술을 먹자더라. 나도 기분 좋은 밤이 아니었으니까 같이 마셨지. 마시면서 라빈이가 그러대? 중학교 때 사랑한 남자가 있었다고. 지금은 멀리 떨어져서 살고 있는데 곧 있으면 만날 거라고 그래서 행복하대. 그러면서 하는 말이 '지성이 너처럼 좋은 친구가 있어서 다행이야. 너 없었으면 나 유학 생활 일찍 접었을 거야. 늘 고마워' 이거였다. 그 말을 얼마나 중얼거리던지 오죽하면 내가 외웠겠냐? 결국 지금까지도 계속 친구로 지내고 있는 거지 뭐."

이 새끼도 나만큼은 아니지만 힘들겠구만. 남은 술을 입에 털어 넣고 잠이 들었다.

일주일 후. 지성이가 윤라빈을 데리러 공항에 가야 된다며 날 이끌었다. 어쨌거나 첨 보는 사람인데 츄리닝에 슬리퍼 ―_― 차림으로 갈 수는 없어서 나름대로 좀 차려입고 갔다. 난 뭘 입어도 멋있긴 하지만 차려입으니까 죽음이다. ―_―

30분쯤 기다리니 게이트에서 나오는 여자를 볼 수 있었다. 지성이와 가볍게 포옹을 하더니 날 바라본다.

삐걱― 삐걱―

이 순간부터 세 사람의 엇갈린 인연이… 시작된다.

진실 Ⅱ―ⅱ

라빈이는 생각보다 꽤 괜찮은 여자였다. 지성이 덕택(?)에 나도 라빈이

와 친해졌는데 털털하고 내숭도 별로 없고 가끔 어리광을 부리는 게 귀엽
기도 하고…….

"정진혁!"

"집에서 왜 큰소리 내고 지랄이야? 시끄럽게. -_-"

"나 중국 좀 갔다 와야 될 거 같다."

"거긴 왜 가?"

"형 결혼한단다(지성이네 형은 중국에 있다)."

"형 결혼식이면 당연히 가야지. 언제 가는데?"

"내일. 한 달쯤 있다 와야 될 거 같다. 중국 음식 느끼해서 싫은데. -_-"

"니가 애냐? 19살이나 처먹은 게 음식 투정하고 지랄이여?"

어쨌거나 지성인 나와 라빈이의 배웅을 받으며 눈물겹게 중국으로 떠
났다. 늘 지성이와 셋이서만 있어서인지 라빈이랑 둘이 있는 게 매우 어
색했다.

"진혁아~ 배고프다. 밥 먹자. ^^"

"어디로 갈래?"

"너네 집으로 가. 내가 맛있는 거 해줄게."

라빈인 뭘 이것저것 사더니 우리 집(사실 지성이네 집. -_-)으로 갔다.
주방에 들어가서 이것저것 열심히 만든다. 요리도 할 줄 아나 보네. 하긴
혼자 사니까.

"다 됐어~"

ㅇ_ㅇ 솔직히 무지 놀랐다. 짧은 시간에 이렇게 차리다니. 더 놀랐던
건 다 한국 음식이라는 점이었다. 여기 온 지 8개월이 넘었지만 한국 음
식 먹는 거 정말 처음이었다.

"맛있네. 너 요리사나 해라, 야."

"맛있다니깐 다행이네. *^^*"

"넌 좋은 아내가 될 수 있을 껴. ㅋㅋ"

"너 원래 말투가 그래?"

"뭐가?"

"아니. 무뚝뚝한 줄 알았거든."

"아닌데. −_−;"

"더 먹어."

라빈이의 권유에 두 그릇이나 먹은 난 배가 터질 것만 같았지만 또다시 맥주를 권하는 라빈이 덕택에 토할 뻔했다. −_−

"진혁아."

"와이 부르노?"

"나 사랑하는 사람 있었다?"

"지성이한테 대강 들었다. 멀리 있다며? 아직도 사랑하는 거 같은데 왜 과거형으로 말해?"

"멀리 있어서. 보러 가려고 맘먹었는데 맘이 변했어. 왜인 줄 알아?"

날 빤히 바라보는 라빈이. 더 이상 들으면 안 될 거 같았다.

"나 화장실 좀……."

"얘기 듣고 가, 진혁아."

"급해."

라빈일 뿌리치고 화장실로 갔다. 세수를 하고 거실에 나와보니 라빈이가 없었다. 라빈이와 둘이 만나는 걸 피해야겠단 생각이 들었다. 지성이가 돌아오는 날까지 온갖 핑계를 대며 라빈이가 만나자는 걸 거부했고 지성이가 온 후에도 회사 일을 배워야 한다면서 만남을 피했다.

난 변한 게 없는데 시간은 흘렀다. 벌써 난 23살이나 되었고 호주에 온 지 4년이 되었다.

"진혁아."

"어?"

"한국엔 언제 갈 거냐? 너네 아버지가 4년이랬다며?"

"그래, 4년이랬지."

"유시아랬지? 안 보고 싶냐?"

"글쎄… 솔직히 말하면 어쩔 땐 미치도록 보고 싶은데 가만히 다시 생각해 보면 아무렇지도 않고… 그렇다."

"……."

"가서 잠이나 자, 새꺄. 내일 라빈이랑 논다며?"

"그것 때문에 온 거야. 너도 같이 놀자고."

"난 됐다~ 정리할 게 산더미여."

"셋이 같이 논 게 언젠지 기억은 나냐? 라빈이가 너 많이 보고 싶어해."

"친구로선 라빈이 환영이다. 여자론… 안 돼."

"너… 알고 있었냐?"

"어. 그래서 라빈이 보는 거 싫다."

"내가 좋아하는 여자잖아. 너 아니면 행복하지 않단다, 진혁아."

"몇 시에… 어디로 가면 되는데?"

"집으로 라빈이가 올 거야. 자라."

억지로 웃는 지성이었다. 지성이의 그런 모습에 유난히 약해지는 나다.

자기가 좋아하는 여자를 친구에게 넘긴다. 후… 지독하게 꼬였어. 라빈이 한테 잘해준 것도 없는데 갠 날 왜……. 내일 만나면 확실히 얘기해야겠다.

다음날, 밤 8시쯤 라빈이가 왔다. 이 얘기 저 얘기 하다 보니 어느새 술을 먹고 있었다.

"정진혁!"

"그래."

"이 나쁜 너마, 내가 니 조아한다구 딸꾹! 고백할라니까 니너미 날 피해?"

"너 취했다. 나중에 말해."

"나중?? 웃겨, 증말."

"이렇게 된 거 까놓고 말할게. 나 사랑하는 여자 있다. 평생 나한테 여자는 걔 하나뿐일 거야. 라빈이 넌 안 돼. 미안하다."

진혁의 말이 끝나기가 무섭게 뛰쳐나가는 라빈이. 그 뒤를 쫓는 지성이. 또 그 뒤를 쫓는 나. 집 바로 앞에 있는 도로로 라빈이가 뛰어든다. 옆에선 경적을 울리며 차 한 대가 급정거를 한다.

"안 돼!!"

나의 외침은 차와 사람이 부딪치는 소리에 묻혀 버리고 도로엔 피를 흘리며 쓰러져 있는 남자와 울고 있는 여자가 있다.

진실Ⅱ―iii

지성이를 치인 차는 그대로 턴을 하더니 돌아가 버렸다. 난 멍하니 서 있을 수밖에 없었다. 도대체 하늘은 얼마만큼이나 날 더 죽여야 되는 거지? 내가 엄청 싫은가 봐.

"소지성! 눈떠! 넌 절대 안 죽는단 말이야!"

"쿨럭! 울지 마… 라빈아……."

"진혁아, 얼른 구급차 불러!"

구급차를 부르라는 라빈이의 말보다 자신의 옆으로 와달라는 지성이의 눈빛이 읽혔다. 지성이의 옆으로 가 앉았다. 하늘엔 비가 내린다.

"쿨럭! 저… 정진혁… 내가 너… 무지 좋아하는 거… 쿨럭! 알지…….”

"나 모른다. 모르니까 나중에 다시 말해. 지금 말하면 안 믿는다.”

"병신 새끼… 헉! 라빈이… 부탁할게… 너 아니면… 안 되는 애다…….”

"왜 죽을 새끼처럼 말하고 그래!"

어느새 라빈인 집 안으로 들어갔다. 구급차를 부르러 들어간 것 같다.

"새끼… 내가 니 스크래치… 무지 부러워한 거… 쿨럭! 아냐…….”

"너도 만들어줄게! 그러니까 죽지만 마. 병신아, 나 두고 가지 말라고!!"

"라빈이… 부탁할게……. 웃게… 해줘… 윽!!"

점점 지성이의 숨소리가 가빠오고 라빈이가 집에서 나왔다. 씨발… 가지 말라고! 지성아, 내가 이렇게 빌게!!

"지성아… 이제 곧 구급차 올 거니까 쫌만 참아. 응?"

"라… 라빈아……. 사실은 널… 사… 사…….”

끝내 고백도 못한 지성이었다.

8월 16일 PM 11:25 제일 사랑하는 친구가 죽었다. 바로 다음날은 8월 17일. 내가 호주로 온지 딱 4년째 되는 날. 지성이의 유골을 가지고 한국으로 돌아왔다. 내 옆엔 라빈이가 있다. 공항에서 나오는 길에 입구에 앉아 있는 시아를 보게 되었다. 오늘이 딱 4년째라는 걸 기억하고 있구나. 넌 아직도 날 잊지 않았나 보다. 고마워. 너무 고마워.

춘천에 있는 강에 지성이를 뿌려주었다.

"이 씨발 새끼야! 나한테 무거운 짐만 남겨두고 가니까 좋냐? 나 평생 용서 못한다, 개새꺄! 너 기다리고 있어. 내가 가서 패줄 거니까 기다리고 있으라고……."

미안하다, 지성아. 네가 마지막에 한 부탁… 못 들어줄 거 같다. 라빈일… 웃게 할 수 없어. 라빈이가 웃으려면 시아가 울어야 되는데… 나 그거 못 본다. 미안하다, 지성아.

"이제 가자, 라빈아."

"호주로 얼른 가자, 진혁아. ^-^ 지성이 혼자 기다리고 있겠다."

"왜 그러냐?"

"너랑 나랑 둘만 있으면 질투할 테니까 얼른 가야지."

"없잖아, 지성이! 지성이 없다고! 너 살리려다가 멀리 갔잖아!"

후회했다. 라빈이한테 큰 소리 친 걸 후회했다. 미친 사람처럼 웃더니 라빈인 쓰러졌다.

한참 깨어나지 않았다. 그리곤 2주일이 지난 후에 라빈이가 깨어났는데 지성이를 기억하지 못한다. 의사의 말로는 자기 보호라고 한다. 자신을 보호하기 위해 자신에게 힘들 것 같은 일을 지운 거라고…….

"진혁아, 오늘 날씨 되게 좋다. ^-^"

"그래."

"나 언제 퇴원해? 너랑 놀러가구 싶은데."

"나 네 옆에 안 있어. 못 있어."

"왜?"

"사랑하는 여자가 있어. 평생 나한테 여자는 개 하나뿐이야."

"꺄아아아아아아아아아ー!!"

갑자기 소리를 지르며 귀를 틀어막는 라빈이었다. 간호사가 와서 진정

제를 놓았다.

"왜 이런 겁니까?"

"환자 분이 힘들어할 얘긴 되도록 삼가하세요. 가까스로 자기 자신을 지탱하고 있는데 다시 한 번 무너지면 재기하기 힘듭니다."

이거냐, 지성아? 넌 이렇게까지 해서라도 날 라빈이 옆에 묶어놔야 되는 거냐? 네가 사랑하는 윤라빈이라는 여자 행복하게 해주려고 나 아프게 하냐? 너 나 좋아한다며, 좋아하는 친구라며! 근데 왜 네 친구 아픈 건 생각도 안 해?

"진혁아."

"그래, 라빈아."

"나 버리고 가면 안 돼. 너 가면 나 정말 죽어. 흑!"

"알았어. 평생 네 옆에 있을게."

유시아, 너 옆으로는 정말 갈 수 없게 됐어. 나 없는데도 넌 4년 동안 잘살았잖아. 앞으로도 그렇게 잘살아줘. 미안해.

결국 내 사랑은 끝나 버렸다. 지독한 상처만 남긴 채… 그렇게… 그렇게… 끝나 버렸다.

또다시 2년 후. 아버지 회사에 들어가게 되면서 일이 많아졌다. 라빈인 정상적인 생활을 하고 있고 헤어샵을 하나 차렸다. 몰랐는데 미용 기술을 배웠다고 한다(호주에서도 이걸 배웠다고 했다. 난 몰랐다. ㅡ_ㅡ).

집으로 날아온 엽서 한 장. 성현고등학교 2학년 4반 동창회를 한다는 것이었다. 시아도 오겠지? 가지 말아야 한다는 내 자신과 가야 한다는 내 자신이 싸우기 시작했다. 하지만 난… 신촌으로 가고 있었다. 까페 안으로 들어서자마자 나에게 시선이 집중되었다. 시아의 시선도 느낄 수 있었지만 못 본 척했다. 괜히 친하지도 않았던 남자애들한테 가서 아는 척했다.

“형 멋있어졌네요~ 외국물 먹더니 좋아졌네.”

“나야 늘 멋있었지.”

“저기 유시아 있는데 안 가봐요?”

“그래.”

긴 생머리였는데 파마를 한 시아였다. 공항에서 봤을 땐 생머리였는데 언제 파마한 거야? 뭘 해도 이쁜 건 여전하네. -_-

“오랜만이네. 잘 지냈냐?”

“어? 어.”

“머리 많이 길었네? 파마는 왜 했냐? 아줌마 같게스리. -_-”

“스타일에 변화를 줘볼까 해서. 안 어울려?”

“이뻐. ^-^”

한 번도 웃은 적 없는 나였는데 웃음이 나온다. 널 보는 것만으로… 이렇게 너랑 얘기하는 것만으로… 웃음이 나온다.

시아를 데리고 잠깐 밖으로 나왔다.

“언제 돌아온 거야?”

“작년 8월에.”

“돌아왔음 연락이라도 해주지. 난 아직도 너 호주에 있는 줄 알았어.”

“여차여차하다 보니 연락하기가 힘들었어. 많이 이뻐졌네, 유시아.”

“빈말하긴……. -_-”

쑥스러워하는 시아가 왜 이렇게 이뻐 보이는지. 나도 모르게 시아의 머리를 만지고 있었다.

"6년이란 시간, 결코 짧지 않은 시간인데… 넌 변한 게 없네."

"그대로야. 18살 때나 24살 때나 정진혁을 기다리는 유시아 그대로야, 난."

"들어가자, 춥다. ^^"

너의 그 말에 흔들리는 내 자신이 느껴져. 나 흔들지 마라, 유시아. 지금도 간신히 지탱하고 있다고…….

까페 안으로 다시 들어왔다. 시아가 과음을 하고 있었다. 그런 모습 보이지 말아줘. 너 그렇게 마시다가 취해도 난 널 업어주지 못하잖아. 이제 나 그럴 자격 없잖아. 아… 엄청 서글퍼지네. 나도 그냥 술이나 마시고 있었다. 근데 시아가 갑자기 내 손을 잡더니 마구 뛰어가는 게 아닌가? 시아는 무심결에 잡은 거겠지만 난 진짜 가슴이 너무 뛰어서 심장마비 걸리는 줄 알았다.

갑자기 멈춰 서는 시아. 토한다. −_− 그런 모습까지도 이뻐 보이는 걸 보면 난 분명 병에 걸린 것일 테지. 시아를 집까지 데려다 주기 위해 동네로 갔다가 놀이터에 들어가게 되었다. 이 놀이터도 변한 게 없다, 꼭 시아처럼. 변한 건 나뿐인가 보다. 민현우에게서 전화가 왔다. 시아와 아직도 연락하나 보다. 내가 엄청 부러워하는 새끼 중 한 명이다. 시아 옆에 있을 수 있는 놈이니까.

"민현우냐? 고 새끼랑 아직도 연락해?"

"친군데 당연하지."

"그 새낀 널 친구로 안 본다는 거 너도 알잖아."

"지금은 완벽하게 친구야."

"연기하는 거겠지. 그렇게 쉽게 포기할 새끼가 아니란 거 너도 잘 알 텐데."

"……."

"알면서도 모른 척하는 거지? 행동 똑바로 하는 게 민현우를 위해서도 좋아."

…알지도 못하면서… 정진혁, 너 알지도 못하면서 그렇게 다 아는 척하지 말란 말야.

"그럼 난 어떻게 해야 되는데? 나 좋다는 현우랑 사귀어? 그래야 되는 거야?"

"누가 언제 그렇댔냐?"

"이제 힘든 거 그만 하고 싶어."

"……."

"그만 하고 싶은데 그만둬지지가 않아. 정말 그만 하고 싶은데."

나도 이제 힘든 거 그만 하고 싶어, 시아야. 힘들어하는 널 보고 있는 것만으로도 나 죽을 것같이 힘들어. 그때 나타난 시아의 제자들. ㅡ_ㅡ 꼭 젊은 시절의 내 모습을 보는 것만 같아서 창피했다. 내가 저렇게 불량스럽고 양아치스럽게 놀았다니.

시아와 헤어지고 집으로 돌아갔다. 라빈이가 집 앞에 서 있었다.

"어쩐 일이야?"

"그냥. 오늘 연락이 안 되길래 무슨 일 있나 해서."

"일은 무슨 일이 있어?"

"네가 나 떠날 거 같아서 괜히 무서워지더라. 넌 이렇게 내 옆에 있는데 말야. ^-^"

그렇게… 강조 안 해도 너 안 떠난다고. 난 왜 애처럼 미치지도 않는 거지? 왜 나한테 힘든 일들은 하나도 잊혀지지 않는 거지?

다음날, 시아에게 전화를 했다. 시아에게 라빈이를 소개시켜 주면 나도 시아를 잊기 쉬워질 거고 시아도 날 잊기 쉬워지겠지.

[여보세요?]

"나 진혁이. 어디야?"

[학교야. 넌 어디야?]

"회사지. 백수는 아니다."

[웬일로 전화한 거야?]

"오늘 시간 되면 저녁이나 같이 먹자고. 할 말도 있고 해서."

[알았어. 몇 시에 어디로 가면 될까?]

"7시까지 해프닝으로 와."

[진혁아… 혹시 지금 노랫소리 들려?]

"어. 유리의 성 나오네."

[학교 방송실에서 틀어주더라. 기억하는 거지?]

"…있다 보자. 끊는다."

잊을 리가 없잖아, 그 노래……. 하루에도 몇.번씩이나 혼자 부르는 노래인데 잊을 리가 없잖아.

7시에 시아가 해프닝으로 왔다. 라빈이랑 둘이 아는 사이란다. 세상 좁네, 진짜. 라빈이가 잠시 화장실에 갔다. 나랑 시아 둘만 있다.

"정진혁."

"어?"

"정진혁."

"그래, 왜."

"얼마만큼 나 아프게 해야 속이 풀리니, 넌?"

"……."

"라빈 언니 사랑해?"

"그래."

"내가 너 잊어줬으면 좋겠어?"

"어."

"네 소원이야?"

"어."

내가 떠나기 전날과 같은 상황. 내 소원이니까 들어준다고 하는 시아. 사실 내 소원은 그게 아닌데. 너한테 두 번이나 거짓말한다.

얼떨결에 노래방까지 오게 되었다. 라빈이 혼자 신나서 열심히 부르고 시아는 가만히 있다.

"호주에서 네가 불러줬던 노래 불러줘, 진혁아. ^o^ 한국 와서는 한 번도 안 불러줬잖아."

"그래."

사실 라빈이에게 불러준 거 아니었는데……. 전에 술에 취해서 라빈이가 시아인 줄 알고 노래를 불러준 적이 있었다. 잊지 않고 있다니 너도 참……. 유시아, 너한테는 라빈이를 위해 부르는 노래로 들리겠지만 사실 널 위해 부르는 거야. 이렇게라도 너한테 불러줄 수 있어서 다행이다. 시아가 뛰쳐나가자 나도 모르게 몸이 일으켜졌다. 하지만 라빈이가 붙잡는다.

"친구라며? 친구를 그렇게 애타게 쳐다볼 수 있는 거야?"

"네 옆에 있겠다고 했어."

"얼마만큼 시간이 지나야 네 마음까지 내 옆에 있어줄 건데?"

"평생 안 돼."

"그래도 좋아. ^-^ 몸뿐이라도 넌 내 옆에 있어야 해."

이제 질린다. 윤라빈이란 여자한테 너무 질린다. 자신의 행복을 위해서는 남이 죽을 만큼 힘든 것도 신경 쓰지 않는다. 나 정말 지치는데……. 저렇게 뛰어가는 시아를 잡을 수 없다는 것만으로도 지금 죽을 것같이 아프고 힘든데…….

진실 Ⅱ―iv

사는 게 힘들다. 스물다섯… 한창 팔팔한 나이인데……. 시아에게 전화가 왔다. 9시까지 성현고등학교로 나오라고 한다. 왜 만나자고 하는지 어느 정도 짐작이 된다.

미리 도착해서 벤치에 앉아 있었다. 맨날 이 벤치에 앉아서 자갈치도 먹고 그랬는데… 다시 그때로 되돌아갈 수만 있다면…….

"일찍 와 있었네. ^^"

"학교 구경 좀 할까 해서. 여기도 많이 변했다."

"맞아. 우리가 다녔을 땐 벤치만 달랑 있더니."

"갑자기 생각난다. 네가 나한테 자갈치 사줬던 거."

"아직도 좋아해? 바나나 우유랑 자갈치랑 칙촉이랑 다 좋아해?"

"당연하지."

유시아도… 아직까지 좋아해. 사랑한다고…….

"진혁아."

"어?"

"오늘은 나 말 좀 많이 할게."

"그래."

"나 사랑하긴 했었지?"

“어.”

“호주 가서도 나 잊었던 건 아니었지?”

“어.”

“날 사랑하긴 했는데 나보다 더 사랑할 수 있는 사람을 만난 거지?”

“……”

“그래서 날 사랑할 수 없는 거지? 내가 싫어진 건 아니었지?”

“그래.”

널 사랑할 수 없다는 말에 대답한 게 아니야. 네가 싫어지지 않았다는 말에 대답한 거야. 내가 어떻게 너보다 더 사랑할 수 있는 여자를 만나겠냐? 그렇게 날 모르나? 난 널 너무 잘 아는데… 너 지금 억지로 나 보내려고 한다는 거 너무 잘 안다고.

“정말… 사랑해. 사람이 이토록 빠질 수도 있는 거구나… 한 사람한테 이렇게 빠질 수도 있는 거구나… 널 통해서 알게 되었어. 이제 어떤 사람이라도 이렇게 절실히 사랑하지는 못할 거야. 간절히 원했어. 정말 간절하게 원했어. 그게 바로 너야. 정진혁… 바로 넌데… 네가 아니야. 내가 원하는 정진혁이 아니야. 나만 봐주는 정진혁이 아니야. 그래서 놔줄 거야.”

“그래도 나 정진혁이다.”

“네가 나한테 그랬지? 내가 너 잊어주는 게 소원이라고.”

“그래.”

나 정진혁이야. 널 사랑하는 정진혁이라고……. 조금이라도 알아줘. 아직도 널 사랑하는 정진혁이라고…….

“미안한데… 그 소원 못 들어줄 것 같아.”

“네가 힘들어져, 시아야.”

"대신 네가 내 소원 들어줘."

"……."

"네가 잊어줘. 네가 나랑 있었던 일 잊어줘. 네가 잊은 것까지… 내가 기억할 테니까……."

"유시아."

"하나도 안 잊을게. 널 처음 본 순간부터 헤어졌던 거, 지금 널 보내는 이 순간까지 모두 안 잊을 거야."

"시아야."

"행복하라는 말 해주고 싶은데… 나 없이 행복할 널 생각하는 게 싫어."

"……."

"분명 시간이 흐를수록 더 커질 거야. 널 사랑하는 내 마음… 더 커지겠지. 보고 싶어서 맨날 울 거야. 그래도 다 참을 거야. 네가 원했던 유시아는 멋진 유시아였으니까. 다 참을 수 있어."

참을 수 있다며 웃는 너인데… 난 왜 이렇게 눈물이 날 것 같은 거지? 정말 아찔했다. 사람이 미칠 것 같다고 하는 거 이럴 때 쓰는 말인 것 같다.

"오늘을 끝으로… 지금 이 순간을 마지막으로… 넌 나를 잊는 거야. 그러니까 어떤 식으로 다시 만나게 되더라도 우린 처음 보는 사람이 되는 거야. 우연히 만나게 돼도 멈추지 마. 네가 조금이라도 날 위한다면 절대 멈추지 마. 갈게."

돌아서려는 시아를 잡을 생각은 아니었는데 나도 모르게 유리의 성 노래가 튀어나와 버렸다.

"…마음껏 울어도 돼. 너의 눈물 닦아줄 테니……."

시아가 멈춰 섰다. 나도 모르는 사이에 시아를 껴안고 있었고, 해서는 안 될 말까지 해버렸다.

"미치도록 그리워했고… 죽을 정도로… 사랑해."

시아를 두고 학교를 빠져나왔다. 아… 사내 자식이 눈물은 웬 눈물이야? 나오는 길에 민현우를 보았다. 내가 엄청 부러워하는 새끼…….

"시아 만나고 오는 겁니까?"

"다신 안 만나니까 걱정 마."

"그 말 지켜주셨음 하네요."

"너야말로 내 눈에 다신 띄지 말라고 했을 텐데?"

"오늘은 우연히 마주친 거니까 서로 못 본 걸로 하지요."

그렇게 민현우는 시아에게 가버렸다. 내가 가야 할 곳인데 그럴 수가 없어.

정말 혼자는 있을 수가 없었다. 그래서 진한이네 집으로 갔다. 역시 애들이 모여 있었다. 나이 먹어서도 똑같다, 정말. -_-

"어? 정진혁~ 어쩐 일로 왔냐?"

"술 좀 있냐?"

"우리 집에 없는 날이 어디 있어? 안 그래도 지금 술판 벌이려던 참이야."

진한이네 집만 오면 마음이 편안해진다. 이런 친구들이 있다는 거 정진혁 인생에서 가장 큰 축복일 거다.

"정진혁! 너 얼굴이 왜 그 모양이야? 무슨 일 있어?"

"일은 무슨 일이 있어."

"나한테까지 거짓말하면 정말 섭섭하다."

"으이고, 우리 애기. 오빠 걱정하는 거냐?"

"야, 쟤가 어딜 봐서 애기야! 다 늙어서. -_-"

“ㅋㅋ 하긴 그런가?”

“왜 이러셔! 나 지금도 10대라고 하면 사람들이 다 믿어!”

그래, 한뉘가 상당히 동안이긴 하지. 시아도 동안인 편이고. 난 늙어 보이는 편인 건가? -_-; 우리는 한 잔씩 들이켰다. 상현이의 푸념을 들어주고 있었다.

“아, 쒸발. 내가 어디가 모자라서 허락을 안 해주는 건지, 진짜.”

“미안해, 상현아. 우리 엄마가 워낙에 까다로우셔.”

“그냥 애기를 확 낳아라. 그게 효과 만빵일 거다.”

“그 생각 안 한 건 아닌데 정정당당하게 승부하고 싶은 거지. 정정당당 코리아! 잊었냐? ㅋㅋ”

“그 정도 마음가짐이면 충분히 승산있을 거다. 더 노력해 봐.”

“그래, 상현아! 우리 더 노력해! 내일은 12시간 기다리자. 알았지?”

상현이랑 선아는 선아네 집 대문 앞에서 무릎 꿇고 시위를 하는 모양이다. 오늘은 10시간 했으니까 내일은 12시간을 하자고? 대단하단 말이야. 저 둘은 고등학교 때부터 지금까지 사귄다. 부럽다. 나도 시아랑 저렇게 될 줄 알았는데… 큭큭!

상현이랑 선아는 돌아가고 나랑 진한이, 현준이, 한뉘만 남았다.

“애들 갔으니까 너 오늘 여기 온 이유 좀 말해 봐.”

“그래, 아까부터 물어보려다가 상현이네 갈 때까지 일부러 기다린 거야. 가뜩이나 김상현 새끼 지금 힘든데, 니 얘기까지 겹치면 더 힘들까 봐.”

“시아… 붙잡고 싶어진다. 욕심 부리면 안 된다는 거 아는데도… 자꾸 붙잡고 싶어져.”

“붙잡으라고 병신아. 네가 시아 붙잡아도 아무도 욕 안 해.”

"라빈일… 버릴 수가 없어."

"나 그 여자 싫어. 한다예 선생님보다 더 싫어. 너무 이기적이잖아, 그 여자."

후… 호주로 간 것부터가 잘못이다. 그때 비행기에서 내렸을 때 다시 돌아가는 게 아니었는데…….

"시아 만나고 오는 길이야. 자기가 다 기억할 테니까 나보고 잊어달래. 우와… 시아가 그 말 하는데 진짜 눈물나더라. 지금까지 슬펐던 거, 힘들었던 거보다도 더 아프고 더 힘들더라. 그래서 해서는 안 될 말까지 해버렸어. 사랑한다고… 그런 말 하면 더 못 잊을 텐데……. 내 마음을 말해버렸어. 진짜 짜증난다."

"잘했어, 진혁아. 우리 진혁이 불쌍해서 어떻게 해……."

한뉘가 울고, 현준이랑 진한이는 고개만 푹 숙이고 있다. 난 이제 눈물 같은 건 나오지도 않는다. 체념해 버렸다. 삶이라는 거… 그냥 이렇게… 흘러가는 대로 살다가 정 살기 힘들어지면… 먼저 가서 시아를 기다리고 있던가 하면 되니까. 이렇게 사느니… 시아를 기다리고 있는 게… 나한텐 백 배는 더 즐거운 일이니까…….

진실Ⅱ─v

밤에 잠이 오지 않아서 TV를 보고 있었다. 내일 중요한 회의에 참석해야 하는데. 가서 졸면 아버지한테 혼날 텐데. −_− 아버진 왜 이렇게 날 회의에 데리고 다니시는지. 가도 무슨 말인지 하나도 못 알아듣는데 말이다.

뽀로로로로로로로로롱~

"여보세요?"

[자고 있었나 봐. 미안.]

"안 잤어."

아무 말도 하지 않고 서로의 숨소리만 느꼈다.

"바다야? 파도 소리 들리는 것 같네."

[응. 경포 왔어.]

"혼자냐?"

[응. 혼자 오는 것도 꽤 괜찮다.]

"세 시간만 혼자 있을 수 있지?"

[응.]

"딱 세 시간만 기다려."

핸드폰이랑 돈이랑 차 키만 챙겨서 집을 나왔다. 경포까지 빨리 가야 세 시간 반. 하지만 시아한테 세 시간만 기다리라고 했으니까 어떻게 해서든지 세 시간 내로 갈 거다. 기다리는 거 많이 지겨워할 테니까…….

미친 듯이 밟았다. 여차여차해서 경포에 도착했는데… 이 넓은 모래사장에서 시아를 어떻게 찾을 수 있지? 당연히… 발이 네 쪽으로 끌리니까……. 입술까지 새파래진 시아가 왜 이렇게 안쓰러워 보이는지… 지금 내 품 안에 있는 게 믿기지 않기도 하면서… 가슴이 아프다. 조금만 더 세게 안았다간 비누방울처럼 날아가 버릴 테니까…….

시아랑 손을 잡고 걸었다. 아… 행복하다. −_− 라고 느끼고 있었는데 전봇대에 박았다. 아오! 쪽팔려. −_−

"이제 전봇대까지 시비를 거네."

"왜 그래, 진혁아? −_−;"

"이 새끼가 나한테 박았어. 아, 짜증나."

"니가 박은 거잖아, 멍청아."

“어쭈? 천하의 정진혁한테 뭐? 멍청이? 말세여, 말세.”

“너는 나한테 병신이라 그러고, 쩝쩝이라 그러고, 멍청이라 그러고! 그런 말 맨날 많이 했잖아! 내가 한 번 멍청이라고 하면 꼭 뭐라고 하드라!”

“내가 너한테 하는 거랑 네가 나한테 하는 거랑 같냐? 같냐고!”

“그래, 당연히 다르지. 네가 나한테 하는 건 진심으로 하는 말이고 내가 너한테 하는 건 너 화나라고 하는 거니까. −_−”

“학교 선생님이 되더니 너 왠지 유식해 보인다, 야.”

“훗… 이제 넌 날 갈굴 수 없을 거야. 난 너 같은 애들을 많이 혼내 봤지. −_− 이제 웬만한 말엔 화도 안 나고 열받지도 않아.”

조금 띄워줬더니 지랄병나셨다. −_−;

방이 없어서 하나밖에 못 잡았다 아… 정진혁의 인내심을 시험하는 날이구나. −_− 시아는 화장실로 들어가더니 샤워를 하고 난 물소리가 들릴 때마다 가슴이 쿵쾅거리는 걸 주체하느라 팔굽혀펴기만 백만스물두 번했다. −_− 팔굽혀펴기를 했더니 더워서 화장실 문에 등을 기대고 있었다. 화장실 문이 제일 시원하길래 그러고 있었는데 유시아가 마침 타이밍을 맞춰 나오더니 날 변태로 몰았다. −_− 알지도 못하는 게 까불기는.

같은 침대에 누워 시아한테 팔베개를 해주었다. 절대… 살아생전에 전해줄 수 없는 말일 줄 알았는데… 바다랑 향기랑 아래랑 그늘이 얘기까지 하게 되었다. 이 얘기를 너한테 전할 수 있게 된 것만으로도 감사해. 하늘은 아직 날 버리지 않았나 보다.

그냥 헤어지기 싫어서 남이섬까지 갔다 왔다. 시아와 함께 보낸 이틀, 난 절대 잊을 수가 없을 것이다. 마지막으로 해준 시아의 고백도 난 잊을 수가 없을 것이다. 이제 남은 내 소원은 하나뿐이다. 다음 생에선 반드시 유시아란 여자를 만나게 해달라는 것. 다른 누가 뭐라고 해도 그땐… 절대 유시아란 여자 놓치지 않을 것이다. 어쩌면 보는 그 순간부터 빠져들었는지도 몰라. 안 되는 것에 이끌리도록 하늘이 정해 버렸는지 사랑해선 안 될 널 사랑해 버렸는지도 모르지. 지독한 아픔뿐인 내 사랑이지만 후회는 없다. 널 사랑한 거니까.

❖

아무 말도 나오지 않는다. 머리 속이 복잡해. 그러니까… 우리 오빠 죽인 건 진혁이가 아닌… 지성이란 사람이고… 라빈 언니랑은 어쩔 수 없이 같이 있다는 거야? 하하. 하… 허탈해.

"왜 그때 말하지 않은 거야? 현우가 모든 걸 말했을 때 네가 아니라고만 했어도 이렇게 돌아오진 않았을 거 아냐."

"지성일 두 번씩이나 살인자로 만들고 싶지 않았다."

"머리가 너무 아파, 진혁아."

"미안하다."

네가 미안할 일이 아닌데……. 진혁이랑 난 아무 말도 하지 않았다. 모든 걸 듣고 나면 후련해질 줄만 알았는데 아니야. 후련해지기는커녕 더 복잡해져 버렸어.

"벌써 3시다. 너 들어가 봐야 되지 않냐?"

"진혁아."

"그래."

"이제 어떻게 해야 돼?"

"달라지는 건 아무것도 없다. 넌 민현우랑 예정대로 9월 8일에 결혼하는 거고 난 라빈이 옆에 있는 거야. 아무것도 달라지지 않아."

내가 달라져 버렸는데? 나 지금 엄청 흔들리고 있는 거 안 보여? 이런 상태로 현우랑 결혼하면 분명 너에게 되돌아갈 거야.

"유시아, 이제 가라. 다음에 봐."

"다음에? 그렇게 못할 거 같아, 진혁아."

"그럼 말고. −_−;"

"사람은 태어나면서 전에 겪었던 일을 다 잊어버리고 태어난대. 다음 생에 난 너에 대해서 다 잊어버린 채로 태어날 텐데… 전 세계 수십억의 인구 중에서 널 찾아내는 거 현실적으로 무리잖아."

"나도 알아. 그래도 믿어야지. ^^"

네가 웃으면 아무 말도 못하게 된단 말야. 나도 따라 웃게 되어서 아무 말도 못한다구…….

우리 집으로 향했다. 대문 앞에 쪼그려 앉아 있는 세호가 보인다. 앤 또 어쩔 일이래? =_=

"선생님, 늦었네요~ 정진혁 행님은 잘 만나구 왔어요?"

"너 다 알고 있었던 거야? 다 알고 나한테 진혁이랑 대화하라고 한 거야?"

"네!"

"넌… 어떻게 그렇게 다 아는 거야?"

"슈퍼맨이니까."

"선생님 지금 진지하게 묻는 거야."

"이세호니까 다 아는 거라구요. 다른 사람도 아니고 이세호니까."

"이세호가… 뭔데?"

"선생님의 수호 천사."

"누가 내 수호 천사라디?"

"내가 정해 버렸어요. 선생님 처음 봤을 때."

"그거 하지 마, 세호야. 네가 자꾸 날 너무 흔들어서 힘들어져."

"선생님이 민 씨를 사랑하는 게 아니니까 흔들리는 거잖아요. 진혁이 형님한테 가세요. 누구도 비난 못해요."

사람들의 비난이나 시선이 두려운 게 아냐. 어떻게 해야 될지 모르겠을 뿐이야. 진혁이에게 가고 싶지만⋯ 이미 너무 많은 길을 돌아와 버렸어. 그리고⋯ 현우를 버릴 수 없는걸.

"민 씨랑 결혼하나 진혁이 형님한테 가나 어떻게 해도 선생님은 후회할 거예요."

"맞아."

"이왕 후회할 거면 진혁이 형님 옆에서 후회하는 게 낫지 않아요?"

"현우를 버릴 수가 없어."

"어설프게 동정하는 거 안 좋은 거란 거 아시잖아요."

"몰라. 모르겠어."

머리가 터질 것만 같다. 세호랑 얘기하다 보면 내 마음을 들키는 것만 같아서 불안하다. 집으로 들어왔다. 이제 결혼은 일주일하고도 3일밖에 남지 않았다.

일주일 후. 현우를 만나러 가는 길이다. 웬일로 밖에서 저녁을 먹자고 한다. 지금 이런 상태로 현우를 본다는 거 별로 내키지 않는데.

"좀 늦었지? 미안. ^^"

"나도 방금 왔는데 뭐."

"웬일로 밖에서 먹자고 한 거야?"

“그냥. 억지로 의미를 부여하자면 결혼하기 전에 하는 마지막 외식?”

“그래. ^^”

오랜만에 하는 칼질이지만 -_- 기쁘지 않다. 음식이 코로 들어가는지 귀로 들어가는지도 모르겠다. 머리 속에서 맴도는 세호의 한마디.

“이왕 후회할 거면 진혁이 형님 옆에서 후회하는 게 낫지 않아요?”

“시아야.”

“어?”

“나 요즘 진짜 행복한 거 알아?”

“……”

“평생 꿈만 꿀 줄 알았는데 꿈이 이루어진 거야. 정말 행복하게 해줄게. 믿어도 돼. ^-^”

“고마워.”

“모든 것들로부터 널 지켜줄게. 넌 안심하고 내 옆에만 있어.”

이런 현우를 내가 무슨 수로 버려? 일주일 동안 내내 생각해 봤는데 결론은 나지 않았다. 그렇게 일주일이란 시간을 허비해 버린 나였다. 간간이 세호가 문자도 보내고 전화도 하고 했지만 다 씹어버렸다. -_- 더 이상 세호와 이야기를 했다가는 분명 난 진혁이에게 가버릴 테니까. 내가 내 자신을 억지로 붙들고 있다는 것쯤은 안다. 억지로 현우 옆에 있으려고 하는 걸 안다. 진혁이한테 가고 싶긴 한데 그러면 안 된다는 걸 알기 때문에 이렇게 가만히 있는 것이다

“이제 3일 남은 건가?”

"응."

"진짜 유시아가 내 꺼 되는 거네."

"그렇게 좋아?"

"나 보면 모르겠어, 얼마나 좋아하고 있는지?"

"네가 볼 적에 난 어때 보여?"

걸음을 멈추는 현우였다. 괜히 물어봤나 봐. 나도 모르게 튀어나온 말이었는데 주워담을 수도 없고…….

"솔직히 말해?"

"응."

"나만 좋아하고 있는 거 같아. 유시아, 넌… 하나도 안 좋아하는 것 같아."

"그런데도 나랑 결혼하는 게 좋니?"

"어. 결혼하고 나서 네가 날 좋아하게 하면 되니까. 그럴 자신 있으니까. 그리고 널 믿으니까."

현우와 결혼하면 남들이 볼 때 난 무지 행복한 여자일 거다. 하지만 행복하리란 자신이 없다.

집에 들어오자마자 침대에 누웠다. 또 세호에게 전화가 온다. 아예 배터리를 뽑아버렸다. 나 어떻게 해야 돼? 정말 어떻게 해야 되는 거야? 괜히 들었어. 너무 흔들려. 어떻게 할 수 없을 정도로 흔들려. 남들은 겪지 않는 일들을 난 왜 이렇게 많이 겪는 건지 모르겠다. 복잡한 거 딱 싫어하는 난데……. 처음 진혁이를 만났을 때가 생각난다. 냉기를 내뿜던 아이였는데……. 아마도 내가 진혁이에게 이끌렸던 건 상처가 보여서였을지도 모른다. 나만이 치유해 줄 수 있는 상처가 보였기 때문에 이끌렸던 것이다. 그런 나였기 때문에 진혁이도 사랑한 거고……. 갑자기 한뉘 언니

갑 진한 오빠랑 상현 오빠랑 현준 오빠랑 선아 언니가 보고 싶어진다. 나한테 잘해준 사람들이었는데……. 저장되어 있는 한뉘 언니 번호로 전화를 걸어봤다. 설마… 바뀐 건 아니겠지? 제발… 안 바뀌었으면. ㅠ_ㅠ

[여보세요?]

"한뉘 언니 핸드폰 맞나요?"

[맞는데 누구시죠?]

"언니, 저 시아예요. 유시아 기억나세요?"

[시아? 그 유시아 말하는 거야?]

"네. 다행이다, 번호 안 바뀌셨네요."

[워낙 이곳저곳에 번호를 뿌려서 안 바꿨지 뭐. ㅋㅋ 잘 지냈니?]

"그럭저럭요."

[진혁이 호주에서 돌아왔는데 연락하고 있어?]

"네. 언니들이랑은 계속 연락했나 봐요?"

[그렇지. 한번 만나야지, 시아야~ 다른 애들도 네 얘기 많이 하는데.]

"저 3일 후에 결혼해요, 언니."

[뭐? 누구랑? 그 민현운가 뭔가 걔야?]

"네."

[안 되겠다. 너 지금 시간 돼? 나 지금 애들 만나러 진한이네 가고 있거든? 어딘지 기억나지? 이리로 와.]

"진혁이도 와요?"

[진혁이는 안 오니까 걱정 말구 얼른 와. 알았지? 끊는다!]

난 대충 츄리닝을 입고 진한 오빠네로 향했다. 많이 다녔던 곳이어서 그런지 길치인 나도 금방 찾아올 수 있었다. 7층이었던 걸로 기억하는데……. 문고리를 살짝 돌려 문을 열어보았다. 날 보더니 입들이 벌어졌다.

"어머어머! 시아 맞니?"

"우와! 유시아, 용 됐네!"

"아, 안녕하세요?"

"너 잘 지내긴 했나 보다, 야~ 얼굴이 살았네, 아주!"

오빠랑 언니들은 날 반갑게 맞이해 주었다. 정말 신기한 건 상현 오빠랑 선아 언니랑 아직도 사귀고 있다는 거였다. -_-;

"정말 오래 사귀신다. 결혼은 안 해요?"

"선아네 부모님이 허락을 안 해서 말이지. ㅠ_ㅠ"

"제가 선수 치겠네요. ^^; 저 3일 후에 결혼해요."

"응. 한뉘가 말했다."

갑자기 분위기가 무거워졌다. 숙연해지는 분위기. 표정들이 다들 안 좋다.

"결혼 얼마 안 남긴 너에게 이런 말 하는 거 좀 그렇긴 한데, 진혁이 그 새끼… 휴…….”

"저 다 알아요. ^-^ 진혁이랑 저랑 아무것도 걸릴 게 없다는 거 알아요."

"그 새끼가 다 말하던?"

"네. 근데 달라질 건 없대요. 아무것도 달라지는 건 없대요."

"진혁이… 너무 불쌍해."

"어떻게 할 수가 없어서 가만히 있는 것밖에 못하겠어요."

"결혼을 깨는 건 있을 수 없는 일이겠지?"

"현우와 함께 있으면 겉모습은 행복해요. 근데 마음이 울어요."

한동안 아무 말도 없이 가만히 있었다. 침묵을 깬 건 진한 오빠.

“진혁이한테 가면 안 되겠어?”

“말도 안 돼요.”

“너 없으면 정말 안 되는 놈인데… 너도 진혁이 없으면 안 되잖아.”

“그래도 6년 동안 우리 둘 다 멀쩡히 잘살아 있어요. 아마 앞으로도 그
럴 거예요.”

“그 새끼가 6년 동안 어땠을 거 같은데? 어떤 마음으로 버텼을 거 같아?”

“그럼 전 6년 동안 어땠을 거 같은데요? 진혁이가 다시 나한테 올 거라
고만 믿고 있던 전 어땠을 거 같은데요? 다시 만났을 때 새로운 여자를
소개시켜 주는 진혁이를 보며 전 어땠을 것 같은데요?”

“너한테 가고 싶은데 못 갔을 진혁인 어땠을 거 같아? 사랑하는 널 눈
앞에 두고 딴 여자 소개시켜 주는 진혁인 어땠을 거 같냐? 붙잡고 싶은데
도 못 붙잡는 정진혁은 어떨 것 같은데?”

머리가 띵하다. 난… 내 입장만 생각했던 거 같다. 진혁이가 어떨지,
얼마나 힘들었을지, 얼마나 아플지 얼마나 힘들지 하나도 생각 안 하고…
나 힘든 것만 생각해 버렸어. 하아…….

“괜히 시아를 흔들어놓은 거 같아서 미안하네.”

“그러게. 결혼 앞둔 애한테 뭔 말을 하는 거야? 그만들 해.”

“행복하게 살아라, 시아야. 진혁이가 힘들게 보낸 너니까 행복하게 살아.”

“이제 와서 뭘 어떻게 할 수도 없는 노릇이지. 행복해라.”

“시아 네가 하고 싶은 대로 해. 그게 제일 행복할 테니까.”

오랜만에 언니들이랑 오빠들이랑 술을 마셨다. 고등학교 때 이야기를
하면서 즐겁다. 난 이곳에서 진혁이와 쭈욱 함께 있고 싶었는데…….

“처음에 시아가 우리 집에 왔을 때 진짜 좀 모자란 애 같았잖아. ㅋㅋ”

"맞아. 얼마나 모자라 보였으면 나랑 진한이가 속일 생각까지 했었겠냐!"

"전 그때 나름대로 얼마나 고민했는지 몰라요. -_-;"

"지금에서야 하는 말이지만 솔직히 시아 너한테 마음이 없던 건 아니었어. 하하하. 진혁이 새끼가 너 좋아하는 거 아니까 애초에 맘 접었던 거지."

"진작 말하지! 저 남자 문제로 고민해 보는 게 소원이었거든요."

"지금 원없이 고민하고 있잖아. ㅋㅋ"

당신들은 농담으로 한 말이겠지만 -_- 난 정말 원없이 고민하고 있다고요. 이런 고민 다시는 하고 싶지 않다고요.

"그러고 보면 진혁이는 처음부터 시아를 좋아했었던 거 같아. 정진혁 성격에 아무 상관도 없는 여자애를 데려올 리가 없잖아. 안 그래?"

"시아 처음 데려 왔을 때 난 딱 눈치 챘었어! 겉으로 볼 땐 시아 내팽개 쳐 둔 것처럼 보였어도 진혁이가 계속 소파 쪽만 봤었잖아. 시아 뭐 하나… 하고."

"전 솔직히 한뉘 언니 처음 봤을 때 진짜 싫었어요. 진혁이한테 앵기는 것도 그렇고 너무 이뻐서요. -_-;"

"내가 좀 이쁘긴 하지. >_<"

"앤 띄워주면 안 된다니까. 유시아, 넌 아직도 모르겠냐?"

"잘못했습니다!"

화기애애한 분위기. 결혼하기 전에 마지막으로 가져 보는 즐거운 시간. 결혼 후에는 언니들이랑 오빠들 만나기 힘들겠지? 진혁이랑 관련된 사람 만나는 거 현우가 그다지 반가워하지 않을 테니까.

다들 술이 많이 취한 상태가 되었다. 난 적당히 조절해 가면서 마셨지만 언니나 오빠들은 들어가는 대로 마셔서 나 빼고 다들 만취 상태였다. 가장 먼저 쓰러진 선아 언니. 선아 언니를 데리고 들어간 상현 오빠. 그리고 현준 오빠도 소파에서 자고 나와 한뉘 언니, 그리고 진한 오빠만 남았다.

"얼마 전에 진혁이 왔다 간 거 모르지?"

"네."

"나 그 새끼랑 친구한 지 꽤 됐는데… 그 새끼 우는 거 처음 본 거 아냐?"

"울었어요, 진혁이가?"

"그래. 차라리 엉엉 울면 낫지, 진짜 소리없이 우는데… 얼마나 불쌍했는지 아냐? 엄청. 진짜. 정진혁 그 새끼가 무슨 잘못을 했길래 그렇게 힘들어해야 하는 건데? 그 소지성이란 새끼도 웃겨. 진혁이를 친구로 생각하긴 한 거래? 진혁이가 자기 죄까지 다 뒤집어써 줬는데, 그래서 진혁이는 자기가 사랑하는 사람까지 놓아버렸는데… 그랬는데 끝까지 그럴 수 있는 거냐고. 어떻게 죽는 순간까지 진혁이한테 짐을 맡기고 갈 생각을 하냐고. 윤라빈, 개도 웃기지. 자기 하나 살겠다고 사람을 죽이는 거나 다름없어. 진혁이 진짜 죽어가고 있다고."

"더 쇼킹한 얘기 해드릴까요?"

"더 이상 얼마만큼이나 쇼킹한 얘기가 남았는데? 말해 봐."

"윤라빈이요, 죽은 우리 오빠의 여자 친구였어요. 쇼킹하죠?"

한뉘 언니랑 진한 오빠는 입을 벌린 채 다물 줄을 몰랐다. -_- 상당히 쇼킹한 사실이긴 하지. 직접 겪은 난 어땠겠어?

"무슨 그런… 엿 같은 게 다 있어?"

"저랑 진혁인 인연이 아닌가 봐요. 이제 그렇게 생각하기로 했어요. 그렇게 생각하는 게 체념하기 더 편하니까."

"둘 다 아무튼 멍청할 정도로 착해서 문제야."

"그러게. 진혁이나 시아나 본인들만 생각한다면 행복할 텐데."

"남 불행하게 하면서까지 진혁이와 행복해지고 싶진 않아요. 착한 게 아니라 그게 당연한 거잖아요."

"그런 거 보고 착하다고 하는 거야, 멍청아."

우리 셋은 남은 술을 다 마셨다. 나도 그냥 잡히는 대로 마셨다. 그러다가 잠이 들었나 보다.

눈을 떴을 땐 새벽이었다. 세상에나……. -0- 서둘러 집으로 달려왔다. 집 앞에 세호가 있었다. 읍쓰! -_-

"쌤, 이제 와요?"

"언제부터 있었던 거야?"

"별로 안 됐어요. 아침부터 있었으니까. ^-^"

"세상에… 12시간도 더 기다린 거잖아! 안 추워?"

"추운 날씨도 아닌데요 뭐. 계속 전화를 안 받길래 와본 거예요."

"핸드폰을 놔두고 갔었어. 미안해."

"내일 모레네요, 선생님 결혼식."

"그렇네. 그렇게 됐네."

"선생님 많이 궁금하죠? 제가 어떻게 모든 걸 알고 있는지."

"응. 궁금하긴 한데 듣고 싶진 않아."

"왜요?"

"지금 내 머리 용량 초과 상태거든. 너 이야기까지 듣고 나면 터질지두 몰라. ^-^"

"그럼 말 안 할게요. 선생님, 있잖아요."

"응?"

"진혁이 형님 옆이 아니어두 행복하셔야 돼요. 아셨죠?"

"행복하라는 말 너무 많이 듣는다."

"이세호가 세상에서 제일 사랑하는 사람이니까 행복하셔야 돼요."

"……."

"태어나서 처음으로 지켜주고 싶다는 생각 들게 한 사람이니까 반드시 행복하기. 알았죠?"

"세호도 선생님 부탁 하나 들어줄래?"

"말씀하세요. 다 들어줄 테니까. ^^"

"사고치지 말구 건강하고 지금처럼 밝게 그렇게 있어줘."

"……."

"선생님이 알고 있는 이세호는 늘 활기차구 웃기고 친구 많고 상대방 입장 잘 헤아려 주고 언제나 에너지 넘치는 사람이니까. 알았지?"

"걱정 마세요. ^-^"

"너 같은 학생 만난 거… 정말 큰 행운이라고 생각해."

"근데요, 선생님. 왜 요즘 학교 안 나와요?"

"결혼한다고 이사장님이 나오지 말라던데? ^-^ 신혼여행 갔다 오구 나서 나와두 된다고."

"아무튼 우리 학교는 이상해요. ㅡ.,ㅡ"

"이상한 학교여도 소중한 곳이잖아. 그렇지?"

"당연하죠. 아참! 선생님 결혼식 날 해이랑 진혁이랑 다 데리고 갈게요."

"그래. 조심히 가."

"안녕히 계세요!"

달려가는 세호의 뒷모습을 멍하니 보았다. 만약 세호가 학생이 아니었고 나에게 진혁이가 없었더라면 난 분명 저 녀석을 사랑했을 것 같다. 내가 평소에 꿈꿔왔던 이상형이니까. 어느 순간 이상형이 정진혁으로 바뀌어서 문제이긴 하지만. 후후.

다음날. 내일이 결혼이다. 솔직히 믿기지 않는다. 집에서 엄마랑 아빠랑 계속 같이 있었다. 우리 아빠, 꽤 아쉬우신가 보다. 그래도 고이고이 키운 딸내민데.

"현우 녀석이 괴롭히면 아빠한테 일러. 알았지?"

"알았어요. ^-^ 아빠랑 엄만 저 결혼 끝나면 도로 시골로 가실 거예요?"

"그래야지. 우리 딸이 이렇게나 크다니 아직도 애기 같은데."

"에이~ 아빠. 식장에 들어가지도 않았는데 벌써 울려고 하심 어떻게 해요? ^^"

"아빠가 언제 울려고 했다고 그래?"

아닌 척해도 아빠 눈에 고인 눈물 나 다 봤는데요 뭐. 엄마, 아빠 사이에 누웠다. 어릴 때 이렇게 하고 많이 잤는데. 엄마, 시안 오빠, 나, 아빠 이렇게 넷이 누워서 잤었는데…….

엄마랑 아빠가 잠이 드신 거 같다. 잠이 너무 안 와서 2층에 있는 내가 고등학교 때 썼던 방에 들어갔다. 구석에서 많이 울었는데… 구석에서 울고 있을 때 진혁이가 부르는 노랫소리가 들렸었잖아. 엊그제 같은데… 6년이나 흘렀어. 다음 생도 금방 찾아오겠지? 이런 식으로 시간이 흐른다면 다음 생도 금방 올 거야.

또로로로로롱~

"여보세요?"

[아직 안 잤네.]

“잠이 안 와서. 넌 안 자구 뭐 해?”

[네 생각.]

“바보… 남의 신부 생각을 네가 왜 해?”

[민현우 신부이기 전에 정진혁 사랑이잖아.]

“나 행복할 수 있겠지? 그렇지, 진혁아?”

[나 지금 어디게?]

“집 아니야?”

[어. 이곳에 있으면 행복해져. 네가 느껴지거든.]

“어딘데?”

[비밀이다, 멍충아. 내일 결혼… 잘해라.]

“…….”

[축하한다는 말… 나 안 하는 거 알지? 끊을게.]

“저기 잠깐만.”

[응?]

“나한테 한마디만 해봐. 한마디만.”

사랑한다는 말이 듣고 싶었던 건 아니다. 그냥 아무 말이나 듣고 싶었다.

[…기다릴게.]

Ⅰ

―세호

안녕하세요? 세호예요. 현재 경한공업고등학교 2학년 4반에 재학 중 이구요! 좋아하는 것은 장난치는 거랑 친구들이랑 돌아다니는 거, 그리고 신발 모으기예요! 저희 부모님은요, 음… 부모님들은… 두 분 다 의사예 요. 우리 집 엄청 부자예요! 솔직히 생긴 것도 예술이고, ㅡ_ㅡ 집에 돈도 많고, 성격도 좋고, 쌈도 잘하고, 친구도 많고… 무지 완벽해 보이지만요, 사실 전 아픈 과거가 있어요. 진혁이랑 해이한테밖에 말 안 했는데… 여러분들한테 살짝 알려 드릴게요. 비밀입니다!

사실 전 친부모님이 계시지 않아요. 태어나자마자 버려졌다나 봐요. 제 친부모님은 참 독한 사람들인가 봐요. 눈도 못 뜨는 절 버렸으니까 말이에요. 성당에서 수녀님들이 절 키워주셨어요. 한 번도 외롭다거나 쓸쓸하다거나 그런 걸 느낀 적이 없어요. 진짜로 거짓말 안 하구요. ^^ 수녀님들이랑 친구들이랑 맨날맨날 즐겁게 놀았으니까요.

제가 5학년 땐가, 6학년 땐가. 친구들이랑 술래잡기를 하고 있었는데요! 어디에 숨을까 고민을 하다가 성당 의자 밑에 숨기로 결정을 했어요. 숨소리도 내지 않고 숨어 있었는데 갑자기 성당문이 끽… 하고 열리는 거예요. 전 술래인 줄 알고 눈을 꼭 감은 채로 숨어 있었는데요, 울음소리가 들리는 거예요. 그래서 의자 밑에서 나와봤는데요, 어떤 누나가 울고 있더라구요. 제가 있는 것도 모른 채 정말 슬프게 우는 거예요. 그러더니 기도를 하기 시작하더라구요. 얼마나 기도 내용이 슬펐는지 어린 나이에 들은 건데도 제가 아직까지 기억하고 있잖아요.

"하나님이든지 예수님이든지 마리아님이든지… 아무나 저 좀 도와주세요. 진혁이가 호주에서 다시 돌아오도록 도와주세요. 우리 오빠를 죽인 진혁이지만… 그런 진혁이지만… 전 사랑할 수 있으니까… 정말 진혁이 아니면 안 되니까… 제가 뭘 그렇게 잘못했길래 저한테 이러시는 거예요, 네? 진혁이를 사랑한 게 그렇게 죄가 되는 건가요? 사람이 사람을 사랑한 건데 그게 왜 잘못이에요? 하나님이 그러셨잖아요, 원수도 사랑하라구. 저 진혁이가 우리 오빠 죽인 원수인데도… 사랑해요. 그런데 왜 이렇게 되는 건데요? 원수도 사랑하라면서요. 진짜 제 목숨보다도 더 사랑해요. 제발… 제발 진혁이 제 옆으로 돌려주세요. 부탁드려요. 다시는 나쁜 짓 안 하고 살게요. 맨날맨날 착한 일만 하면서 그렇게 살게요. 그러니까 진혁이 다시 되돌려 주세요. 4년 후에 진혁이가 돌아왔을 때… 그땐 아무 걱정 없이 사랑할 수 있도록 해주세요. 정말… 간절하게 부탁드려요. 흑!"

한참을 울고 나서 일어났어요. 저 역시 저도 모르게 울고 있었구요. 그 누나가 일어나서 절 보고는 웃었어요.

"내가 기도하는 거 다 들었구나?"

끄덕끄덕—

"그래서 우는 거니?"

끄덕끄덕—

"착한 아이네. 고마워. ^^"

"누나, 울지 마세요."

"응, 그래. 너도 울지 않는 거야. 알았지?"

"저 원래 잘 안 울어요. 근데 누나 기도가 너무 슬퍼서… 엉엉엉엉~"

"오늘 내 기도 들은 거 비밀이야. 알았지?"

"네."

"그럼 잘 있어. 안녕."

사라지는 그 누나가 왜 천사처럼 보였는지 모르겠어요. 그래서 그 다음 날부터 맨날맨날 성당에 갔어요. 혹시라도 그 누나가 오지 않을까 해서. 밤 까지 기다렸는데도 누나가 오지 않으면 기도를 했어요. 그 누나가 성당에 다시 오게 해주세요라고……. 그리고 그 누나가 사랑하는 사람이랑 꼭 만 나게 해달라고……. 시간이 흘러도 그 누나는 다시 성당에 오지 않았어요.

저는 중학교에 입학하기 전에 전 어느 집으로 입양되었어요. 양부모님들은 두 분 다 의사셨는데, 결혼한 지 20년이 넘도록 자식이 없으셨나 봐요. 그래서 저를 입양하기로 결정하셨대요. 두 분 다 너무 잘해주셔서 전 정말 풍족하게 잘 자랐어요. 너무 풍족하게 자란 탓인지 약간 삐딱선을 타긴 했지만 양부모님들은 그런 저를 한 번도 탓하거나 혼내지 않으셨죠. 그게 더 싫었는지도 몰라요. 친자식이었다면 막 혼냈을 거 아니에요. 양부모님들은 제가 인문계에 가길 바라셨지만 전 실업계에 갈 수밖에 없었어요. 왜냐하면… 성적이 되지 않았으니까. -_- 공고 중에서는 그나마 나은 경한공업고등학교에 입학하게 되었어요. 중학교 때 친구들은 다 인문계에 가서 아는 사람이 아무도 없었는데, 저의 멋진 성격으로! 많은 친구들을 사귀었지요! 강진혁이랑 안해이란 새끼들을 알게 되었는데, 저랑 쿵짝이 잘 맞아서 맨날맨날 즐겁게 보낼 수 있었어요.

2학년 첫날. 입학식을 한다고 학교에서 설쳐 대길래 -_- 짜증나 있던 참이었는데 새로운 선생님들을 소개한다면서 역사과 유시아 선생님을 소개하는데… 진짜… 심장이 멈추는 줄만 알았어요. 예전에 성당에서 봤던 그 누나였거든요.

II

사람이 만나려면 어떤 식으로든지 만나게 된다는 말이 정말인가 봐요. 아니면 맨날맨날 기도를 했던 게 효과가 있었을지도 몰라요. 시아 선생님이랑 많이 친해지게 되었어요. 저 혼자 일방적으로 친하다고 생각하는 걸지도 모르지만요. 그때 놀이터에서 시아 선생님이랑 그 정진혁이란 형이랑 있는 걸 봤는데… 진짜 잘 어울리더라구요. 정진혁 형은 남자인 제가 봐도 정말 멋있었어요. 시아 선생님이 그렇게 죽도록 사랑할 만하더라구요. 선생님이 많이 힘드셨는지 학생인 나한테 이야기를 다 해주셨어요. 선생님은 우셨지만 전 솔직히 기뻤어요. 선생님이 그런 이야기를 해줄 만큼 날 편하게 생각하신다는 거니까. 선생님을 지켜주고 싶어요. 많이 약한 분인데 혼자서 너무 힘든 짐을 많이 지고 있는 거 같아서 속상해요. 아무래도 정진혁 형을 한번 만나봐야겠어요. 그런데 도통 어떻게 만나야 할지 모르겠는 거예요. 그래서 그냥 체념하고 시아 선생님만 위로해 주고 있었죠. 그러다가 우연찮게 술집에서 알바를 하게 되었거든요? 당연히 나이는 속였죠! 시급이 센 편인데 하는 일도 별로 없어서 진혁이 대신 하게 되었어요. 근데 정말 놀랍게도! 정진혁 형이 제가 알바하는 술집에 술을 먹으러 온 거예요. 우와! 그때 전 느꼈죠. 기도하면 다 이뤄지는구나… 라고. ^-^

"혼자 술 드시는 거면 제가 술친구 해드릴까요?"

"너 시아 제자 아니냐?"

"맞아요! 비밀인데 저 여기서 알바하거든요. 하하하!"

"말세다, 말세. 머리에 피도 안 마른 것들이 술집에서 알바나 하고."

"형님도 고딩 때 만만치 않으셨잖아요."

"내 뒷조사하고 다녔냐, 아그야?"

"유시아 선생님이랑 관련된 사람들은 다 알아요. 그 민현우란 사람도 어떤 사람이었는지 다 알아요."

"많이 알아서 좋겠다, 자슥아."

내 쪽으로 잔을 건네주길래 술친구 하는 거 허락해 주는 의미라고 생각했어요. ^o^ 진혁이 형은 아무 말도 없이 계속 술만 드시더라구요. 그렇게 혼자 두 병을 비우시더니 말을 시작하셨어요.

"만약에 나한테 동생 같은 게 있었으면 너 같았을 거 같아."

"그럼 제가 동생 해드릴까요?"

"너처럼 못생긴 동생 안 둔다, 난. -_-"

"우와! 저 어디가도 빠지는 외모는 아닌데! 솔직히 형보단 제가 잘생겼어요."

"넌 너무 연약하게 생겼어. 남자면 적어도 나처럼 멋있어야지. 하하하!"

"형은 너무 무섭게 생겨서 여자들이 안 좋아할 스타일이에요. 제 얼굴은 어른이나 애들이나 다 먹힌다니깐요. 인기가 많아서 엄청 피곤해요, 진짜."

진혁이 형은 내 말에 더 이상 대꾸하지 않으셨어요. 흐흐흐흐! 내 승리다! 진혁이 형이 잘생기기는 했지만 저런 얼굴은 좋아하는 사람 빼면 인기없을 스타일이야. 자고로 남자면 나 이세호처럼 이곳저곳에서 환영받는 남자여야 하지! 하하하하(나르시시스트 같음. -_-;)!!

"넌 좋겠다, 야."

"좋을 것도 없어요. 너무 인기 많으니까 피곤하거든요."

"병신. 나도 인기 많았었어. 여자들이 줄을 섰지."

"근데 제가 왜 좋아요?"

"시아를 맨날 볼 수 있잖아."

"전 오히려 형이 더 부러운데. 형은 유시아 선생님이 사랑하는 사람이잖아요."

"서로 사랑하면 뭐 하냐?"

"왜요? 서로 사랑하면 그게 최고잖아요."

"그게 아직 어리다는 증거야, 멍청아. 사랑한다고 해결될 일이었으면 이렇게 6년 동안이나 힘들지 않았어도 되는 건데."

"꼭 그렇게 호주로 가셨어야 하는 거였어요?"

내 말에 진혁이 형은 놀라는 눈치였어요.

"시아가 말했나 보네."

"선생님이 말 안 했어도 전 알고 있었어요. 옛날부터 알았거든요. ^^"

"뭐, 어찌 되었든 상관없다. 나도 아무나 붙잡고 털어놓고 싶은 심정이니까."

"저라도 좋다면 말씀해 보세요. 혹시 알아요, 일이 잘 해결될지?"

진혁이 형이 정말 털어놓을 줄은 몰랐는데 많이 힘드셨나 봐요. 잘 알지도 못하는 나한테 그런 이야기들을 털어놓으신 걸 보면 말이에요. 진혁이 형의 이야기를 들으면서 많이 슬펐어요. 시아 선생님보다도 형이 더 힘드셨던 모양이에요.

"시아한테는 말하지 마. 알게 되면 힘들어질 거야."

"그럼 계속 형 혼자서만 알고 있으려구요? 그렇게 혼자 싸안고 끝까지 가려고요?"

"나 혼자만 힘들면 되니까… 시아까지 힘들게 하고 싶진 않다."

"그런 건 멋있어 보이지도 않고 바보처럼 보여요. 진짜 답답하다."

"넌 제삼자니까 그런 말 하는 거다. 당사자가 아닌 너한테서 해답을 구할 순 없겠지."

"형 말대로 전 제삼자니까 형이나 유시아 선생님이 얼마나 힘든지는 잘 몰라요. 하지만 제삼자이기 때문에 해드릴 수 있는 말이 한 가지 있어요. 두 분은 꼭 만나야 한다는 거요. ^-^ 그게 순리고 운명이고… 음… 아무튼 그래요!"

"녀석, -_- 오늘 술친구 해줘서 고마웠다. 오늘 나 안 본 거다. 알지?"

"옛썰!"

진혁이 형은 계산을 하더니 나가셨어요. 전 고민이란 걸 해보았어요. 아무리 봐도 이 모든 게 운명 같단 말이에요. 옛날에 하필이면 성당 의자 아래에 숨어서 시아 선생님을 만나게 된 것부터… 시아 선생님이 그 많고 많은 학교 중에서 우리 학교로 발령이 나서 그 많은 반들 중에서도 우리 반을 가르치게 된 거하고… 진혁이 대신 알바를 하게 된 것… 그리고 서울 땅에 널리고 널린 게 술집인데 진혁이 형이 이곳으로 들어와서 나한테 모든 이야기를 해준 것… 결국 하나님은 나한테 임무를 맡기신 거예요! 시아 선생님이랑 진혁이 형을 이어주는 사랑의 큐피트 임무를요! 하하하하! −_−

시아 선생님도 사실을 알게 되었지만… 결혼을 하신대요. 사실을 알게 되면 진혁이 형한테 돌아가실 줄 알았는데……. 제가 제 임무를 다하지 못한 거 같아서 기분이 좋지 않아요. 내 임무를 완수하진 못했지만 시아 선생님이 부탁한 것만큼은 꼭 들어드릴려구요! 언제나 밝은 이세호가 되는 거… 제가 밝은 이세호로 있어서 시아 선생님이 조금이라도 행복하시다면 맨날맨날 밝은 이세호로 있을 거예요. ^−^

 키스를 먹이로 널 길들인다

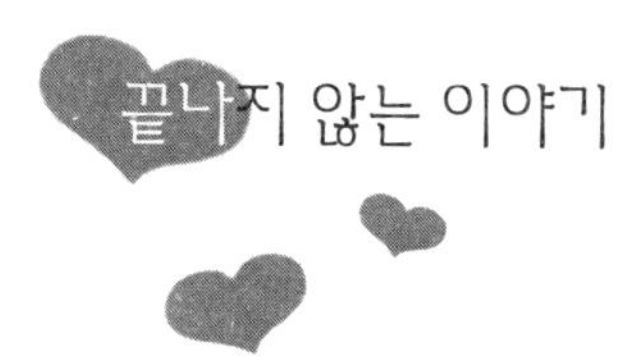

끝나지 않는 이야기

신부 대기실에 앉아 있는 나. 여기 있는 게 정말 내가 맞나 싶을 정도다. 밖은 시끌시끌한데 난 아무것도 들리지 않는다.

"우와~ 시아야, 너 진짜 이쁘다!"

"신부 화장이 대단하긴 한가 봐. 유시아가 이뻐 보이다니."

친구들은 내 옆에서 뭐라고 중얼대는데… 난 아무 말도 들리지 않아.

그저… 진한 오빠가 해준 말이…….

"시아 네가 하고 싶은 대로 해. 그게 제일 행복할 테니까."

"이곳에 있으면 행복해져. 네가 느껴지거든."

내가 느껴지는 곳이라면… 분명… 바다다. 나에게 늘 바다 향기가 난다고 했던 진혁이니까… 분명 경포일 거다.

"…기다릴게."

나도 모르게 벌떡 일어났다. 이건 아니라는 생각이 들어 식장 밖으로 뛰쳐나갔다. 날 부르는 사람들의 목소리가 들리지만 멈추지 않았다. 내 차가 있는 곳으로 가서 서둘러 시동을 걸고 경포로 향했다. 쉬지 않고 달리면 세 시간 반이면 도착할 거다. 핸드폰이 울렸다. 세호의 이름이 뜨길래 받았다.

"여보세요?"

[세호예요! 선생님 어디 가신 거예요?!]

"나 결혼 못해, 세호야. 진혁이한테 갈 거야."

[아싸! 잘 생각하셨어요! 오예~]

"고마웠어, 세호야. 절대 잊지 않을게."

[선생님, 진짜 잘 생각하신 거예요. 우와~ 나 막 뿌듯한 거 있죠?]

"네 덕분이야. 고마워, 세호야. 너란 사람 만나게 된 거 행운이야."

[저한테도 선생님 알게 된 거 행운이에요. 진짜 제일 큰 행복.]

"그렇게 말해 주니까 고맙네. 선생님이 부탁한 거 잊으면 안 돼. 늘 밝은 이세호가 되어야 한다는 거 말야. 알았지?"

[알았어요. 대신 선생님도 꼭 행복하기. 아셨죠?]

"그래, 세호도 행복해야 돼. 끊을게."

핸드폰 배터리를 분리시키고 경포까지 달렸다.

모래사장에 앉아 있는 진혁이가 보인다. 잘 온 거야, 유시아. 정말… 잘한 거야.

"진혁아."

"너… 어떻게 된 거야?"

"기다린다며. ^-^ 너 기다릴까 봐 이렇게 왔어."

"이거 바보 아니야, 진짜?"

날 끌어당겨 껴안는 진혁이었다. 한참을 그렇게 껴안고 있었다. 이곳이야. 여기가 내가 있어야 할 곳인 거야.

"식장에서 그냥 뛰쳐나온 거야?"

"응."

"이쁘네. ^-^"

"많이 기다리게 해서 미안해."

"와줬잖아. 왔으니까 된 거야."

"내가 올 거라고 생각했어?"

"언젠가는 올 거라고 생각하긴 했어. 그게 오늘일지는 몰랐지만."

"이제야 제자리를 찾은 거야. 유시아는 정진혁 옆에, 정진혁은 유시아 옆에."

"우리가 제자리를 찾음으로써 많은 사람들이 불행해지겠지?"

"너랑 나만 생각하자… 우리 둘만."

내가 먼저 진혁이 입술에 내 입술을 가져갔다. 우리 둘 다 가만히… 정말 그렇게 가만히 있었다. 행복한데 자꾸 눈물이 나온다.

"시아야."

"어?"

"이곳에선 우리가 같이 있을 수 없다는 거 알지?"

"응."

"내가 무슨 생각으로 여기까지 왔는지도 알지?"

“응.”

“그런데도 넌 여기까지 온 거야?”

“네가 가는 곳이면 어디든지 갈 거니까. 그게 설령 하늘이 된다 해도.”

진혁이가 경포에 있을 거란 생각이 든 그 순간부터 무슨 생각으로 진혁이가 경포까지 갔을지 알고 있었다. 먼저 가서 날 기다리고 있을 거라는 거 알고 있었다. 이제 진혁이도 나도 기다리는 거라면 진저리가 나니까… 기다리게 하고 싶지 않아.

“진혁아… 우리 결혼식 하자. ^-^”

“그럴까?”

진혁이가 일어났다. 나에게 손을 뻗는다. 그 손을 잡고 난 일어났다. 진혁이의 손을 잡고 끝이 보이지 않는 곳을 향해 걸었다. 보이지 않는 저 끝에서 웃고 있는 바다랑 향기, 그늘이랑 아래가 느껴진다.

5살쯤 되어 보이는 소년과 소년의 엄마가 바닷가에 서 있다. 해가 뜨려는지 바닷가가 붉게 물들어가고 있다.

“엄마, 엄마~ 이제 햇님이 바다에서 나오는 거예요?”

“응. ^-^ 햇님 얼굴이 보이니?”

“응! 엄마, 근데요… 햇님은 웃을 수도 있어요?”

“응?”

“햇님이 웃고 있어요. 아주아주 행복하게. ˇੲˆ 그래서 나두 웃음이 나요.”

너희는 그곳에서 행복하니?

너희 둘만의 세상에서… 행복을 만들어가고 있는 거니?